MARION DEMME-ZECH

Mord am Saar-Hunsrück-Steig

AUF ABWEGEN Einen Wanderurlaub entlang des Saar-Hunsrück-Steigs – etwas Unpassenderes hätte den Kollegen vom LKA Saarbrücken als Geburtstagsgeschenk für die arbeitswütige Kommissarin Toni Kuppertz gar nicht einfallen können. Ihrem unfreiwilligen Begleiter, dem eigensinnigen Polizeidackel Günther, schlägt obendrein die tierärztlich verordnete Diät aufs Gemüt.

All das rückt schon bald in den Hintergrund, als auf der Tour eine Reihe von bizarren Vorfällen Toni und Günther aufhorchen lässt: Dinge verschwinden, ein nächtlicher Brand in ihrer Unterkunft sorgt für helle Aufregung und völlig Fremde beißen auf wunderliche Weise in ihrem Umfeld ins Gras. Bei all dem Mordsspektakel wollen Toni und Günther nicht mehr an zufällige Ereignisse glauben. Beide sind überzeugt: Bei jemandem aus der Gruppe ist eine Sicherung durchgebrannt und dieser Jemand hat es auf einen der anderen Wanderer abgesehen. Heimlich bringen Kommissarin und Dackel mehr über ihre Begleiter in Erfahrung und kämpfen mit einem echten Luxusproblem: Es gibt empörend viele Mordmotive.

Die Saarländerin Marion Demme-Zech ist Erziehungswissenschaftlerin. Folgerichtig nahm ihre Laufbahn als Autorin mit pädagogischen Fachbeiträgen ihren Anfang. Dann allerdings entdeckte sie ihre kriminelle Ader. Alles begann mit Kurzgeschichten in verschiedenen Anthologien. 2020 erschien Marion Demme-Zechs erster Kriminalroman. Noch im gleichen Jahr ging mit »Letzter Ausstieg Saar« ihre Saarland-Krimireihe um das Kommissarenduo Forsberg und Kuppertz sowie den Dackel Günther an den Start. Wenn die Autorin nicht gerade Morde »anzettelt«, widmet sie ihre Zeit ungewöhnlichen Reiseführern und Gesellschaftsspielen über ihre Heimat.

MARION DEMME-ZECH

Mord am Saar-Hunsrück-Steig

WANDERKRIMI

GMEINER

Dieses Buch wird gefördert vom
Ministerium für Bildung und Kultur des Saarlandes

Immer informiert

Spannung pur – mit unserem Newsletter informieren wir Sie regelmäßig über Wissenswertes aus unserer Bücherwelt.

Gefällt mir!

Facebook: @Gmeiner.Verlag
Instagram: @gmeinerverlag

Besuchen Sie uns im Internet:
www.gmeiner-verlag.de

Umschlaggestaltung: U.O.R.G. Lutz Eberle, Stuttgart
unter Verwendung eines Fotos von: © Andreas Kestel / istockphoto.com
Druck: Custom Printing Warschau
Printed in Poland
ISBN 978-3-8392-0491-7

Though this be madness, yet there is method in't.
Ist dies schon Tollheit, hat es doch Methode.

William Shakespeare

EIN FREIER TAG WÄRE KEINE DUMME IDEE GEWESEN

Landespolizeipräsidium Saarland in Saarbrücken
26.05.2023
Antonia Kuppertz

Geburtstag und dann auch noch der 35. – das braucht echt keiner!

Ich hätte mir besser freinehmen sollen, geht mir durch den Kopf, als ich mit meinem Wagen auf dem Parkplatz des LKA in Saarbrücken eintreffe und den Motor abstelle.

Andererseits mache ich mir vielleicht einfach zu viele Gedanken. Chris und Eliza, meine beiden Kollegen aus der Tatortgruppe, werden vermutlich gut beschäftigt sein. Gestern wurden zwei nagelneue Fußballtore vom Sportplatz in Völklingen gestohlen. Keine Ahnung, wie die Täter die über den hohen Zaun hieven konnten. Dies anhand der Spuren zu rekonstruieren, wird bestenfalls den ganzen Tag in Anspruch nehmen. Das heißt, sie sind außer Haus. Bleibt nur noch Wolfgang als direkter Kollege und potenzieller Querulant, der mir den Tag mit unangenehmen Glückwünschen und abgeschmackten Sprüchen »versüßen« könnte. Doch was das angeht, habe ich volles Vertrauen in ihn. Wolfgang ist genauso ein Geburtstagsmuffel wie ich, und obendrein ist er extrem vergesslich, zumindest was Privates angeht. Die Chancen stehen also gut, dass das heute ein völlig normaler Tag wird. Bestenfalls ein Nullachtfünfzehn-Tag – mehr wünsche ich mir überhaupt nicht zu meinem 35.

»Du hättest dir besser freinehmen sollen«, empfängt mich mein Kollege Wolfgang ein paar Minuten später, als ich die Tür zu unserem gemeinsamen Büro im LKA öffne. »Hier ist der Teufel los.«

»Was ist denn passiert?«, will ich wissen.

»Frag nicht! Am besten siehst du es dir selbst an.« Wolfgang springt vom Stuhl auf. Bevor ich etwas entgegnen kann, ist er schon an mir vorbei in Richtung Flur gestürmt. Ich folge ihm. Hinter mir höre ich Günther, unseren Polizeihund in Ausbildung, der sich aus seinem Körbchen im Büro gräbt. Das ist nicht die Uhrzeit unseres Polizeidackels, aber neugierig ist er trotzdem. Mit hängendem Kopf trottet er uns durch den schmucklosen Flur der Kriminalabteilung hinterher.

»Wo willst du denn hin?« Ich bekomme keine Antwort. Wolfgang wird schneller. Ich habe alle Mühe mitzuhalten. Mein Kollege ist im Normalfall eher der gemütliche Typ. Wenn er in eine solche Hektik verfällt, ist eins klar: Es kann sich um keine Lappalie handeln.

Ich tippe auf Mord, womöglich Mehrfachmord oder eine Kindesentführung. Weinende Eltern noch vor dem Frühstück – alles, nur das nicht, denke ich. Solche schlimmen Ereignisse schlagen mir jedes Mal auf den Magen.

Wolfgang bleibt vor dem großen Versammlungssaal stehen. Ui, eine Sondersitzung um halb acht in der Früh. Das gab es in meiner gesamten Laufbahn bisher kein einziges Mal. Ich rücke die Dienstjacke zurecht und streiche mir die Haare glatt.

»Mach dich auf was gefasst!«, warnt mich Wolfgang und drückt die Klinke nach unten. Ich betrete als Erste den Raum, gespannt, was mich erwartet.

Das Einzige, was ich erkenne, ist Dunkelheit. He, was ist denn jetzt los, frage ich mich. Irgendetwas Seltsames geht vor. Eine Hand in meinem Rücken drückt mich nach vorn, tiefer in den bedrohlich finsteren Raum. Ich versuche, mich dagegenzustemmen, doch zu spät. Es rumst hinter mir.

Ich zucke zusammen. Das muss die Tür gewesen sein. Der Lichtschein, der eben noch ins Zimmer gefallen ist, ist verschwunden. Die Schwärze umgibt mich nun von allen Seiten.

Kurz höre ich das Trappeln von Günthers Pfoten, danach wird es wieder beklemmend still. Mit der rechten Hand taste ich nach meiner Waffe, die – dem Himmel sei Dank – im Holster steckt. Ohne viel nachzudenken, nehme ich eine geduckte Haltung ein, während ich die Pistole vor meiner Brust ausrichte und entsichere.

Klack – bei dieser Totenstille gewinnt selbst das kleinste Geräusch an Bedeutung. Was immer dort in der Dunkelheit auf mich wartet, es ist nichts Erfreuliches, schwant mir. Mit der freien Hand taste ich nach hinten und trete einen Schritt zurück. Die Wand kann nicht weit entfernt sein. Tatsächlich treffen meine Fingerspitzen auf etwas Hartes. In der Nähe, ein Stückchen weiter rechts, muss der Lichtschalter zu finden sein. Meine Hand wandert suchend über den rauen Putz.

»Wolfgang, was ist hier los?«, presse ich mit gedämpfter Stimme hervor. Keine Antwort. Ich vernehme leises Atmen. »Wolfgang?«, versuche ich es erneut. Ohne Erfolg.

Eine andere Sache lenkt mich ab. Meine Finger ertasten etwas Glattes. Einen Vorsprung.

Aha, endlich: Das ist der Kippschalter.

Ruhig bleiben und nichts überstürzen, ermahne ich mich. Das Überraschungsmoment sollte man in brenzligen Situationen zu nutzen wissen, hatte man mir während der Ausbildung zur Polizeibeamtin beigebracht. Der kleinste Zeitvorsprung kann in heiklen Momenten entscheidend für Erfolg oder Misserfolg sein.

Mit der Waffe im Anschlag lege ich den Schalter um – ich bin zu allem bereit.

Der Raum füllt sich mit Licht.

»Überra...«, tönt es.

Dem nachfolgenden »...schung« fehlt es an Elan. Ein Umstand, der leicht zu erklären ist. Den meisten Menschen dürfte es beim Blick in den Lauf einer entsicherten Heckler & Koch P10 an Euphorie fehlen. Selbst denjenigen, die durch den Polizeidienst abgehärtet sind. Das zumindest zeigt mir in dieser Sekunde der Praxistest.

Peinlich berührt senke ich meinen Arm und versuche mich an einem Lächeln. Es bleibt still in der Schar meiner Kollegen. Möglicherweise sollte ich etwas sagen, um die angespannte Situation zu entschärfen. Etwas Erheiterndes vielleicht: »Moin. Keine Angst. Meine Trefferquote beim Schießen ist hundsmiserabel«, fällt mir da lediglich ein. Die Pistole lasse ich im Holster verschwinden.

Zur allgemeinen Aufheiterung kann mein Spruch nicht beitragen. Dafür wirken die etwa 40 Personen im Raum zu geschockt. Immerhin aber haben die meisten ihre Münder wieder geschlossen.

Ich schaue in die Runde. Gleich vorn stehen Chris und Eliza von der Spurensicherung und daneben Mira, die mit mir vor vielen Jahren die Polizeischule absolviert hat. Sogar Sigrid aus der Rechtsmedizin ist da. Direkt hinter ihr steht Lodi van der Pütten. Die Hundetrainerin aus dem hohen Norden wirkt amüsiert. Für ihren speziellen Humor ist sie auf der ganzen Wache bekannt, und meine leidige Einlage war vermutlich genau nach ihrem Geschmack, denke ich, da tippt mir jemand auf die Schulter. Ich wende den Kopf. Oh, Burkhard, unser Dezernatsleiter. »Sie auch?«, stelle ich eine rein rhetorische Frage.

»Unsere Frau Kuppertz, wie immer im Dienst«, entgegnet Burkhard und hält mir eines der beiden Sektgläser in seinen Händen entgegen. In diesem Moment kommt Leben in den Rest der Truppe. Ein Tablett mit Sekt wird durch die Reihen gereicht. Als alle versorgt sind, lässt es sich die komplette Mannschaft nicht nehmen, ein Ständchen anzustimmen.

»Zum Geburtstag viel Glück«, tönt es, und ich fühle mich aufs Neue peinlich berührt. Gut, sage ich mir. Gut, dass niemand die Gedanken hinter meinem stoischen Grinsen lesen kann. Im Normalfall mache ich einen großen Bogen um solche Veranstaltungen. Die Ausrede »Sorry, hab verdammt viel zu erledigen«, die sonst fast immer zieht, ist gegenwärtig allerdings keine Option. Was soll's, tröste ich mich. Die Nummer ist beinahe überstanden. Schlimmeres als ein Geburtstagsständchen haben die Gäste sicher nicht auf Lager.

»… liebe Tooooni, zum Geburtstag viel Glück.« Es ist vollbracht. Die Stimmen verhallen. Der Chor spendet sich selbst Applaus.

Der Chef ergreift sogleich das Wort und richtet sich an mich: »Liebe Frau Kuppertz, wissen Sie eigentlich, dass Sie dieses Jahr nicht nur Ihren 35. Geburtstag feiern? Es steht noch ein weiteres bedeutsames Jubiläum an.«

Ich zucke mit den Schultern. Keine Ahnung, wovon Burkhard spricht.

»35. Geburtstag. 15 Jahre bei der Polizei und fast auf den Tag genau fünf Jahre Dienst bei der Kripo«, zählt der Chef auf und hält erneut sein Sektglas in die Höhe. »Mal ehrlich, Freunde, wenn das kein Grund zum Anstoßen ist.«

Die Gäste klatschen. Manche pfeifen sogar auf ihren Fingern. Das und obendrein das kleine Büfett, das die Kollegen vorbereitet haben, zerstören all meine Hoffnungen, in Kürze zu einem normalen Arbeitstag überzugehen. Es wird gekichert und gelacht. Manche geben Geschichten von meinen ersten Tagen auf der Wache zum Besten, wiederum andere gehen dazu über, mir einzeln zu gratulieren. Sie stellen sich in einer Schlange auf, so ähnlich wie bei einer Beerdigung, wenn die Trauergäste den Verwandten ihr Beileid aussprechen. Man nimmt mich in den Arm, klopft mir auf die Schultern, und einige drücken mir sogar einen Kuss auf die Wange. Ehe ich mich versehe, steht mir Jan-Alexander gegenüber. Jan-Alexander Dannhäuser vom SEK. Schöner Mist!

Mit dem hatte ich seit guten drei Wochen keinen Kontakt mehr. Zugegeben, manchmal habe ich ihn in der Ferne entdeckt, aber es ist mir jedes Mal gelungen, ihm zu entkommen. Die Kantine meide ich seit diesem seltsamen Abend im Kino, und Whatsapp habe ich stumm geschaltet. Medienfasten oder so ähnlich nennt man das heute. Das soll gut fürs Gemüt sein. Bei mir funktioniert es. Ohnehin gab es nichts Erzählenswertes zu berichten, und außerdem war dienstlich eine Menge los. Für Privates blieb kaum Zeit.

»Hallo, Toni«, sagt Jan-Alexander zaghaft und beugt sich leicht vor. »Schön, dich zu sehen.« Er wirkt unentschlossen. Er will mir doch wohl keinen Kuss geben, geht mir durch den Kopf. Zum Glück besinnt er sich und streckt lediglich seine Hand aus. Prima, finde ich, wir sind uns einig, was unsere Beziehung angeht. Für heute ist mir schon ein Übermaß an Intimität zuteilgeworden. Abstand kommt mir sehr gelegen.

Unser sonderbares Date, wenn man es überhaupt Date nennen will, war an einem Sonntag. Wir waren zusammen im Saarbrücker Passage-Kino.

»Hast du Lust auf den neuen Avatar? Der soll gut sein«, hat Jan-Alexander mich zuvor gefragt. Er hat mich schon unzählige Male eingeladen, diesmal habe ich unvernünftigerweise »Ja« gesagt. Der Film war nicht schlecht, nur danach mit Dannhäuser durch die Saarbrücker Altstadt zu ziehen, hat sich als Riesendummheit erwiesen. Normalerweise lasse ich die Finger vom Alkohol, keine Ahnung, was an dem Abend mit mir los war. Jedenfalls bin ich mit ihm gegangen, als er mich gefragt hat, ob ich mir noch seine Wohnung ansehen möchte. Seien wir ehrlich, das war ein Fehler, doch keiner, den man nicht wieder ausbügeln könnte. Um uns beiden eine hochpeinliche Aussprache zu ersparen, habe ich in der Nacht, ohne ihn zu wecken, meine Kleider zusammengesammelt und mich davongemacht. Das ist nichts, worauf man stolz sein kann. Ich habe es verpatzt, und wenn es möglich wäre, würde ich die ganze Angelegenheit sofort rückgängig machen. Aber leider geht das nicht.

»Ich wünsche dir alles Gute zum Geburtstag, Toni.« Es klingt aufrichtig. Er scheint nicht sauer zu sein. Großartig, denke ich. Wir sind uns einig, tun, als sei nie etwas gewesen, und sind wieder einzig und allein Kollegen. So wie früher.

»Danke.« Ich lege meine Hand in seine. Kurz. Formalitäten muss man nicht unnötig in die Länge ziehen. Als das erledigt ist, richte ich den Blick auf Dannhäusers Hintermann. Oha, Bernhard, unser Hausmeister, hat sich extra Zeit für mich genommen.

Doch Jan-Alexander macht keine Anstalten, zur Seite zu treten. Er druckst herum. Für einen viel zu langen Augenblick stehen wir uns stumm gegenüber. Ich habe den Geruch seines Aftershaves in der Nase. Es ist das gleiche wie an jenem Sonntag.

»Darf ich dich noch was fragen?«, beginnt er.

Weiter kommt er nicht. Jemand greift mich am Ellenbogen und zieht mich fort.

Es ist Burkhard. Er wendet sich an die Gäste. »So, liebe Kollegin, wir sind noch längst nicht fertig. Wir haben etwas richtig Bombiges für Sie vorbereitet«, kündigt er an.

Etwas richtig Bombiges – diese Worte jagen mir Angst ein.

»Ich verspreche Ihnen, liebe Frau Kuppertz, Sie werden Augen machen«, fährt er fort.

Die mache ich jetzt schon. Ich mag keine Überraschungen, ganz gleich welcher Art.

Burkhard beweist zwischenzeitlich wahre Showmasterqualitäten, er stellt sich auf einen Stuhl, und von dort aus spricht er in bestem Jahrmarkt-»Berg- und Talbahn«-Slang weiter: »Leute, ich benötige eure Unterstützung. Was braucht es an einem Geburtstag unbedingt für ein Geburtstagskind?«

»Geschenke«, ist die einhellige Meinung der Gäste.

»Ach Unsinn«, starte ich einen Interventionsversuch. »Dass ihr gekommen seid, reicht mir völlig.«

Wie sinnlos, keiner hört mir zu. Die Augen aller sind auf Burkhard gerichtet. »Richtig: Geschenke! Mal schauen, was wir für unsere Frau Kuppertz herbeizaubern können.« Burkhard greift in die Innentasche seines Sakkos und holt ein Kuvert hervor. Es ist mit einer breiten grünen Schleife verziert.

Ich lege den Kopf schief. Die Buchstaben darauf können der Schrift nach nur von meinem Kollegen Wolfgang stammen. »Für unsere liebe Toni«, steht auf der Vorderseite.

»Moment, jetzt kommt mein Part«, meldet sich eine dunkle Stimme aus der Menge zu Wort. Wolfgang drängt sich an den Gästen vorbei nach vorn und nimmt den vom Chef hingehaltenen Umschlag entgegen. »Das Geschenk ist schließlich für meine Lieblingskollegin«, kündigt Wolfgang an. Er vollführt einen seltsamen Armschwung und einen recht uneleganten Knicks, was wohl eine Art Verbeugung sein soll, und hält mir das Kuvert hin. »Bitte sehr. Für die weltbeste Partnerin. Ich hoffe, du freust dich.«

Das hoffe ich auch. »Danke schön«, antworte ich brav. Nur mit der Ruhe, sage ich mir. Vermutlich ist es ein Gutschein für irgendein Geschäft – Media Markt, Saturn oder womöglich einen Sportladen. Das kann man immer brauchen.

Ich öffne unter den Blicken der Kollegen das Kuvert. Spannung liegt in der Luft, es fehlt nur noch dramatische Musik oder ein Tusch. Burkhard flüstert Wolfgang etwas zu. Sie nicken und grinsen sich komplizenhaft an.

Ich hole eine Karte aus dem Umschlag und beginne zu lesen. »*Eine unvergessliche Woche in einer wunderschönen Landschaft zusammen mit anderen Menschen ...*«, heißt es da. »*Wir gratulieren Ihnen herzlich und wünschen außergewöhnlich schöne Tage beim Heimat-Tanken auf dem Saar-Hunsrück-Steig.*«

Ein Gutschein für Zeit

Was kann man besonderen Menschen Besseres schenken als Zeit?

Wir gratulieren Ihnen genau dazu. Sie erwartet eine unvergessliche Woche in einer wunderschönen Landschaft zusammen mit anderen Menschen.

Heimat-Tanken auf dem Saar-Hunsrück-Steig - das ist für uns nicht nur einfach eine Floskel, sondern Programm.

8 wunderbare Etappen - 7 Übernachtungen vom 10.06.- 17.06.2023.

Sie dürfen einfach nur entspannen, denn:

- für den Weitertransport Ihrer Koffer ist gesorgt
- wir haben die besten Unterkünfte auf der Strecke für Sie gebucht
- ein fachkundiger Tourguide steht Ihnen zur Seite

Wir gratulieren Ihnen herzlich und wünschen außergewöhnlich schöne Tage auf dem Saar-Hunsrück-Steig.

Ich hangele mich an fett gedruckten Worten wie »für den Weitertransport Ihrer Koffer ist gesorgt«, »wir haben die besten Unterkünfte auf der Strecke für Sie gebucht« und »ein fachkundiger Tourguide steht Ihnen zur Seite« entlang und erschließe mir dabei Stück für Stück, um was für eine Art von Geschenk es sich handelt. Das Bild von diesem Kunstwerk am Erbeskopf, auf dem man laufen kann, hilft mir zusätzlich auf die Sprünge. Ich kann es nicht glauben – oder besser gesagt ich will es nicht: Das ist ein Gutschein für einen Wanderurlaub.

Sind die irre, frage ich mich.

»Schaut sie euch an, unsere Kuppertz, die ist platt wie eine Briefmarke vor Freude«, behauptet Burkhard und klopft mir zufrieden auf die Schulter. »Damit haben Sie nicht gerechnet, oder?«

Was den ersten Teil seiner Aussage anbelangt, stimme ich ihm zu. Platt bin ich, aber das mit der Freude würde ich nicht unterschreiben. Wandern, im Ernst? Und dann auch noch sieben Tage lang? Es hätte so viel gegeben, was man mir hätte schenken können. Ewig wünsche ich mir schon einen Trainingskurs zum Thema Profiling. Deeskalation wäre ebenfalls toll gewesen oder einfach ein Fachbuch zu Strategien im Polizeieinsatz oder Waffenkunde. Aber Wandern – boah! Und das obendrein mit einer wild zusammengewürfelten Gruppe. Wer weiß, welche Irren da zusammenkommen? Das ist wie Klassenfahrt, nur um Längen schlimmer.

Ich überlege fieberhaft, wie ich aus der Nummer herauskomme, ohne alle Anwesenden vor den Kopf zu stoßen.

Mit Blick auf die Karte in meiner Hand fällt mir etwas ein. Das könnte die Rettung sein: »Oh verdammt, das ist ja tatsächlich schon übernächste Woche«, sage ich und gebe mir Mühe, so zerknirscht wie nur möglich zu wirken. »In der Zeit bin ich leider bei der Fortbildung ›Strategie und Taktik bei Einsatzlagen‹. Die Wanderung kann man doch bestimmt stornieren? Oder vielleicht will jemand anderes an meiner Stelle …«

»Ach, die *Fortbildung*«, sagt Burkhard. Er zieht grinsend mit dem Zeigefinger sein Unterlid nach unten. »Das waren echte Fake News, wir wollten sichergehen, dass unser Plan aufgeht. Sie hätten nie im Leben erwartet, dass wir so durchtrieben sind – nicht wahr?«

Ich schüttle den Kopf. Da hat er so was von recht.

»Was meinen Sie, was wir im Hintergrund alles angestellt haben, um Ihnen die Auszeit möglich zu machen?«, zeigt sich Burkhard weiter erfreut und gibt Wolfgang einen Stups mit dem Ellenbogen. Anscheinend soll mein lieber Kollege nun auch mal die Karten auf den Tisch legen.

Der steigt prompt ein. »Wir haben uns erlaubt, die Unterlagen ...«, Wolfgang stoppt, um diesen Moment voll auszukosten, »... ein wenig zu frisieren. Nur so konnten wir sicher sein, dass du in der Woche nichts planst.«

Wolfgangs selbstzufriedenes Gesicht weckt in mir Aggressionen. Was hat er sich nur dabei gedacht? Er müsste mich doch am besten von allen kennen.

»Ich muss noch etwas loswerden«, kündigt er an und lässt sich nicht lange bitten. »Als kleines Extra, liebe Toni, habe ich noch eine besondere Überraschung für dich.«

Die eine reicht mir vollkommen, denke ich. Wenn Wolfgang ein weiteres Mal derart gut meinen Geschmack getroffen hat, stelle ich sofort einen Antrag auf Versetzung.

»Du sollst natürlich nicht allein gehen. Deshalb stellen wir dir einen männlichen Beschützer zur Seite«, redet mein Kollege weiter.

Beschützer? Ich bin Polizistin, bisher bin ich der Meinung gewesen, mich selbst recht gut verteidigen zu können. Das wird doch wohl nicht Jan-Alexander sein? Falls ja, bin ich augenblicklich hier weg. Was für ein höllischer Tag – wer hat sich so eine sinnfreie Tradition wie Geburtstagsgeschenke überhaupt ausgedacht?

EIN BISSCHEN DANKBARER
KÖNNTE TONI SCHON SEIN

Landespolizeipräsidium Saarland in Saarbrücken
26.05.2023
Günther, der Dackel

Wow, das ist echt ein Ding, wie viel Aufhebens die Kollegen um Tonis Geburtstag machen. Zu meinem letzten Wiegenfest gab es lediglich einen Viertelring Lyoner von Wolfgang. Das war's! Gleich darauf ging es ab zur Arbeit. Ein stinknormaler Arbeitstag ist das damals gewesen.

Und dann heute Morgen voll das Kontrastprogramm. In aller Herrgottsfrühe findet ein Mega-Abriss um Toni statt. Eine Überraschung jagt die nächste, und das Büfett ist eine einzige Pracht. Ich bin bestimmt nicht neidisch, ganz und gar nicht, aber wie Toni sich anstellt, finde ich unmöglich. Die komplette Mannschaft macht ein Riesentrara um sie, obendrein bekommt sie auch noch einen Urlaub geschenkt, und statt sich zu freuen, steht sie da wie ein Häufchen Elend. Dankbarkeit sieht anders aus.

Ganz besonders Wolfgang gibt sich die größte Mühe. Gerade erzählt er von der nächsten Überraschung, die bei Toni hundertpro wieder keinen Anklang finden wird. Ich würde wetten, dieser SEKler, der Dannhäuser, ist der ominöse »Beschützer«, der Toni auf der Wandertour begleiten soll. Der Kerl stellt Toni schon seit Jahren erfolglos nach.

»Liebe Toni«, fährt mein Freund Wolfgang fort. »Die Wahl des Begleiters wird dir gefallen. Es ist jemand, den du seit Langem kennst.«

Aha, freue ich mich. Habe ich richtig getippt, es ist der SEKler.

»... ein hübscher, treuer Kerl ...«

Na ja, jetzt romantisiert mein Kollege, kommt mir in den Sinn, da bringt Wolfgang den Satz zu Ende: »... es handelt sich um unseren lieben Günther.«

Mir fällt fast die Kinnlade herunter. Ich?

»Das ist ja mal eine süße Idee«, begeistert sich Sigrid von der Rechtsmedizin, die neben mir steht, für diesen Wahnsinnseinfall.

»Wo ist denn unser Held?«, erkundigt sich Wolfgang.

»Ei, hier«, verrät mich Sigrid und beugt sich in meine Richtung. Wegducken hilft nicht. Sie packt mich und bringt mich im Geiselgriff nach vorn. Ich trete mit meinen Hinterbeinen wie wild ins Leere. »Wie schön, er freut sich. Das Güntherlein würde wohl am liebsten sofort losdackeln«, interpretiert Sigrid meinen aussichtslosen Fluchtversuch völlig falsch.

Für jemanden wie Toni ist so ein Wanderausflug wirklich eine Top-Idee. Aber *ich* bin in diesem Präsidium unabkömmlich. Wie konnte Burkhard das nach den vielen gemeinsamen Jahren und bei der hohen Aufklärungsrate, bei all den Fällen, in die ich meine untrügliche Nase hineinsteckte, überhaupt in Betracht ziehen? Das ist, als hätte die Polizei für die Kriminellen im Saarland eine Woche lang Anarchie ausgerufen.

Eins ist sicher: Ich kann meine kostbare Zeit unmöglich mit Wandern verschwenden.

»Da macht ihr zwei aber Augen«, sagt Wolfgang und nimmt mich in Empfang. Er reiht sich wieder neben seinem Kumpan für diesen Komplott ein. Fast synchron ziehen Wolfgang und Burkhard ihre Augenbrauen in die Höhe und grinsen Toni und mich an. So wie zwei Schuljungs, die eine Eins mit nach Hause gebracht haben und nun mit Lob rechnen.

Toni schüttelt den Kopf. Von mir erwartet zum Glück niemand eine ehrliche Antwort. Warum nur hat es mich erwischt, frage ich mich.

»Ich bin mal gespannt, wie sich der Günther beim Wandern anstellt. Vielleicht nimmt er ein, zwei Kilochen ab. Das könnte nicht schaden«, haut mich nun auch noch mein »Partner« vor allen in die Pfanne und sorgt damit für allgemeine Belustigung.

Unterste Schublade, denke ich. Doch genau dieser Spruch von Wolfgang bringt mich auf eine Fährte. Ich ahne, warum ich an diesem Wandertrip teilnehmen soll. So uneigennützig und großzügig ist Wolfgangs Geschenk überhaupt nicht. Mir schwant, dass seine hirnrissige Idee etwas mit unserem Besuch vorgestern bei Frau Dr. Altmüller, dieser Schlange, zu tun hat.

»Da schau mal an, unser Güntherlein«, gab sich die Tierärztin zuerst noch entzückt über meinen hübschen Anblick, als sie die Tür zum Behandlungsraum öffnete.

»Guten Morgen«, übernahm mein zweibeiniger Kollege Wolfgang das Antworten. Er hatte mich bereits auf dem Behandlungstisch abgesetzt. Vermutlich wollte er, genau wie ich, die Routineangelegenheit möglichst schnell hinter sich bringen. Faktisch war die halbjährliche Untersuchung im Rahmen meiner Ausbildung zum Polizeihund für die

Katz und reine Steuerverschwendung. Ich bin kerngesund, so etwas spürt ein hochsensibler Hund wie ich. Aber Vorschrift ist Vorschrift, und so hoffte ich, dass die Angelegenheit rasch erledigt wäre.

Den Untersuchungsablauf hatte ich bereits im Kopf: Den leidigen Teil mit dem Gesundheitscheck würden wir im Eiltempo hinter uns bringen und ohne Zeitverzug das zweite Etappenziel ansteuern, das aus einer ordentlichen Portion Belohnungsleckerlis und Streicheleinheiten bestehen dürfte. Während ich mich dem Genuss hingeben würde, könnten sich Wolfgang und die Ärztin über meine zahlreichen Heldentaten im Polizeidienst austauschen.

Ein toller Plan, den die Frau Dr. Altmüller allerdings zu durchkreuzen wusste. »Kommt es mir nur so vor oder hat unser kleiner Freund ein bisschen zugelegt?« Mit dem Spruch begann der ganze Ärger.

Wahrscheinlich habe ich mich verhört, dachte ich zu Beginn noch.

Auch bei Wolfgangs Antwort »Ernsthaft, zugenommen? Finden Sie wirklich?« schwang Verwunderung mit.

»Na gut, Sie haben recht«, sah die Altmüller ein. »Ich korrigiere mich. ›Ein bisschen‹ trifft es nicht so wirklich. Das Kerlchen ist aufgegangen wie eine Dampfnudel.« Bei den Worten zuckte ich unter den Händen der Tierärztin zusammen. Hallo – hat die einen an der Murmel, fragte ich mich.

»Dackel sind von Natur aus ein bisschen stämmiger gebaut«, ging Wolfgang in die Verteidigung.

Richtig so, pflichtete ich ihm in Gedanken bei. An Gewicht zugelegt habe ich bestimmt nicht. Wie auch? Mein Essverhalten hat sich seit der Welpenzeit kaum verändert. Ich folge den drei goldenen Regeln, die ich in meiner Jugend selbst festgelegt habe: Erstens verzehre ich auf keinen Fall Dosenfraß, schon allein wegen der vielen Konservierungsstoffe. Zweitens ist Trockenfutter für mich tabu, denn eins ist klar: So etwas Staubtrockenes kann unmöglich gesund sein. Drittens und das ist der wichtigste Punkt: Ich lasse meine Speisen immer auf Verträglichkeit vorkosten, und was Zweibeiner degustieren, wurde ja bereits einer sicheren Probe unterzogen. Deshalb ernähre ich mich ausschließlich vom Tisch. Bei der Auswahl der Produkte bin ich nicht pingelig: Ich esse durch die Bank weg alles, was gut schmeckt.

Mit Vernunft war der Frau Dr. Altmüller allerdings schwer beizukommen. »Dass Dackel grundsätzlich stämmiger sind, wäre mir neu. Vielleicht bin ich auch nicht wirklich der Profi, was das Thema angeht.« Sie sah Wolfgang herausfordernd an.

Uiuiui, der Ton war spitz. Sie war auf Krawall gebürstet. Wolfgang sparte sich eine Antwort, während die Altmüller sich ihrem Computerbildschirm widmete und etwas eintippte.

»Aha! Da haben wir es: Beim letzten Mal wog unser Günther stolze 12,5 Kilo. Das ist für seine Größe hart an der Grenze.« Sie wandte sich vom Bildschirm ab. »Schauen wir mal, mein Schatz, wie es heute aussieht.« Frau Dr. Altmüller stand auf und ging auf die überdimensionale Tierwaage in der Ecke des Raumes zu.

»Bringen Sie ihn mal her«, befehligte die Altmüller dem weit weniger Standhaften unseres Teams und hatte prompt Erfolg. Wolfgang, der pure Befehlsausführer, machte, was ihm aufgetragen wurde. Er setzte mich auf der Waage ab. Eiskalt war die Oberfläche, doch längst nicht so frostig wie das Herz dieser Altmüller.

»Jetzt kommt die Stunde der Wahrheit«, ließ die Ärztin verlauten. Sie schob ihre Lesebrille auf der Nase nach oben und warf einen Blick auf die mechanische Anzeige. »Alter Schwede.« Gut hörbar zog sie Luft ein.

Ha, danebengelegen, freute ich mich über die Fassungslosigkeit der Tierärztin. Jetzt durfte die Quacksalberin Abbitte leisten.

»Der Hammer. Fast 15 Kilo«, sagte die Altmüller.

Mir wurde komisch.

»Du hast ordentlich was verputzt in der letzten Zeit, was? Na, dann darfst du wieder runter von der Waage, du Pummelchen.«

Ging nicht! Ich befand mich in Schockstarre. 15 Kilo, das lag außerhalb des Bereichs des Möglichen. Ob das alte Ding von Waage in den letzten 30 Jahren überhaupt mal geeicht worden ist, fragte ich mich nicht zu Unrecht.

Doch den Fehler im System zu suchen, lag der Ärztin fern. Stattdessen rückte sie mir auf die Pelle und griff mit beiden Händen in mein Fell. Sie wanderte die Brust entlang in Bauchhöhe und weiter zu den Hüften. »Dachte ich mir, ich kann die Rippen kaum ertasten. Überall Fettpolster.« Mit geheuchelter Besorgnis wandte sie sich an Wolfgang, als ob der in unserer Zweiergemeinschaft die Hosen anhätte. »Wenn unser Günther nicht krank werden soll, müssen wir dringend etwas tun.«

»Klar«, sprang Wolfgang sofort darauf an. »Zukünftig sind alle Leckerlis gestrichen, und vom Tisch gibt es auch nichts mehr.«

Mir ging die Düse. Wieso machte der Sportsfreund, so völlig ohne Not, derart drastische Zugeständnisse? Das war, als ob Luke Skywalker einmal »Buh« gesagt hätte und Darth Vader würde ihm sofort die Pläne für den Todesstern in Großformat zustecken. Selten dämlich war das und zugleich unverantwortlich.

Doch selbst das stellte die Tierärztin nicht zufrieden. »Ich befürchte, ohne Diät und Bewegungsprogramm werden wir das nicht in den Griff bekommen.« Sie ging zurück an ihren Computer.

Jetzt lag es allein an Wolfgang, mich vor dem drohenden Unheil zu bewahren. Ich warf ihm einen flehenden Blick zu.

»Oje, Diät, das wird dem Kleinen nicht schmecken. Es gibt nicht vieles, was Günther mehr mag als essen. Außerdem treiben wir Sport. Eigentlich täglich«, führte Wolfgang zu meiner Verteidigung an. Jedes Wort war wahr. Abends und morgens ein Viertelstündchen oder manchmal auch nur zehn Minuten spazieren gehen und die Gegend mit der Nase durchforsten – da bin ich sofort dabei. Danach heißt es ohne große Umwege in meinem weichen Körbchen neue Kräfte sammeln. Der Tag von zwei Helden ist eben eng getaktet.

»So wie ich das sehe, ist es für Sie beide nicht schlecht, etwas mehr Sport zu treiben.« Die Altmüller musterte meinen Partner von oben bis unten und verweilte dabei unhöflich lange auf Bauchhöhe. Die kannte kein Pardon.

Wolfgang kreuzte die Arme vor der Brust. »In den letzten Monaten war es stressig auf der Arbeit.«

Die Tierärztin beachtete ihn gar nicht, sondern tippte erneut auf ihrer Tastatur herum. »Ich stelle Ihnen einen Wochenplan zusammen. Feste Zeiten – das funktioniert bei einem Fall wie dem Ihren am besten.«

Was ist denn »ein Fall wie der unsere«, fragte ich mich empört, war mir allerdings nicht sicher, ob ich die Antwort überhaupt hören wollte.

»Also, da haben wir den Schlachtplan.« Die Formulierung erheiterte die Ärztin. »Täglich mindestens zwei Stunden Bewegung an der frischen Luft, und für den Hund bitte nur das Futter, das ich Ihnen notiert habe. Die halbe Menge, die auf der Packungsangabe vermerkt ist. Jeweils am Morgen und am Abend.«

Mir wurde flau. Womöglich konnte ich den zu erwartenden Hunger schon spüren.

»Okay, das krieg ich hin. Und was bekommt er zwischendurch?«, erkundigte sich Wolfgang berechtigterweise.

»Nichts. Das ist vielleicht auch eine Variante für Sie.«

Ich schluckte. Wolfgang ebenso. Der Drucker setzte sich in Gang.

»So, da ist es.« Frau Altmüller nahm das Blatt entgegen und reichte es an Wolfgang. »Kinderleicht, solange Sie sich an alle Vorgaben halten. In vier Wochen ist Ihr Kontrolltermin. Eins kann ich Ihnen versprechen: Wenn wir uns wiedersehen, werden Sie beide schwer erleichtert sein.«

Haha, dachte ich. Bei der Meisterschaft in der Kategorie erbärmliche Wortspiele würde die Frau Doktor den ersten Platz belegen.

Wolfgang verzog keine Miene. Er faltete das Papier in der Mitte und ließ es kommentarlos in der Innentasche seiner blauen Dienstjacke verschwinden. Die kann viel reden, urteilte ich. Daraus würde ohnehin nix werden. Spätestens nach zwei Tagen würde der Wochenplan begraben und vergessen sein, dafür würde ich Sorge tragen.

Die Ärztin allerdings schien Gedanken lesen zu können. »Herr Forsberg, wissen Sie, was einem Hund mit Übergewicht alles blühen kann?«

Wolfgang zuckte mit den Schultern, und die Altmüller holte zum nächsten Schlag aus. »Eine deutlich verkürzte Lebenserwartung, Gelenkerkrankungen wie Arthrose, außerdem Diabetes ...«

Ich schaute bange zu Wolfgang. Dass Hunde Diabetes bekommen können, war mir neu.

»... Bluthochdruck, Kurzatmigkeit bis hin zur Atemnot ...«, zählte die Ärztin weiter auf. An Munition mangelte es ihr nicht.

Atemnot versetzte Wolfgang den Todesstoß. »Wir machen alles genau so, wie Sie es uns raten«, gab er klein bei.

Meine Beine zitterten. Es rauschte in beiden Ohren. Eine bisher nie gekannte Schwäche befiel meinen Körper, wanderte durch mich hindurch, bis das Gefühl der Mattigkeit mich völlig gefangen genommen hatte.

»Na, wunderbar. Dann sind wir uns einig.« Frau Dr. Altmüllers Frohmut war wie ein Schlag ins Gesicht. Trotzdem trat sie noch mit einem letzten klugen Spruch nach. »Ach, wer weiß, im besten Fall macht Ihnen die gemeinsame Auszeit in der Natur sogar Spaß.«

Die Betonung lag auf »gemeinsam«. Doch wie es aussieht, stiehlt sich Wolfgang aus der Verantwortung und überlässt mich allein meinem Schicksal. Schlimm, insbesondere da zu befürchten ist, dass Toni mehr als pedantisch bei der Umsetzung des Diätplanes sein könnte.

Meine letzte Hoffnung, der Wandertour zu entkommen, bleibt sie trotzdem. Sie sieht nicht erfreut aus. Ich rieche ihren Schweiß, der aus jeder Pore tritt. Sie ist gestresst. Vielleicht, weil sie genauso wenig Lust wie ich hat, sich diesem Wanderdiktat zu ergeben. Wenn Toni die Angelegenheit kippt, bin auch ich gerettet.

»Die letzten Jahre waren nicht einfach für dich«, rührt in der Sekunde Wolfgang in Tonis Vergangenheit herum.

»Eine Menge Arbeit, die vielen Überstunden, der Tod deines Ex-Mannes ...«

Menno, jetzt wird es aber echt melodramatisch, denke ich. Da könnte Rosamunde Pilcher neidisch werden. »Du springst immer ein, wenn Not am Mann ist. Wir dachten, eine Auszeit, um mal zur Ruhe zu kommen, dürfte genau das Richtige für dich sein. Die hast du dir verdient. Wir haben alle zusammengelegt und unser Büroschwein geschlachtet.«

Toni schaut betreten drein. Wolfgang macht es ihr nicht leicht, noch die Kurve zu bekommen und abzuspringen.

»Du freust dich doch?«, hakt er nach.

Toni streicht sich eine Strähne hinters Ohr, während die Gäste erwartungsvoll zu ihr blicken. Sie setzt an, etwas zu sagen. Los, Toni, sei einfach ehrlich, wünsche ich mir. Erkläre den Kollegen, dass Wandern furchtbar anstrengend, langweilig, unnötig und letztlich pure Ressourcenverschwendung ist. Eine ganze Woche lang durch die Landschaft stapfen – und das ohne ordentliche Verpflegung –, ist schlichtweg unverantwortlich!

»Das ist echt unglaublich nett von euch allen«, ergreift Toni das Wort. »Damit hätte ich nie im Leben gerechnet.«

Gleich kommt das »Aber«, da bin ich mir sicher.

»Aber ...«, erklingt es tatsächlich aus Tonis Mund. Perfekt, freue ich mich. Sie stockt, dabei fehlt lediglich noch so was wie »Das kann ich nicht annehmen« plus irgendeine halbwegs plausible Ausrede, und wir sind raus aus der Nummer. Ich lasse sie nicht aus meinen Hundeaugen. Komm, Mädchen! Rette uns beide, flehe ich in Gedanken.

Tonis Blick wandert von einem zum nächsten. Und dann sprudelt es aus ihr heraus: »Aber das mit dem Urlaub ist so lieb von euch. Ich freu mich, ehrlich!« Sie macht dabei den Eindruck, als könnte sie nicht fassen, was sie gerade gesagt hat. Kein Wunder, mir geht es genauso.

Die Menge jubelt. Wolfgang nimmt Toni fest in den Arm, und Burkhard stößt ein weiteres Mal mit der van der Pütten an. So gut war die Stimmung früh am Morgen im Präsidium in Saarbrücken schon lange nicht mehr – zumindest bei den meisten.

Ich jedoch bin am Boden zerstört. Auch weil gegenwärtig ein zweiter Run auf das Buffet stattfindet, das für mich dank Frau Altmüller zur Tabuzone erklärt wurde.

Lodi van der Pütten, die Trainerin der Polizeihundestaffel, kommt mit einem bis in die letzten Winkel gefüllten Teller auf uns zu.

»Mensch, Lodi, ohne dich wäre die Überraschung nur halb so gut gelungen«, begrüßt sie Burkhard und klopft ihr auf die Schulter.

Ein winziges Trostpflaster in Form eines vegetarischen Mini-Wieners auf Pumpernickel garniert mit Lachscreme purzelt zu Boden. In der Not nimmt man, was man kriegen kann, entscheide ich und befreie mit einem Happs das alte Parkett von Altlasten.

»Ach Quatsch, nicht der Rede wert«, erwidert die van der Pütten währenddessen und schiebt die Leckereien auf ihrem Teller näher in Richtung Mitte. Sehr schade, finde ich.

»Jetzt aber keine falsche Bescheidenheit. Ohne dich hätten wir beim Thema Geburtstagsgeschenk alt ausgesehen. Die Idee mit der Wanderung war tipptopp«, pflichtet Wolfgang dem Chef bei und legt seinen Arm über die Schulter der Hundetrainerin.

Begeistert reiße ich meine Schnauze auf. Der Teller wackelt und gerät in Schieflage. Doch die van der Pütten reagiert diesmal zeitig und balanciert den Teller in ihrer Hand gerade noch so aus.

»'tschuldigung«, murmelt Wolfgang.

»Kein Problem. Alles gut gegangen«, findet die Trainerin.

Ich nicht. Was für ein rabenschwarzer Tag ist das heute! Dass die Militante von der Polizeihundestaffel für den ganzen Ärger mit dem Wanderurlaub verantwortlich sein soll, macht sie mir nicht sympathischer. Außerdem frage ich mich, wieso ausgerechnet unsere Hundetrainerin, die Toni eigentlich kaum kennt, diese Wahnsinnsüberraschung geplant hat.

WAT TUT MAN NICHT ALLES FÜR DIE LÜTTEN

Landespolizeipräsidium Saarland in Saarbrücken

26.05.2023

Lodi van der Pütten

Wat'n Schiet! Wolfgang und Burkhard heben mich in den Himmel, und ich könnte im Erdboden versinken. Schließlich habe ich ihnen den Wanderurlaub für Toni nur untergejubelt, um meine eigene Haut zu retten. Darauf bin ich nicht stolz. Aber mein Gott, was blieb mir anderes übrig? »450 Euro am Tag«, stand im Inserat. Das hat mich hellhörig werden lassen.

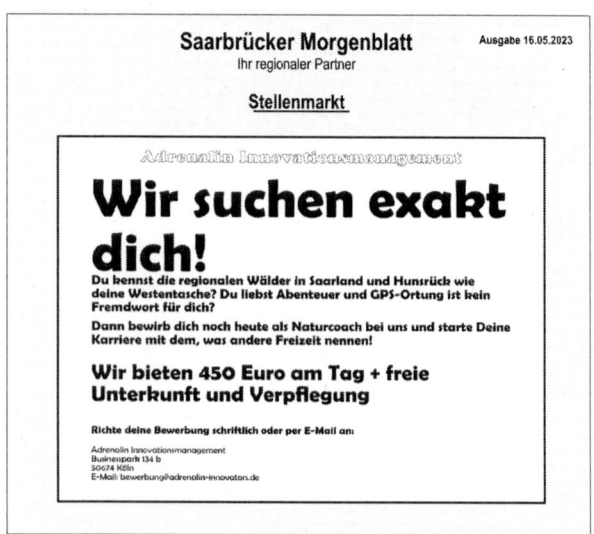

Mein Honorar als Hundetrainerin ist mager. Es reichte all die Jahre gerade so, um über die Runden zu kommen. Das endete jedoch damit, dass ich auf die olle Geschäftsidee meines Jüngsten reingefallen bin.

»Eine Biomasseanlage für Hundekot, damit werden wir reich, Mudder.« Mit dem Spruch ging es los.

»Aha! Von so etwas habe ich noch nie gehört«, gab ich Suntke zur Antwort.

»Genau dat macht doch auch eine gute Idee aus«, erwiderte mein Jüngster. »Die Vorteile liegen klar auf der Hand: Häufchen gibt es mehr als genug, und niemand will sie haben. Daraus Energie zu gewinnen, ist genial.«

Das klang logisch. Also investierte ich, damit der Suntke die Chance hat, endlich mal auf die Beine zu kommen. Die dafür nötige Summe überstieg meine finanziellen Möglichkeiten bei Weitem. Sprich: Es brauchte einen verdammt hohen Kredit. Da Suntkes Akte wegen ein paar Lappalien in der Jugend nicht ganz lupenrein war, musste meine kleine Eigentumswohnung als Sicherheit herhalten. Die Bank lieh mir das Geld, und ich gab es Suntke. Statt das Gelände für die Biomasseanlage zu kaufen, setzte sich das Früchtchen allerdings mit den Moneten ab.

Kein Sterbenswörtchen habe ich mehr von ihm gehört. Geblieben ist mir die Bank, die mir seitdem im Nacken sitzt. Ich war so ein Döskopp. Aber was tut man nicht alles für die Lütten.

Jedenfalls sah es verdammt schlecht für mich aus. Das Ultimatum der Bank liefe bald ab, ich musste endlich die ersten Raten überweisen. Mir war klar: Wenn kein Wunder geschehen würde, wäre die Wohnung weg und ich obdachlos. Als ich dann das Inserat in den Stellenanzeigen im

Saarbrücker Morgenblatt entdeckt habe, war es, als ob mir jemand ein rettendes Seil zuwirft, während ich über einem tiefen Abgrund hänge und mich mit letzter Kraft an einem Felsvorsprung festklammere. Mal ehrlich: In dem Fall fragt niemand mehr, wer das Tau am anderen Ende hält. Da greift man einfach zu.

Also suchte ich meine alten Zeugnisse zusammen und bewarb mich. Nur einen Tag später saß ich in St. Ingbert in einem temporären Strategie-Office-Center. So jedenfalls nannte dieser aufgeblasene Geschäftsführer es. Angenehm war das Gespräch nicht.

»Und Sie trauen sich so was zu?«, wollte Brecht von mir wissen.

»Sicher! Wieso nicht? Wer ein Rudel Hundje nebst Hundjeführer im Griff hat, der kann doch wohl auch ein paar Leutchen durch den Wald schleusen.«

Mein Gegenüber musterte mich. Ungemein skeptisch, wie ich fand.

Dieser Brecht, der sich mir als einer der gefragtesten Berater des Deutschen Tourismusverbandes vorgestellt hat, war ein aalglatter smarter Schönling. Ein unangenehmer Bursche.

Während mir Brecht in beigem Leinenblazer, farblich passender Bundfaltenhose und einem kiwigrünen Hemd gegenübersaß, hatte ich für das Treffen ein legereres Outfit gewählt. Die wollen einen Coach für Wanderungen und keine Vorzimmerdame, hatte ich mir gesagt, deshalb war die Wahl auf ein schwarzes Wandershirt mit Fledermaus auf dem Rücken und meine gute alte Trekkinghose mit den abnehmbaren Beinen gefallen. Die hatte mich bereits durch die schottischen Highlands begleitet. Durch dichten

Nebel, Platzregen und Sturm. Solche Geschichten konnte die Hose vom Brecht hundertpro nicht erzählen.

»Sie kennen sich gut in den regionalen Wäldern aus?«

»Alle schon durchwandert«, übertrieb ich hemmungslos. Genau genommen gehe ich sonntags höchstens mal eine Runde an der Saar spazieren.

»Sturmerprobt und krisenfest sind Sie, steht in Ihrem Lebenslauf«, fuhr Brecht fort.

»Jep. Unbedingt!« Was das Thema betraf, hatte ich mich auf meine langjährige Wacken-Festival-Erfahrung bezogen. Seit 94 stehe ich – egal, ob Unwetter oder Megahitze angekündigt sind – pünktlich auf der Matte. Das ist meines Erachtens mit Extrem-Survival gleichzusetzen.

»Ursprünglich sind Sie aus …« Er beugte sich vor, um in meinen Unterlagen nachzulesen.

»Aus Ostfriesland«, erklärte ich, »um genau zu sein aus Leer. Aber ich wohne seit fast zehn Jahren im Saarland. Eine überzeugte Wahlsaarländerin, wenn man das so sagen will.« Ich beendete den Satz mit einem Zahnputzlächeln. Eine positive Ausstrahlung ist bei einem Vorstellungsgespräch von großer Wichtigkeit, stand in einem Internetratgeber zum Thema Bewerbungen, und ich gab alles, um die Stelle zu bekommen.

Brecht verzog keine Miene. »Und Sie sind als Branchenfremde bereit, vorab an dem fünftägigen Fortbildungsprogramm ›Naturcoaching für Quereinsteiger‹ teilzunehmen?«

Mist, dachte ich. Mit meiner Arbeit als Hundetrainerin wäre das schwer vereinbar. Aber egal, irgendwie würde ich das hinbekommen. »Na, sicher! Ich freu mich schon drauf«, lautete meine Antwort. Erstes Ziel war es, den gut bezahlten Job an Land zu ziehen. Danach müsste man weitersehen.

»Nun, um Ihnen noch unser besonderes Projekt genauer vorzustellen …«

»Heimat-Tanken!«, versuchte ich, mit Wissen zu glänzen. Der Begriff ist mir von der Stellenanzeige im Gedächtnis geblieben. »Ehrlich gesagt finde ich den Namen …«, ich überlegte, wie ich meine Meinung höflich und halbwegs gebildet in Worte fassen könnte, »… retro. Ich könnte mir was mit mehr Wumms vorstellen. ›Heimat‹ – dat klingt so ungeheuer altbacken.«

Es tat sich etwas auf Brechts Gesicht. Die Augenbrauen neigten sich zueinander, die Lippen kräuselten sich.

»Obwohl retro eigentlich super ist«, beeilte ich mich zu sagen. Mensch, du Dummsnuut, schimpfte ich mich selbst. Ehrlichkeit sollte ich mir für die Freizeit aufsparen. Um den Job zu bekommen, brauchte es viel eher Diplomatie. »Im Moment stehen die Leute total auf die alten Zeiten«, ergänzte ich deshalb. Ich wollte den Job, und zwar unbedingt.

»450 Euro am Tag, das war der Strohhalm, an den ich mich klammerte. Mit dem Job als Coach könnte ich vielleicht gerade noch die Kurve kriegen, was die Bank und die ausstehenden Raten betrifft.

»Was planen Sie konkret?«, zeigte ich mich interessiert. Genau so, wie man sich einen zukünftigen Mitarbeiter wünscht.

»Nun, das Projekt wird den Tourismus in der Region auf ein völlig neues Level katapultieren. Mit einem gut durchdachten Konzept und klugen Investitionen könnte es in Saarland und Hunsrück bald zugehen wie in Bayern oder an der Ostsee. Touristen, so weit das Auge reicht. Eine derartige Kampagne muss man richtig aufziehen und – auch wollen. Nicht kleckern, sondern klotzen, sage ich immer.«

Brecht tippte auf eine Taste an seinem Laptop, und auf der überdimensionalen Leinwand vor uns leuchtete eine Präsentation auf. »Heimat-Tanken – die junge Art, Urlaub zu machen«, stand in dicken Lettern in der Mitte.

Mit einem Laserpointer wies Brecht auf die kleinformatigeren Worte, die um den Titel angeordnet waren. »Schwarmfinanzierung«, »touristisches Neupotenzial« und »Internationale Vermarktung« las ich.

»Ein Wanderparadies mit luxuriösem Background – das wird unser Alleinstellungsmerkmal.« Brechts Stimme nahm einen feierlichen Klang an. Fast schon andächtig, als hielte er die Heilige Messe in der Kirche ab. »Ursprünglichkeit gepaart mit Komfort und Besonderheiten – dafür sind die Gäste bereit, tief in die Tasche zu greifen. Deutschland liegt als Urlaubsland voll im Trend. Da hat die Pandemie ein gutes Werk für uns getan.« Er stimmte ein Gelächter an. Es klang unangenehm. »Die Leute wollen dem Heimatgefühl nachspüren, die Natur erleben.« Er hob seinen Zeigefinger alarmierend in die Höhe. »Tagsüber natürlich nur. Wenn es Abend wird, will sich keiner auf eine alte Luftmatratze legen, mit Stechmücken kämpfen und Suppe aus der Kantine futtern.«

Er richtete sich an mich: »Haben Sie mal das Buch vom Kerkeling gelesen? Von seiner Zeit, als er auf dem Jakobsweg unterwegs war?«

Keine Ahnung, wann ich das letzte Mal ein Buch in meinen Händen hielt. Muss Jahre her sein. »Ja. Na, klar«, erwiderte ich trotzdem.

»Dann wissen Sie, wo der Kerkeling übernachtet hat.«

Ne. Mir wird heiß. Ich nickte leicht, setzte ein Lächeln auf und gab mich der Hoffnung hin, dass das eine rhetorische Frage war. Bitte!

»Der Hape war klug und hat sich jeden Abend ein Hotelzimmer gegönnt«, gab sich Brecht selbst die Antwort. »Nach der Schinderei beim Wandern ließ er sich das nicht nehmen. Wer will schon freiwillig in irgendeiner Absteige nächtigen und sich mit 20 Fremden die Dusche teilen? Sie doch bestimmt auch nicht?«

»Nö«, bleibe ich diesmal bei der Wahrheit. Während des Wacken-Festivals spare ich mir das Duschen immer.

»Sehen Sie. Das ist der Trend von heute: Abenteuer und einmalige Erlebnisse gepaart mit allen nur denkbaren Annehmlichkeiten. Exakt bei diesen Wünschen setzen wir an … Wir wissen, wo der Hase langläuft.«

Wo läuft denn der Hase lang, fragte ich mich und rieb mir mit der Hand über den Unterarm.

Brecht war verstummt. Er beugte sich vor. Anscheinend war die Sache mit dem Hasen vertraulich und nicht für die breite Öffentlichkeit bestimmt. »Ich mag die Natur, ehrlich, mir liegt unglaublich viel an Umweltschutz, Artenerhalt und all dem Kram.« Seine Stimme ist leiser geworden. »Aber wir wissen doch beide: Wo gehobelt wird, da fallen Späne.«

»Aha. Verstehe.«

»Mir schwebt eine neue Form des Reisens vor. Wir bieten urwüchsige Erlebnisse, die sich mit individuell anpassbaren Dienstleistungen wie Spa und Wellness am Abend kombinieren lassen. Stellen Sie sich vor, Sie erwartet nach einer anstrengenden Etappe ein Panoramarestaurant auf den Gipfeln eines Berges. Sie nehmen auf der Terrasse mit schönster Weitsicht ein erholsames Bad in einem Jacuzzi und lassen den Abend bei einem Glas regionalen Wein mit Blick auf das Naturpanorama ausklingen.« Er wischte mit den Handflächen durch die Luft und lässt dem Bild Zeit zum Nachwirken. »Wir erschaffen 750 zusätzliche Übernachtungsmöglichkeiten genau dieser Art in Saarland und Hunsrück. Mir schweben neben Panoramagebäuden an den besonderen Blickpunkten zusätzlich auf alt getrimmte Ur-Waldsiedlungen vor – das klingt doch klasse, oder?«

Mein Einsatz war gefordert. »Aber so was von!«, urteilte ich.

»Angesiedelt werden sie fernab von Ortschaften und Städten mitten im Grünen«, ging es weiter. »Stets nach dem Motto: Draußen die Natur und drinnen der Komfort. Das werden Eins-a-Luxusappartements mit allem Drum und Dran. Außerdem werden unsere Gäste von den besten Köchen der Gegend verwöhnt. Es wird Personal geben, das die Teilnehmer nach der anstrengenden Tour massiert. Ihnen wird förmlich jeder Wunsch von den Augen abgelesen. Und jetzt kommt der Clou an der Sache: Trotz all dieser Annehmlichkeiten fühlen sie sich, als wären sie inmitten der Natur. Dafür sorgen riesige Fensterfronten, durch die die Gäste stets den Wald betrachten und die Welt dort draußen beobachten können. Das ist genial. Einfach herrlich.« Er verstummte und richtete seine Augen erwartungsvoll auf mich.

»Ja, herrlich«, griff ich Brechts Worte auf. »Der Wahnsinn!« Richtig wohl war mir bei der Antwort nicht. Der Typ hat einen an der Waffel. Wer sollte das überhaupt alles finanzieren?

»Das Gesamtprojekt hat ein Kostenvolumen von 87 Millionen Euro«, fuhr Brecht fort, als hätte er meine Gedanken erraten. »Und das ist unter uns gesagt, Frau van der Pütten, verdammt viel Geld für diese verschlafene Region.«

»Das wird ganz großes Kino«, fiel mir dazu bloß ein.

»Wenn die Sache erst einmal unter Dach und Fach ist, ist das ein echter Glücksfall für die Leute hier«, ereiferte sich Brecht. »Mir liegt was an den Menschen aus der Gegend. Wissen Sie, ich bin selbst aus dieser Ecke.«

»Aha.« Das wunderte mich. Der Tourismusberater kam mir nicht wie der typische Saarländer vor. Wie auch immer der ausschauen sollte – Brecht passte für mich nicht ins Bild.

»Aber für einen Typen wie mich ist das Saarland einfach zu eng. Kaum das Abi in der Tasche, musste ich hinaus in die weite Welt.«

»Okay«, sagte ich lediglich, weil mir nicht mehr dazu einfiel. »Und wann soll die Sache losgehen?«, lenkte ich auf ein anderes Thema.

»So bald wie möglich. Mein Plan ist es, Anfang Juni mit einer ersten speziell ausgewählten Gruppe zu starten. Testweise. Jede Etappe wird genau geplant und dokumentiert. Auf diese Weise zeige ich meinem Auftraggeber die Chancen und natürlich auch das Verbesserungspotenzial der Region auf. Die fertige Präsentation wird schließlich den Investoren vorgelegt. Da der Deutsche Tourismusverband der größte Geldgeber sein soll, gilt es, den zu überzeugen. Dass das gelingen wird, steht außer Zweifel. Wenn alles in trockenen Tüchern ist, geht es Ende des Jahres richtig los. Dann werden die ersten Gebäude in Angriff genommen.«

»Ui.«

»Jaja, klotzen statt kleckern«, erinnerte Brecht mich an sein Motto. »Adrenalin Innovationsmanagement heißt meine Firma in Köln – der Name ist Programm. Als CEO habe ich mich in ganz Europa bewiesen. Mein Job ist es, die Kampagnen zum Laufen zu bringen. Ich bin der ›Schrittmacher‹, bis die Sache Fahrt aufnimmt und ich die Zügel mit gutem Gewissen an die Bremsklötze von den Tourismusverbänden abgeben kann. Denen fehlt es am Mumm, um so was konsequent auch mal gegen den Bürgerwillen und die vielen Grünchen, die die Welt retten wollen, durchzusetzen.«

»Okay. Ich verstehe.«

Brecht lehnte sich in seinem Stuhl zurück. »Was es neben der Finanzierung und den wohlerwogenen Konzepten für die Verwirklichung meiner Visionen noch braucht, sind Multiplikatoren. Ohne außergewöhnliche Charaktere, die das Konzept verinnerlicht haben und weitertragen, funktioniert die Sache nicht. Ich suche nach patenten, lebensklugen Naturtypen, und die sind gar nicht so einfach zu finden.«

Mir recht, dachte ich.

»Das hat vermutlich mit der Coronazeit zu tun. In der gesamten Hotel- und Tourismusbranche fehlen Mitarbeiter.« Er kratzte sich an der Stirn. »Nun, was denken Sie? Trauen Sie sich zu, als Coach eine Wandergruppe über eine erste Tour zu führen? In acht Etappen geht es quer über den Hunsrück und durch das Saarland. Sie wären zuständig für die Streckenführung, die Sicherheit und auch dafür, die Gäste bei Laune zu halten«, zählte er auf. »Es darf Ihnen kein Fehler passieren. Kriegen Sie das hin?« Brecht kniff die Augen zusammen.

Der Kerl baut enormen Druck auf, fand ich.

Ich rechnete im Kopf durch. Sieben Mal 450 Öcken. Das sind mehr als 3.000 in Summe in nur einer einzigen Woche. Meine Sicht der Dinge ist eindeutig. »Dat schaff ich. Überhaupt kein Problem.«

»Sehr schön. Ich zähle auf Sie. Wenn alles gut klappt, gibt es am Ende noch eine saftige Erfolgsprämie obendrauf.«

Mein Herz machte einen Hüpfer.

»Und ganz nebenbei: Ich werde die Tour inoffiziell begleiten«, fügte Brecht hinzu. »Inkognito in der Funktion als Tourfotograf, denn auch was das angeht, bin ich mit einem Wahnsinnstalent gesegnet.«

Woran es ihm ebenfalls nicht mangelte, ist an Selbstbewusstsein, ergänzte ich für mich in Gedanken.

»Es wäre gut, wenn Sie mich wie jeden anderen behandeln«, redete er weiter. »Sie verstehen sicher, wie ich das meine.«

»Gar keine Frage für mich«, gab ich in aller Selbstverständlichkeit zurück. Ich war etwas unkonzentriert, denn wenn ich diesen Brecht richtig verstand, gehörte der olle Job nun mir. Auch wenn ich nach außen hin cool blieb, ich hätte schreien können vor Glück. In allerletzter Sekunde war es mir gelungen, den Kopf noch aus der Schlinge zu ziehen. Damit hatte ich auf einen Schlag die ersten beiden Raten in der Tasche, und danach könnte ich weitersehen. Eventuell müsste ich den Job als Hundjeführerin erst mal an den Nagel hängen.

»Dann würde ich sagen, Frau van der Pütten, herzlich willkommen in unserem Team. Wir sehen uns demnach Anfang Juni.« Mit den Worten brachte Brecht das Gespräch allmählich zu Ende, und dabei kam eher zufällig die Sache mit Toni ins Spiel. »Übrigens: Für die Tour bräuchte es noch einen weiteren Teilnehmer – beziehungsweise am liebsten eine Teilnehmerin. Tough, modern und idealerweise fototauglich. Fällt Ihnen da zufällig jemand ein?«

Ich überlegte. »Ich hör mich mal um«, hielt ich meine Antwort vage, und dann fiel mir ein, dass die Kollegen gestern in der Kantine verzweifelt darüber brüteten, was man Toni zum Dienstjubiläum und Geburtstag schenken könnte. Fast verzweifelt waren sie gewesen. »Obwohl … Ich wüsste da jemanden, auf den Ihre Beschreibung genau passt«, ergänzte ich. »Ich gebe Ihnen heute noch Bescheid.«

»Fantastisch. Wenn Sie das hinkriegen, lege ich noch drei Hunderter obendrauf«, stellte mir Brecht in Aussicht.

Eine Zusatzvergütung, gleich zum Auftakt, freute ich mich. Anscheinend musste ich eine Glückssträhne haben.

So lief dat vor rund einer Woche. Also muss mir bestimmt niemand dankbar sein, denn für mich ist bei der Geschichte am meisten herausgesprungen. Zumal sich Wolfgang trotz aller Gegenwehr nicht davon abbringen ließ, mir einen zusätzlichen Hunderter zuzustecken, da ich Günther kurzfristig als Begleitung unterbringen konnte. Was hätte ich sagen sollen? Dass ich für Toni in Kürze eine nicht zu knappe Prämie beim Veranstalter einheimsen werde?

Mies fühle ich mich. Richtig mies. Ich tröste mich mit einem Lyoner-Spieß auf Pumpernickel mit einem Klecks Avocadocreme.

ES WIRD ERNST!

Landespolizeipräsidium Saarland in Saarbrücken
09.06.2023
Günther, der Dackel

»Da ist alles Nötige drin!«, sagt Wolfgang und reicht Toni eine Tasche mit meinen Sachen. »Die Leine für lange Strecken, seine Lieblingsdecke, die Bürste für morgens, eine für den Abend, sein Kuschelhase ...«

»Also, Wolfgang«, grätscht Toni dazwischen. »Dein Güntherlein zieht nicht in den 30-jährigen Krieg, sondern wird lediglich ein paar Tage mit mir wandern. Rein statistisch betrachtet bestehen da gute Überlebenschancen – auch ohne den ganzen Kram.«

»Ich bin so gut wie fertig. Hier ist bloß noch ein Handtuch, falls ihr schwimmen wollt.«

»Schwimmen? Wolfgang, du hast Ideen.«

»Na ja, im Losheimer Stausee ... möglicherweise.«

Toni zieht abschätzig die Augenbrauen in die Höhe. »Das war schon immer mein Traum: Ich teile mein Badewasser mit deinem Hund.«

Ich verzichte ebenfalls, denke ich. Denn ich möchte ebenso wenig zusammen mit dieser Toni, die aus allem ein Riesentheater macht, planschen gehen.

Wolfgang verzieht den Mund und nimmt das Handtuch heraus. »Na gut, dann lassen wir das weg. Aber das

Ungezieferspray braucht er. Was meinst du, wie schnell er sich Zecken einfängt? Morgens und mittags jeweils einmal aufs Fell sprühen. Aber nicht in die Augen.«

»Okay. Nicht in die Augen«, wiederholt Toni scharf. Das klingt nicht sehr interessiert. Eigentlich glatter Wahnsinn, mich ihrer Obhut zu überlassen.

Die Frau hat das Einfühlungsvermögen einer Planierraupe. Ich armes Kerlchen hingegen bin wie ein kostbarer seltener Diamant, den es zu schützen und zu hüten gilt.

»Und pass auf, dass der Junge nicht verloren geht. Nicht, dass er sich verläuft«, versucht Wolfgang weiter, an das Verantwortungsbewusstsein Tonis zu appellieren.

»Ach, ich dachte doch tatsächlich, dein Superpolizeidackel soll auf mich aufpassen – und nicht umgekehrt«, kläfft sie ihn daraufhin frech an. »Sagtest du nicht mal, Günther habe die beste Nase im ganzen Polizeihundeteam und einen untrüglichen Orientierungssinn?«

Wolfgang stöhnt genervt auf. »Ich will ja nur, dass ihm nichts passiert.«

Toni lacht auf. Ihr fehlt jegliches soziales Fingerspitzengefühl. »Wolfgang, wie heißen diese Eltern noch, die ständig um ihre Kinder herumschwirren und sie nichts eigenständig machen lassen?«

Die Kratzbürste überlegt, während Wolfgang die Frage unbeantwortet lässt. Kluge Reaktion, denke ich. Da vergeht Toni irgendwann die Lust am Stänkern.

Vorerst jedoch trampelt sie noch weiter auf unseren Nerven herum. »Es hat irgendetwas mit Fliegen zu tun«, überlegt sie laut. »Ha, ich weiß es!«, ruft Toni und zeigt mit dem Finger auf Wolfgang. »Helikoptereltern! Du bist so ein richtiges Helikopterherrchen, und zwar eins von der hoffnungslosen Sorte.«

Wie überaus witzig, denke ich. Die Frau wäre weit besser beim Zweite-Klasse-Comedy-Club aufgehoben als bei der Polizei. Während Toni in sich hineinkichert, bemerkt sie gar nicht, wie finster die Mienen von Wolfgang und mir geworden sind. Wenn Blicke töten könnten, wären wir in dieser Sekunde ins kriminelle Lager gewechselt.

»Also so geht das nicht, Toni«, sagt Wolfgang. »Ein bisschen ernst musst du das schon nehmen.« Die Unterhaltung gewinnt an Schärfe, das gefällt mir.

Ich wünsche mir noch mehr klare Kante. Wolfgang soll ein Exempel statuieren, damit Toni ihre Grenzen kennenlernt. Statt sie nur in die Ecke zu stellen und mit ihr zu schimpfen, sollte Wolfgang das großzügige Angebot revidieren, mich als Begleitung mitnehmen zu dürfen. Damit könnte ein echter Lernprozess bei Toni angestoßen werden.

Komm schon, Wolfganglein, bitte ich ihn in Gedanken. Mach's!

»Reg dich ab, Wolfgang! Das war nur Spaß. Ich pass natürlich gut auf das Kerlchen auf«, lenkt Toni aus heiterem Himmel ein.

Ich könnte weinen.

»Es ist ziemlich putzig, wie sehr du dich für den Günther ins Zeug legst«, versucht sie sich einzuschleimen und – verdammt noch mal –, es scheint zu funktionieren.

Wolfgang wirkt verlegen und übergeht ihre Aussage. »Ans Futter denkst du bitte auch. Nur zweimal am Tag und immer die Hälfte.«

Toni nickt. »Klar. Keine Sorge.«

»Und nichts zwischendurch, Toni!«

»Das sagt nun wirklich der Richtige«, gibt sie zurück. Das geschieht Wolfgang recht. Während er sich ständig an seinem Zartbitterschokoladen-Vorrat in der Schreibtischschublade bedient, will er mir meine überlebensnotwendigen Zwischenmahlzeiten vorenthalten. Er hat keine Ahnung, wie schnell bei mir der Blutzuckerspiegel sinkt. Ist doch auch logisch, wenn man bedenkt, dass mein Kopf 24 Stunden am Tag auf Hochbetrieb läuft.

»Zeit, Adieu zu sagen«, kündigt Wolfgang an, und ich verfalle in eine Schockstarre. Jetzt kann mich nichts mehr retten. »So, mein Großer«, sagt er und beugt sich zu mir herunter. Ich bemühe mich, enorm traurig auszusehen. Mimisch sind uns Hunden Grenzen gesetzt, das gebe ich zu, aber den Dackelblick beherrsche ich perfekt. »Du freust dich bestimmt auf die Zeit an der frischen Luft«, meint Wolfgang mit glasigen Augen in völliger Verkennung der Tatsachen

Er hat noch mehr Wahnsinnsprophezeiungen auf Lager. Womöglich beweist selbst Nostradamus eine höhere Trefferquote. »Es kommen tolle Tage auf euch zu, da bin ich mir sicher«, sagt Wolfgang und rückt dichter an mich heran.

Huch, was wird das, frage ich mich erschrocken. Er wird mich doch nicht küssen wollen? Nichts gegen Menschen – an sich. Aber gewisse körperliche Grenzen sollten gewahrt werden. Ich tripple zurück. Bei aller Liebe, das geht überhaupt nicht.

»Eh, sorry, wenn du den Hund abknutschst, bin ich weg. Das will ich mir nicht geben«, mischt sich Toni ein, und zum ersten Mal an diesem Tag sind wir einer Meinung. »Keine Sorge, ich bring dir die Rennwurst lebend wieder, versprochen!«, ergänzt sie.

Wolfgang beginnt zu schniefen. »Ich wünsche euch wunderbare Abenteuer auf dem Saar-Hunsrück-Steig.« Er hält Toni die Leine hin.

Abenteuer? Schön wär's, denke ich. Das wird hundertpro stinklangweilig. Einfach nur wandern, von morgens bis abends, ohne Klimaanlage, ohne Fernseher, und hungern werde ich noch dazu.

»Dann sehen wir uns in einer Woche«, sagt Toni und trabt los.

Ich spüre Wolfgangs Blick in meinem Rücken, als Toni und ich uns durch den kargen Flur in Richtung Treppenhaus entfernen. Ich denke an diese allerletzte Szene des Films Bodyguard. Meine Hoffnung ist, dass Wolfgang zu Whitney Houston mutiert, die damals weinend aus dem Flugzeug stürzte und sich Kevin Costner an den Hals warf. Das Ganze endet mit einer Großaufnahme auf mich, begleitet von einer emotionsgeladenen Ballade.

»Rein mit dir, du Wanderhund«, fordert Toni, als wir am Auto stehen.

Ich drehe den Kopf Richtung Eingangstür. Da tut sich nichts. Kein Wolfgang, kein Wind, der mir verwegen durch die Haare weht, und auch keine dramatische Musik. Stattdessen eine mürrische Toni, die mich anblafft, weil ich ein Dackel und kein Känguru bin.

»Ach ja. Monsieur muss reingehoben werden. Wenn wir zurück sind, hopst du da mit Leichtigkeit hoch, das verspreche ich dir«, stellt sie mir mit einem Anflug von Größenwahn in Aussicht und hebt mich in den Kofferraum. »Wag es nur nicht und verliere Haare. Das Auto ist frisch gesaugt.« Meine Reisetasche lässt sie unsanft neben mich plumpsen. »Was hat Wolfgang sich nur dabei gedacht, so viel für dich einzupacken? Bei dem, was du dabeihast, darf ich höchstens zwei Unterhosen und meine Zahnbürste mitnehmen.«

Beschwerden über Beschwerden, denke ich und werde mit einem Mal melancholisch. Ich lege meine Schnauze auf dem Boden des Kofferraums ab und lasse die Ohren hängen.

»Guck nicht so«, fordert Toni, während sie mit den Händen nach der Kofferraumklappe tastet. »Ich habe genauso wenig Lust auf diesen elenden Urlaub wie du, das kannst du mir glauben. Aber Kopf hoch! Irgendwie bringen wir die paar Tage schon hinter uns. Wer weiß: Vielleicht macht es sogar Spaß.«

Klar – Spaß. Toni hat einen mehr als kreativen Blick auf die Realität. Die Heckklappe fällt mit einem Knall zu, und der kleine Kofferraum wird damit so düster wie meine Stimmung.

FÜR GUTE FREUNDE
NUR DAS BESTE

Im Büro der Firma »Adrenalin
Innovationsmanagement« in Köln
09.06.2023
Felix Brecht

»Keine Sorge, Herr Lambrecht, das Projekt läuft perfekt nach Plan. Die Roadmap steht. Was die Genehmigung der Förderung auf Bundes- und Europaebene angeht, stehen wir kurz vor der Zusage, und die Sache mit den Umweltauflagen befindet sich fast in trockenen Tüchern. Ich sehe die Anlagen quasi schon vor mir. Nächstes Jahr werden wir das Panoramahotel an den Hängen der Mosel eröffnen. Das wird ein Quantensprung für die Region.«

»In Bezug auf die genaue Ausgestaltung habe ich ehrlich gesagt immer noch ein mulmiges Gefühl. Auch weil wir – da sind sich alle regionalen Tourismusverbände einig – beim Tourismus in Saarland und Hunsrück primär auf Naturtourismus und nachhaltiges Reisen setzen möchten«, dröhnt Lambrechts Stimme aus der Telefonanlage. Ich verdrehe die Augen. Lambrecht ist für die Regionalförderung beim Tourismusverband Großes-im-Kleinen zuständig. Es ist anstrengend, ständig mit solchen Schwarzdenkern zusammenarbeiten zu müssen.

»Ist doch wunderbar, da liegen wir zwei genau auf einer Linie«, nehme ich meinem Gesprächspartner den Wind aus den Segeln. Ein Schuss ins Schwarze: Lambrecht verstummt auf der anderen Seite der Leitung. Gegebenenfalls lädt er auch nur nach. Vermutlich wird es keine zwei Sekunden dauern, bis ein weiteres Aber von ihm folgt. Doch nicht mit mir. Ich komme ihm zuvor. »Selbstverständlich kann ich Ihre Befürchtungen verstehen. Mit einem fein gesponnenen Konzept allerdings – und nichts weniger haben wir – werden alle zentralen Komponenten ineinander verschmelzen: Der florierende Tourismus wird sich mit der blühenden Natur solidarisieren und gemeinsame Sache machen.« Der letzte Satz ist mir spontan eingefallen. Er klingt ausgezeichnet und lässt den Dauerkritiker Lambrecht in Stillschweigen verharren.

Tja, bei Wortgefechten gehe ich immer als Sieger vom Platz. Da macht mir keiner was vor.

»Nun gut, wir starten mit einer kleinen Testgruppe zu einem ersten Run. Ich werde Ihnen übernächste Woche das erste Portfolio über die Ausgestaltung unserer Nat(o)ur-Ausflüge übermitteln. Mit sämtlichen touristischen Highlights, die ich für sinnvoll halte, und allem, was wir zukünftig canceln sollten, da es nicht lukrativ und zielführend ist. Sie werden begeistert sein«, prophezeie ich.

»Da bin ich gespannt.« So wie Lambrecht das sagt, wartet er geradezu darauf, dass etwas schiefläuft und er weiter unken kann.

»Oh, Entschuldigung. Ich habe gleich die nächste wichtige Telefonkonferenz in unserer Sache«, flunkere ich. Jetzt, da die Details geklärt sind, wäre es mir mehr als recht, die leidige Unterhaltung schnellstmöglich zu Ende zu bringen.

»Hat mich sehr gefreut. Ein Telefonat mit Ihnen ist jedes Mal ein Vergnügen«, trage ich extradick auf.

»Ja. Für mich auch«, zwingt sich Lambrecht zu sagen. Ich bin mir sicher, er meint es genauso wenig ernst wie ich.

»Wiederhören, Herr Lambrecht.«

»Tschüss.«

Ich lege auf und rufe einen Kontakt in meinem elektronischen Telefonbuch auf: Strupp/Kreisbauamt.

»Hallo, Felix. Was verschafft mir die Ehre?«

»Ach, nichts Besonderes. Ich wollte dir lediglich kurz berichten, dass der Kaffeevollautomat unterwegs ist.«

»Hui.« An der anderen Seite der Leitung freut Strupp sich ungemein, das ist nicht zu überhören.

Ich setze noch eins drauf: »Ich wusste nicht, welche Jura ich bestellen sollte, also habe ich die teuerste genommen. Die ist für dich ja gerade gut genug.«

»Uiuiui«, kommt es zurück. So klingt gute Laune, denke ich. Daran könnte sich Lambrecht ein Beispiel nehmen.

»Für gute Freunde nur das Beste«, bemerke ich. Den Satz meine ich ernst. Problemchen lösen sich nicht, wenn man ständig »Aber« sagt, sondern indem man die richtigen Menschen an den passenden Schaltstellen kennt und bei Laune hält.

SAAR-HUNSRÜCK-STEIG

1. Etappe
Von Perl zur Villa Borg
Strecke: 16,3 km
Dauer: 4:30 h
Höhenmeter: ∧390 m ∨270 m

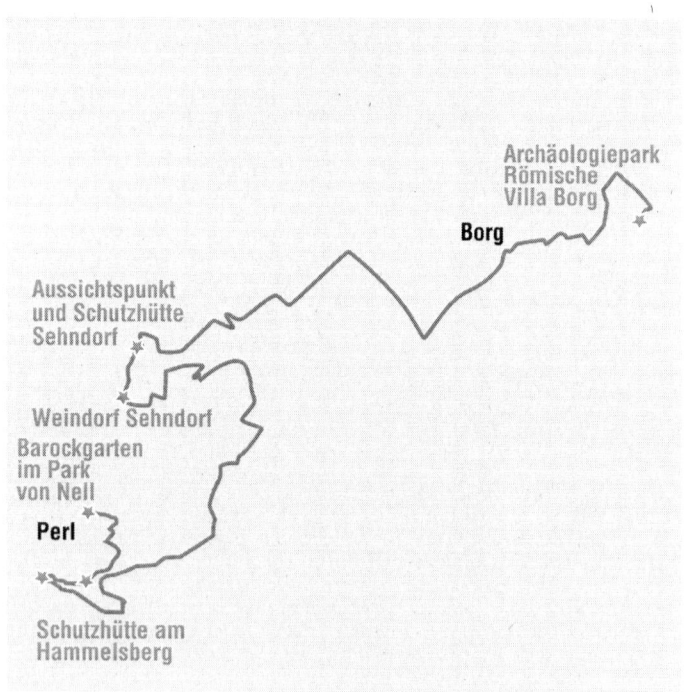

AUF IN DEN KAMPF

Treffpunkt: Barockgarten im Park von Nell in Perl
10.06.2023
Antonia Kuppertz

»So, wir sind gleich da.« Ich drücke den Halteknopf. Die Bushaltestelle befindet sich direkt gegenüber unserem Treffpunkt, dem Park von Nell. »Ab jetzt geht es zu Fuß weiter«, kündige ich Günther an, der nicht reagiert. »Günther«, versuche ich es lauter. Keine Regung! Das Tier ist unglaublich, es schlummert. Bereits die Zugfahrt von Saarbrücken nach Merzig hat der Dackel durchgedöst. »He, aufwachen! Das war genug Schönheitsschlaf für die nächsten sieben Tage.«

Günther reibt sich die Schnauze an seinen Vorderpfoten, der Bus bremst bereits.

»Hopp, hopp.« Ich ziehe an der Leine und gehe in Richtung Bustür. Günther ziert sich.

»Hallo! Sie haben aber schon vor, im Laufe dieses Jahres auszusteigen?«, erkundigt sich der Busfahrer von vorn.

»Nur noch eine Sekunde«, verspreche ich.

Widerwillig trottet Günther aus dem Bus. Kaum ist er draußen, schnüffelt er sehnsüchtig in Richtung meiner Hosentaschen. Offenbar ist er der Ansicht, er habe sich die erste Belohnung verdient.

»Vergiss es. Der Leckerli-Traum hat sich ausgeträumt. Das kannst du mir …« Den Satz bringe ich nicht zu Ende, denn ich höre unsere Namen.

»Da schau mal einer an! Die Antonia Kuppertz und unser Hundje Günther. So sieht man sich wieder!« Die kernige Stimme mit dem Akzent aus dem hohen Norden kommt mir bekannt vor. Ich wende mich um und sehe jemanden in schwarzer Cargohose und Lederjacke. Die Frau, schätzungsweise um die 50, ist nicht sehr groß, aber ein Kraftpaket. Kompakt und muskulös. Als mein vierbeiniger Begleiter sie entdeckt, zieht er den Schwanz ein. Kein Zweifel, das ist die van der Pütten, Günthers Trainerin aus der Polizeihundestaffel.

»Lodi, das ist ja ein Ding. Was machst du denn hier?«, frage ich verwundert. »Als letzte Woche plötzlich ein Vertretungstrainer auf dem Gelände stand, dachte ich, du bist bestimmt den Sommer über in die alte Heimat gefahren.«

»Ne, Urlaub ist nix für mich.« Sie nähert sich uns. Während ich Trolley und Wanderrucksack dabeihabe, hat sie einen alten, ausgefransten Bundeswehrrucksack über einer Schulter hängen und eine tarngrüne Fliegertasche, vermutlich aus dem Armyshop, über der anderen. Dieser Look, zusammen mit der überdimensionalen Sonnenbrille, lässt mich unwillkürlich an Tom Cruise in Top Gun denken. Lodis lässiger Blick beim Kaugummikauen ebenso.

»Sag bloß, du nimmst ebenfalls an der Wanderung teil? Kam ich deshalb zu der Ehre?«, frage ich Lodi.

»So kann man dat nicht sagen«, erwidert sie, und ihr Grinsen zieht sich noch stärker in die Breite.

»Und wie kann man es sagen?«

»Na, ich leite dat Ding!«

»Im Ernst? Du bist der ›landeskundige Countrycoach‹, der auf dem Prospekt der Tour angekündigt wurde?«

»Jep.«

Ich lache, das ist lustig. Wen immer ich mir unter dem Begriff »Countrycoach« ausgemalt habe, es war bestimmt nicht Lodi. »Nicht schlecht! Ich wusste gar nicht, dass du dich im Saarland so gut auskennst und außerdem ein Wanderfreak bist.«

Für einen Moment wirkt Lodi verlegen. »Da siehst du es mal, ich habe eben meine geheimnisvollen Seiten«, kontert sie und fügt mit einem Augenzwinkern hinzu: »Aber keine Zeit zum Schnacken, ich habe eine Mission zu erfüllen.«

Ich schaue auf die Uhr. Punkt neun. Pünktlicher kann man gar nicht sein. Wir steigen gemeinsam die Steintreppe zum Park von Nell hoch. Bereits auf dem Absatz fällt mir die bunt gemischte Truppe, die sich um die Brunnenanlage versammelt hat, ins Auge. Grob über den Daumen gepeilt sind es acht oder neun Personen. Alle in Wanderkleidung und mit Gepäck.

»Aha, Coach van der Pütten. Wir warten voller Sehnsucht auf Sie!«, sagt ein großer, schlanker Mann, der aufgrund seiner tadellosen Optik und Kleiderwahl Werbung für ein teures Outdoorlabel machen könnte. Er hat eine professionell wirkende Kamera in der Hand. »Wir können also loslegen.«

Bevor ich mich versehe, postiert sich der Kameratyp vor Günther und mir. Als es losklickt, fühle ich mich fast wie auf dem roten Teppich. Günther versteckt sich vor Schreck hinter meinen Beinen.

»Muss das sein?«, will ich wissen.

»Das Fotografieren ist vertraglich vereinbart. Das haben Sie mit dem Wandervertrag unterschrieben. Sonst hätten

Sie das Gesamtpaket für den Spottpreis gar nicht bekommen«, klärt mich der Mann auf. Unverdrossen hält er die Kamera auf mich gerichtet und schießt unzählige Bilder. »Ich bin als Fotograf engagiert. Mein Auftrag ist es, die komplette Tour festzuhalten.«

Unterschrieben habe ich gar nichts. Wenn, dann waren das meine Kollegen, vermute ich und entscheide, die Prozedur über mich ergehen zu lassen.

Als ich Anstalten mache, mich zur Gruppe zu gesellen, heftet sich der Fotograf an Günthers Fersen. »Der Hund ist klasse. Auf Tierbilder stehen die Leute«, redet der Kerl mit sich selbst und geht in die Knie. Ganz nah an Günther heran, dem das Dauerklicken nicht geheuer zu sein scheint. Er zieht erneut den Schwanz ein und verkrümelt sich hinter meine Beine, doch der Fotograf bleibt an ihm dran.

Klack-Klack-Klack. Ein Foto nach dem anderen.

»Na los, Dickerchen, nicht so schüchtern«, fordert der Typ.

Den Spruch nimmt Günther wörtlich. Er stürzt völlig unschüchtern nach vorn, bleckt die Zähne und stimmt ein Knurren an, das dunkler ist als so manches Gewittergrollen im Hochsommer.

Huch, ich bin beeindruckt. Um nicht zu sagen, richtig stolz auf meinen kleinen Begleiter. So eine Tonlage hätte ich ihm gar nicht zugetraut.

Der Fotograf offensichtlich auch nicht. Wie in Zeitlupe lässt er die Kamera sinken und nimmt Sicherheitsabstand ein. »Easy, easy, mein Junge. Dir will keiner was.« Besänftigend hebt er die freie Hand in die Höhe. Günther lässt ihn nicht aus dem Blick, er steht wie eingefroren da. Die Lefzen drohend erhoben, die Rückenhaare entgegen der Schwerkraft gesträubt.

»Fürs Erste reicht das«, richtet sich der Fotograf an die Runde und reiht sich neben der van der Pütten ein. Er nickt ihr auffordernd zu. Anscheinend kennt sie den Typen, auch wenn der so gar nicht zu ihr passt.

»An die Kamera werden Sie sich schnell gewöhnen«, ergreift die van der Pütten das Wort. Sie klingt ungewohnt förmlich. »Sie wird unser ständiger Begleiter in den nächsten Tagen sein. Es wäre dat Beste, Sie geben sich so natürlich wie möglich. Im Idealfall vergessen Sie einfach, dat Sie gefilmt oder fotografiert werden. Wir wollen Authentizität auf den Bildern sehen.«

Ups. Authentizität. Was ist denn mit Lodi passiert, frage ich mich. Das ist doch nicht unsere mit Worten und Taten nicht unbedingt zimperliche Hundetrainerin. Ab und an hat Lodi in den Trainingspausen damit geprahlt, bei Wacken immer in der ersten Reihe zu stehen. Angeblich hat sie mehrmals der Schweiß von Ozzy Osbourne getroffen.

Lodi wendet ihren Blick einem stämmigen Burschen mit Glatze und grauer Army-Cap zu, der ihr männliches Gegenstück sein könnte. Allerdings weist er noch weit mehr Muskelmasse als sie auf. Da er zwar breit, aber eher klein ist, hat er eine fast quadratische Form. »Authentizität können Sie bekommen, Chefin.« Das letzte Wort dehnt er auffällig lange. Ich kann mir gut vorstellen, dass der Ironman in Wanderschuhen überhaupt nicht der Typ ist, der gerne auf andere hört. Vermutlich schon gar nicht auf Frauen. Er verschränkt seine massiven Arme vor der Brust und lässt seine Bizepse spielen. Eins weiß ich todsicher, mit dem werde ich nicht warm.

Den Fotografen hingegen scheint das Auftreten des Mannes zu beflügeln. Erneut zückt er seine Kamera.

Diesmal hat er ein Motiv, das es genießt, sich in Szene zu setzen.

»So, nun mal weiter im Programm, damit es bald losgehen kann«, unterbricht van der Pütten das Gehabe und richtet sich an die gesamte Gruppe. »Bevor wir zu unserer ersten Etappe starten, stellen wir uns am besten alle kurz vor. So wissen wir, mit wem wir es auf unserer gemeinsamen Tour zu tun haben. Einverstanden?«

Die Teilnehmer bejahen.

»Ich würde vorschlagen, ich als Coach mache den Anfang.« Lodi schiebt ihre Brille von der Nase auf den Kopf und schaut in die Runde. »Lodi van der Pütten, Ihr Wandercoach. Wir können gerne Du sagen.« Sie grinst kurz. Das war's. Sie lässt ihre Sonnenbrille zurück auf den ursprünglichen Platz sinken.

Danach wird eine schätzungsweise 40-Jährige mit vielen blonden Strähnchen in den langen dunklen Haaren neben Lodi munter. »Bin ich dran?«, richtet sie sich an unseren Coach.

»Jep!«, erwidert die.

»Constanze. Mein Name ist Constanze. Alle sagen einfach nur Conny zu mir, das finde ich viel schöner. Ich wohne in Völklingen und bin Grundschullehrerin.« Sie stockt und überlegt. »Na ja, im Grunde genommen bin ich das im Moment nicht. Ich nehme ein Jahr Auszeit von dem Schulstress. Ein Sabbatjahr. Mal Zeit für mich haben. Ihr kennt bestimmt das Buch vom Hape Kerkeling.« Einige nicken. »Ich dachte mir, ich bin dann auch mal weg. Um mich herum nur Natur, Wandern, und ich kann tief durchatmen, das Leben neu ordnen und den Wald spüren ...«

Oh weh, die Aufzählung macht mir Angst. Ich habe tagtäglich mit Gangstern, Erpressern und Dieben zu tun, damit kann ich prima umgehen. Dieser halbesoterische Typ Mensch, der auf der Suche nach sich selbst ist, der ist mir weitaus suspekter. »Den Wald spüren« – wenn ich so was höre, bekomme ich Gänsehaut.

»Ich will eins mit der Natur sein. Die Einfachheit schätzen lernen und mich neu verwurzeln«, plappert Conny vor sich hin.

Ach du Schande. Zu dieser Conny sollte ich in den nächsten sieben Tagen Sicherheitsabstand halten, entscheide ich.

Der Mann neben ihr, schätzungsweise Mitte 20, ist an der Reihe. Er trägt ein rot-schwarzes Karohemd, hat einen krausen Vollbart, der ihm bis zur Brust reicht, und lange Haare, die er zu einem Zopf gebunden hat. »Ich bin Kola, und das ist …«, er legt den Arm um die Frau neben sich, »… meine Frau Antje. Wir sind ursprünglich aus Homburg. Heute leben wir allerdings, wo uns das Leben hin verschlägt. – Wir sind beide Reiseblogger.«

»Ökoreise-Blogger«, ergänzt Antje und lächelt in die Runde. Sie macht einen bodenständigen, unkomplizierten Eindruck. Im Gegensatz zu Conny ist sie ungeschminkt. Ihre dunklen Haare sind ohne viel Aufhebens zu einem Knoten zusammengesteckt, und auch ihre Kleidung ist schlicht und zweckmäßig.

Kola übernimmt wieder das Wort. »Jep. Wir achten beim Reisen auf unseren ökologischen Fußabdruck. Unsere Seite heißt ›Fair & Green Travelfriends‹. Habt ihr bestimmt mal gehört.«

Nö, denke ich.

»Wir sind viel unterwegs. Vorgestern haben wir während eines Wildniscamps in einem Tipi in Österreich übernachtet, und heute Nacht sind wir per Mitfahrgelegenheit in Luxemburg auf dem Kirchberg-Plateau eingetroffen.«

»Und wo wart ihr seitdem?«, hakt Conny nach.

»Na, wir sind hierher gewandert«, antwortet Antje, als wäre es das Normalste auf der Welt, mitten in der Nacht gut 30 Kilometer zu Fuß hinter sich zu bringen, um dann ohne Schlaf zu einer neuen Wandertour aufzubrechen.

»Von Luxemburg aus? Also, ihr meint wirklich Luxemburg-Stadt?« Man sieht förmlich, wie es in Connys Kopf arbeitet.

»Klar, warum nicht?«, entgegnet Kola. »Wir schlafen, wenn es die Umstände möglich machen. Das ist alles eine Frage der Gewöhnung. Bei unserer Wildnistour letztes Jahr in Yukon in Kanada mussten wir in der Nacht alle zwei Stunden Holz nachlegen, damit das Feuer in unserer Blockhütte nicht ausgeht. Da lernst du so was.«

»Definitiv! Wenn man in so einer Situation den richtigen Moment verschläft, kann es bei teilweise minus 40 Grad im Winter mehr als frostig werden«, pflichtet Antje ihm bei. »Das ist nicht ohne. Andererseits fühlt man sich verdammt frei so ohne Heizung, Strom und Internet mitten in unberührter Landschaft.«

»Das glaube ich sofort«, behauptet Conny, auch wenn ihr Gesichtsausdruck etwas anderes sagt.

Weiter geht's. Die Reihe ist an mir. »Toni Kuppertz aus Saarbrücken, und mit dabei habe ich den Günther.« Ich weise mit der Hand auf meinen Begleiter. »Das ist mein erster Wanderurlaub.« Das Schweigen und die Blicke der restlichen Teilnehmer fordern meiner Ansicht nach ein, mehr Persönliches über mich zu erfahren, und so ergänze ich in Ermangelung einer besseren Idee: »Der Urlaub ist ein Geschenk, und Günther ist ein Dackel.« Das reicht nun aber wirklich an Information, finde ich.

Fremden gegenüber vermeide ich es zu erwähnen, dass ich Kriminalbeamtin bin, die werden sonst sofort merkwürdig. Keine Ahnung wieso. Mag sein, dass die Leute Angst haben, ich könne sie festnehmen, wenn sie den Schwenker im Sommer einmal zu oft anwerfen, um zu grillen.

Nach mir ist der männliche van der Pütten mit Glatze an der Reihe. »Walli. Ich bin Survivaltrainer und Wildniscoach. Genau genommen schon immer. Ich war bereits als kleiner Piefke bei unserer Pfadfindergruppe, den Neunkircher Rotmilanen, eine echte Legende.«

Oh Mann, denke ich nur.

»In gewisser Weise bin ich das Gesicht und Aushängeschild der Kampagne für diese Wandertour«, posaunt er heraus. »Ich fungiere als Fotomodell für die kommenden Tage.«

Er schaut gespannt in die Runde. Es bleibt still. Mit einem Übermaß an Eigenlob lässt sich eben selten punkten.

Alle Augen wandern zu einer schüchtern wirkenden, zierlichen Frau neben Walli. »Dann bin wohl ich dran«, ergreift sie zaghaft das Wort und schiebt ihre Finger in die hinteren Hosentaschen. »Mein Name ist Regine. Ich bin Witwe, und mein Sohn ist im Moment für ein halbes Jahr als Austauschschüler in Frankreich. Da dachte ich mir«, sie stockt und überlegt, »oder besser gesagt eine Freundin von mir dachte sich, ich könnte doch mal allein Urlaub machen. Also allein mit einer fremden Gruppe, damit ich nicht komplett ohne Kontakt bin.« Sie senkt den Blick. »Na ja. Und deshalb bin ich jetzt hier … Ach so, ich bin aus dem Bliesgau. Habe ich ganz vergessen zu sagen.« Sie verstummt.

Ein bisschen unsicher, aber vermutlich umgänglich, urteile ich. Dass sie im Alter von schätzungsweise 35 bis 40 Jahren bereits Witwe ist, ist eine seltsame Parallele. Auch wenn ich keine Witwe im wirklichen Sinne bin, denn als Harald vor zwei Jahren starb, war die Scheidung schon durch. Harald war ein chronischer Fremdgänger, und ich hatte nicht mehr viel Gutes für ihn übrig. Doch als man ihn tot auffand, war es mir trotzdem nicht so egal, wie ich es mir gewünscht hätte.

»Ich bin Felix Brecht«, stellt sich der Mann mit der Kamera vor. Mit seiner lauten klaren Stimme und dem selbstbewussten Auftreten ist er das exakte Gegenteil der zurückhaltenden Regine. »Ich bin Fotograf und komme aus Köln. Ursprünglich stamme ich aus dem Saarland. Genau deshalb habe ich den Auftrag, auf dieser Tour die Aufnahmen zu erstellen, gerne angenommen. Ist wirklich toll, mal wieder in der alten Heimat zu sein, obwohl es hier – so ehrlich muss man sein – ein bisschen angestaubt ist.«

Kola, der Blogger, kneift die Augen zusammen. »Nicht dein Ernst, oder?«

»Verstehe mich nicht falsch, das Provinzielle hat seinen eigenen Charme«, behauptet Brecht. »Sonst würden die Urlauber nicht auf die altmodischen Lederhosen in Bayern oder die hinterwäldlerischen roten Bommeln am Hut im Schwarzwald stehen. Viele wünschen sich ein komplettes Kontrastprogramm zum Stadtleben. Potenzial hat die Gegend also.«

Kola bläst die Backen auf, während Conny Brecht mit großen Augen anschaut. Offensichtlich scheint dessen großspuriges Auftreten Eindruck auf sie zu machen.

Am seltsamsten finde ich Lodis Reaktion. »So, jetzt ist der Nächste dran«, fordert sie. Dass sie Brechts dumme Sprüche unkommentiert lässt, ist merkwürdig. Normalerweise nimmt Lodi kein Blatt vor den Mund, selbst dann nicht, wenn Zurückhaltung angeraten wäre.

Der letzte noch nicht vorgestellte Teilnehmer ergreift das Wort. Ein junger Mann mit Wanderstock. »Mein Name ist Hoseok. Jungwinzer aus Perl.« In der Runde zeigen sich ein paar fragende Gesichter. Vermutlich, weil Hoseok dem Aussehen nach wohl asiatische Wurzeln hat und damit nicht ihrer Vorstellung von einem Winzer an der Mosel entspricht.

»Und wo kommst du her?«, will Walli sofort wissen.

»Aus Perl«, antwortet Hoseok.

»Nein, ich meine so wirklich«, hakt das Muskelpaket nach.

»Aus Perl«, wiederholt Hoseok.

»Jedenfalls kannst du unsere Sprache ziemlich gut.«

»Danke, du auch.«

»Na ja, bei mir ist das normal. Ich bin von hier.«

»Ich auch.« Ich bewundere Hoseok für den neutralen Ton. Schließlich erlöst er Walli aus der festgefahrenen Lage. »Mein Vadder is aus Korea. Dat wollschst dau doch wisse, odda?«, beantwortet er Wallis eigentliche Frage im breitesten moselfränkischen Platt.

»Ah so«, sagt Walli kleinlaut.

Ich grinse innerlich. Dieser Hoseok gefällt mir, er scheint nicht auf den Kopf gefallen zu sein. »Ich möchte die Gegend noch besser kennenlernen«, erklärt er uns die Gründe für seine Teilnahme. »Ich dachte mir, womöglich ist zu Fuß gehen dafür optimal.«

»Definitiv! Da liegst du völlig richtig«, pflichtet Antje

ihm bei. »Wandern ist die intensivste Art und Weise, um sich mit einer Region auseinanderzusetzen.«

Andere aus der Runde signalisieren mit Kopfnicken ihre Zustimmung. Viele der Teilnehmer haben schon einige solcher Fernwanderwege wie den Saar-Hunsrück-Steig hinter sich gebracht, erfahre ich. Sätze wie »Letztes Jahr waren wir auf der Tour du Mont Blanc« fallen. Andere berichten vom Biokovo-Gebirge in Kroatien und von irgendeinem Coast-to-Coast-Trail in Nordengland.

Der Wortwechsel sorgt bei mir für Druck. Einen schönen Mist haben die Kollegen mir mit dieser Überraschung eingebrockt. Ich hasse es, nicht gut vorbereitet zu sein. Meine Wandererfahrung lässt leider zu wünschen übrig. Andererseits halte ich mich als Polizistin fit, beruhige ich mich selbst. Ich trainiere mehrmals die Woche im Kraftraum und gehe regelmäßig laufen. Die nötige Ausdauer müsste ich haben – hoffe ich zumindest.

Lodis Ankündigung »Wir müssen dringend die Koffer verladen« holt mich aus den Gedanken und bringt Schwung in die Gruppe. Einer nach dem anderen hievt sein Gepäck in den Laderaum eines bereitstehenden Transporters, der schließlich zu unserem ersten Etappenziel Perl-Borg startet, wohin wir zu Fuß folgen. Sehr gerne wäre ich als Beifahrerin mit eingestiegen, aber Kneifen gilt nicht.

Abmarsch.

Wir legen die ersten Schritte von vermutlich noch sehr vielen auf dem Saar-Hunsrück-Steig zurück.

AUF ZUM HAMMELSBERG

Im Naturschutzgebiet Hammelsberg
in der Nähe von Perl
10.06.2023
Lodi van der Pütten

»Schaut euch das an! Was für eine Wahnsinnsaussicht von hier oben«, freut sich Hoseok, als wir an der Schutzhütte auf dem Hammelsberg eintreffen. »Das ist ein Panorama wie auf einer Postkarte.«

Er hat recht. Von unserem erhabenen Standpunkt aus sieht man kilometerweit ins Moseltal und weit hinüber nach Lothringen und Luxemburg. Überall üppige Natur, die Weinberge zerteilen die Hänge über dem Fluss in kleine Quadrate, während sich die Mosel glitzernd durch die Landschaft schlängelt. Der Himmel ist leuchtend blau und wolkenfrei.

Conny zeigt gegenwärtig wenig Sinn für die Schönheit dieses Landstrichs. Sie fordert eine erste Verschnaufpause ein. »Uff, ich setz mich mal kurz auf die Sinnesbank da vorne. Wie weit ist es eigentlich noch?«, erkundigt sie sich bei mir und pumpt dabei wie ein Maikäfer. In voller Länge legt sie sich auf die geschwungene Wellenbank mit den vielen Holzplanken.

Das ist ja, wie mit kleinen Kindern in den Urlaub zu fahren, denke ich. Kaum ist man aus der Garage raus, kommt die Frage, wie lange es noch dauert. Ich schaue auf den Kilometerzähler meiner Uhr. 1,2 Kilometer. Das kann was werden. »Wir sind rund 15 Kilometer von unserem Ziel entfernt«, gebe ich zur Antwort.

»Ah, okay. Ein Spaziergang«, urteilt Conny und schließt die Augen.

Es dauert eine gute Viertelstunde, bis ich sie zum Weitergehen ermuntern kann. »Dass die Etappen so anstrengend sind, hätte ich nicht gedacht«, stöhnt sie, als sie endlich wieder auf den Beinen ist.

Zugegeben, Conny nervt, aber die Gegend um Perl ist grandios. Die Weinberge, die Mosel und um uns herum zwitschert, summt und zirpt es – das verzaubert alle. Fast schon andächtig wandern wir über den sonnigen Hang. Überall blüht es. Wenn ich es richtig im Kopf habe, erreichen wir nun eines der Highlights der heutigen Etappe: den Dreiländerblick.

Zum Glück habe ich mir die Strecke gestern noch mal grob angeschaut und ein paar Rezensionen anderer Wanderer gelesen, so kann ich ein wenig über die Gegend erzählen. »Jetzt sind wir an einer außergewöhnlichen Stelle im Herzen Europas angelangt, dem Dreiländerblick. Was könnte es damit auf sich haben?«, frage ich die Gruppe.

»Weil wir von hier oben drei Länder sehen können«, versucht es Conny mit einer Antwort.

»Ja. Und welche sind dat?«, hake ich nach.

»Na, Luxemburg, Deutschland, und hier hinten links liegt Frankreich. Um genau zu sein Lothringen.« Kola weist zu den verschiedenen Standorten. »Da drüben links, dort, wo die Mosel eine Kurve einlegt, müsste Sierck-les-Bains mit der Festungsruine liegen. An der Burg hat sogar Vauban, der Baumeister vom Sonnenkönig, gewerkelt.«

»Oha«, sage ich. Dabei war mir bis eben Vauban nicht einmal ein Begriff. Aber super, dass Kola sich so gut auskennt. Der nimmt mir die Arbeit ab.

»Geradeaus seht ihr doch bestimmt den Qualm«, redet er weiter.

»Hm, ja«, antwortet Hoseok.

»Das ist Cattenom. Das Mistteil von Kernkraftwerk ist vielleicht 15 Kilometer von uns entfernt. Wenn es da mal puff macht …« Kola zieht vielsagend seine Augenbrauen hoch. »Na ja, in dem Fall könnt ihr euch alle von dieser Welt verabschieden. Andererseits als Übergangslösung immer noch besser als die verdammten Kohlekraftwerke. Die Politik hat viel zu lange geschlafen, und jetzt müssen wir uns zwischen Pest und Cholera entscheiden.«

Okay, okay, das ist ein bisschen zu viel Information für unsere traute Runde. Wer will mitten in dieser zauberhaften Umgebung an ein Atomkraftwerk denken? Da heißt es, geschickt einzugreifen und das Thema zu wechseln.

»In jedem Fall ist es wunderschön hier«, sage ich, während ich demonstrativ den Blick über die Landschaft wandern lasse. »Wahnsinn, wie großartig unsere Heimat ist.«

»Was das angeht, bin ich voll deiner Meinung, Lodi. Ich darf doch ›Du‹ sagen?«, ergreift Brecht das Wort und nimmt seinen Rucksack vom Rücken, um ihn neben sich abzustellen.

Ich nicke. Mein Chef hat wohl auch das Bedürfnis, für bessere Stimmung in der Gruppe zu sorgen.

»Diese Gegend wird viel zu wenig genutzt«, fährt er fort, und ich ahne, dass das kommende Thema noch mehr Zündstoff als Cattenom für unsere Gruppe bereithalten könnte. Insbesondere für diejenigen, die sich der Kategorie Umweltschützer zuordnen. »Ist euch mal aufgefallen, wie wenig Touristen es hier gibt? Uns sind heute Morgen höchstens vier, fünf Wanderer begegnet. Das ist eigentlich eine Schande bei dem Fernblick«, fährt Brecht fort. Seine Stimme hat wieder diesen schwärmerischen Ton angenommen – wie beim Bewerbungsgespräch, als er mir von seinen verrückten Plänen erzählt hat. »Vielleicht wird sich das in naher Zukunft ändern. Nur mal so als Idee, Freunde, stellt euch vor, man würde exakt an dieser Stelle ein Panoramahotel errichten. Eins mit einem Restaurant, das wie ein Steg frei in der Luft schwebt. Es gäbe Platz für über 300 Gäste. Ihr sitzt exakt an dieser Stelle, egal zu welcher Jahreszeit, geschützt von einer gigantischen Glasfront. Es ist warm und klimatisiert, und drei Länder liegen euch zu Füßen. Ihr habt ein Glas besten Moselweins in der Hand, bestenfalls noch euren eigenen, denn regionale Produkte sind derzeit total hip …«, führt Brecht aus. »Das wäre doch ein einziger Traum! Oder wie seht ihr das?«

Ups, denke ich erschrocken. Dafür, dass der Tourismusberater eigentlich inkognito die Gruppe begleiten wollte, nennt er das Kind aber verflucht konkret beim Namen.

»Falls man in den Weinbergen so ein Riesenhotel errichten sollte, mit Zufahrt und allem Drum und Dran, wird es nicht mehr viel Platz für Wein geben«, zeigt sich Hoseok von Brechts Zukunftsträumen wenig begeistert. »Und für die schöne Natur auch nicht. Du fragst mich, wie ich das finde. Ich finde, das ist totaler Bockmist. An dieser Stelle liegen meine Parzellen. Da verstehe ich null Spaß.«

Kaum ist Hoseok fertig, ereifert sich Kola: »Was für eine Schnapsidee – echt! So was darf man nicht mal denken. Die Zone oberhalb von uns ist Naturschutzgebiet. Hast du eben nicht die wilden Orchideen gesehen, die vielen Insekten und Vögel? Manche der Tiere wie Schmetterlinge oder Eidechsen sind vom Aussterben bedroht. Sie müssen unbedingt geschützt werden. Für so ein irres Bauvorhaben würde man sowieso nie im Leben eine Genehmigung bekommen. Also vergiss es!«

»Ach ja, Naturschutz. Das eine schließt das andere doch nicht aus. Mittlerweile gibt es die verrücktesten Photovoltaik-Anlagen. Panels, die mit der Sonne mitwandern und senkrecht ausgerichtet werden können. In dieser Sonnenlage ist so eine Investition Gold wert«, winkt Brecht selbstgefällig ab. »Für den Naturschutz wäre also bestens gesorgt.«

Für einen Moment herrscht Schweigen.

»Du hast eine seltsame Vorstellung von Naturschutz«, sagt Kola sauer. Seine Gesichtszüge werden kantig. Bei dem Thema scheint er eine ziemlich kurze Zündschnur zu haben.

»Moment, Moment. Da habe ich mich womöglich falsch ausgedrückt«, rudert Brecht zurück und legt seine Hand kumpelhaft auf die Schulter von Kola. Brecht hat also bemerkt, dass er sich auf sehr dünnes Eis begeben hat.

»Nimm sofort deine Pranken von mir! Genau solche ignoranten Typen wie du sind daran schuld, dass die Lage so miserabel ist«, redet Kola sich in Rage. »Wir steuern mit Volldampf auf eine Katastrophe zu, und du lässt solche hirnverbrannten Sprüche los.«

»Du verstehst nicht, wie ich das meine. Es gibt eine Menge ausgereifte Pläne, wie man Touristen und Natur clever und nachhaltig zusammenbringen kann.« Oje, Brecht verschlimmert die Situation zusehends. Warum hält er nicht den Mund, frage ich mich. »Wenn man es geschickt anstellt«, plappert er weiter, können Natur und Tourismus gleichermaßen Rückenwind bekommen.«

»Ich kann bei dir für Rückenwind sorgen, wenn du nicht aufhörst, solchen Schwachsinn von dir zu geben. Ein Naturschutzgebiet wie hier, das ist schlichtweg tabu.« Kolas Augen blitzen Brecht finster an.

»Sehe ich genauso«, pflichtet ihm Hoseok bei und platziert sich demonstrativ neben Kola. Der Tourismusberater sieht sich ratsuchend um. Antje hat zwar bisher kein einziges Wort gesagt, doch sie ist näher gerückt, hat demonstrativ die Arme vor der Brust verschränkt und ein todernstes Gesicht aufgesetzt. Selbst Conny, die kaum am Aussichtspunkt angekommen gleich die nächste Sinnesbank für sich in Anspruch genommen hat, ist aufgestanden und hat sich zum Kreis der Diskutierenden gesellt.

»Ressourcenschonung und Naturschutz sind für einen Weltmeister im Verdrängen der Tatsachen, wie du es bist, bloßes Werbeinstrumentarium. Letztlich geht es unter dem Label Nachhaltigkeit auch nur darum, unsere Natur auszuschlachten.« Kola schreit nun beinahe.

Möglicherweise ist Brecht als Berater ein echtes Ass, aber beim Thema Einfühlungsvermögen sehe ich Ausbaupotenzial. Wann begreift er endlich, dass er mit seinem Zukunftskonzept für den Tourismus bei Kola nicht punkten kann?

»Meine Vorstellungen zielen in eine andere Richtung, es ist …«

»Deine Vorstellungen sind Schrott. Hast du gehört? Einfach Schrott.« Kola zeigt mit dem Zeigefinger auf Brecht, während er sich ihm nähert. »Wegen Leuten wie dir geht's steil abwärts mit unserer Welt.« Um die Mundwinkel des jungen Bloggers zuckt es.

Uiuiui. Kola rast vor Wut, und wenn nicht gleich jemand eingreift, wird der Topf überkochen, daran habe ich keinen Zweifel. »Höchste Zeit aufzubrechen«, erinnere ich die Gruppe so gelassen wie nur möglich. Als ob ich von all dem Ärger nichts mitbekommen hätte. »Für heute Mittag hat der Wetterdienst Regen und Gewitter vorhergesagt. Es wäre super, wenn wir es noch trocken bis zu unserer ersten Bleibe schaffen würden: der Villa Borg.«

»Wie? Gibt es zwischendurch kein Mittagessen?«, jammert Conny.

Sie macht mich mit ihren Ansprüchen kirre. Doch jetzt bin ich ihr für die alberne Rückfrage dankbar, denn sie lenkt alle ab. Die Situation scheint sich zu entspannen.

Kola rümpft die Nase. »Du bist echt die Mühe nicht wert. Jemandem wie dir ist nicht mehr zu helfen.« Mit diesen Worten wendet er sich von Brecht ab und läuft los. Antje und Hoseok stapfen ihm hinterher.

Brecht bleibt verdattert zurück. Er wirft mir einen vorwurfsvollen Blick zu. He, hallo, würde ich am liebsten sagen. Wer hat denn vor nicht mal einer Minute den Karren für ihn aus dem Dreck gezogen? Neben Empathie mangelt es dem Tourismusberater auch an einer guten Portion Dankbarkeit.

Brecht schaut dem abziehenden Trio hinterher und stößt ein verächtliches Lachen aus. »Die sind sowieso nicht meine Zielgruppe«, sagt er trotzig zu sich selbst und hebt seinen Rucksack wieder auf den Rücken. Schließlich setzt auch er sich in Bewegung. Der Rest der Truppe folgt ihm mit Abstand.

Lediglich Conny steht noch neben mir. Stimmt ja, fällt mir ein. Der bin ich eine Antwort schuldig. Zuckersüß und sachlich, genau wie man es mir bei der Fortbildung eingeimpft hat, erwidere ich: »Verpflegung gibt es heute nach römischer Art in der Villa Borg. Bis dahin sind es ein paar Schritte.« Um genau zu sein, ziemlich viele Schritte, aber wer will seinen Kunden schon mit einem Übermaß an Wahrheitsliebe die gute Laune verderben. »Und außerdem ...«, setze ich an und pausiere kurz darauf, um die Einzelheiten besonders spannend darzustellen, »... außerdem kann von sich bekochen lassen keine Rede sein. Vor Ort erwartet uns ein außergewöhnlich spannendes Ereignis, in dessen Genuss nicht jeder Gast kommt.«

»Oh, echt? Da bin ich aber gespannt«, freut sich Conny. Das schlichte Gemüt ist leicht aufzuheitern, stelle ich fest und übernehme mit Conny die Nachhut.

Es dauert nicht lange, und meine Wanderpartnerin beginnt einen Monolog über ihre geplante Pilgertour auf dem Jakobsweg.

Hoffentlich nimmt Brecht die Sache mit der Prämie bald mal in die Hand, denn bis jetzt habe ich noch keinen müden Cent für die Vermittlung von Toni gesehen, geht mir durch den Kopf, als Conny von den vielen Beweggründen berichtet, die sie letztlich zur Planung einer Pilgerreise bewogen haben. Dass die Auslöser allesamt männlicher Natur waren und keines der Dramen von ihr verschuldet worden war, wundert mich überhaupt nicht.

Als Wandercoach braucht man eines ganz sicher: gute Nerven.

DAS HARTE LOS DES LEIHHUNDDASEINS

Sehndorf in der Gemeinde Perl
10.06.2023
Günther, der Dackel

»Wow, ist das schön hier. Die Ecke von Perl kannte ich noch gar nicht.« Die bei flüchtiger Betrachtung eher blasse, beim genauen Hinsehen jedoch sehr hübsche Regine mit der zarten, schüchternen Stimme gesellt sich zu Toni und mir. Derzeit wandern wir durch das Winzerörtchen Sehndorf. Ich gehe als Gentleman stets einige Schritte voraus, um die beiden Damen vor möglichen Angriffen zu schützen. Wachhund bleibt eben Wachhund, da kenne ich keinen Urlaub.

Was schöne Aussichten betrifft, bin ich als Vierbeiner offenbar nicht in gleichem Maße begeisterungsfähig wie Menschen. Die Wandergruppe ist beim Anblick des Weindorfes völlig aus dem Häuschen. Um mich herum zückt man die Handys, es werden Fotos geschossen, bis die Speicherkarte platzt. Ein paar besonders hartnäckige Romantiker, zu denen die plappernde Conny zweifellos gehört, kommen aus dem Schwärmen über die alten Bauernhäuser, die schmalen Gassen und den historischen Waschbrunnen in der Dorfmitte gar nicht mehr heraus.

»Solche Motive braucht es, um Gäste anzulocken«, findet Brecht. Als Fotograf ist er voll in seinem Element:

Walli, der Survivaltrainer, kniend hinter einem Weinfass, das mit üppigen roten Hängegeranien bepflanzt wurde. Walli muskelspielend am Hebel einer antiken Weinpresse. Walli, der ein altes Wegkreuz umarmt. Anlässe, um den Kerl in Szene zu setzen, scheint es schier unendlich zu geben, und so wie es aussieht, will Brecht keinen einzigen davon auslassen.

Lediglich Toni ist recht still geworden. Ich kenne sie mittlerweile lange genug, um von ihrem Gesicht abzulesen, dass sie den ganzen Zirkus ebenfalls für pure Zeitverschwendung hält. Sie ist eher der Macher und nicht der Dahinschwelger – eine unserer wenigen Gemeinsamkeiten.

Endlich erreichen wir die letzten Häuser von Sehndorf. Die Freude darüber währt nur kurz, denn unser Weg führt steil und unerbittlich bergauf. 30, wenn nicht sogar 40 Prozent Steigung, schätze ich. Wegen der veränderten Lage beschließe ich, die beiden Damen von hinten abzuschirmen. Damit ich mir von Zeit zu Zeit ein Gesamtbild von der Lage verschaffen kann, lege ich routinemäßige Stopps ein und lasse meine Augen wie einen Röntgenapparat über die Landschaft wandern. Der Schutz der mir Anvertrauten hat für mich oberste Priorität.

»Günther, du fauler Hund, du wirst doch an so einem winzigen Berglein nicht schlappmachen wollen«, verkennt Toni die Situation völlig. An Undank ist das kaum zu überbieten, und deshalb entscheide ich – rein aus pädagogischen Gründen –, dass ich ab jetzt extra langsam gehe. Auf die Weise lernt Frau Kriminalbeamtin das Wort Rücksichtnahme mal im praktischen Sinne kennen.

Aus diesem Grund erreichen wir als Letzte den Rastplatz mit der Holzhütte und den Sinnesbänken, von denen aus man über die Weinberge und das Moseltal bis hinüber nach Luxemburg sehen kann. Ich positioniere mich sofort im Schatten eines Busches. Von dort aus habe ich meinen kompletten Zuständigkeitsbereich im Blick.

»Schau dir das an, Regine! Günther ist der Kracher. Kaum liegt er, sind die Augen zu«, fällt Toni gleich wieder über mich her. Dabei nimmt sie selbst gerade auf einer der Bänke Platz. Aber das ist natürlich was anderes.

»Fast könnte man Mitleid mit dem kleinen Kerl haben. Die vielen Aufstiege und die Diät, von der du eben erzählt hast. Der Günther hat es derzeit nicht leicht«, erkennt Regine die wahre Lage. Was Empathie betrifft, bekäme sie von mir in der Schule für ihre Feststellung eine Eins.

Toni hingegen ist und bleibt realitätsresistent. Sie lacht selbstgefällig auf und schüttelt den Kopf. Die würde ich – um bei der Schulthematik zu bleiben – für Stunden in die Ecke stellen. Ihr ist nicht klar, dass ich das Opfer eines ärztlichen Diagnosefehlers mit erschütternden Konsequenzen bin. Die Mangelversorgung wird möglicherweise nie wiedergutzumachende Folgen nach sich ziehen.

»Jetzt komm aber! Putzig ist er in jedem Fall, der Günther. Ein total Süßer«, versucht Regine, Toni von meinen Qualitäten zu überzeugen. Was für ein sympathischer Charakterzug, kann ich da nur sagen. »Wie kommt man denn eigentlich auf so einen ungewöhnlichen Namen wie Günther?«, will Regine wissen. Die Frau ist einfach super. Anstatt ständig herumzuölen, zeigt sie wahres Interesse an ihrem Umfeld.

»Das weiß ich nicht, ist nicht mein Dackel. Günther ist ein ›Leihhund‹.«

Boah, denke ich. ›Leihhund‹ – das klingt, als wäre ich halb verwaist. Dabei habe ich ein wunderbares Zuhause mit Menschen, die meine Qualitäten zu schätzen wissen.

Genau da könnte ich jetzt sein. Stattdessen muss ich Bodyguard für die undankbare Toni spielen, die anscheinend keinen einzigen Freund hat, der sie bei so einer Aktion begleiten könnte. Mal ernsthaft – wen wundert's?

Doch wieder zeigt sich Regine engelsartig. »Ui. Wie schön! Einen Hund zum Ausborgen hätte ich auch gerne, und dann bitte ebenfalls so einen braven und süßen wie unser Güntherlein.«

Ich mag Regines Stimme. Sie hat diesen dezenten dunklen Unterton. Als sie sich vorbeugt, um mich am Hals zu kraulen, rieche ich ihr Parfüm. Ein Hauch von Bergamotte und Magnolie. Das ist etwas völlig anderes als Tonis Ökowaschmittel aus Waschnussextrakt, das mir sonst tagtäglich um die Nase weht. Die Frau hat Klasse.

»Ein eigener Hund, das ist für mich leider nicht drin. Mein Sohn hat eine Tierhaarallergie.« Regine seufzt. »Etwas Grundanständigeres als einen Hund gibt es nicht.« Sie bekommt glasige Augen und tröstet sich womöglich in diesem Moment damit, dass sie immerhin mich als Idealtypus eines Hundes für kurze Zeit an ihrer Seite haben darf. Traurig nur, dass man einen Vierbeiner wie mich sein Leben lang nicht vergessen wird. Bei diesem bitteren Gedanken wird mir ganz anders.

»Ach, mach dir nichts draus«, grätscht Toni mitten in diesen besonderen Moment. »Drei Tage mit Günther, und dir wird bewusst, wie viel Glück du als Hundelose hast.«

EIN SCHMERZ-MANTRA
HABE ICH AUCH NÖTIG

Vor der römischen Villa Borg in Perl-Borg
10.06.2023
Lodi van der Pütten

»Hopp, hopp, hopp«, muntere ich die Nachzügler auf und klatsche in die Hände, während der Regen unablässig auf uns herabprasselt. Ich bin nass bis auf meine Boxershorts.

Was bei Hunden zieht, zeigt bei Conny allerdings null Effekt. Sie humpelt. Hoseok hat sich breitschlagen lassen und trägt ihren mächtigen Rucksack über der einen Schulter, den eigenen, weitaus kleineren über der anderen. Gleichzeitig stützt er Conny, die sich mit Aussagen wie »Autsch« und »Ich glaube, ich geb lieber auf« vorankämpft. Offenbar hat Hoseok Gefallen an Conny gefunden. Für mich absolut nicht nachvollziehbar, aber Geschmäcker sind bekanntlich verschieden.

Es sind noch höchstens 50 Meter, bis sie zu unserer Gruppe aufschließen – ein Klacks, würde man denken. Doch Conny, die schwerfälliger als eine Wanderbaustelle auf der Autobahn ist, braucht eine gefühlte Ewigkeit.

Ich schaue auf die Uhr. 14:47 Uhr. Ich könnte platzen! Die grob geschätzten vier Stunden Wanderzeit bis zur römischen Villa Borg haben wir um knapp zwei Stunden überschritten. Unglaublich! In Anbetracht von Connys Belastbarkeit dürfte ihr geplanter Trip über den Jakobsweg eine echte Lebensaufgabe werden.

Ihre Zukunftsplanung ist allerdings mein kleinstes Problem, denn gleich darf ich unseren Ansprechpartnern in der römischen Villa Borg unsere Verspätung erklären. Unter den Augen von Brecht, der mich ohnehin seit Stunden mit vorwurfsvollen Blicken torpediert. Als ob ich was für das tranige Tempo könnte.

»Freundlich bleiben, in jeder Situation«, lautete die Order von Brecht. Dass mir das so schwerfallen würde, hätte ich nicht gedacht. Dieser Conny werde ich gleich den Marsch blasen, wenn die nicht langsam …

Walli kommt mir zuvor. »›Der Schmerz, den du heute fühlst, ist die Stärke, die du morgen spürst‹, heißt es bei uns Überlebenskünstlern immer. Mädchen, ich kann dir sagen, der Spruch trifft voll und ganz zu. Schau mich an!« Walli verweist dabei auf seine Gesamterscheinung. So als wäre er gottähnlich.

Bei Conny scheint er damit Eindruck zu machen. Ein Strahlen überzieht ihr eben noch schmerzverzerrtes Gesicht. »Was für ein wunderbares Mantra. Das muss ich mir später notieren.« Tatsächlich humpelt sie jetzt ein wenig schneller.

»Wenn du möchtest, zeige ich dir im Quartier ein paar Kniffe, wie du deine Füße bis morgen wieder einsatzfähig bekommst«, bietet Walli an.

»Och, gerne«, sagt Conny begeistert. »Das wäre total lieb von dir.« Mit diesem Satz befreit sie sich von Hoseoks Arm. »Ist mit einem Mal viel besser, danke. Ich glaube, den kann ich selbst tragen«, sagt sie und weist auf den Rucksack auf dem Rücken des Winzers.

»Bist du dir sicher?«, erkundigt sich Hoseok.

»Klar. Meine Stärke ist, dass ich Ausdauer habe. Nach hinten hin kann ich viel rausholen. Ich bin eine Kämpfernatur«, behauptet Conny.

»Und obendrein bist du auch noch ein ziemliches Zuckerpüppchen.« Die Bemerkung stammt von Walli, der direkt neben mir steht. Er sagt es so leise, dass Conny es vermutlich nicht gehört hat. Ich dafür umso besser. Der selbsternannte Survivalheld grinst und wirft mir einen Bestätigung heischenden Blick zu.

Männer wie Walli, die null Respekt vor Frauen haben, gehen mir gegen den Strich. Mir liegt eine Entgegnung auf der Zunge, doch ich bremse mich. Die Forderung »Immer freundlich bleiben« ist wie ein Damoklesschwert, das beständig über mir schwebt. In meinem Fall ist es allerdings kein einzelnes Pferdehaar, sondern der Geduldsfaden, der mir jederzeit reißen könnte.

»Einfach mal den Mund halten, Junge, das tut manchmal echte Wunder«, sagt jemand hinter mir. Ich wende den Kopf. Es ist Toni.

Wallis Teint wechselt ins Rötliche.

»Lodi«, sagt Brecht und weist mit dem Kopf in Wallis Richtung. Ich soll das regeln, heißt das.

»Streit vermeiden und die Stimmung hochhalten«, so lautete die oberste Devise in der Kurzzeitausbildung. Bisher hieß meine immer: Ich sag meine Meinung, ob es anderen passt oder nicht.

Doch so eine Einstellung kann ich mir derzeit nicht leisten. Mein neuer Leitspruch lautet deshalb: Wenn ich künftig nicht unter einer Brücke nächtigen möchte, muss ich öfter mal fünf gerade sein lassen. So schwer mir das auch fällt.

»Na, wunderbar. Dann kann es weitergehen«, zwinge ich mich zu sagen, als die zwei Nachzügler aufschließen. Conny gesellt sich postwendend an Wallis Seite. Hoseoks Miene verfinstert sich, das kann ich nachvollziehen. Den ganzen Tag lang war er gut genug, Connys Rucksack zu tragen und sich ihr Geplapper und Gejammer anzuhören, und nun wechselt sie, ohne mit der Wimper zu zucken, die Seiten.

»Wir sind fast da«, besinne ich mich auf das, was man uns während des Seminars ständig vorgebetet hat: Wir sollen die Teilnehmer bei allen noch so kleinen Gelegenheit loben und motivieren. »Toll gemacht!«, sage ich deshalb. »Jeder von euch. Als Belohnung erwartet uns ein exklusiv für uns arrangiertes Highlight: eine Backstunde mit Verköstigung in der antiken römischen Küche der Villa Borg.«

»Ist das vegan?«, erkundigt sich Kola sofort.

»Und aus Bioanbau?«, will Antje wissen.

Die Gruppe schafft mich, echt! Mir liegt auf der Zunge zu sagen: »Es wird gefuttert, was auf den Tisch kommt, und wem dat nicht schmeckt, der kann gerne auf der Wiese grasen.« Doch diese Antwort schlucke ich runter. »Klar, das wurde natürlich bedacht«, behaupte ich. Um das Essen für die Gemüseliga werde ich mich später noch kümmern müssen. »Los geht's«, sage ich bestimmt, um weiteren Wünschen zuvorzukommen.

Mit einem Mal, wie auf Knopfdruck, lässt der Regen nach, sogar die Sonne zeigt sich wieder am Himmel. Na super. Perfektes Timing, denke ich. Gemeinsam wandern wir in Richtung einer mächtigen Toranlage in altertümlichem Stil. Der einstige Villenkomplex wurde vor ein paar Jahrzehnten rekonstruiert mit dem Ziel, den Besuchern eine Art Zeitreise auf ein römisches Landgut zu ermöglichen. So in etwa habe ich das gestern in meinen Unterlagen gelesen. Die Umsetzung ist wirklich gut gelungen, erkenne ich beim Näherkommen. Am Tor begrüßt uns ein Streitwagen, der bei Ben Hur seinen Einsatz gehabt haben könnte. Ich durchschreite als Erste die Holzpforte Richtung Kassenbereich, der gleichsam auch ein kleiner Museumsshop ist und mit einer Menge römischer Mitbringsel aufwartet.

»Guten Tag«, sage ich betont gut gelaunt zu den zwei Damen hinter der Theke. Eine von ihnen muss Frau Salzgeber sein, wahrscheinlich die ältere der beiden mit den kurzen angegrauten Haaren. Ihre junge Kollegin ist vermutlich noch eine Auszubildende.

»Salzgeber«, stellt sich die Kurzhaarige vor. »Wir haben gestern noch telefoniert und die Uhrzeit abgesprochen.« Höflich, aber verständlicherweise leicht angesäuert spielt sie auf unsere Verspätung an. Die Uhr im Kassenbereich zeigt exakt 15 Uhr. Uns ist es gelungen, auf die Minute genau zwei Stunden zu spät einzutreffen. Das ist auch eine Leistung, doch sicher keine, die honoriert wird.

»Die Verzögerung tut mir sehr leid. Beim Wandern ist es heute nicht planmäßig verlaufen. Sie wissen ja: Aller Anfang ist schwer«, sage ich schuldbewusst und sehe zu Brecht hinüber, der gar nicht mal so leise aufseufzt.

»Dann folgen Sie mir bitte mal.« Frau Salzgeber kommt hinter dem Tresen hervor und weist mit der Hand in Richtung Ausgangstür. »Ich zeige Ihnen, wo Sie die römische Küche und unseren Backsklaven finden.«

»Hoffen wir, der Backsklave ist zwischenzeitlich nicht in Rente gegangen«, bemerkt Brecht hinter mir. Ich zucke zusammen.

Wir treten hinter der Dame durch eine zweite Holztür. Draußen überrascht uns eine Wahnsinnskulisse.

»Schick«, urteilt Conny, ausnahmsweise hat sie recht. Unser Weg über ein Kopfsteinpflaster ist gesäumt von zahlreichen mediterranen Bäumchen in Terrakottatöpfen. Das Gelände wirkt so authentisch, dass es perfekt für einen Römerfilm wäre. Die Szenerie lässt an Süden und Mittelmeer und sogar ein wenig an Russell Crowe als Gladiator denken.

Wir gehen auf eine eindrucksvolle Holzbrücke zu, die über ein rechteckiges Wasserbecken führt, in dem sich eine Menge Goldfische tummeln. Danach lenkt uns unser Weg über einen mit Pflanzen in geometrischen Formen versehenen Innenhof, der von langgezogenen Gebäuden mit roten Ziegeldächern umrahmt ist. Nicht übel, urteile ich mit Blick auf den Brunnen in der Mitte und die altertümlich wirkenden Büsten und Statuen in strahlendem Weiß.

»In den Gebäuden befinden sich Römerbad, Latrine, Taverne und eine römische Küche«, informiert uns Frau Salzgeber. »Da bringe ich sie nun hin.«

Entlang eines überdachten Rundgangs und einer Reihe von antik anmutenden Gebäudefronten erreichen wir eine hölzerne Pforte, vor der Frau Salzgeber stoppt. Es riecht ein wenig nach Mittelaltermarkt. Dieser typische Geruch nach offenem Lagerfeuer, in den sich das Aroma von frischem Teig und Kümmel mischt.

Frau Salzgeber klopft an die Tür. Während wir auf ein »Herein« warten, fallen mir Conny und Walli ins Auge. Wallis Arm ruht auf Connys Schulter. Er zieht sie näher zu sich heran und flüstert ihr etwas ins Ohr. Sie kichert. Hoseok steht nicht weit dahinter und erlebt all das live mit. Er legt die Stirn in Falten, als Wallis Hand Connys Rücken hinab auf Hüfthöhe gleitet.

Oje, denke ich, hoffentlich gibt es da nicht noch Ärger. Andererseits, beruhige ich mich selbst, sollte ich Vertrauen in das haben, was man uns beim Seminar sagte. So eine Gruppenbildung sei ein dynamischer Prozess, hieß es da. Jede Persönlichkeit müsse ihre besondere Rolle im Team finden. Dies sei zu Beginn unweigerlich mit Konflikten behaftet, die sich meist mit der Zeit von selbst lösen würden, wenn die Gruppe erst einmal zusammengewachsen ist.

Das Zusammenwachsen scheinen Conny und Walli sehr ernst zu nehmen, denke ich, während sich die Tür öffnet. Ein in eine Tunika gehüllter Herr mit schwarzem, dicht gelocktem Haar und Brille in Holzfassung heißt uns mit »Salvete, werte Gäste« willkommen.

»Salvete, wir sind die Spätangereisten«, erwidert Brecht und tritt als Erster über die Schwelle.

Den Teil nach der Begrüßung vergessen wir jetzt mal ganz schnell, sage ich mir, denn so schlecht läuft es meiner Ansicht nach gar nicht auf unserer ersten Etappe. Die Küche ist eine Wucht. Es gibt mehrere offene Kochstellen und sogar einen Steinbackofen. Die Einrichtung wirkt wunderbar mediterran. Ein mächtiger Holztisch dominiert den in Weiß- und Terrakottatönen gehaltenen Raum. Daneben stehen Holzgestelle mit wuchtigen Handgetreidemühlen aus Stein. Tonkrüge in jeglichen Formaten reihen sich auf zahlreichen Regalen aneinander, und ich höre das Feuer im Ofen prasseln. Hier gefällt es mir!

Die Tour wird ein unvergessliches Abenteuer für uns alle. Das steht außer Frage.

EINE GOLDENE ÜBERRASCHUNG

In der Küche der römischen Villa Borg
10.06.2023
Regine Baumgarten

Ich bin die Letzte und schließe die Tür hinter mir. Die Hitze der bereits angefeuerten Backöfen in dem großen, nach antikem Vorbild gestalteten Raum schlägt mir entgegen. Normalerweise braucht es im Juni keine Heizung, aber heute, nachdem wir eine gute Stunde durch prasselnden Regen gewandert sind, fühlt sich die Wärme behaglich an.

»Bevor wir loslegen, geht es erst einmal ans zeitgemäße Einkleiden«, verkündet der Herr, der sich uns als »Artemon, Ihr Backsklave« vorgestellt hat. »Drüben am Haken hängen Tuniken für Sie, in sämtlichen Größen und damals gängigen Farben.« Er weist mit dem Finger zu einem Garderobenständer. »Der Hund muss übrigens aus Hygienegründen beim Backen draußen bleiben. Wenn Sie ihn neben der Taverne anbinden, haben die Servicekräfte ein Auge auf ihn.«

Toni nickt und verschwindet mit Günther ins Freie. Wir anderen suchen passende Tuniken heraus.

»Sehr cool«, stellt Kola fest und zieht sich eines der Gewänder über den Kopf. Auf Hüfthöhe verknotet er eine der dicken Kordeln, die ebenfalls an dem Ständer bereithängen.

»Sieht authentisch aus. Nur dein Bart müsste weg. Bei Asterix sind die Römer immer glatt rasiert«, beurteilt Hoseok Kolas Look und lacht.

Kola reibt sich seinen Bart. »Na, in dem Fall verzichte ich. Da bin ich lieber kein Römer.«

Ich versinke fast in meiner Tunika. Der breite Halsausschnitt rutscht mir über die Schultern.

»Sollen wir tauschen?«, fragt Felix Brecht und hält mir sein Gewand entgegen. »Ich habe wohl römisch-XS erwischt. Das dürfte genau deine Größe sein. So gertenschlank, wie du bist.«

»Gerne«, mehr bringe ich nicht heraus. Damit, dass er mich anspricht, habe ich nicht gerechnet. Ich ziehe die Tunika aus und halte sie ihm entgegen. Er reicht mir seine.

»Danke«, sage ich, und dann bleibt mir der Atem weg. Ein goldenes Schmuckstück an Felix' Hand, das mir in diesem Moment in die Augen fällt, lässt mich schwindelig werden. Das kann nicht sein! So ein mieser Schweinehund!

»›Avis matutina vermem capit!‹ Der frühe Vogel fängt den Wurm, sagten die Römer. Also legen wir los«, verkündet unser Backsklave mitten in diesen Schockmoment hinein und winkt uns zu sich. Ich bin wie betäubt, gedankenversunken folge ich den anderen. Wir verteilen uns um den gigantischen Holztisch, auf dem Tonschalen bereitstehen. In meinem Kopf rattert es. Jede Kleinigkeit aus den letzten beiden Jahren muss innerhalb kürzester Zeit neu geordnet werden, diese Information verändert alles.

Jetzt mal langsam, rede ich mir gut zu. Durchatmen – und bloß nicht überreagieren.

Unser Backsklave fährt fort. Ich versuche, meine Aufmerksamkeit auf ihn zu richten.

»Die Römer wussten, wie man es sich gut gehen lässt. Deren typische Getreidesorten, die wir derzeit gerade vielfach wiederentdecken, waren sehr bekömmlich. Wer weiß, was das ist?« Unser römischer Bäcker reicht die Schale weiter. Ringsum zeigen sich ratlose Gesichter, bis Kola an der Reihe ist.

»Emmer, Kamut und das dritte …?« Kola probiert und lächelt zufrieden. »Hm, ein bisschen nussig und gleichzeitig süßlich. Das ist Einkorn. Die Sorte stammt vom wilden Weizen ab. Für Leute, die Weizenunverträglichkeit haben, die ideale Alternative.« Der Junge ist ein wandelndes Lexikon.

»Perfekt erkannt«, urteilt unser Backsklave und greift zu weiteren Schalen. »Diese Küchenkräuter wurden in römischen Zeiten genutzt. Mal schauen, ob ihr die erkennt.«

Ich mal nicht, weder am Geruch noch vom Aussehen her. Aber ich bin sowieso viel zu abgelenkt. Je länger ich Zeit habe, mir klarzumachen, was meine Entdeckung für mich bedeutet, umso wütender werde ich. Wie konnte er mich so anlügen? Er ist verheiratet, eindeutig. Wer weiß, vielleicht hat er sogar Kinder.

»Anis, Fenchel und Koriander«, enthüllt von Neuem Kola.

Unser Backsklave lacht auf. So leicht hat es ihm womöglich schon lange keiner mehr gemacht. »Sehr gut. Nun lasst uns mal etwas aus diesen besonderen Zutaten zaubern. Vor dem Vergnügen stand allerdings auch in der Antike die Arbeit. Selbst als Legionär war man Selbstversorger. Die Handmühle, um unterwegs Getreide verzehren zu können, befand sich immer im Reisegepäck der römischen Heere. Wir versuchen uns heute zu zweit an den Getreidemühlen.«

Das heißt, wir müssen Paare bilden. Toni, die sich mittlerweile wieder zu uns gesellt hat, nickt mir zu. Doch Felix ist schneller.

»Wir sind bestimmt ein prima Gespann«, behauptet er, und ehe ich antworten kann, hat er mich am Arm gepackt und neben einer der Getreidehandmühlen platziert. »Ich schlage vor, die schwere Arbeit übernehme ich, und du füllst die Körner nach?« Er drückt mir eine gefüllte Schale in die Hand, grinst mich an und sieht dabei leider verdammt gut aus.

Ich hasse ihn dafür!

Davon merkt er allerdings nichts. Er krempelt sich die Ärmel seines karierten Wanderhemds hoch und greift nach der hölzernen Kurbel des Mühlsteins. Ganz so leicht scheint es tatsächlich nicht zu sein, der Stein setzt sich nur träge in Bewegung. Es braucht Kraft, die Sehnen auf der gebräunten Haut von Felix' Unterarm treten hervor. Was seine Sportlichkeit angeht, hat er immerhin nicht gelogen, kommt mir in den Sinn. Ich wende mich ab.

»He, jetzt bist du an der Reihe. Du kannst das Getreide hineingeben«, fordert Felix mich auf.

Ich möchte mich nicht zu ihm umdrehen. Warum hatte ich bloß diese idiotische Idee, ihm hinterherzureisen? Mein Wunsch war es, ihm endlich persönlich gegenüberzustehen. Mit einem solchen Übermaß an Wahrheit wollte ich allerdings nicht konfrontiert werden. Von einer Minute auf die andere ist alles kaputt. Mein Kartenhaus ist eingestürzt.

»'tschuldigung, ich müsste mal kurz aufs Klo«, bringe ich mit großer Mühe hervor. Mir geht es nicht gut. Ich will raus.

»Die Latrine für Römerinnen ist gleich vorne an der Längsseite im Innenhof«, erhört mich unser Backsklave.

»Danke.« Mit einem Mal ist mir furchtbar warm. Ich halte noch immer die verdammte Schüssel mit den Körnern zwischen den Fingern. Nervös sehe ich mich um. Da ist rein gar nichts, um sie abzustellen, ich will einfach nur weg. Meine Hände zittern, in meinen Ohren dröhnt es. Ich platziere die Schale auf die hölzerne Kante des Mahlsteins. Ein selten dummer Einfall. Es dauert keine Sekunde und sie rutscht ab, poltert zu Boden und zerspringt. In das Scheppern der Tonstücke mischt sich das Prasseln von unzähligen Körnern, die auf den Steinboden auftreffen. Ich zucke zusammen. »Tut mir leid«, stammele ich, mehr bringe ich nicht heraus. Ich spurte los. Raus aus diesem Raum! Das Gefühl, keine Luft mehr zu bekommen, wird übermächtig.

»Bist du okay?« Es ist vermutlich Hoseok, der mir hinterherruft. Egal! Ich bin draußen und lasse die schwere Tür ins Schloss fallen. Es hämmert in meinem Kopf. Mein Körper fühlt sich fremd an. Ich erreiche die Taverne. Da ist Günther. Er kommt mir entgegen, die Leine spannt sich. Jetzt nicht, denke ich. Einen Arm halte ich gestreckt und fahre mit den Fingern an der Wand entlang, während ich immer weiter gehe. Schließlich mache ich ein Schild aus. Die Toilette. Endlich! Ich habe es fast geschafft.

Die Welt verschwimmt vor meinen Augen. Nur die Ruhe, ermahne ich mich. »Frauen«, steht auf der rechten Tür, und ich greife nach der Klinke. Bloß noch eine Sekunde, sage ich mir, halte durch. Da ist eine weitere Tür, ich beeile mich und schließe sie hinter mir. Meine Finger gehorchen mir nicht, als ich den Riegel umlegen will. Kalt und fahrig sind sie. Dann macht es doch Klack.

Okay. Alles ist gut. Die Tabletten sind in meiner Hüfttasche. Es kann nichts passieren. Eine oder gleich zwei, frage ich mich, als ich die Verpackung in der Hand halte. Zwei, entscheide ich.

Mir fehlt der Mut, ans Handwaschbecken zu gehen, also schlucke ich sie so hinunter. Mein Hals ist trocken. Gleich wird es besser! Mit dem Rücken an der Tür zur Toilette rutsche ich hinab in die Hocke.

Abwarten.

Wie ein Aufzug, der auf jeder Etage kurz stoppt, wandert die Ruhe von den Füßen über die Beine zur Brust bis in meinen Kopf. Meine Gedanken ordnen sich. Es fühlt sich an, als würde ich aus einem Traum erwachen. Ein Weilchen noch, dann habe ich die Lage wieder im Griff. So ist es mir schon ewig nicht mehr ergangen. Zum Glück habe ich trotzdem immer meine Tabletten dabei. Ich denke an Felix, diesen miesen Lügner! Vorsichtig sperre ich die Tür auf und gehe in den kleinen Vorraum. Ich drehe den Hahn auf, da wird mir bewusst, dass ich die silberne Verpackung noch in der Hand halte. Als ich den Reißverschluss der Hüfttasche öffne, um sie zu verstauen, fällt mir ein kleines dunkles Fläschchen ins Auge.

Die Midodrin-Tropfen. Die retten mich, wenn mein Blutdruck im Keller ist, aber mit dem Problem habe ich derzeit nicht zu kämpfen. Eher das Gegenteil ist der Fall. Kein Wunder, denn der Mistkerl hat mir eine Lüge nach der anderen aufgetischt! Wie hat er einmal gesagt? »Süße, ich dachte mein Leben lang, Liebe sei etwas, was nicht für mich bestimmt ist. Heute weiß ich, ich habe mein halbes Leben auf dich gewartet.«

Was für ein Spruch! Wie gewissenlos muss man sein, um diese Worte auszusprechen und gleichzeitig zu wissen, dass sie eine einzige Lüge sind?

Ich schaue nochmals auf das Fläschchen. Was hat mir

meine Therapeutin Frau Tietze-Meiermann erst kürzlich mit auf den Weg gegeben? »Frau Baumgarten, Ihre innere Angespanntheit bekommen Sie nur in den Griff, wenn Sie sich nicht mehr alles gefallen lassen. Es ist vielleicht eine nette Tugend, stets freundlich zu sein und zurückzustecken, doch ich sage Ihnen eins: Einzig wenn Sie Widerstand leisten, werden Sie sich in dieser Welt behaupten. Als Frau müssen Sie das sogar doppelt beherzigen!«

Zwei Jahre, so lange läuft die Geschichte mit Felix schon. Was hätte ich in der Zeit wohl Tolles anstellen können? Ich war ihm treu. Zumindest ich!

Ich hebe das dunkelbraune Glasfläschchen auf Augenhöhe. Es ist mehr als drei Viertel voll. Die Flüssigkeit im Innern schwappt hin und her. Beherzigen, hat die Tietze-Meiermann gesagt, das passt ausgezeichnet.

Meine Augen wandern zurück zum Spiegel. Ich betrachte mich selbst und presse die Lippen zusammen. Bin ich zu so etwas wahrhaft fähig? Könnte ich ihn wirklich töten?

Ich lege die Finger um das Midodrin und schiebe es zurück in meine Tasche.

Bei aller Wut, die in mir steckt, so weit kann ich nicht gehen!

ADE, RÖMISCHE ROMANTIK

Taverne der römischen Villa Borg
10.06.2023
Lodi van der Pütten

»Lecker. Dat schmeckt nach mehr«, stelle ich fest und
schiebe mir noch ein Stück frisch gebackenes Brot bestri-
chen mit diesem Moretum, das eben einer der Köche
höchstpersönlich an den Tisch brachte, in den Mund.
Knoblauch und eine Menge Gartenkräuter sind laut Koch
in dem pestoartigen Aufstrich, der nach römischem Vorbild zubereitet wurde. In der Antike hatte man Geschmack,
die Atmosphäre in der kleinen Taverne, die sich ebenfalls
auf dem Villengelände befindet, ist super.

Eine zweite, gut gelaunte Köchin bringt weitere Leckereien an unsere lange Tafel. »So, da hätten wir einmal luka-
nische Wurst mit grünen Bohnen, ein Schälchen Linsen-
aufstrich, eingelegte Oliven und Eier mit Pinienkernsoße.
Dazu noch ein Körbchen von unserem – oder besser gesagt
Ihrem – handgemachten römischen Brot.« Sie wendet den
Kopf. »Ah, schau an. Da bringt Ihnen eine Kollegin von
mir noch eine Platte mit ›Perna et Fabacia Verides‹. Schinkenbraten an Feigensoße mit dicken grünen Bohnen. Wir
wünschen: bene sit tibi. Guten Appetit.«

»Danke sehr. Das Essen ist köstlich und exquisit zubereitet. Ein großes Lob an die Küche«, meldet sich Brecht

zu Wort und legt sich die Serviette auf seinem Schoß zurecht.

»Ja. Erste Sahne, kann man nicht anders sagen«, pflichtet ihm Walli, nicht ganz so Gourmet, mit vollem Mund bei. Mit einem Wink macht er deutlich, dass die Platte mit der lukanischen Wurst am besten direkt vor ihm zu platzieren sei.

Ich schaue mich in der Runde um. Den anderen scheint es ebenfalls nicht an Appetit zu mangeln. Auch nicht unserem Wanderhundje Günther. Er wurde erneut nach draußen verbannt, zusammen mit seiner spärlichen Futterration. Mit einem Jaulen macht er darauf aufmerksam, dass seine Menüauswahl nicht annährend so erlesen wie die unsere ist.

Das ist selbst der Köchin nicht entgangen. »Sollen wir dem Kleinen da draußen vielleicht eine Kleinigkeit bringen?«, bietet sie an. »Er scheint völlig ausgehungert zu sein.« So wie es aussieht, will die Köchin alle ihre Gäste glücklich sehen.

»Nicht nötig, er ist prima versorgt«, antwortet Toni knapp und gießt sich Feigensoße über ihr Stück Schinkenbraten.

Die Köchin sieht enttäuscht aus. Tja. Toni hat grundsätzlich recht. Manchmal muss ein Hundje lernen, wer im Team die Hosen anhat.

Ich lasse es mir auch schmecken. In jeder Hinsicht habe ich mir eine Belohnung verdient. Den ersten Tag habe ich schließlich fast hinter mich gebracht, und mein Schuldenberg beginnt zu schrumpfen, das macht Laune.

»Wo schlafen wir eigentlich?«, erkundigt sich Conny bei mir.

»Auf jeden Fall zusammen«, kommt mir Walli zuvor.

Boah. Der Spruch verdirbt mir den Appetit. Selbst Conny schaut sauer drein. Ich tue so, als hätte ich ihn nicht gehört. »Hier in der Villa gibt es zwei Unterkünfte für die Nacht. Einmal ein Lager mit Legionärszelten. Die Zelte sind jeweils mit zwei Feldbetten ausgestattet. Ihr werdet überrascht sein, das ist weit komfortabler, als es sich anhört. Außerdem hätten wir noch ein Doppelbett im Geheimgarten der Villa im Angebot. Dat ist normalerweise für Hochzeitspaare und Frischverliebte vorgesehen.« Nach der Ansage schauen mich alle interessiert an. »Da nur zwei dort schlafen können, dachte ich mir, überlassen wir dat unserem einzigen Pärchen Kola und Antje.«

»Wie – einziges Pärchen?«, mischt sich Walli ein und legt seine Hand demonstrativ auf die von Conny. »Die beiden Müslis sind vermutlich seit Jahren ein Paar, die verzichten bestimmt gerne.«

»Sagt wer?« In Kola kommt mächtig viel Leben. Er erhebt sich und starrt Walli finster an.

»Sag ich!« Bei der Schärfe in Wallis Stimme fahren bei mir alle Alarmsysteme hoch.

Zeit, die Wogen zu glätten. »Immer mit der Ruhe, Jungs. Wenn euch das so wichtig ist, können wir es gerne auslosen. Faire Chancen für alle.«

»Auslosen ist nicht so mein Ding. Was hältst du von einem Kampf unter Männern, Kola?« Walli steht nun ebenfalls auf und stemmt seine Hände in die Hüften. Das ärmellose Shirt, das er trägt, gibt die Aussicht auf seine muskelbepackten Arme frei.

Brecht räuspert sich und wirft mir einen mahnenden Blick zu. Ich verstehe, was er meint: Walli ist zwar ein Trottel, aber wir brauchen ihn als Fotomodell. Mit einem blauen Auge oder einer gebrochenen Nase wären die geplanten Werbefotos für die Tonne. Nicht weniger Angst habe ich um unseren jungen Blogger. Kola ist zwar recht groß, hat jedoch nicht allzu viel auf den Rippen. Rein aufgrund der Optik denke ich, das Kraftpaket Walli würde ihn in kürzester Zeit in der Luft zerreißen. Ich muss handeln.

»Moment, so haben wir nicht gewettet«, versuche ich, der Sache Einhalt zu gebieten.

»Lodi, halt dich da raus. Das ist einzig eine Angelegenheit zwischen Walli und mir.« Kola ist völlig in Rage.

»Jetzt reicht's aber.« Antje zieht ihn am Arm. »Lass dich nicht provozieren, Kola. ›Ein kluger Kopf passt unter keinen Stahlhelm‹, das hat damals schon Einstein erkannt. Außerdem hört sich das Legionärszelt für mich sehr gemütlich an ...«

»Dein Einstein ist mir wurscht«, wehrt Kola ab. Er haut seine Faust auf den Tisch. Dafür, dass er eher schmächtig ist, dröhnt es ganz schön. Kelche, Schalen und Teller auf der Tafel klappern. »Ich würde sagen, Walli, wir bringen die Angelegenheit sofort hinter uns.«

»Und ich würde sagen, ich bringe jetzt erst einmal etwas anderes hinter mich«, fährt Antje mit durchdringender Stimme dazwischen. Sie springt auf und weist mit ihrem Finger drohend auf Kola. »Wenn eins heute ganz bestimmt nicht mehr passiert, dann, dass ich neben dir schlafe, du Hornochse. Du hast doch wohl nicht mehr alle ...«

»... Tassen im Schrank. Genau das wollte ich auch gerade sagen«, meldet sich Conny zu Wort. Allerdings weit schriller als Antje. »Walli, wie kannst du überhaupt denken, dass ich die Nacht mit dir verbringen würde? Für wen hältst du mich?«, fährt sie Walli an. Der wiederum nimmt kleinlaut auf seinem Stuhl Platz, während Conny weiterpalavert. »Wisst ihr was? Das Luxusbett nehmen Antje und ich. Ihr zwei könnt gucken, wo ihr unterkommt.«

»Aber Conny, Maus, das war doch nicht so …«, versucht Walli einzulenken.

»Nenn mich noch einmal Maus und es knallt!«, warnt ihn Conny. Sie schnellt hoch, um ihren Platz zu verlassen. Neben Brecht, der am anderen Kopfende sitzt, bleibt sie stehen. »Kannst du vielleicht ein Stück für mich zur Seite rücken?«

»Aber klar doch«, sagt der.

SAAR-HUNSRÜCK-STEIG

2. Etappe
Von der Villa Borg nach Mettlach-Keuchingen
Saar-Hunsrück-Steig
Strecke: 15,7 km
Dauer: 4 h
Höhenmeter: ∧160 m ∨350 m

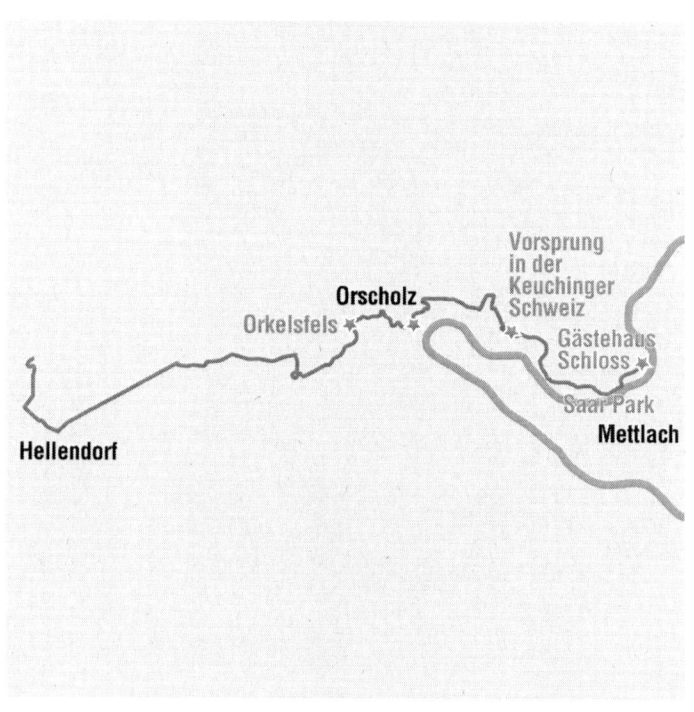

AUF GEHT'S ZUR RUNDE ZWEI

Auf dem Außengelände der römischen Villa Borg
11.06.2023
Günther, der Dackel

Boah, was für ein Abend und was für eine Nacht.

Den Streit um das romantische Bett im Geheimgarten habe ich von draußen zwar nur rein akustisch mitverfolgt, aber das reichte, um zu wissen, dass es in der Taverne heiß herging. Nachdem Antje wutentbrannt den Gastraum verlassen hat, wurde es ruhiger. Conny hörte ich nicht viel später von drinnen lachen. Gegen Ende des Abends kam sie gut gelaunt aus der Taverne und hatte sich bei Brecht untergehakt.

Oh Mann, dachte ich. Dass Conny von Walli Abstand genommen hat, kann jeder gut verstehen. Doch sich gleich darauf, an Brecht heranzuwerfen, bewies wenig Feingefühl. Das schmeckte Walli genauso wenig wie Hoseok, dafür brauchte man nur in ihre finsteren Mienen zu sehen, als sie sich zu ihren Zelten begaben.

Meine Nacht in der römischen Behausung ist verdammt kurz gewesen, und das lag nicht an der Unterkunft.

Erst hat man im Legionärszelt neben uns lautstark palavert, und dann hat sich Regine aus unserer antiken Zwei-Frauen-und-ein-großartiger-Hund-Behausung geschlichen. Zuerst habe ich angenommen, sie habe vielleicht eine geheime Liebschaft, aber falsch gedacht. Sie mag einzig nur mich. Allein meinetwegen hat sie sich im Dunkeln auf die Socken gemacht, was unglaublich rührend ist. Es dauerte ein Weilchen, bis sie zurückkehrte. Zuerst nahm ich ihren zartblumigen Geruch wahr. Aber da war noch ein zweites Aroma, und das ließ mich hellwach werden. Auf Zehenspitzen huschte Regine zurück in ihr Nachtlager. Ich sprang auf und ihr hinterher, denn den Grund für ihren nächtlichen Ausflug hatte meine Nase mittlerweile zweifelsfrei identifiziert. Römische Räucherwürstchen. Es waren vier Stück an der Zahl. Regine hatte diesen Gourmettraum mitten in der Nacht für mich erobert, und eins kann ich sicher sagen: Ich liebe Regine! Ich werde ihr für diese selbstlose Tat auf ewig dankbar sein, und wer die Treue eines Hundes kennt, weiß, wie viel das wert ist.

Wie gesagt, heute Morgen bin ich ein bisschen müde, doch gleichzeitig auch sehr zufrieden. Die meisten aus unserer Gruppe sitzen gerade beim Frühstück im Halbkreis vor den Legionärszelten und genießen den Anblick der römischen Villa, über die sich die ersten Sonnenstrahlen des Morgens gelegt haben. Beinahe freue ich mich auf die kommende Etappe – da sieht man mal, welche Wunder gutes Essen vollbringen kann.

»He, das gibt's nicht!« Brechts Laune ist offenbar nicht ganz so famos. Sein Kopf taucht aus einem der Legionärszelte auf. »Verdammt! Wo sind meine Schuhe? Die rote Outdoorjacke fehlt ebenfalls. Meine Stiefel habe ich gestern Abend exakt hier vors Zelt gestellt, hundertpro, und die Jacke lag auf dem Stuhl daneben, damit sie auslüften. Leute, das ist echt nicht witzig!« Er schaut sauer in die Runde. Niemand sagt etwas. Alle zucken mit den Schultern. »Kümmern Sie sich darum, dass die Sachen wieder auftauchen! Sie haben die Verantwortung.« Die Aufforderung Brechts richtete sich an Lodi höchstpersönlich.

In unserem Wandercoach grummelt und kocht es. Das merke ich nicht nur an ihren roten Wangen, ich als Hund kann es sogar riechen: Stresshormone. Und zwar nicht wenige.

»Ich schau gleich mal, was ich machen kann«, erwidert die van der Pütten ruhig und nippt an ihrem Kaffee. »Erst erzähle ich der Gruppe von unserem heutigen Tagesplan.«

Hut ab, sie ist reichlich gefasst dafür, dass Brecht sie so angefahren hat.

»Wir wandern heute Richtung Orscholz. Vorbei am Orkelsfelsen und zur Mittagszeit an die Saarschleife, wo uns eine regionale Überraschung erwartet. Ich sag bloß so viel: Während wir die wohl schönste Aussicht des Saarlandes genießen, werden wir kulinarisch ver…«

»Das kann doch wohl nicht wahr sein, dass die auch noch weg ist«, zetert Brecht dazwischen. Ausgerechnet jetzt, wo es spannend wird. »Die neuste QWatch mit allen Funktionen, die man sich so vorstellen kann«, lässt er sich weiter aus. »Allein das französische Permé-Armband aus Kalbsleder hat Unsummen gekostet. Die habe ich gestern beim Backen kurz abgelegt und danach gleich wieder angezogen. Da bin ich mir zweihundertprozentig sicher.« Man sieht, wie es im Kopf des Fotografen arbeitet. »Mensch, die Serie ist auf 1.000 Stück limitiert. Echt! So ein Mist.«

»Die kann nicht weit sein«, versucht die van der Pütten zu beschwichtigen.

Auf Socken tritt Brecht stinksauer auf unseren Coach zu und bleibt vor ihr stehen. »Das hoffe ich sehr für Sie, sonst ersetzen Sie mir jeden einzelnen Cent.«

Bei der van der Pütten hat sich der Gleichmut nun offenbar doch verabschiedet. »Sagt wer?«, erwidert sie und baut sich vor ihrem Gegenüber auf. Zumindest versucht sie es, denn trotz Schuhwerk ist sie zwei Köpfe kleiner als der Riese Brecht.

»Sucht hier vielleicht jemand seine Schuhe?«, ruft da eine Stimme von weiter weg. Ein Jammer, gerade jetzt, wo es spannend wurde, ärgere ich mich.

Frau Salzgeber nähert sich mit ihren Fundstücken. »Die lagen heute Morgen in der Mülltonne. Einer unserer Mitarbeiter hat sie gefunden. Nagelneu sehen sie aus, das kann doch eigentlich nicht sein, dass man die einfach so …«

»Das sind meine.« Brecht geht auf die Salzgeber zu.

»Prima, bitte schön«, freut die sich und mustert Brecht fragend. Wie wir alle wüsste sie wohl gerne, wie die Schuhe in die Tonne gelangen konnten.

»Eine rote Jacke lag nicht zufällig daneben?« Brecht lässt sich auf einem der Frühstücksstühle nieder und zieht die Wanderstiefel an.

»Nö.« Nun schaut sein Gegenüber noch verblüffter.

»Und eine Sportuhr?«, will die van der Pütten wissen.

Jetzt ist die Salzgeber richtig platt. »Äh, nein. Nicht, dass ich wüsste. Die Tonne war beinahe leer, die Müllabfuhr war gestern Morgen da.«

Mit den Gedanken bei Regines Verschwinden letzte Nacht drehe ich mich zu ihr um. Sie ist damit beschäftigt, ihre Wanderschuhe neu zu binden. Den Blick stur nach unten gerichtet.

Fräulein, Fräulein, denke ich. Andererseits sage ich mir, wenn es Regine gewesen sein sollte, wird sie gute Gründe gehabt haben. Dass dieser Brecht nicht unbedingt der Sympathischste ist, hat er bereits nach einem Tag Wandern mehrfach bewiesen.

»Weißt du vielleicht, wohin ich die Uhr gesteckt habe?«, richtet Brecht sich an Conny.

Sie zuckt mit den Schultern. »Keine Ahnung.«

Natürlich nicht, sage ich mir, denn während des Backens war Conny vollauf mit Walli beschäftigt.

»Du hast die Uhr verloren, aber mich gefunden. Ist doch viel besser«, stellt sie selbstgefällig fest und lächelt Brecht an.

»Vielleicht hat jemand von den anderen Gästen die Uhr entdeckt.« Von Neuem ist es die van der Pütten, die dazwischenfunkt, als sie – wie wir alle – bemerkt, dass es in der Gruppe der um Conny konkurrierenden Männer hochkocht. »Ich frag mal in der Taverne nach. Ihr könnt in der Zwischenzeit schon mal zusammenpacken.« Die van der Pütten stiefelt los. Sie wirkt gestresst, ein Rudel Hunde ist wohl weit leichter zu bändigen als diese Wandertruppe.

Brecht verzieht sich, und auch Walli und Hoseok gehen in ihre Zelte. Antje kehrt mit ihrem Gepäck von ihrem Extraschlafplatz zurück. Sie wirkt übernächtigt und wechselt kein Wort mit Kola. Womöglich waren die Tage in Yukon bei minus 40 Grad leichter zu ertragen als diese wenigen Stunden auf dem Saar-Hunsrück-Steig, überlege ich.

»Lass uns auch zusammenpacken«, sagt Toni zu Regine und steht auf.

»Klaro«, erwidert Regine und streicht mir dabei über mein Fell. »Eine Frage, Toni. Würde es dir was ausmachen, wenn ich heute mal den Günther ein bisschen zu mir nehme? Er ist so ein feiner Kerl, und wegen Magnus ist ein Hund doch bei uns nicht drin.«

Was für eine tolle Idee. Dass ich da nicht selbst draufgekommen bin. Ich bin gespannt, was Toni sagt. Es wird freilich nicht leicht für sie, auf meinen Support zu verzichten.

Toni antwortet prompt: »Och, keine Frage. Weißt du was, wenn der Kerl dir nicht auf die Nerven geht, leih ihn dir gleich für den Rest der Wanderung aus. Mir tust du damit einen Gefallen.«

Sollte es eines Tages der Fall sein, dass unsere Sigrid von der Rechtsmedizin im Homburg unsere Super-Kommissarin hier obduzieren muss – und das heißt natürlich nicht, dass ich mir das wünsche –, ich würde wetten, Sigrid würde feststellen, dass die liebe Toni schon seit mehr als 35 Jahren ohne Herz gelebt hat.

Aber pah, ihre Bemerkung juckt mich nicht im Geringsten, denn Regine und ich sind ein Hund und eine Seele. Wir werden es uns hübsch machen – fern ab von der Spaßbremse. Nichts wie los zur Cloef, dem wohl schönsten Wendepunkt des Saarlandes, denke ich. Mein Leben hat bereits heute Morgen in aller Früh eine bezaubernde Wendung erfahren. Ich habe eine neue allerbeste Begleiterin und gleichsam eine Lösung für mein Mordshungerproblem, denn ich würde wetten, Regine zieht nie ohne eine gute Portion Notproviant los.

Mein Leben ist ein Träumchen – das Schicksal hat mir eine Heldin in Wanderschuhen gesandt.

ALLEIN AUF WEITER FLUR

Auf einem Feldweg zwischen
Hellendorf und Orscholz
11.06.2023
Antonia Kuppertz

Wir starten von der Villa Borg in Richtung Hellendorf mit weiter Sicht auf die uns umgebende Landschaft. Das Wetter ist ideal zum Wandern. Morgensonne und dazu ein leichtes Lüftchen. Für heute Mittag allerdings ist Hitze angesagt. Es wäre schön, wenn wir auf der Etappe ein wenig schneller vorankommen würden, als es gestern der Fall war, überlege ich.

Die Wandergruppe hat sich in Grüppchen aufgeteilt. Conny und Brecht bilden, ziemlich abgeschlagen, das Schlusslicht, und wie es aussieht, scheint die einsame Zweisamkeit ihnen mehr als recht zu sein.

Regine hingegen läuft mit Günther voraus. Sie wirkt überglücklich mit ihrer vierbeinigen Begleitung. Den Spaß gönne ich ihr. Warum auch nicht? Hauptsache, Günther hat Bewegung, und was die Diät angeht, halte ich Regine für hundert Prozent zuverlässig. Die ist grundehrlich.

Ich wandere neben Hoseok. Ein nachdenklicher Zeitgenosse. Da wir beide schweigen, komme ich nicht umhin mitanzuhören, worüber Kola und Antje, die hinter uns gehen, sich unterhalten.

»Noch mal so was wie gestern, und ich bin weg! Das ist mein Ernst.« Antje scheint geladen wegen des Zoffs zwischen Kola und Walli. »Willst du dich mit so einem Typen prügeln?« Sie schnauft.

»Jetzt komm aber! War doch nicht meine Schuld«, wiegelt Kola ab, »dass der Kerl mich so angeht.«

»Die Diskussion hatten wir schon tausendmal. Du hättest dich einfach nicht provozieren lassen sollen. Wie kann man immer wieder auf solche Pöbeleien einsteigen? Typen wie den ignoriert man. Nur das zieht!«

»Bei aller Liebe, beleidigen lasse ich mich bestimmt nicht von so einem Volltrottel. Der hat doch nicht mehr alle Nadeln an der Tanne. So ein Schaumschläger kann mir …«

»Ach, rutsch mir den Buckel runter. Du schnallst es echt nicht«, unterbricht ihn Antje aufgebracht.

Ich spüre eine Hand auf meiner Schulter. »Sorry, lasst ihr zwei mich bitte mal durch? Den Deppen kann ich mir heute Morgen nicht geben.« Antje drängt sich an uns vorbei und trifft mich mit ihrem Wanderrucksack an der Seite.

»'tschuldigung, war keine Absicht«, murmelt sie.

»Kein Problem, nichts passiert«, sage ich.

Sie nimmt Tempo auf. Mann, ist die in Fahrt, denke ich. In dem Moment zischt Kola hinter mir: »Hau halt ab! Ich brauch dich nicht.«

Ich werfe einen Seitenblick zu Hoseok. Er verzieht keine Miene. Gute Taktik, erkenne ich an. Daran nehme ich mir ein Beispiel. Ich bin außer Dienst. Was Zankereien, Meinungsverschiedenheiten und sonstige Unstimmigkeiten angeht, muss ich mich ausnahmsweise nicht verantwortlich fühlen. Zumal so ein Knies in vielen Ehen zur Tagesordnung gehört. Das geht noch weit schlimmer.

Genau das ist der Grund, warum ich Beziehungen aus dem Weg gehe. Allein ist man eindeutig besser dran.

Das müsste mal jemand Jan-Alexander begreiflich machen. Der gibt es einfach nicht auf. Wäre ich doch bloß vor ein paar Wochen nicht mit ihm in seine Wohnung gegangen. Gestern Abend haben mich wieder ellenlange Whatsapp-Nachrichten erreicht, die ich ignoriert habe. Eins muss man dem SEKler lassen: Er hat Ausdauer.

Doch das wird ihm nicht helfen.

AM FUSSE DES ORKELSFELSENS

**Am Ortseingang von Orscholz
in der Gemeinde Mettlach
11.06.2023
Lodi van der Pütten**

Wir erreichen den Ortsrand von Orscholz, unserem Zwischenziel für heute. Nachdem es in den letzten beiden Stunden recht ruhig in der Wandergruppe zugegangen ist, habe ich das Gefühl, ein bisschen Schwung und Stimmung in die Runde bringen zu müssen. Dass sich die meisten Probleme mit der Zeit von allein lösen, kann ich bislang nicht feststellen. Einige sind extrem auf Schmollkurs.

»He, schaut mal! Gleich da vorne, unter dem vielen Grün verborgen, liegt der Orkelsfelsen. Dort soll einst die Burg des Franken Orko gestanden haben. Ob dat wirklich so war, ist nicht bewiesen. Sicher ist, datt der Fels früher weitaus größer war, doch er wurde nach den Weltkriegen als Steinbruch genutzt, um die zerstörten Gebäude im Ort wiederaufzubauen. Das heißt in ganz Orscholz verstecken sich überall kleinere und größere Stücke des Orkelsfelsens. Was übrig geblieben ist, ist trotzdem spektakulär schön. Ihr werdet Augen machen!«

Man nickt um mich herum. Hochstimmung ist das noch nicht.

»Von der Plattform aus können wir außerdem einen Blick auf unser nächstes Wanderziel werfen: die Cloef«, versuche ich es weiter und bin bereits mit meinem Latein am Ende. Mehr Infos wollte mir das Internet über den Orkelsfelsen leider nicht liefern. Zu meinem Bedauern scheint Kola heute nicht gewillt, mir mit seinem geballten Wissen unter die Arme zu greifen. Doch der Ort, den wir in der Sekunde erreichen, wirkt auch ohne viele Worte. Das ungewöhnliche weißgraue Felsenensemble ragt effektvoll zwischen Bäumen, Sträuchern und Farnen in die Höhe, und das Laub lässt die Sonne nur hier und da durch. Das zusammen mit dem schmalen Pfad durch die Steinlandschaft schafft eine eigenwillige Atmosphäre.

»Wow«, sagt sogar Toni.

Treffer, freue ich mich. Als wir die Felsen fast umrundet haben, taucht eine steile Steintreppe zum Aussichtspunkt vor uns auf. Ich will gerade einen Fuß auf die erste Stufe setzen, da höre ich Regine sagen: »Kurze Frage: Gehört das mit zum Programm?« Sie weist mit dem Arm auf den Weg in Richtung Ortschaft. Dort liegt ein Mensch.

Toni lässt sofort ihren Wanderrucksack zu Boden fallen und stürmt los. »Alles in Ordnung mit Ihnen? Hallo?« Sie beugt sich über den Mann in Laufkleidung, wir anderen nähern uns betreten.

»Notarzt, ruft den Notarzt an!«, verlangt Toni und öffnet die Laufjacke des Mannes.

»Ich kümmere mich darum«, gibt Regine zur Antwort und holt ihr Smartphone aus dem Rucksack.

»Kann ich was tun?«, frage ich Toni. Ich bin der Coach, eigentlich müsste ich die Sache in die Hand nehmen, aber ich fühle mich ziemlich hilflos.

»Wir legen ihn gemeinsam in die stabile Seitenlage«, fordert mich Toni auf, nachdem sie am Handgelenk den Puls des Ohnmächtigen gefühlt hat. »Gut! Das Herz schlägt«, sagt sie und legt ihm eine Hand an die Wange, während sie die andere am Boden anwinkelt. »Streck seine Beine aus und zieh das hintere nach vorne.«

Ich tue, was sie mir sagt.

»Ja! Noch ein Stück weiter. Über das andere hinweg.«

Ich gebe mein Bestes.

»Stopp.« Toni überstreckt den Kopf des Mannes und öffnet leicht seinen Mund.

Mannomann, es wäre bestimmt nicht übertrieben, irgendwann mal wieder einen Erste-Hilfe-Kurs zu machen, kommt mir in den Sinn, als ich sehe, wie routiniert Toni zugange ist. Ohne sie wäre ich in dieser Situation total verloren.

»Sag mal, was ist das, was die ganze Zeit schon so seltsam zischt?«, erkundigt sich Toni.

»Keine Ahnung. Vielleicht die Umzäunung. Meinst du, da ist Strom drauf?« Ich weise auf einen Weidezaun, der wenige Meter hinter Toni den Wanderweg begrenzt.

Sie dreht sich um. »Falls ja, dann wollen die ihre Pferde, Kühe oder was immer da auf der Wiese steht, wohl braten. Das klingt gemeingefährlich. Passt bloß auf«, warnt sie die Gruppe. »Da scheint etwas nicht korrekt eingestellt zu sein.«

»Notarzt und Krankenwagen sind gleich da«, meldet sich Regine zu Wort. »›Dauert nur ein paar Minuten‹, meinte der Mann am Telefon.«

Unglaublich, wie lange ein paar Minuten einem erscheinen können, wenn Not am Mann ist. Wortwörtlich, denn trotz aller Bemühungen wird der Mann am Boden nicht wach. Als die Sanitäter eintreffen, heben sie ihn nach ersten Untersuchungen sofort auf die Trage.

»Sieht wirklich danach aus, als hätte er Strom abbekommen«, sagt der Notarzt zu Toni und mir. »An seinen Fingern befinden sich mehrere Schmorstellen. In der einen Hand hält er übrigens eine Sportuhr. Seltsam, wo er doch bereits eine am Armgelenk trägt.«

»Können Sie uns die Uhr mal bitte zeigen?«, fragt Toni. Vermutlich denkt sie das Gleiche wie ich.

»Sicher«, entgegnet der Notarzt. »Exakt die wollte ich mir auch mal kaufen, aber letztlich hat die Vernunft gesiegt. Ist nicht meine Preisklasse.«

Er hält das gute Stück in die Höhe. Unfassbar: eine QWatch mit einem edlen Armband aus Leder.

»Langsam verstehe ich gar nichts mehr«, fällt mir da bloß noch ein.

Fast in der gleichen Sekunde taucht Brecht hinter uns auf, mit Conny am Händchen. »He, ihr habt meine Uhr gefunden! Wie cool ist das denn?«

DAMPF IM KESSEL

Auf dem Fußweg
am Orkelsfels
11.06.2023
Regine Baumgarten

Den Aussichtspunkt auf dem Orkelsfelsen will sich nun keiner mehr ansehen. Nachdem Sanitäter und Notarzt den Läufer abtransportiert haben, stehen wir alle ratlos und erschüttert am Fuße des Felsens. Erst jetzt, da der Mann versorgt ist, wird mir flau im Magen. Im Rückblick erscheint mir der ganze Morgen surreal. Was war dem Mann zugestoßen und wieso hatte er Felix' Uhr in seinen Händen?

»Komisch, die Sache mit der Uhr«, wundert sich Felix gleichermaßen. Nur dass er dabei lediglich sich selbst im Blick hat. »Echt ärgerlich. Ich bin mir absolut sicher, das war meine.«

Der Hochstapler hat es nicht besser verdient. Jedes Mal, wenn ich seine Stimme höre, läuft es mir eiskalt über den Rücken. Seit er gestern Abend mit dieser einfältigen Conny angebandelt hat, hasse ich ihn noch ein Stück mehr.

»Dass es deine Uhr ist, will gar keiner abstreiten«, meint Toni. »Aber mal ehrlich, einem Ohnmächtigen kann man nicht einfach eine Uhr wegnehmen. Ist doch verständlich, dass die Sanitäter sie nicht rausgerückt haben. Egal wie, es ist jetzt am wichtigsten, dass es dem Mann bald besser geht.«

Felix legt den Kopf schief. Dass er mit Toni einer Meinung ist, halte ich für fraglich. Na ja, das passt perfekt zu einem Narzissten wie ihm.

»Ach, Schatzi«, säuselt Conny. »Es ist doch nur eine Uhr. Gibt echt Wichtigeres im Leben.«

Damit meint die Kleine wahrscheinlich sich. Sie wird es auch noch lernen. An dem Egomanen wird Conny sich todsicher ihre hübschen Zähnchen ausbeißen.

Die blöden Schuhe hätte ich mal besser verbrennen sollen, ärgere ich mich im Nachhinein. Dass sie jemand aus der Mülltonne rausfischt, war nicht geplant.

Lodi schaut auf ihre Uhr. »Wir können im Moment nicht viel tun, außer dem Verletzten die Daumen zu drücken und auf die Polizei zu warten. Ich hoffe, wir hören bald, dass es dem Mann besser geht.«

»Ergibt eigentlich keinen Sinn, wenn wir uns hier alle die Beine in den Bauch stehen«, meldet sich Toni zu Wort.

Vor ihr kann man nur den Hut ziehen, überlege ich. Ich habe nicht mehr getan, als den Notarzt zu rufen, und bin fix und fertig. Toni hingegen hat die Situation gemanagt, als würde sie tagtäglich nichts anderes machen. Sie hat verdammt gute Nerven.

»Ich würde vorschlagen, es reicht völlig, wenn ich bleibe, bis die Polizei eingetroffen ist. Die Sache mit dem Zaun und der Uhr muss geklärt werden. Merkwürdige Geschichte. Ich kann mir kaum vorstellen, dass der Läufer die Uhr in der Villa Borg entwendet hat und dann heute Morgen gegen den Zaun gestoßen ist, die gestohlene Uhr immer noch in der Hand, und wir sind es, die ihn finden.«

Toni zuckt mit den Schultern. »So viel Zufall gibt es nicht.«

»Vielleicht hing sie auch dort am Zaun, und er hat danach gegriffen«, sagt Lodi.

»Na, ich weiß nicht. Das klingt genauso abstrus.« Toni schüttelt den Kopf. »Mal abwarten, was die Polizei sagt. Am besten ist, ihr wandert schon mal in Richtung Cloef weiter. Ich versuche, später zu euch aufzuschließen.«

»Bist du dir sicher?«, fragt Lodi.

»Klar doch.« Toni nickt.

»An sich ein guter Vorschlag. An der Cloef wartet man sicher bereits auf uns.« Lodi seufzt. Jemanden mit der ganzen Verantwortung allein zu lassen, ist wohl eher nicht ihre Art. »Also gut, machen wir es so. Aber wenn was ist, meldest du dich«, ringt sie sich letztlich trotzdem dazu durch.

»Klaro. Keine Sorge.« Wie Toni das sagt, könnte man denken, die zwei kennen sich schon ewig, dabei haben sie sich erst gestern kennengelernt. Erstaunlich, wie Extremsituationen die Menschen zusammenschweißen.

»Willst du Günther vielleicht lieber bei dir …?«, frage ich, komme aber nicht dazu, den Satz zu beenden.

»Unsinn. Versprochen ist versprochen. Bei dir ist er in guten Händen.« Toni winkt ab, und ich freue mich, denn ich kann ein bisschen Ablenkung gut gebrauchen.

Wir packen unsere Rucksäcke auf die Rücken und setzen uns in Bewegung. Merkwürdig fühlt es sich an. Wie bei einem Trauermarsch gehen wir hintereinanderher. Keiner sagt etwas, nicht einmal Conny, und das bleibt für einige Kilometer so. Wie gut, dass ich Günther an meiner Seite habe. Das Kerlchen bringt nichts aus der Ruhe.

»Bald erreichen wir den Aussichtspunkt Cloef mit allerbestem Blick auf die Saarschleife«, durchbricht Lodi irgendwann die bedrückende Stille. Als Verantwortliche für die Tour gibt sie sich Mühe, für Ablenkung zu sorgen. »Wahrscheinlich habt ihr alle schon öfter dort oben gestanden und euch die berühmteste Wendung des Saarlandes angeschaut. Eins muss ich sagen: Egal, wie oft ich mir dat ansehe, ich bin jedes Mal von Neuem verwundert, wie imposant die Aussicht ist. Dat ist ein Panorama wie aus dem Bilderbuch.«

»Zweifellos«, pflichtet ihr Hoseok bei.

»Sag mal, Regine, hast du vielleicht noch was zu trinken für mich? Ich habe heute Morgen bei all dem Trara vergessen, mir was einzupacken«, wendet sich Lodi an mich.

Ich schüttle den Kopf. »Oh, Mensch. Tut mir echt leid, ich hab meine Flasche vor ein paar Minuten leer getrunken.«

»Schade. Ich hätte nicht gedacht, datt die Mittagssonne so heftig auf uns herabbrennt. Egal, noch ein Viertelstündchen und wir sind an der Cloef. Bis dahin halte ich es aus.«

Als sie später verlauten lässt: »Dat Mittagessen ist nur noch wenige Meter von uns entfernt«, kommt Schwung in die Truppe. Kurz darauf wandern wir den abschüssigen Weg zur Aussichtsplattform hinab. Dort ist einiges los. Offensichtlich sind wir nicht die Einzigen, die die Aussicht genießen wollen.

»Schaut mal, dat da vorne müssen die Kellner von Buchnas Landhotel sein«, bemerkt Lodi und zeigt in Richtung mehrerer Servicekräfte, die in weißem Hemd und braun karierter Hose augenscheinlich auf Gäste warten. Auf einem Tisch mit einer strahlend weißen, im Wind wehenden Tischdecke stehen eine Menge Sektgläser bereit. »Wow, erste Sahne, endlich gibt's was zu trinken. Ich hab einen Mordsdurst.«

Als Lodi den Kellnern zuwinkt und ihnen mit einem Fingerzeig auf unsere Begleiter zu verstehen gibt, dass wir die angekündigte Gruppe sind, füllen die Servicekräfte die Gläser. Einer der Ober tritt mit einem silbernen Tablett auf uns zu.

Lodi drängt nach vorn. »Sorry, ich brauch Flüssiges. Was, ist mir völlig schnuppe.« Sie greift sich zwei der Sektgläser, die sie nacheinander in jeweils einem Zug leert. »Besten Dank! Boah, dat tut mal gut. Könnte ich vielleicht noch eins haben?«

»Selbstverständlich, aber seien Sie bitte vorsichtig. Der Winzersekt hat es in sich und die Mittagssonne auch«, erinnert der Ober unseren Wandercoach.

»Und ich ebenso«, antwortet Lodi hochgestimmt.

»Unser Reginchen und dat Güntherlein, kommt, ihr zwei!«, ruft sie mir zu, als sie mich entdeckt. Sie hat sich auf einer halbrunden Steinmauer niedergelassen, von der aus man den besten Blick auf die gut 200 Meter tiefer liegende Saar hat. Ich nehme neben unserem gegenwärtig auffällig gut gelaunten Wandercoach Platz. Wahnsinnsaussicht, denke ich. In einer langen Kurve schlängelt sich der Fluss durch die Schlucht, die er sich selbst durch das ihn umgebende Felsmassiv gegraben hat. Auf dem gegenüberliegenden Bergrücken mache ich, winzig klein, die Burg Montclair aus.

»Wollen Sie vielleicht auch ein Gläschen?«, höre ich eine Stimme hinter mir. Ich drehe mich um. Ein Kellner steht vor mir und lächelt mir höflich zu.

Ich winke ab. »Ne, ne! Das ist total lieb. Aber …«

»Aber todsicher nehmen wir dat«, übernimmt Lodi den Rest der Antwort für mich. Sie schnappt sich zwei Gläser vom Tablett und hält mir eins hin. »Ich muss als Coach dafür sorgen, datt ihr alle die saarländische Lebensart kennenlernt. In so einem Gläslein Winzersekt steckt ausgesprochen viel Lokalkolorit.« Für den Wortteil »kolorit« braucht sie ein klein wenig länger. Lodi prostet mir zu.

Na gut, sage ich mir, der heimischen Kultur will ich mich natürlich nicht verschließen. Kurz darauf stelle ich mit Erstaunen fest, wie gut Heimat schmecken kann.

Ein weiterer Ober nähert sich uns mit zwei Tellern in der Hand.

»Was ist dat denn Gutes, werter Herr?«, erkundigt sich Lodi. Ihre Stimme klingt tiefer als sonst.

»Heißer Lyoner aus dem Dampfkessel mit saarländischem Senf, eingemachten Gurken und backfrischem Landbrot. Wollen Sie mal kosten?«

»Noch mehr Kultur! Immer her damit«, lautet Lodis entschiedene Antwort. Sie setzt das volle Glas in ihrer Hand an, und, schwups, ist der Inhalt auch schon in ihrer Kehle verschwunden. Fast wie Zauberei.

Frisch geleert und damit unbrauchbar geworden, stellt sie das Glas auf dem leeren Tablett ab. »Junger netter Mann, ich wüsste gerne etwas von Ihnen«, richtet sich Lodi erneut an den Kellner.

»Wie kann ich Ihnen helfen?«, antwortet der.

»Nun, ich bräuchte Ihre ehrliche Meinung. Wie sehen Sie dat? Um dat Saarland richtig kennenzulernen, braucht es da nicht zum Kessel-Lyoner auch ein landestypisches Gläschen Winzersekt?«

»An sich schon«, erwidert der Kellner zaghaft.

»A-ha!«, freut sich Lodi. »Da sehen Sie mal, wir sind einer Meinung. Und wenn Sie ohnehin unterwegs sind, bringen Sie für meine liebe Freundin bitte ebenfalls eins mit. Auf einem Bein steht sich bekanntlich schlecht.«

Ich denke nach. Die Logik von dem Spruch habe ich noch nie wirklich verstanden. Was in jedem Fall stimmt, ist, dass ich mit dem ersten Glas Winzersekt tatsächlich deutlich an Standfestigkeit eingebüßt habe. Als ich eben aufstehen wollte, fühlte ich mich derart wackelig auf meinen Beinen, dass ich mich sofort wieder hingesetzt habe. Glaubt man der Redewendung, müsste ich mit einem zweiten Glas mein Gleichgewicht wiedererlangen.

Als der Sekt eintrifft, bringt Lodi einen Toast aus. »Auf die Kultur, meine liebe Regine«, sagt sie, und bei dem wichtigen Motto trinke ich den guten Tropfen in einem Zug leer. Lodi hat recht. Mit zwei Gläsern fühlt man sich viel ausgeglichener. Die Sache mit Felix habe ich fast vergessen.

Da fällt mir ein, dass Landeskunde garantiert nicht nur was für Menschen ist. Tiere haben ebenso ihre Bedürfnisse. »Ein Stück Lyoner für das liebe Güntherlein und ein Schlückchen Winzersekt für mich«, teile ich unsere Marschverpflegung gerecht auf. Günther hüpft vor Freude auf und ab.

Hoseok schlendert auf uns zu, zwei frisch gefüllte Gläser in seiner Hand. »Oh, ihr seid bereits versorgt«, stellt er beim Näherkommen fest. Er macht Anstalten, das gute Zeug zurückzubringen, was für ein Kulturbanause.

»Boxenstopp ist hier«, bremse ich ihn gerade noch rechtzeitig aus und weise auf das freie Plätzchen neben mir. »Setz dich, mein Freund«, bitte ich ihn und nehme ihm die Last in Form der Gläser ab. »Unser Hoseok wollte doch die Gegend besser kennenlernen, war das nicht so?«, richte ich mich an Lodi, die gegenwärtig ihren Kessellyoner brüderlich mit Günther teilt.

»Hat er gesagt«, stimmt sie mir zu.

»Ja, richtig«, antwortet Hoseok.

»Na dann, Prösterlein«, verkünde ich feierlich und halte mein Glas in die Höhe. »Ich habe heute gelernt: Im Saarland steht man nur auf drei Beinen gut.«

VERDAMMT HOCH DREI

In der Keuchinger Schweiz
zwischen Orscholz und Mettlach
11.06.2023
Günther, der Dackel

Bin ich etwa Reinhold Messner?

Das Leben ist derzeit überhaupt kein Träumchen mehr. Die zweite Hälfte der Tour gleicht einem Horrorfilm, und der schöne Lyoneremfang an der Cloef war womöglich in Wahrheit die Henkersmahlzeit für dieses diabolische Bühnenstück.

Ich geb's nicht gerne zu, aber Toni fehlt mir. Auch wenn sie eine Spaßbremse ist, verfügt sie wenigstens über Vernunft und Verantwortungsgefühl. An diesen Eigenschaften mangelt es in meinem gegenwärtigen sozialen Umfeld, und das bereitet mir enorme Sorgen.

Immer haarscharf an der schroffen Abbruchkante eines Steilhangs wandern wir seit einer gefühlten Ewigkeit in Richtung Mettlach. Es fühlt sich an, als warte die fern unter uns liegende Saar nur darauf, einen von uns als Häppchen zum Nachmittagstee zu verschlingen. Um der Gefahr Rechenschaft zu tragen, setze ich millimetergenau eine Pfote vor die andere. Ein falscher Schritt, und mein kostbares Leben könnte vorbei sein.

Als Regine das erste Glas Sekt an der Cloef getrunken

hat, fand ich das völlig okay. Das hat sie deutlich großzüger beim Lyoneraufteilen werden lassen. Jetzt allerdings ist die Situation nicht mehr lustig. Was hat die van
der Pütten nur geritten, gleich viermal zum Brüder- und
Schwesterschafttrinken mit Hoseok und Regine aufzurufen? Hätte Brecht nicht irgendwann mit der Bemerkung
»Steht heute eigentlich nur die Cloef auf dem Programm?«
zum Aufbruch aufgefordert, würden die drei immer noch
oben am Aussichtspunkt hocken und Lieder aus längst
vergangenen Jugendzeiten trällern.

Das regionale Gesangstrio hat hundertpro zur Schädigung des internationalen Tourismus im Saarland beigetragen. Eine japanische Reisegruppe, die kurz nach uns an
der Cloef eingetroffen ist, wirkte äußerst irritiert, wenn
nicht sogar traumatisiert.

Das Schlimmste allerdings ist, dass meine einstmals
engelsgleiche Begleitung durch diese Aktion eine seltsame Metamorphose erfahren hat. Aus der verschüchterten, herzensguten Regine ist eine verwegene, tollkühne
Amazone geworden, fast so wie diese türkisblauen Wesen
in Avatar, die in Windeseile durch den Wald spurten. Das
Hauptproblem ist dabei, dass der Genuss des Winzersektes Regine weder besonders wendig noch sehr geschickt
hat werden lassen.

Das wiederum zeigt sich äußerst ungünstig in Bezug auf
unser derzeitiges Umfeld. Keuchinger Schweiz heißt die
Todeszone, die wir gegenwärtig durchqueren und hoffentlich bald hinter uns gebracht haben. Ich dackle mutig des
Weges. Regine halte ich dabei fest im Blick, um im Notfall eingreifen zu können.

Eigentlich mag ich ihre Stimme. Aber nicht singend,
zumal ihr Englisch extrem zu wünschen übrig lässt. »Wee

don't nied noh edjukaischon. Wee don't nied noh sellf controhl …«

»Ich hab's! Das ist Pink Floyd«, rät Hoseok und setzt damit einen Schlussstrich unter das Geleier.

»Richtisch.« Regine klopft dem Winzer auf den Rücken. So kräftig, dass es den schmächtigen Kerl fast vom Weg haut. Wenn das so weitergeht, passiert heute noch ein zweites Unglück.

Vor uns erhebt sich ein Steinfeld, das schroff in die Höhe wächst. Scharfkantige Felsbrocken ragen aus dem Boden, hier und da mit Moos bewachsen, und dazwischen liegt eine Menge lockeres Geröll. Optisch ein Hingucker. Wandertechnisch hingegen eine Herausforderung, für die es eigentlich volle Konzentration braucht.

Die Betonung liegt auf: eigentlich!

Ich schaue mich hilfesuchend um. Brecht und Conny habe ich schon eine Weile nicht mehr gesehen. Weiß Gott, wohin die sich abgesetzt haben. Kola und Antje sind ebenfalls außer Sichtweite. Einzig Walli war eben noch vor uns. Aber der machte nicht den Eindruck, als fühle er sich für irgendetwas verantwortlich. Trübe Aussichten sind das.

»Jetzt bin ich dran«, grölt exakt die, die unsere Gruppe ihrer Funktion nach im Blick haben sollte.

»Nö, nö, nö, Lodi. Das sind garantiert wieder nur so Metal-Songs, die kein Mensch kennt.« Regine bleibt stehen und legt den Arm um die van der Pütten, dabei gibt es auf dem Pfad kaum Platz für einen allein. »Wir sollten lieber …«

Hoseok lässt sie nicht ausreden. »He, schaut mal, da drüben. Da ist ein Aussichtspunkt.« Unser Weinbauer hat etwas entdeckt und kraxelt dafür den soeben mühsam erklommenen Steinberg hinunter. »Super!«, gibt der Irre von seinem neuen Standort bekannt. »Wenn man an die Spitze geht, hat man bestimmt einen Blick weit die Saar hinab. Mit ein bisschen Glück sogar bis zur Saarschleife.«

Oder mit ein bisschen Unglück hat man in Kürze sogar echte Berührungspunkte mit der Saar, folgere ich, nachdem ich den Gesteinsvorsprung in Augenschein genommen habe. Er ragt halsbrecherisch über den Steilhang hinaus. Einzig ein paar skurril geformte Bäume haben sich auf den kargen, äußerst knapp dimensionierten Steinblock gewagt.

Ein lebensmüder Kandidat gesellt sich in der Sekunde dazu: Hoseok ist an der Spitze angelangt und starrt den Abgrund hinab. »Wow, ist das cool. Da hinten ist der Baumwipfelpfad und unten auf der Saar fährt ein Schiff in Richtung Saarschleife. Das müsst ihr euch anschauen.«

Oh, nö. Jetzt ermutigt er auch noch die beiden Damen, ihm zu folgen. Schluss mit lustig, entscheide ich. Kollege Kamikaze kann von mir aus gerne sein Leben riskieren, aber wir zwei, Regine und ich, spielen da nicht mit. Um keine Zweifel an der Marschrichtung aufkommen zu lassen, belle ich wie wild und springe an Regines Beinen hoch.

»Ach, wie nett, dat Güntherlein will sich dat auch näher ankieken.« Van der Püttens ohnehin schwach ausgeprägtes Einfühlungsvermögen hat mit Unterstützung des Winzersekts einen neuen Tiefpunkt erreicht. Sie hat mich total missverstanden: Wenn das Güntherlein eins garantiert nicht will, dann ist es, dem Irren hinterherzusteigen.

Ich trete in den Streik und beweg mich kein Stückchen von hier weg. Basta! Ich bin wie ein Fels in der Brandung, unverrückbar.

Autsch – ich spüre einen Ruck an meinem Hals. Regine zieht an der Leine. Ich setze auf Gegenwehr und stemme mich mit meinem vollen Gewicht dagegen. Meine Pfötchen schaben über den harten grauen Stein. Dass mir Toni Dauer-Leinenzwang auferlegt hat, beweist sich nicht zum ersten Mal als Fehler. Diesmal jedoch als ein ausgesprochen fataler, denn von Sekunde zu Sekunde wird die Geschichte lebensgefährlicher.

Regine schaut sich nicht einmal nach mir um, sie folgt der van der Pütten stehenden Fußes. Beim treppenartigen Abstieg bleibt mir gar nichts anderes übrig, als meine kurzen Beinchen eifrig wirbeln zu lassen. Über den winzigen Trampelpfad geht es auf die Felsenspitze – sehenden Auges hinein in die Katastrophe.

Was für eine Szenerie, denke ich, als wir alle unseren Platz auf dem Absatz des Todes gefunden haben. Drei schwankende Trunkenbolde am Rande des Abgrunds, und ich – der letzte Funke Zurechnungsfähigkeit im unheilvollen Quartett – harre nur wenige Meter dahinter aus.

»Leutchen, dat ist eine Aussicht. Wir hätten uns eins von den guten Fläschlein einpacken sollen«, verfällt die van der Pütten sogleich der Sehnsucht nach noch mehr Winzersekt.

»Hmm«, stimmt ihr Regine zu. Sie steht in der Mitte und legt den Arm um ihre beiden neuen Kumpel. »Dass ich auf der Tour so gute Freunde finde, hätte ich nicht gedacht. Eigentlich bin ich aus einem völlig anderen Grund mit dabei.«

»Oha«, kommt von der van der Pütten. »Dat hört sich geheimnisvoll an.«

»Erzähl mal. Ich kann schweigen wie ein Grab«, behauptet Hoseok.

»Ich würde jede Wette eingehen, dat hat mit einem Mann zu tun«, gibt die van der Pütten einen Tipp ab.

»Richtisch!« Regines Zunge läuft immer noch nicht ganz rund. »Und zwar mit einem hundsgemeinen Lügner. Alle Männer sind Lügner, um genau zu sein ... außer natürlich, sie sind Winzer. Das ist aber die einzige Ausnahme.«

»Aber wirklich die allereinzigste«, pflichtet ihr die van der Pütten bei.

Ich spitze die Ohren. Trotz Lebensgefahr interessiert mich die Geschichte. Welchen Mann meint Regine? Ich habe da einen Verdacht.

»Ihr sagt es wirklich niemandem weiter«, beginnt sie. »Wisst ihr, vor etwas mehr als zwei Jahren hatte mein Mann diesen Unfall. Ich war von heute auf morgen Witwe.«

»Ach du meine Güte! Das tut mir leid«, bemerkt Hoseok.

»Ja, echt hart«, findet auch die van der Pütten.

»Ach, seid nicht traurig«, tröstet Regine ihre beiden Gefährten. »So schlimm war es gar nicht, denn Sebastian hatte des Öfteren Liebesbeziehungen. Allerdings nie eine mit mir.«

»Oh, Mann, das ist übel.« Hoseok schüttelt den Kopf.

»Jedenfalls war er tot, und es gibt im Internet so eine Seite. Ihr wisst schon! Wo man Männer kennenlernt. Die heißt ...«

»Freunde, was ist denn das da unten?«, funkt Hoseok dazwischen und weist mit dem Finger den Abgrund hinunter. »Ich würde sagen, da hängt was am Felsen.«

Für einen Moment wird es still. Alle drei recken ihre Hälse.

»Keine Ahnung.« Regine zuckt mit den Schultern. »Da kommen wir sowieso nicht dran. Viel zu gefährlich. Außerdem wollte ich euch erzählen, wie es damals angefangen hat mit dem ...«

»Ne, das geht schon«, hält Hoseok dagegen. »Ich muss mich nur ein bisschen langmachen.«

»Nicht dein Ernst?«, spricht mit einem Male die Stimme der Vernunft aus Regine.

»Was muss, das muss!«, sagt Hoseok, und damit hat er wohl den sinnlosesten aller Sprüche für den heutigen Tag gewählt. Er macht sich von den beiden Frauen los und legt sich längs auf den Boden, um seinen Arm in die Tiefe zu recken. »Mist, reicht nicht«, informiert er uns. Statt das Handtuch zu werfen, ergänzt er: »Keine Bange, ich krieg das hin!«

Besorgt zu sein, nur weil Hoseok Zentimeter für Zentimeter in Richtung Abgrund verschwindet, bis nur noch ein halber Weinbauer – vom Po bis zum Fuß – zu sehen ist, wäre ja auch völlig übertrieben, denke ich.

»Ist das wirklich eine gute Idee?«, versucht ihm Regine, ins Gewissen zu reden.

Das fruchtet nicht. »Wenn eine von euch meine Beine hält, könnte ich es schaffen«, schlägt der Wahnsinnige eine Etage unter uns vor.

»Alles roger«, behauptet die van der Pütten. Sie beugt sich nach vorne und wankt dabei wie ein Segelboot auf offenem Meer bei Windstärke 10. Ui, leichte Schlagseite, stelle ich fest. Sie pendelt sich ein, dann legt sie ihre Hände um die Fußgelenke des jungen Mannes. »Erledigt. Ich halt dich, bombensicher.«

»Prima«, gibt Hoseok zurück.

Sein Vertrauen in Gott – oder wen immer er anbetet – muss enorm ausgeprägt sein, sage ich mir, denn kurz darauf rutscht seine Hüfte über die Spitze der Felsenkante hinweg in Richtung Verderben. »Ja, super! Sieht gut aus … Ne, doch nicht. Es fehlen ein paar Zentimeter, mehr nicht. Ich brauche 'nen Stock oder so was«, dringt zu uns nach oben.

»Aye, aye, Käpten!« Die van der Pütten dreht sich zu Regine um. »Stöckchen«, murmelt sie.

In der Sekunde gerät etwas hinter unserem Wandercoach in Bewegung. Ich sehe Hoseoks Stiefel ins Nirgendwo abrauschen. Die van der Pütten schnellt herum und packt zu. Sie greift ins Leere. Erst vernehmen wir ein Krachen, dann einen Aufschrei, zuletzt folgt ein tiefes Bong. Etwas Hartes muss auf noch Härteres getroffen sein. Das Harte war vermutlich Hoseok, das zweite womöglich ein kantiger Fels.

»Uppsala«, murmelt die van der Pütten und robbt nach vorn, um über die Spitze hinwegzulinsen. »Alles gut bei dir?«

»Bist du irre?« Hoseok klingt viel kleinlauter als eben.

»Keine Sorge, wir holen dich rauf, Regine hält mich fest«, versichert ihm die van der Pütten.

Wenn du da mal nicht zu viel versprichst, denke ich und drehe mich weg. Das will ich nicht live und in Farbe miterleben. Die Bilder werden sich sonst in mein Gehirn einbrennen.

Weggucken ist leicht, weghören hingegen unmöglich.

Hoseok: Ich komme nicht an deine Hand, Lodi.
Lodi: Streck dich!
Hoseok: Mach ich doch. Du musst näher zu mir.
Lodi: Vergiss es! Dann häng ich neben dir.
Regine: Keine Sorge. Ich halt dich hier oben an den Füßen fest, Lodi.
Hoseok: Das ist doch selten dämlich! Du bist tausendmal leichter als sie.
Lodi: Soll dat heißen, ich bin dick?
Hoseok: (Stöhnen)

Regine: Ich halt dich. Ehrenwort.

Lodi: Bist du dir sicher? (Ängstlich)

Regine: Klaro.

Lodi: Aber du lässt auf keinen Fall los! (Sehr ängstlich)

Regine: Nie im Leben!

Lodi: Na gut. Hoseok, ich komme dir ein Stück entgegen und zieh dich dann rauf ... Warte ... Gleich hab ich dich. Ich brauche nur noch was, woran ich mich abstützen kann, damit ich dich ...

Hoseok: Ich hab dich!

Lodi: Oh! (Überrascht) Bist du beknackt? Dat war zu früh. Ich hab keinen Hal...

Hoseok: Oh.

Lodi: Oh weh.

Regine: Oh ne!

Krachen. Steine rollen. Jemand schreit, es knarzt und töst. Etwas rutscht über den Boden. Vögel schrecken auf. Flattern, Laubrascheln und Gepiepe.

Lodi: Verdammt, Regine. Lass meine Füße bloß nicht los! (Verzweifelt)

Regine: Keine Angst! (Angestrengt)

Hoseok: Lodi, lass du mich bloß nicht los! (Mit erstickter Stimme)

Lodi: Verdammt, ist dat tief! (Panisch)

Regine: Lodi, du musst mithelfen, sonst schaffe ich es nicht.

Lodi: Ich kann nicht, ich finde für meine Füße keinen Halt am Felsen. Hier ist gar nichts! Zieh mich ein kleines Stück nach oben, ein paar Millimeter.

Hoseok: Lodi, mach das nicht! Schau bloß nicht nach unten. Guck mir in die Augen … nur zu mir! Das kriegen wir hin!
Lodi: Ich kann mich nicht mehr lange halten. Regine, du musst uns loslassen. Sonst passiert dir auch noch was. Regine, hörst du mich?
Hoseok: Lass bloß nicht los, Regine, ich will nicht sterben!

Verdammt hoch drei, was für eine Horrornummer. Ich kleiner Hund kann den dreien unmöglich unter die Arme greifen. Immerhin hat Regine vorhin meine Leine losgelassen. Einer der Hauptdarsteller könnte also überleben. Bestenfalls auch Regine, doch für die beiden Felsenspringer sieht es zappenduster aus.

Unter diesem Leidensdruck öffne ich ein Auge und sehe die Szenerie nun vor mir, die bis eben wie ein Hörspiel in meinem Kopf abgelaufen ist. Wie erwartet liegt Regine flach auf dem Boden, die Hände über den Abgrund gestreckt. Die beiden anderen sind verschwunden.

Vielleicht, überlege ich, gibt es doch noch eine Chance. Ich jage los, laut bellend, den Fußweg zurück. Irgendwo müssen Brecht und Conny sein. Wenn sich meine verdammte Leine, die hinter mir herfliegt, an einem der Felsen verfängt, ist die Rettungsaktion gelaufen. Ich gebe alles. Mit einem Affentempo jage ich den Pfad zurück. Irgendwen muss ich finden. Das allerdings wird immer unwahrscheinlicher, denn mir fehlt jeglicher Ansatzpunkt, wo sich die anderen befinden könnten. Einzig der Geruch der drei Unglücksengel, die vor Kurzem über diesen Weg marschiert sind, liegt in der Luft. Ich belle, so laut ich kann. Auch wenn es vermutlich kaum mehr Sinn macht.

»Günther«, höre ich mit einem Mal meinen Namen. Es ist weder Conny noch dieser Brecht. Ich biege mit Vollgas um die nächste Ecke, und ja, es war keine Einbildung, das war Tonis Stimme. Meine liebste, allerbeste Toni.

»Was ist denn mit dir los?«, ruft sie.

Sie soll sich den Atem sparen und die Beine in die Hand neben, denke ich, sonst kann sie am Aussichtspunkt des Grauens wirklich bloß noch die Aussicht genießen.

Ich mache eine Kehrtwende, weit schärfer als die Saar an der Cloef, und jage bellend zurück. Das ist die langerprobte Lassie-Taktik. Toni versteht sofort den Ernst der Lage und heftet sich an meine Fersen.

»Ach, du Sch…«, entfährt es ihr, als wir an dem Ort des Verderbens eintreffen. »Duck dich«, fordert sie und fliegt geradezu über mich hinweg, so wie diese jungen Leutchen, die in den Großstädten wie Spider-Man von einer Betontreppe über das Geländer mit doppeltem Salto zum nächsten Parkhausdeck springen. Vor dem Abhang wirft sie sich auf den Boden und landet unsanft auf Regine. Die stöhnt auf. Toni klettert wie ein Käfer über sie und langt mit der Hand nach unten. »Hab dich, Lodi! Nur die Ruhe. Wir müssen alle die Nerven bewahren.«

Als sie zurückkriecht und sich auf die Knie begibt, sehe ich van der Püttens Kopf auftauchen.

Kurze Zeit später erscheint Hoseok in meinem Blickfeld. Er hängt an Lodis linkem Bein. Keine Ahnung, wie ihnen diese Drehung im Freiflug gelungen ist. Momentan zählt einzig, dass sie alle heil oben eintreffen.

»Eine Sekunde länger und mein Arm hätte nicht mehr mitgemacht«, sagt die van der Pütten.

Regine schweigt, ihr laufen Tränen die Wangen hinunter. Hoseok liegt flach auf dem Boden, als könne er gar nicht genug davon bekommen, festen Grund unter sich zu spüren.

»Was macht ihr denn für einen Quatsch? Freeclimbing für Selbstmörder, oder was?«, fragt plötzlich jemand hinter uns.

Ich drehe mich um. Da steht Brecht mit Conny im Schlepptau. Etwas oberhalb, am großen Steinhügel, tauchen die Köpfe von Walli, Kola und Antje auf. Na super, denke ich, jetzt, da wir keinen von denen mehr gebrauchen können.

Das Unglückstrio sieht sich unentschlossen an. Van der Pütten zuckt mit den Schultern, Hoseok liebäugelt mit dem Boden, und Regine runzelt die Stirn. Keiner von den drei Genossen hat offenbar Lust, Brecht zu antworten und die wahnwitzige Story zum Besten zu geben. Toni hält ebenfalls dicht.

Brecht gibt nicht auf. »Sagt schon, was habt ihr hier getrieben?«

»Wir haben die Aussicht genossen«, bricht Hoseok mit einer knappen Ausführung der Geschichte das Schweigen. Darauf hält er ein Stück roten Stoff in die Höhe. »Ich hätte da mal eine Frage an dich, Felix. Wie kommt eigentlich deine Jacke hierhin?«

EIN HAUCH VON REBELLION

Im Kaminzimmer des Gästehauses
Schloss Saar Park in Mettlach
11.06.2023
Antonia Kuppertz

»Der Hammer, ich verstehe einfach nicht, wie der Läufer an meine Uhr gekommen ist, und dass meine Jacke dort zwischen den Felsen hing, schnalle ich noch viel weniger. Mal abgesehen von den Schuhen in der Mülltonne.« Brecht zuckt mit den Achseln. »Da ist doch was oberoberfaul.«

Dem stimme ich zu. Der Tag ist verdammt merkwürdig verlaufen. So viele verlorene Dinge, die auf so seltsame Weise wiedergefunden wurden. Das mit der Jacke ist komisch, das mit der Uhr auch, aber am meisten beschäftigt mich der verletzte Jogger. Sein Zustand war schlecht, und bisher hat Wolfgang noch nichts Neues verlauten lassen, das Anlass zum Aufatmen geben könnte.

Ich greife nach dem Glas Mineralwasser, das der Kellner vor mir auf einem antiken Beistelltisch abgestellt hat, und lasse meinen Blick durch den imposanten Raum streifen. Die hohen Decken und die getäfelten Wände mit den barocken Wandleuchten in Goldtönen machen Eindruck, genauso wie das edle Eichenparkett mit dem ausgefallenen Muster. In einer Ecke des Zimmers steht ein schwarzer Steinway-Flügel. Ein Herr in Frack hat daran Platz genommen und spielt Frank Sinatras »My way«, von einem Saxofonspieler begleitet.

Direkt neben den Musikern hängt über dem Kamin das Porträt einer melancholisch wirkenden Dame im weißen Kleid. Ich frage mich, ob sie womöglich die Hausherrin war und vor vielen Jahren auf den antiken Möbeln in diesem gut hundert Quadratmeter großen Kaminzimmer Platz genommen hat. Der Raum ist außergewöhnlich – obwohl … das ist nicht ganz korrekt. Das komplette Gebäude ist außergewöhnlich, und die Vorstellung, heute Nacht in einem echten Schloss zu übernachten, finde ich spannend.

Vor etwa einer Stunde sind wir, kurz nach dem halsbrecherischen Ausflug in die Keuchinger Schweiz, im Gästehaus eines in Mettlach ansässigen Unternehmens angekommen. Der weitläufige Park um das rote Backsteingebäude mit den vielen Winkeln, Türmchen und Balkonen ist mir bekannt gewesen, dort hatten wir vor ein paar Jahren mal einen Einsatz. Das Innenleben des Schlosses habe ich nur kurz in einer Folge vom Saar-Tatort gesehen. Es ist besonders hier, zweifellos: Kaum hatte ich einen Fuß über die Türschwelle gesetzt, fühlte ich mich wie in einer anderen Welt.

Brecht, Conny und Lodi haben es sich auf einem der altrosa Kanapees bequem gemacht, während Kola, Antje, Regine, Walli und ich die einladenden Polstersessel gewählt haben. Die antiken Einrichtungsgegenstände hätten sicher viele Geschichten zu erzählen, in unserer Gruppe übernimmt das vorwiegend Walli. »Was meinst du, was ich auf meinen Touren schon alles Abgedrehtes erlebt habe? Einmal bin ich auf einem Trip in Kanada morgens mitten in einem Pulk Wölfe aufgewacht. Nachts, als ich mein

Lager aufgeschlagen habe, bekam ich davon nichts mehr mit, und weil ich nach 14 Tagen Survival wie ein Schakal roch, haben die Viecher wohl angenommen, ich wäre Teil des Rudels ...«

Ich höre nicht länger zu. Auf Wallis Heldengeschichten habe ich keine Lust. Da nutze ich lieber die Gelegenheit, um nachzusehen, ob es etwas Neues von Wolfgang gibt. In meinem Mailpostfach ist nichts als Werbung.

Ich öffne Whatsapp. Eine Nachricht von Jan-Alexander. Muss das ständig sein? Ich tippe widerwillig darauf. Wie es mir denn gehen würde und so ein Zeug. Er habe etwas mitbekommen von einem Einsatz und einem Unfall, in den ich verwickelt gewesen sei. Na, klasse. Wer hat da wieder gequatscht?

Ich schließe die App. Die vom SEK haben offenbar zu wenig Arbeit, wenn sie sich in unseren Kram einmischen. Soll doch die gleiche Quelle, die das mit dem Unfall ausgeplaudert hat, Jan-Alexander mit weiteren frischen Infos versorgen. Nicht mein Job!

Das Handy in meiner Hand vibriert. Eine neue Whatsapp geht ein. Oh, von Wolfgang. Ich öffne die Nachricht.

Wolfgang: Hi, Toni. Du kannst es wohl einfach nicht lassen. Da schickt man dich in den Urlaub, und einen Tag später tauchst du als Zeugin auf ;). Dem Läufer geht es mittelprächtig. Die Ärzte sagen, man muss die Nacht abwarten :(. Sorry, dass ich keine besseren Nachrichten habe. Aber sei unbesorgt, das wird bestimmt wieder!
Mit dem Zaun hattest du recht. Da war eine ordentliche Spannung drauf. Den Besitzer nehme ich morgen mal in die Zange. Chris meinte, mit der

Ladung auf den Drähten hätte man wahrscheinlich die Dinos aus Jurassic Park in Schach halten
können :).
Schönen Urlaub noch. Stell nicht wieder was an,
nur damit du mich sehen kannst :).
Liebe Grüße
Wolfgang

Kaum habe ich die Zeilen gelesen, trifft eine weitere Nachricht ein. Wieder von Wolfgang.

Wolfgang: Der arme Günther hält doch gut durch,
oder?

Ich drehe meinen Kopf. Günther liegt auf Regines Schoß
und lässt sich dauerstreicheln. Ich halte die Szene als Foto
fest und sende es Wolfgang.

Toni: Total gestresst, der aaaarme Hund. Sieht
doch nach einem echten Notfall aus.
Wolfgang: Oh, Günther hat eine Freundin gefunden:).
Toni: Ja. Ich bin abgeschrieben. Schönen Abend!
Wolfgang: Dir auch. Nur noch kurz was. Dannhäuser fragt ständig nach dir. Der Kerl tut mir richtig leid …
Toni: Aha. Und ich tue dir nicht leid?
Wolfgang: So verkehrt ist er doch gar nicht. Eine
winzig kleine Chance hätte er sich verdient.

Ich verdrehe die Augen.

Toni: Ohhhh, so ein Zufall. Das Essen kommt. Ich meld mich morgen :).

Wolfgang: :(

Toni: Kümmere du dich lieber um deine eigenen Katastrophen. Ich sag nur Gabriele und Heiratsantrag. Wie lange ist das schon her?

Wolfgang: Ohhhh, das Essen kommt.

Ich lache und packe mein Handy weg.

»Ob die auch was Anständiges spielen können?«, höre ich Lodi sagen. Sie steht auf und geht in Richtung Piano.

Och ne, das macht sie nicht wirklich, denke ich und schaue ihr zu, wie sie mit den beiden Musikern zu diskutieren beginnt. Lodi zieht einige Male überrascht ihre Augenbrauen hoch. Es dauert, aber zu guter Letzt nickt sie zufrieden. Mit bester Laune kehrt sie zu uns zurück.

»Und?«, will Regine wissen, als sich Lodi wieder setzt.

»Na ja, musikalisch sprechen die zwei eine etwas andere Sprache, aber wir haben was gefunden, was alle kennen dürften.«

»8oer?«, will Hoseok wissen.

»Ne. Diesmal 9oer«, gibt Lodi zur Antwort, und dann höre ich es auch schon. Als die ersten unverkennbaren Töne von »Smells like teen spirit« von Nirvana aus dem Saxofon erklingen, wippen meine Zehenspitzen fast eigenmächtig mit.

Lodi hält es nur bis zum Refrain auf dem Sessel. Als Kurt Cobain mit seiner rauchig-traurigen Stimme zum mehrmaligen »Hello« anstimmt, springt sie frei von jeglichem Peinlichkeitsgefühl auf und beginnt vor aller Augen zu headbangen.

Die kennt echt keine Skrupel, denke ich. Auch wenn

Lodis Einlage einige der Hotelgäste womöglich früher als geplant ins Bett treibt, meinen Geschmack trifft sie damit. Ich fühle mich ein wenig wie damals mit 18, als ich zum ersten Mal allein mit Freunden auf Tour war. Ein Hauch rebellisch vielleicht, und das fühlt sich zugegebenermaßen erfrischend gut an.

»Entschuldigung, wir würden noch mal das Gleiche nehmen«, ordert Brecht beim Ober eine weitere Runde Single-Malt-Whisky.

Diesmal bin ich mit dabei. »Bringen Sie mir bitte auch einen.« Dass die anderen sich überrascht Blicke zuwerfen, entgeht mir nicht.

Mein Gott, denke ich. Was wollen die denn? Ich bin im Urlaub. Warum also sollte ich nicht auch ein bisschen Spaß haben?

Außerdem werden die noch staunen. Ich vertrage weit mehr, als man so glaubt.

SCHAUERGESCHICHTEN

Im Treppenhaus des Gästehauses
Schloss Saar Park in Mettlach
11.06.2023
Günther, der Dackel

Toni verträgt weit weniger, als man glauben könnte, und Regine und ich dürfen das jetzt ausbaden.

Gemeinsam mit den beiden Damen erklimme ich über das Treppenhaus das dritte Obergeschoss. Hätte sich Toni ein bisschen zusammengerissen, könnte ich gegenwärtig von Regine getragen werden. So allerdings wird Frau Kommissar mühsam von meiner Anvertrauten die Stufen hinaufgehievt, denn die Alternative Aufzug ist auch nicht drin, da Regine keine Fahrstühle mag.

Der Alkohol hat Toni redselig werden lassen. Eins ist klar, mit Tonis Lebenstipps wäre die Menschheit längst ausgestorben.

»Ich sag dir mal was. Um Männern machst du am besten einen Riesenbogen, Regine. Da gibt es keine Ausnahme.«

»Aha«, sagt Regine außer Puste.

»Bis auf meinen Kollegen Wolfgang, aber wirklich nur den. Und der ist nichts für dich, der ist schon vergeben.«

Regine spart sich eine Antwort. Mit knappen 1,60 Meter braucht sie ihren Atem, auch wenn Toni kein Schwergewicht ist.

»Und der Chris, mein anderer Kollege von der Arbeit, den nehmen wir davon aus. Ansonsten durchweg nur Pfeifen.«

»Okay«, sagt Regine, und ich glaube, das bezieht sie nicht auf Tonis Offenbarungen, sondern auf die Tatsache, dass wir unser Stockwerk erreicht haben. Höher geht es zumindest nicht mehr. »Ich glaube, gleich da vorne müssen wir rechts. Da dürfte unser Zimmer liegen.«

Bei der Aufteilung der Unterkünfte haben Toni und Regine und damit letztlich auch ich gemeinsam eins der Doppelzimmer in der dritten Etage bekommen. Ein Teil der anderen ist auf der zweiten Etage untergebracht.

Die Hochzeitssuite mit Riesenwanne, die vom Veranstalter der Tour exklusiv für Werbefotos reserviert wurde, hat sich Conny auf dreiste Weise gesichert. »Ne, oder? Ein Hochzeitszimmer mit frei stehender Wanne? Bitte, bitte, bitte – das hätte ich gerne. Dann leg ich mich wie Pretty Woman mit lauter Musik auf den Ohren in mein Schaumbad«, hat sie getrötet, noch ehe jemand anderes etwas äußern konnte.

Brecht hat sich sogleich das Zimmer in direkter Nähe reserviert. »Ist doch praktisch, nebenan zu sein, wenn ich davon Fotos schießen soll«, hat er behauptet. »Das Zimmer muss ich aus unterschiedlichen Winkeln fotografieren. So eine Hochzeitssuite ist schließlich nicht nur was für Frischverheiratete. Würde man das Liebessuite nennen, könnte man sich vor Gästen vermutlich gar nicht mehr retten.«

Conny überzeugte das sofort. »Liebessuite, das klingt total romantisch.«

Ob zwischen Conny und Brecht viel Liebe im Spiel ist, wage ich zu bezweifeln. Ich traue dem Typen keinen Millimeter über den Weg. Aber egal, nicht mein Problem. Ich wurde schließlich nicht als Anstandswauwau angeheuert und habe sowieso derzeit andere Sorgen.

Seit der gruseligen Geschichte, die eben unser Concierge mit den feurig braunen Augen im Kaminzimmer zum Besten gab, habe ich ein mulmiges Gefühl in diesen betagten Räumen.

»Ein Schlossgespenst gibt es doch bestimmt in so einem alten Gemäuer, oder?«, hat Kola kurz vor dem Zubettgehen nachgefragt.

Der Concierge hat wissend gelächelt und sich mit dem Antworten Zeit gelassen. »Um unser Haus rankt sich natürlich die ein oder andere Sage, und eine Spukgeschichte gehört selbstverständlich auch dazu«, begann er. So wie er das eingeleitet hat, würde ich fast wetten, die Geschichte, die dann kam, ist sein Klassiker. Mit der schickt er womöglich jeden Abend seine Gäste zur Nachtruhe. »Wir haben allerdings weit mehr als nur ein Gespenst zu bieten …«, ließ er verlauten und machte eine Pause.

»Oha«, zeigte sich die van der Pütten sofort begeistert. »Dann spucken Sie mal aus.«

»Nun, es heißt, es hätten einst Waisen in diesem Haus gelebt, man nimmt an, in den Kriegsjahren. Wenn es am Abend allmählich leise in den alten Räumen wird und das Licht in den Zimmern erlischt, da sich die Gäste zum Schlafen legen, erwachen die Geister der Kinder.«

Mir wurde komisch bei dem Gedanken, dass spukende Knirpse durch die Räume flitzen, während ich in meinem Körbchen liege und vor mich hin döse.

»Aber keine Angst«, redete der Concierge in bedrohlich dunklem Ton weiter. Alle Gäste folgten seiner Geschichte gefesselt. Ich persönlich hatte eigentlich schon genug gehört. »Die jungen Gespenster tun das, was alle Kinder gerne machen: Sie spielen im Flur Nachlaufen oder verstecken sich, zuweilen hört man sie leise kichern, und gelegentlich treiben sie Schabernack mit den Besuchern. Aber das ist ganz harmlos, unsere Gespenster sind den Gästen wohlgesonnen.«

»Mit solchen Geistern können wir uns gut anfreunden«, hat Kola behauptet und gelacht.

Du hast gut reden, habe ich gedacht. Einem sensiblen Hündchen können derartige Geschichten durchaus den Schlaf rauben. Ein kreativer, wacher Geist wie der meine ist mit einer großen Menge an Fantasie ausgestattet – und das kann zuweilen von Nachteil sein.

Dass mein Vorstellungsvermögen auf Hochtouren arbeitet, erlebe ich jetzt, als Regine die Nachttischlampe neben ihrem Bett ausknipst und mir »Gute Nacht, Güntherlein. Schlaf gut« zuflüstert.

Das von den Mitarbeitern des Gästehauses für mich bereitgestellte Körbchen ist gemütlich, ohne jeden Zweifel, doch es hat auch eine große Schwachstelle: Ich bin allein dort drin. Hinzu kommt, dass alte Gebäude zweifellos Charme haben; was die Geräuschkulisse in der Nacht angeht, sind sie für einen Wachhund wie mich jedoch eine Riesenherausforderung.

Es quietscht, brummt, surrt, poltert und knarzt aus allen Richtungen. Ich liege wach. Eine gefühlte Ewigkeit. Immer wieder sage ich mir: Keine Sorge, Junge. Das sind nur die Dielen oder die Heizungsrohre. Alles ist gut, beruhige ich mich und kuschle mich in meine weiche Unterlage.

Tapsss-Tapps-Tapps.

Da! Gar nichts ist gut. Alarm!

Ich belle laut los und springe auf meine vier Pfoten. Das war eindeutig so ein Gespensterkind.

»Mensch, Günther, halt den Schnabel«, brummelt Toni,

anstatt nachzusehen, ob alles in Ordnung ist. In Kürze werden wir von einer Meute Geister ins Jenseits verfrachtet, und Frau Polizistin nölt nur an mir herum.

Allein gelassen harre ich tapfer in der Dunkelheit aus und warte auf das nahende Unheil. Auf das Schlimmste gefasst.

Es passiert allerdings verdammt wenig. Womöglich hat es das Unheil durch mein Bellen mit der Angst zu tun bekommen, folgere ich.

Nun gut. Zaghaft lasse ich mich im Körbchen nieder. Knarz.

Auwei! Irgendwo öffnet sich eine Tür. Ich höre Schritte. Eindeutig. Die Kinder des Todes rücken an. Vor Entsetzen hüpfe ich aus meinem Nachtlager und laufe im Kreis.

»He, Güntherlein, komm mal her zu mir«, vernehme ich eine zarte Stimme durch die verhängnisvolle Dunkelheit. Das war die liebe Regine. Mutig tapse ich dem Säuseln entgegen, da spüre ich mit einem Mal eine Hand. Sie ist weich und hat einen wohlbekannten Duft. Regine! Sofort geht es mir ein klein wenig besser. »Ist doch alles gut. Warte mal eine Sekunde, ich habe eine Idee.« Ich höre ein Rascheln. Regine nimmt ihre Jacke vom Stuhl und breitet sie am Fußende des Bettes aus. Sanft hebt sie mich vom Boden hoch und legt mich auf dem Stoff ab. »Nur ausnahmsweise«, murmelt sie. »Dafür bist du aber jetzt brav.«

Verflucht noch mal, ich bin brav, würde ich gerne sagen. Ihr scheint nicht bewusst zu sein, in welcher Gefahr wir drei schweben. Da ich jedoch befürchte, wieder ins Körbchen verbannt zu werden, unterdrücke ich den Impuls, laut zu bellen. Stattdessen laufe ich am Fußende des Bettes alarmierend im Kreis.

»Pst«, säuselt Regine. Das klingt, als wäre sie schon im Halbschlaf.

Kein Wunder. Ich spüre die weiche Matratze unter Regines Jacke und atme den feinen Duft des Weichspülers ein. Lavendel, das ist zur Stunde ein gefährlicher Geruch. Das süßliche Aroma macht mich dösig.

Nicht nachgeben, bleib wach, fordere ich mich auf. Es braucht volle Konzentration. Wenn ich nicht mehr aufpasse, wer tut es dann?

Ich lausche in die Dunkelheit hinein – friedlichste Stille. Meine Pfötchen fühlen sich schwer an. Bleiern.

Nur eine Sekunde langlegen, danach wird es gleich leichter, rät mir mein matter Körper. Was soll schon passieren?

Na gut, sagt mein wacher Geist. An sich lässt sich auch prima im Liegen Obacht geben. Es ist ohnehin nur für eine Minute, dann stehe ich wieder an Ort und Stelle.

Ich nehme Platz. Den Kopf hocherhoben, die Ohren gespitzt. Na, geht doch, freue ich mich. Kein Grund zur Sorge. Wie lange eine Nacht einem erscheinen kann, wenn man wacht, stelle ich am eigenen Leib fest. Das ist ein Job für harte Kerle. Ein Glück, dass ich so zäh bin, denke ich gerade, da bemerke ich eine seltsam kribbelnde Wärme. Sie rückt näher an mich heran. Berührt zuerst meine Pfoten, dann gleitet sie über meine Beine hinweg, überzieht den Bauch und schleicht den Hals entlang. Meine Gedanken wandern mit ihr. Die wunderbare Szene von heute Mittag taucht wieder auf, selbst der Geruch haftet mir noch in der Nase. Lyoner aus dem Dampfkessel. So etwas Gutes habe ich schon lange nicht mehr genießen dürfen. Der Duft war betörend. Der Ausblick an der Saarschleife ebenso. Sommerzeit und dazu eine leichte Brise, das hat was.

Die beruhigend warme Welle lullt mich ein. Sie hebt mich hoch und trägt mich davon. Weit, weit weg.

ALLE SOFORT HIER RAUS

Im dritten Stock des Gästehauses
Schloss Saar Park in Mettlach
11.06.2023
Antonia Kuppertz

Als die Sirenen losheulen, bin ich von einem Moment auf den nächsten wie ausgenüchtert. Ich taste mit der Hand nach der Nachttischlampe.

»Regine?«

Das Licht geht an.

»Hmm«, kommt verschlafen zurück.

»Steh auf! Bitte! Beeil dich und nimm Günther mit.«

»Was ist das für ein verdammter Krach?«

»Feueralarm!«

»Mist.« Regine klingt plötzlich hellwach.

Sie hat allen Grund dazu. Dritter Stock in einem verwinkelten, mehr als hundert Jahre alten Haus, das bedeutet, man sollte beim Heulen der Sirenen die Beine in die Hand nehmen. Den Fluchtweg habe ich im Kopf. Seit meiner Zeit als Teenie bei der Freiwilligen Feuerwehr ist es ein Tick von mir, die Rettungswege in jedem Gebäude aufs Genauste zu studieren. Heute zahlt sich diese Macke aus. »Pass genau auf: Du musst den Gang runter, wieder durchs Treppenhaus. Sag allen, die du triffst, sie sollen auf keinen Fall in den Fahrstuhl! Am Eingangsportal nimmst du die Treppe Richtung Haupteingang. Und dort nix wie raus. Verstanden?«

Regine sieht mich mit großen Augen an. Sie nickt.

»Falls es im Treppenhaus nach Rauch riechen sollte, verlässt du unsere Etage auf keinen Fall. Dann nimmst du gleich hier oben den linken Weg. Da gibt es eine Rettungsplattform für die Feuerwehr.«

»Plattform, okay, mach ich«, wiederholt sie. »Und wie kommen wir von da runter?«

»Mit der Drehleiter.«

Regine wird blass. »In Ordnung, ich hab's verstanden. Und was ist mit dir?«

»Ich alarmiere die anderen. Bring du erst einmal Günther und dich in Sicherheit. Bereit?«, erkundige ich mich und lege die Hand auf die Klinke der Zimmertür.

»Bereit.« Regine hält Günther im Arm.

Als ich vorsichtig den Kopf in Richtung Flur recke, flitzen Antje und Kola gerade auf dem Gang vorbei. »Feueralarm. Ihr müsst sofort nach draußen!«, alarmiert uns Antje.

»Wir sind dabei. Habt ihr vielleicht Walli gesehen? Der ist doch auch auf der dritten Etage?«

»Ne, keine Ahnung«, ruft Kola und verschwindet um die nächste Ecke.

»Kommt. Ihr zwei jetzt auch«, fordere ich Regine zum Gehen auf.

»Pass auf dich auf, versprochen«, murmelt sie.

Ich nicke.

Wir trennen uns. Hier oben ist es verwinkelt. Ich laufe nach rechts, den Gang entlang, biege links ab, und jetzt steigt mir der Geruch von Rauch in die Nase. Ein Fehlalarm ist damit wohl ausgeschlossen. Es muss schnell gehen. Ich eile weiter. Neben den Zimmern, an denen ich vorbeieile, stehen Namen: French Garden, Classica Contura … Das klingt nach Geschirrserien, hilft mir bei der Suche nach meinem Wanderkollegen aber kein Stück weiter. »Walli.« Ich klopfe überall an und drücke die Klinken herunter. Alle abgesperrt. »Walli«, rufe ich lauter. Wo ist er bloß?

Vielleicht ist er schon unten, denke ich und wäge ab, ob ich nicht auch besser allmählich die Flucht antrete.

»Hallo, was soll denn der Aufruhr?«, höre ich da. Die Stimme kommt aus dem Amazonas-Zimmer.

Ich poltere mit beiden Händen gegen das Türblatt. »Walli? Bist du taub? Hörst du die Sirenen nicht?«

Drinnen tut sich was. Ich vernehme einen Schlüssel, der sich im Schloss dreht. Kurz danach kommt Walli in knappem Slip zum Vorschein. »Wenn ich schlafe, dann wie ein Engel«, behauptet er.

»Gleich bist du ein waschechter Engel, wenn du dich nicht ein bisschen beeilst. Es brennt.«

»Ich zieh mir schnell was über.« Walli macht Anstalten, zurück in den Raum zu gehen.

»Ist jetzt völlig wurscht, wie du …« Ich zögere, als mir Wallis String ins Auge fällt. Egal wie, sage ich mir, die Zeit muss sein.

Gemeinsam nehmen wir den Weg durch das Treppenhaus. Die Luft ist kratzig und hat einen gräulichen Schimmer. Der Brand breitet sich also weiter aus. Bei dem vielen Holz im Gebäude hat das Feuer ein leichtes Spiel. Ich hebe mir mein Nachtshirt vor den Mund. Endlich – das Erdgeschoss ist in Sicht. Durch die Lobby drängen wir zur Treppe in Richtung Ausgang. Walli reißt das Eingangsportal auf, und geschafft! Wir sind im Freien und sicher.

Zeit zur Freude bleibt allerdings wenig. »Sind alle da?«, bringe ich mit viel Mühe unter Husten heraus. Aus der Ferne ist das Martinshorn der herannahenden Feuerwehr zu hören.

Lodi zählt durch: »… vier, fünf, sechs. Verflucht, einer fehlt.«

»Eine!«, stelle ich fest, denn ich weiß sofort, wer es ist. Ich muss handeln.

»Toni, bist du irre? Bleib hier!«, ruft mir Lodi hinterher.

Ich antworte nicht, sondern stürme zurück ins Gebäude. Mit großen Schritten die Eingangstreppe hinauf ins Parterre, ich durchquere das Foyer und nehme die Treppen ins zweite Stockwerk.

Dort irgendwo muss Connys Zimmer sein.

Hochzeitszimmer, Hochzeitszimmer, schwirrt mir durch den Kopf. Verdammt, wo ist die Suite für Frischverheiratete? Wieder lese ich überall Namen von Geschirrreihen. Zimmer gibt es auf der Etage leider mehr als genug. Ich laufe über den roten Teppich im Flur. Die Luft ist beißend. So stechend, dass es mir fast unmöglich ist, Connys Namen zu rufen. Als ich um eine weitere Ecke biege und das Ende des Gangs erreiche, sehe ich, wo die Quelle des ganzen Ärgers vermutlich zu finden ist. Unter einer der Holztüren dringt tiefschwarzer Qualm hervor.

Mein Puls rast. »Conny!«, versuche ich es noch mal. Meine Stimme versagt, ich ziehe mein T-Shirt über den Mund und eile den Gang zurück. Vielleicht geht die Etage in der anderen Richtung weiter. Das Gebäude ist für mich in diesem Moment wie ein kleines Labyrinth.

Etwas lässt mich stoppen. Ist das etwa Gesang?

»Prietie wumähn … don't wohk onn bai.«

»Conny?« Ich halte meine Ohren an eine weiß lackierte Tür. Wenn mich nicht alles täuscht, kommt das Geräusch aus dem Zimmer dahinter.

»… wumähn … don't mäk mi krai.« Tatsächlich, da singt wer, und die Titelwahl spricht für Conny.

»Mach auf! Auf der Stelle!« Ich donnere mit beiden Händen gegen das Holz.

Drinnen höre ich jemanden husten. Das Grau breitet sich langsam, aber sicher im Gang aus. Der Rauch kommt immer näher wie die Wellen einer nahenden Flut.

Viel Zeit bleibt uns nicht mehr. Wenn die Kohlenmonoxid-Konzentration zunimmt, braucht es höchstens zwei, drei tiefe Atemzüge, und man verliert das Bewusstsein. Eins ist sicher, durch den Flur kommen wir nicht ins Freie. Wir brauchen einen anderen Fluchtweg, und der kann nur über das Zimmer von Conny verlaufen.

Ich hole aus und trete mit dem Fuß gegen die Tür. Es kracht, trotzdem bleibt sie verschlossen. Noch ein Versuch, direkt unter der Klinke! Diesmal springt sie auf, das Schließblech poltert zu Boden. Ich laufe los und verschließe den Eingang zum Zimmer, so gut es noch geht. Kaum ist das erledigt, renne ich auf die drei Fensterflügel zu. Den Tisch und die Sessel, die mir im Weg stehen, donnere ich zur Seite.

»Wir sind hier oben«, schreie ich hinab. In meiner Brust sticht es. Im Hof sichte ich mindestens drei Einsatzfahrzeuge und eine Menge Leute in Feuerwehruniform. Die Rettung naht also, wir müssen einfach nur durchhalten.

Ich renne ins angrenzende Badezimmer. Conny schreit auf, als ich plötzlich neben ihr stehe und ein Badetuch in die Wanne tauche.

»Bist du irre?«, plärrt sie.

»Nicht so irre wie du« gebe ich zur Antwort. »Komm sofort da raus, sonst ist es dein letztes Bad.« Ich eile zurück zum malträtierten Eingang, wickele das Badetuch zu einer Rolle zusammen und drücke es gegen den Türspalt. Das sollte uns ein wenig Zeit verschaffen. Ich stürme wieder zum Fenster.

»Wir holen Sie da oben raus! Bleiben Sie ruhig«, informiert uns jemand mit einem Megafon.

In der gleichen Sekunde eilt Conny aus dem Bad, eingewickelt in ein Handtuch. »Wir müssen uns retten. Es brennt«, hat sie endlich auch erkannt. Sie verschwindet im Gang.

»Hey! Bleib hier«, rufe ich ihr mit erstickter Stimme hinterher. Sie reagiert nicht, und es passiert, was passieren muss: Ich höre Schritte und dann ein Knallen.

Mensch, die Frau ist doch angeblich Grundschullehrerin. Hat der niemand erklärt, wie man sich in einem Brandfall zu verhalten hat?

Ich stöhne auf. Zwar hat sie sich das selbst eingebrockt, trotzdem kann ich sie unmöglich im Flur liegen lassen. Auf dem Boden robbend kämpfe ich mich in Richtung Gang vor und greife nach dem feuchten Handtuch, um es mir auf den Mund zu pressen. Nur die Ruhe, sage ich mir. Die Feuerwehr ist jede Sekunde bei uns. Ich muss es mit Conny lediglich bis ans Fenster schaffen.

Beim Blick um die Ecke sehe ich Connys nackte Füße vielleicht anderthalb Meter von mir entfernt. Ich strecke meine Hand aus und greife nach einem ihrer Knöchel. Zu schwer, merke ich sofort. Sie bewegt sich keinen Millimeter. Ich halte die Luft an, lasse das Handtuch fallen und packe mit beiden Händen zu. Jetzt tut sich was. Zäh rutscht Connys Körper über den Boden, sie verliert ihr Badetuch.

Egal! Ich muss einfach alles an Kraft aufwenden, was ich noch habe, dann ist es geschafft. Wenn es uns gelingt, ins Zimmer hineinzukommen, haben wir eine Chance zu überleben, motiviere ich mich, die letzten Reserven zu mobilisieren.

Kaum rutscht Connys Kopf über die Schwelle, rolle ich sie zur Seite und schmettere das Türblatt zu. Mir ist schwindelig. Wir sollten es wenigstens in die Raummitte schaffen, fordere ich von mir selbst. Je näher wir den Fenstern kommen, desto besser sind unsere Aussichten. Ich habe kaum mehr Kraft. So eng es geht, ziehe ich Conny an mich heran. Sie liegt rücklings und bleiern auf meiner Brust, ich spüre das harte Parkett auf meinen Schulterblättern.

Überall Holz. Das wird schnell gehen, flattert mir durch den Kopf. Warum ist das Atmen so schwer? Meine Augen wandern Richtung Eingang. Aschfarbener Rauch dringt in das Zimmer ein. In unzähligen kleinen Wellen quellt er hinauf in die Höhe. Das Meer aus Grau formt an der Decke einen breiten Strom, der alle Farben verschlingt. Fahlheit überall.

Mein wacher Geist versucht, gegen die Müdigkeit anzukämpfen. Nur kurz ausruhen, sagt die Erschöpfung. Danach geht's gleich weiter. Es klingt so verlockend. Mühelos könnte es sein. Völlig ausgeschlossen, warnt mein Instinkt. Haben wir den Kampf bereits verloren, frage ich mich? Das Grau verteilt sich und eröffnet Raum für ein bodenloses Schwarz. Die Strömung nimmt mich mit. Ich bin leicht geworden. Widerstand ist zwecklos. Ich lasse mich davontragen, wo auch immer ich stranden werde.

SEKUNDEN ENTSCHEIDEN

Vor dem Gästehaus Schloss Saar Park Mettlach
11.06.2023
Günther, der Dackel

»Seien Sie bitte vorsichtig!«, ruft die van der Pütten der Feuerwehrfrau auf der Drehleiter zu.

Vorsichtig finde ich momentan eher zweitrangig. Sie soll lieber die Beine in die Hand nehmen, sonst sieht es für die beiden oben in der Hochzeitssuite zappenduster aus. Wenn eins zuverlässig ist, dann ist es meine Nase, und die sagt mir, da es hier unten schon derart beißend nach Rauch riecht, lässt sich da oben ganz gewiss kein Luftkurort mehr errichten. Es geht um Leben und Tod.

Ich habe ein verdammt mieses Gefühl, als die Feuerwehrfrau Augenblicke später in voller Montur durch das mittlere Fenster in den zweiten Stock einsteigt. Die gelbe Sauerstoffflasche auf ihrem Rücken ist das Letzte, was von ihr zu sehen ist, dann hüllt der Rauch sie ein. Ein heller Lichtstrahl streift durch den schwarzen Raum – der muss von ihrer Helmlampe stammen.

Lange Zeit tut sich nichts. Mist, sage ich mir. Bei einem Brand kommt es auf Sekunden an. Meine Gedanken fliegen wild umher: Ich hätte Toni nicht allein lassen dürfen. Ich hätte erst gar nicht einschlafen dürfen.

»Und? Siehst du was?«, fragt Regine die van der Pütten und stellt sich neben sie. Sie hält mich fest im Arm. Gott sei Dank, auf mich allein gestellt wäre ich ein seelisches Wrack.

Van der Pütten zuckt mit den Schultern. »Nix, es passiert nix. Schiet!« Sie seufzt. »Wenn da was schiefgeht, dat verzeihe ich mir nie.«

Oben tut sich endlich was. Die Gardinen bewegen sich. Als Erstes mache ich den weißgelben Helm der Feuerwehrfrau aus. Sie geht rückwärts, zieht offenbar etwas hinter sich her. Einen Körper, der unbekleidet zu sein scheint.

»Zwei Verletzte. Beide kollabiert«, höre ich aus einem der Funkgeräte hier unten knistern.

Die Frau in Uniform hievt den schlaffen Körper in den Rettungskorb und verschwindet wieder im Innern des Gebäudes.

»Das war nicht Toni, oder?«, erkundigt sich Regine.

»Nein. Verflucht nein«, kommt von der van der Pütten zurück. Ihre Stimme klingt heiser, und das liegt vermutlich nicht nur an dem leidigen Rauch, der die ganze Gegend wie eine Glocke einhüllt.

Vom Eingang aus stürmen Einsatzkräfte das Gebäude. Glas splittert, Stimmen mischen sich unter das Dauerpiepen der Funkgeräte. Oben passiert allerdings nichts. Die Feuerwehrfrau bleibt verschwunden.

»Kann doch nicht normal sein, dass es so lange dauert«, murmelt Regine.

Mein Blick haftet ebenfalls am Fenster. Jede Sekunde muss sich dort etwas tun. Los, Toni – tauch endlich auf!

»Da!«, schreit Regine.

Der Vorhang bewegt sich, der Schatten der Einsatzkraft taucht auf, und einen Augenblick später sehe ich herabhängende braune Haare und dunkelblaue Kleidung. Das ist Toni! Gar keine Frage. Sie trägt selbst zum Schlafen Polizeiblau.

Die Freude währt nur kurz, denn Tonis Körper hängt leblos in den Armen der Feuerwehrkraft. Ihr Anblick ist wie ein Schlag in die Magengegend – nicht nur für mich.

»Schiete«, fasst die van der Pütten die Gesamtsituation mit nur einem einzigen Wort zusammen.

»Oh mein Gott. Aber sie ist nicht tot, oder?« Regine klingt panisch.

Niemand antwortet ihr.

Die Drehleiter mit der Feuerwehrfrau und Toni bewegt sich in Richtung Boden. Eben sind zwei Einsatzwagen der Ambulanz und der Notarzt vorgefahren. Wo bleiben die Sanitäter denn, frage ich mich. Warum machen die nicht ein bisschen schneller?

»Dieser verdammte Wanderurlaub ist meine Idee gewesen«, klagt die van der Pütten sich selbst an, während die Rettungsassistenten endlich mit der Trage und dem vielen Equipment, das Notfallmediziner mit sich führen, um die Ecke biegen. »Hätte ich den anderen die Idee nicht schmackhaft gemacht, wäre das nie passiert.«

Die Drehleiter mit Toni ist jetzt auf unsere Höhe.

»Bei drei hoch – eins, zwei, drei«, weist einer der Sanitäter an. Meine arme Kollegin wird auf eine Trage gehoben. An ihrem Zustand hat sich nichts geändert, ihr Körper zeigt keinerlei Regung. Für einen winzigen Moment sehe ich ihr Gesicht. Es ist bleich, fahl wie der Tod.

Von drei Seiten arbeitet man nun an Toni. »Applikation von Sauerstoff, Hydroxycobalamin venös und dann nix wie ab mit ihr in die Klinik«, ordnet der Bursche aus dem Notarztwagen an. Verdammt jung sieht er aus, hoffentlich hat er ausreichend Erfahrung, sage ich mir. »Falls sie unterwegs krampfen sollte – gebt ihr Benzodiazepin.«

Jetzt geht alles verdammt schnell. Einen Augenblick später ist Toni im Innern des Rettungswagens verschwunden, ein Sanitäter steigt dazu. Die rückwärtigen Türen schließen sich. Fast in der gleichen Sekunde setzt sich das Fahrzeug in Bewegung.

»Ich hätte sie nicht allein lassen dürfen. Ich bin so verflucht feige«, schimpft sich Regine.

Sie drückt mich so fest, dass ich, der erbärmlichste aller Wachhunde, kaum noch Luft bekomme. Verdient habe ich es.

PROFILING WÄRE DAGEGEN EIN KLACKS GEWESEN

Im Krankenhaus SHG Klinikum in Merzig
12.06.2023
Wolfgang Forsberg

»… bei Bränden kommt es manchmal auf Sekunden an«, meint Dannhäuser.

Der hat mir hier noch gefehlt, denke ich, als ob ich das nicht selbst wüsste. Der SEKler redet ohne Punkt und Komma. Vielleicht beruhigt ihn das in dieser leidigen Situation, in der man einfach nur rumstehen, warten und auf Besserung hoffen kann. Mir allerdings raubt er mit dem Gequatsche den letzten Nerv.

Frag mich mal einer, wie Dannhäuser derart schnell von Tonis Unfall erfahren konnte. Er ist höchstens 20 Minuten nach mir in der Inneren eingetroffen. Falls Toni wach wird – und an eine andere Möglichkeit will ich gar nicht denken – reißt sie mir den Kopf ab, dass ich den Jungen in ihr Zimmer gelassen habe.

Aber das soll sie ruhig. Hauptsache, sie ist wieder okay. Mich plagen schlimmste Gewissensbisse. Ohne mich wäre das alles niemals passiert. Die Idee, Toni mit einem besonderen Geschenk zu überraschen, ist schließlich auf meinem Mist gewachsen. Nach dem Vorfall mit dem Jogger hätte ich Toni nicht mehr zurück zur Truppe lassen dürfen. Ich habe mich zweimal schuldig gemacht, und das Ergebnis liegt nun vor uns. Toni ist leichenblass, es piept von allen Seiten, und überall wachsen Kabel aus ihrem Körper. Eine Kulisse ist das, als wollte jemand Frankensteins Monster wieder zum Leben erwecken.

Ich gehe in Richtung Fenster. Draußen herrscht kohlrabenschwarze Nacht. Es ist halb drei. Wenn Toni nicht mehr aufwacht, dann …

»Warum ist es so verdammt hell hier?«, murmelt jemand hinter mir. Es folgt ein Husten.

Das war nicht die Stimme des SEKlers. Ich wende mich um.

»Toni!«, sagen Dannhäuser und ich fast synchron.

Toni hat die durchsichtige Maske vor ihrem Mund zur Seite geschoben. Ihre Augen sind rot unterlaufen, und auch sonst sieht sie mitgenommen aus.

Aber egal, sie ist wach! Das ist das Wichtigste, alles Weitere kommt mit der Zeit hundertprozentig in Ordnung. Das kann gar nicht anders sein.

»Was stellst du nur für Sachen an?«, sprudelt es aus mir heraus. Ein dummer Spruch, etwas Klügeres fällt mir jedoch nicht ein. Am liebsten würde ich sie umarmen, doch solcherlei Dinge sparen Toni und ich für gewöhnlich aus.

»Beim nächsten Mal schenkst du mir besser einen dicken Schinken zum Thema Profiling.« Erneut schüttelt ein Hustenanfall Toni. Das hört sich nicht gut an. »Mensch, Leute, mir brummt vielleicht der Schädel.« Sie hält sich die Hand an die Stirn.

»Das ist das Kohlenmonoxid. Du hast eine Rauchvergiftung. Leg besser die Maske an«, fordere ich sie auf.

Toni kommt man eher selten mit vernünftigen Ratschlägen bei. Auch diesmal nicht. »Sag mir erst, was mit Conny ist.« Sie stützt ihre Hände auf der Matratze ab und versucht, ihren Oberkörper aufzurichten.

»Bist du verrückt?«, halte ich sie zurück. »Bleib liegen, und wir erzählen dir alles, was wir wissen.«

Sie lehnt sich nach hinten gegen die Matratze und schaut mich mit großen Augen an.

»Du meinst bestimmt diese Constanze. Sie wurde mit dem Hubschrauber auf den Winterberg transportiert. Für sie sieht's …« Dannhäuser stockt und wirft mir einen fragenden Blick zu. Wahrscheinlich will er wissen, wie viel Wahrheit Toni in ihrer Lage wohl verkraften kann.

»… Für sie sieht es nicht so rosig aus. Aber warte mal ab«, übernehme ich das Antworten.

»Und was ist mit dem Läufer? Der Verletzte von Orscholz, der ohnmächtig am Felsen lag?«, hakt Toni nach.

Ich zögere. Jetzt überlege ich, ob die Zumutungsgrenze erreicht ist.

»Sag schon!«, legt Toni mit kehliger Stimme nach.

»Der ist gestern am späten Abend …« Ich hole Luft. »Er ist verstorben. »Er hatte einen Herzfehler, der bisher nicht erkannt wurde. Der Stromschlag … Nun ja, das war wohl eine Nummer zu viel für sein schwaches Herz. Tut mir leid, dass ich keine besseren Nachrichten habe.«

»Verdammt.« Nun legt Toni die Maske freiwillig an. Sie nimmt tiefe Züge.

»Wichtig ist jetzt, dass du in aller Ruhe gesund wirst«, mischt sich Dannhäuser ein. »Wenn es gut läuft, darfst du in drei, vier Tagen nach Hause. Mit ein bisschen Vorsicht wirst du wieder ganz die Alte, meinte der Arzt eben.«

»Der Läufer und noch dazu der Brand in der vergangenen Nacht, außerdem sind einige Dinge verschwunden und an merkwürdigen Orten wieder aufgetaucht. Das sind eine Menge Zufälle auf einmal, findet ihr nicht?« Toni geht nicht auf das ein, was Dannhäuser gesagt hat. Sie verhält sich, als sei dies kein Krankenbesuch, sondern eine Dienstbesprechung.

Ich zucke mit den Achseln. Auf das Gespräch lasse ich mich nicht ein. Grundsätzlich hat sie recht, doch die Vorkommnisse sind gegenwärtig nicht Tonis Problem. An dem Thema bin ich dran. Den Brandherd vermutet die Feuerwehr in einem kleinen Lagerraum im zweiten Geschoss, nicht weit entfernt von dem Zimmer, aus dem Toni befreit wurde. Der Brandschutzexperte sagt, die Elektrik sei in einem tadellosen Zustand gewesen. Die wäre vor Kurzem erst grunderneuert worden. Das heißt, Kabelbrand oder Kurzschluss sind als Ursache höchst unwahrscheinlich. Auf die genauen Ergebnisse warten wir momentan.

»Der Unfall des Joggers muss nichts mit dem Brand zu tun haben«, wiegle ich Toni gegenüber ab.

»Auf dem Weg von Orscholz nach Mettlach hing die Wanderjacke von unserem Fotografen an einem Abgrund. Das konnte ich dir noch gar nicht erzählen. Ein paar Wahnsinnige aus der Wandergruppe – und dazu gehörte auch Lodi – haben sich als Spider-Man an der Felswand versucht. Das wäre fast ins Auge gegangen. Und dann, keine vier oder fünf Stunden später, brennt unsere Unterkunft. Erzähl mir da nichts von Zufällen.«

Sie blickt mich forschend an. Ich schweige. Wie gesagt: Sie hat recht. Grundsätzlich.

»Selbst wenn«, mischt sich Dannhäuser ein. »Das ist nicht deine Aufgabe, du bist für die nächsten 14 Tage außer Gefecht. Mindestens.«

Ganz doofe Antwort. Allem Anschein nach kennt er Toni nicht besonders gut.

Wie von der Tarantel gestochen richtet sie ihren Oberkörper im Bett auf. »Das ist nicht meine Sache?« Das Röcheln und der Husten, die darauf folgen, tun mir schon beim Zuhören weh. Kaum kommt Toni wieder zu Atem, ereifert sie sich: »In der Gruppe sind Freunde von mir.«

»Aller Voraussicht nach wird die Tour ohnehin abgeblasen«, hält Dannhäuser dagegen. »Glaubst du etwa, nach der Aktion wandert noch jemand weiter? Kann ich mir nicht vorstellen.«

Toni zuckt mit den Schultern und richtet ihren Blick auf mich. »Was meinst du, Wolfgang?«

Ich seufze. Anlügen kann und will ich Toni nicht. »Nun, ich hab eben mit dem Veranstalter der Tour telefoniert. Wenn ich das richtig verstanden habe, hat er eine Firma in Köln. Er erarbeite für den Deutschen Tourismusverband ein neuartiges touristisches Konzept für Saarland und Hunsrück, das seinen Worten nach ›absolute Priorität‹ hat. Das Pilotprojekt sei für die Regionalwirtschaft von größter Bedeutung und die Durchführung unabdingbar, deshalb will er die Tour zu Ende bringen. Die Gäste hat er für diese Nacht in Mettlach in Hausbooten, die am Ufer der Saar ankern, untergebracht. Das ist ein aalglatter Typ. Wenn du mich fragst, ist für die Kölner Firma eine Menge Geld im Spiel, sonst hätte er sich nicht so ins Zeug gelegt.«

Meine Kollegin legt die Stirn in Falten und setzt an, etwas zu sagen.

»Das heißt aber nicht, dass die Teilnehmer selbst weiterwandern wollen«, komme ich ihr zuvor. »Das ist eine ganz andere Geschichte.«

Toni legt den Kopf schief.

»Ich rede morgen mit den anderen Wanderern, und diesen Brecht nehme ich mir ebenfalls noch mal vor«, verspreche ich ihr. »Außerdem kontaktiere ich den Deutschen Tourismusverband, um mir ein Bild von dem genauen Auftrag zu machen. Der Kerl kann mir ja viel erzählen.«

»Brecht? Der Veranstalter heißt Brecht?«, sprudelt es aus Toni heraus. Eine Hustenattacke folgt. »Etwa Felix Brecht?«, bringt sie mit viel Mühe hervor.

»Ja«, antworte ich und wundere mich, woher sie den Kerl kennt, der mich vor etwa 20 Minuten am Telefon in den Stiefel gestellt hat. Keine Ahnung, wer dem meine Nummer gegeben hat. In jedem Fall hat er mich total überfahren. Mit allen nur denkbaren Drohungen wollte er mich davon abhalten, auch nur im Entferntesten in Betracht zu ziehen, die seltsamen Vorfälle könnten in irgendeiner Weise mit der Tour selbst oder deren Teilnehmern zusammenhängen.

»Nur wegen dieser zufälligen Folge von Ereignissen können Sie ein Projekt mit dieser Tragweite nicht gefährden. Überlegen Sie sich gut, was Sie tun. Denken Sie an Ihre Karriere.«

Das war der Punkt, an dem ich ohne Vorwarnung aufgelegt habe. Eins ist sicher: *Mir* sagt niemand, wie ich meine Arbeit zu erledigen habe.

Hellhörig hat mich werden lassen, dass es nicht mal zehn Minuten dauerte, bis sich mein Chef meldete. »Wolfgang, die Sache darf nicht hochkochen. Wir müssen die Angelegenheit mit äußerstem Fingerspitzengefühl behandeln«, waren seine Worte. Was immer da vor sich geht, es scheint delikat zu sein.

»Irgendetwas stinkt gewaltig an der ganzen Geschichte«, murmelt Toni. Die Art, wie sie das sagt, gefällt mir überhaupt nicht.

SAAR-HUNSRÜCK-STEIG

3. Etappe
Von Mettlach zum Campingplatz in Losheim am See
Strecke: 23,1 km
Dauer: 6:15 h
Höhenmeter: ∧540 m ∨360 m

IN NAHER VERWANDTSCHAFT
MIT DEM TEUFEL

Vor Britten, Ortsteil der Gemeinde Losheim
12.06.2023
Lodi van der Pütten

Ich sag es nicht gerne, aber ohne Conny kommen wir deutlich schneller voran.

Heute stehen gleich zwei Etappen auf unserem Wanderplan. Die erste Hälfte, von Mettlach nach Britten, hält einige Steigungen, aber auch viele hübsche Ausblicke für uns bereit. Unser Wandertempo ist beachtlich, bisher haben wir nur ein einziges Mal in Saarhölzbach eine kurze Pause eingelegt.

Gegenwärtig passieren wir zahlreiche alte, mit Moos bedeckte Grenzsteine.

»Die stammen noch aus der Zeit vom Ersten Weltkrieg.« Dass Kola wieder einiges an Hintergrundwissen zum Besten geben kann, wundert mittlerweile niemanden mehr. Ich bin ihm dankbar für die Einlage, denn die Gruppe ist noch wortkarger als gestern. Alle Ermunterungen meinerseits laufen ins Leere. Die Stimmung ist und bleibt niedergeschlagen. Verübeln kann ich das niemandem, auch bei mir sitzt der Schock wegen des gestrigen Brands tief.

»Die Grenze trennte damals das Saargebiet vom Deutschen Reich«, erzählt Kola weiter. »Das Saarland stand nach dem Ersten Weltkrieg weitgehend unter der Verwaltung des Völkerbundes. Auf irgendeine Weise hatte es das Dörflein Britten geschafft, dem Deutschen Reich zugeordnet zu werden. Die Hintergrundgeschichte dazu bekomme ich allerdings nicht mehr ganz zusammen. Das ›S‹ auf den Grenzsteinen steht jedenfalls für …«

»Saargebiet«, rate ich.

Kola nickt. »Jep.«

»Und das ›D‹ für Deutsches Reich«, glänze ich ein zweites Mal mit eigentlich nicht vorhandenem Wissen.

»Auch korrekt. Was dann 1935 bei der Volksabstimmung passierte, weißt du vermutlich auch, Lodi?«

Die Frage ist gemein, ich bin weder geschichtlich bewandert noch stamme ich aus dem Saarland. Also rate ich: »Sie stimmten für dat Deutsche Reich?«

»Ja. Ich glaube, sogar mit über 90 Prozent. Das war vermutlich keine allzu gute Entscheidung, denn damals waren die Nationalsozialisten schon zwei Jahre an der Macht, und was danach geschah, wissen wir alle.« Kola zuckt mit den Schultern. »Obwohl, wer weiß, was mit dem Saarland bei Kriegsbeginn passiert wäre, hätte man für Frankreich gestimmt. Egal wie, es ist immer unglücklich, der Prellbock zwischen zwei Fronten zu sein.«

Ich nicke. Wie ein Prellbock zwischen gleich mehreren Fronten fühle ich mich die letzten Tage auch. Vor allen Dingen Brecht geht mir mit seinen überzogenen Ansprüchen auf die Nerven.

Immerhin sind wir heute flott, freue ich mich, als wir auf Höhe Britten sind und damit die erste Hälfte der Wanderung gemeistert haben. Meine Uhr verrät mir, dass wir die in meinem Wanderbuch angegebenen vier Stunden Wanderzeit um eine halbe Stunde unterschritten haben.

Kein Wunder, denn Antje und Kola haben einen strammen Schritt, Walli und Brecht ziehen natürlich mit. Klein beizugeben, passt schließlich nicht zu den beiden Selbstdarstellern. Regine und Günther haben allerdings Mühe mitzuhalten, das ist unübersehbar. Da es als Gruppencoach meine Aufgabe ist, moralisch zu unterstützen, bilden wir drei derzeit das Schlusslicht mit einigem Abstand zum Rest der Gruppe.

»Und du meinst wirklich, es ist okay, wenn ich mit Günther allein weitergehe?«, fragt mich Regine. Der Pfad führt recht stramm bergauf, und im Augenblick legen wir an einem Wegkreuz eine kurze Trinkpause ein.

»Kümmer-Kreuz«, steht auf einer Infotafel vor uns. Kümmern – das ist mein Stichwort. »Och, klar!«, erwidere ich. »Exakt dat hat Toni sich gewünscht, als ich am Morgen mit ihr telefoniert habe. Mach dir keine Gedanken. Ihr geht es schon viel besser.«

»Und Conny?«

Ich überlege, was ich antworten soll. Ermutigend dürften ausführlichere Informationen zu Connys Zustand für die Gruppe nicht sein, und Conny hilft es genau genommen auch nicht, wenn alle in Sorge um sie sind.

Es reicht schon, dass ich mir den Kopf über all die Vorkommnisse zerbreche. Für mich hätte die Tour in Mettlach mit dem Brand ein Ende gehabt. Eigentlich ging ich sogar fest davon aus. Auch weil Brecht, der die letzten beiden Tage mit Conny herumgeturtelt hat, von dem gestrigen Unglück besonders mitgenommen sein müsste – zumindest habe ich das gedacht. Aber keine Spur. Der Kerl ist um Längen abgebrühter und gewissenloser als vermutet.

»Es geht weiter wie geplant. So eine Komplikation ist kein Grund, gleich die Flinte ins Korn zu werfen«, hat er mir heute Morgen eröffnet, nachdem er mich bei Tagesanbruch zu einer »inoffiziellen Teambesprechung« per Whatsapp auf sein Hausboot kommandiert hat.

Damit hatte ich nicht gerechnet. »Na ja, Komplikation … ich weiß nicht, dat klingt für meinen Geschmack ein bisschen zu harmlos bei immerhin einem Toten und zwei Schwerverletzten«, entgegnete ich.

»Was hat dieser Tote bitte schön mit unserer Tour zu tun?«, schnauzte mich Brecht an.

»Keine Ahnung, was ich allerdings sicher weiß, ist, datt er *Ihre* Uhr in der Hand hielt. Dat könnte schon was bedeuten«, blaffte ich in der gleichen Lautstärke zurück. »Und außerdem: Denken Sie wirklich, es hat noch irgendwer Lust auf diese verdammte Tour?«

»Das hoffe ich sehr, und zwar in erster Linie für Sie.« Er ließ den Satz für einen Moment wirken und verschränkte die Arme vor seiner Brust. »Denn ich verrate Ihnen eins, wenn das Projekt stirbt, dann ist auch Ihr Honorar futsch. In vollem Umfang!« Seine Worte klangen eiskalt.

Es gibt Menschen, die haben ein untrügliches Näschen dafür, wo die wunden Punkte ihrer Mitmenschen liegen. Brecht hat gewittert, wie sehr ich Geld brauche, und ich roch den Braten nun auch. Mit meiner Zustimmung zu dieser Tour war ich einen Pakt mit dem Teufel eingegangen. Oder zumindest mit jemandem, der in einem engen Verwandtschaftsgrad zu ihm stehen dürfte.

Meine Antwort wartet Brecht erst gar nicht ab. »Wenn die Stimmung gedrückt ist, sorgen Sie gefälligst dafür, dass die Laune wieder steigt. Wofür bezahle ich Sie denn so fürstlich? Halten Sie die Leute bei der Stange.« Während er das sagte, ging er auf ein riesiges Fenster zu, das fast die komplette Längsseite des Hausbootes einnahm. Er richtete seinen Blick auf die Saar, auf der sich die Morgensonne spiegelte. »Nebenbei bemerkt, so eine lächerliche Show wie gestern werde ich kein zweites Mal tolerieren. Lassen Sie während Ihrer Arbeitszeit die Finger vom Alkohol. Das war zum Fremdschämen. Mal ehrlich, fürs Komatrinken sind Sie ein bisschen zu alt.«

Heidewitzka! Ich holte tief Luft, es kostete mich Kraft, mich im Zaum zu halten und ihm nicht meinerseits eine Unverschämtheit entgegenzuschleudern.

Vielleicht wartete Brecht genau darauf. Er wandte sich mir zu und nahm mich auf das Genauste in Augenschein. Dabei lächelte er. Das ungleiche Spiel bereitete ihm unübersehbar ungeheure Freude. Brecht – da bin ich mir mittlerweile sicher – hat sadistische Züge.

Ohne ein weiteres Wort habe ich das Boot verlassen. Was blieb mir anderes übrig? Eine eigene Sicht auf die Dinge ist ein Luxus, den ich mir im Moment nicht leisten kann. Also bin ich zurück zu den anderen gegangen und habe so getan, als stünde die Frage, ob wir weiterwandern, gar nicht zur Debatte. Seltsamerweise hat die Strategie gezogen. Ohne Murren haben alle ihre Sachen gepackt und sind losmarschiert.

Ich kehre mit meinen Gedanken in die Gegenwart zurück. Als mir auffällt, dass Regine mich abwartend ansieht, wird mir bewusst, dass ich ihr noch eine Antwort schuldig bin. Die Frage nach Connys Verfassung ist unter Berücksichtigung meiner beruflichen Pflichten nicht leicht zu beantworten. Ich entscheide mich für »Auf dem Weg der Besserung« und hasse mich dafür, denn in Wahrheit liegt Conny im Koma. Ihr Zustand ist kritisch.

»Gott sei Dank«, entgegnet Regine und wirkt erleichtert.

Ich hingegen fühle mich lausig. Auf meinem Karmakonto sammeln sich in den letzten Tagen extrem viele Negativpunkte an. Beschämend, was wegen ein bisschen Geldes aus mir geworden ist.

»Sag mal, spinne ich, oder ist das dort oben etwa Toni?«, fragt Regine überrascht. Sie weist mit dem Finger eine Anhöhe hinauf.

»Nö, unmöglich«, antworte ich. Erst danach kneife ich die Augen zusammen, um genauer hinschauen zu können. Hä, das ist nicht zu fassen, denke ich. Mit burschikosem Gang wandert eine Frau den Weg hinab direkt auf uns zu. Braune Haare blitzen unter einer dunklen Baseball-Cap hervor, und die polizeifarbene dunkelblaue Wanderjacke ist typisch für Toni. Das kann nur sie sein!

Günther, der eben noch auf Sparflamme lief, wird mit einem Schlag munter und sprintet los. Der unerwartete Energieschub des Winzlings reißt Regine die Leine aus der Hand. Mit einem Affenzahn schleift er sie hinter sich her.

»Och, mein Güntherlein«, heißt ihn die Person willkommen. Jetzt bin ich mir hundertprozentig sicher, dass es Toni ist.

Der Dackel veranstaltet einen kleinen Freudentanz um sie herum und will gar nicht mehr aufhören zu kläffen. Da schau mal einer an, denke ich, während wir uns ebenfalls nähern. Eine seltsame Art von Sympathie hegen die zwei Dickköpfe füreinander. Auf den ersten Blick würde man vermuten, die beiden können sich nicht verknusen. Diese seltene Szene aber zeigt, wie eng die Verbindung zwischen den zwei Kollegen letztlich ist.

Wenn es hart kommt, gehen die beiden miteinander durch dick und dünn.

EIN MITTELGROSSES WUNDER

Zwischen Britten und Bergen, Gemeinde Losheim
12.06.2023
Günther, der Dackel

Toni und ich – die Beziehung ist völlig anders geartet als die Verbindung zwischen Regine und mir. Letztere war Liebe auf den ersten Blick. Regine und ich sind wie Seelenverwandte, die sich in einer Phase größter Not gefunden und der Einsamkeit entgegengestemmt haben.

Nicht annähernd so romantisch war es mit Toni. Ich schätze, sie ist mir im Laufe der Zeit ans Herz gewachsen, vermutlich rein aus Gewohnheit. Trotz ihrer schroffen, manchmal unsäglichen Art. Wolfgang, Toni und ich, das ist wie Familie. Die sucht man sich nicht aus, aber wenn es dicke kommt, ist man füreinander da.

Meine Stimmung am Morgen ist wegen der Vorfälle in der Nacht im Keller gewesen. Besser gesagt in einem unterirdischen Stollen, um die genaue Tiefe meines Seelenzustandes zu fassen. Wie sehr ich litt, zeigt die Tatsache, dass mir selbst das Lyoner-Klappschmierchen, das Regine mir während der Wanderpause anbot, mit einem Mal noch fader als Tütensuppe erschien.

In der Sekunde, in der ich Toni in der Ferne erspäht habe, konnte ich gar nicht mehr anders, als das Letzte aus meinen wandermüden Pfötchen herauszuholen. Sie wiedersehen zu dürfen, hat sich wie ein Wunder angefühlt. Mir armen Hund sagt schließlich niemand was, und so habe ich, nachdem Toni gestern mit Blaulicht und allem denkbaren Trara abtransportiert wurde, ehrlich gesagt schon mit dem Schlimmsten gerechnet.

»Och. Mein Güntherlein«, freut sich Toni, mich zu erblicken. Das sind zwar nur drei Worte, aber aus ihrem Mund ist das schon viel. »Na, du feines Kerlchen, hast du für mich die Stellung gehalten? Bin ich froh, dich zu sehen«, fügt sie sogar hinzu und krault mir immer wieder meinen Kopf.

Na, wer sonst soll den Laden am Laufen halten, würde ich ihr gerne antworten. Ich hätte ihr so unglaublich viel zu sagen, doch leider kann ich ihr meine ersten Hypothesen zu den kuriosen Vorfällen nicht mitteilen. Obwohl es enorm wichtig wäre. Unzählige Gedanken habe ich mir zu den Ereignissen der letzten Tage gemacht. Die Option, dass es sich bei all dem Hin und Her um pure Zufälle handelt, scheidet für mich aus.

Eins ist sonnenklar: Irgendwer sabotiert die Wandertour mit allen Mitteln. Nicht auszuschließen, dass der Täter oder die Täterin es auf eine bestimmte Person abgesehen hat. Was der Beweggrund sein könnte, ist mir ein Rätsel. Irgendein wichtiges Detail fehlt mir in der Geschichte.

Zwar ist Regine in der Nacht in der Villa Borg für eine Weile aus unserem Zelt verschwunden, und ich würde fast wetten, die Sache mit den Schuhen geht auf ihr Konto. Aber mit dem Brand gestern kann sie nichts zu tun haben. Zum einen, weil ich es ihr schlichtweg nicht zutraue, und zum anderen, wie hätte sie das bewerkstelligen sollen? Ich lag zu ihren Füßen und habe gewacht. Mehr oder weniger.

Auf meiner Liste weit oben, was die Verdächtigen angeht, steht die Muskelmaschine Walli. Dieser Brecht folgt direkt dahinter. Die beiden zeichnet aus, dass sie keinerlei Skrupel im Umgang mit ihren Mitmenschen haben. Solchen Charakteren ist grundsätzlich alles zuzutrauen, das sagt mir mein Polizeihundeinstinkt. Nur habe ich keine Ahnung, was ihr Motiv sein könnte.

Bleibt als möglicher Täter noch Kola. An und für sich ein netter Kerl, aber irgendetwas stimmt nicht mit ihm. Antje wiederum ist viel zu sehr Pazifistin, um andere zu verletzen, und Hoseok erscheint mir eher harmlos. Die van der Pütten ist unschuldig; was das betrifft, bin ich mir sicher. Ebenso wie natürlich Toni, die heute Morgen garantiert nicht zurückgekehrt ist, um ihren Urlaub zu Ende zu bringen. Die hat Lunte gerochen, genau wie ich.

»Die Ärzte haben dich doch nie und nimmer aus freien Stücken aus dem Krankenhaus entlassen«, sagt die van der Pütten, als sie näher kommt.

Toni zuckt mit den Schultern. »Bin ich mit 35 nicht alt genug, um selbst einschätzen zu können, wie es mir geht?«, sagt sie lediglich mit einer auffällig heiseren Stimme und wechselt das Thema. »Mit euch beiden ist so weit alles klar?« Sie beendet den Satz mit lautem Husten.

Statt einer Antwort fällt Regine Toni um den Hals. »Menno, du machst Sachen! Ich bin so froh, dass es dir gut geht«, haucht Regine. Wenn mich nicht alles täuscht, kullern sogar ein paar Tränchen, jedenfalls wischt sie sich mit der Hand über ihr Gesicht. Ich sag's doch, Regine ist eine Seele von Mensch, die würde nie und nimmer jemanden mit Absicht verletzen.

Toni bleibt still. Regines Verhalten ist vermutlich eine Nummer zu emotional für sie. Für die van der Pütten wohl auch. »Prima, datt alles gut ausgegangen ist«, äußert sie knapp und schaut in die Ferne. »Ui, ich sag's nicht gerne, aber die anderen sind gar nicht mehr zu sehen. Es wird Zeit, datt wir aufholen.«

Toni kommt der Wechsel auf die sachliche Ebene wohl gerade recht. »Gut, dann auf nach …? Ja, wohin eigentlich?« Sie schaut fragend in die Runde.

»Nach Losheim«, reagiert die van der Pütten.

»Hört sich prima an. Vielleicht teile ich dort mein Badewasser doch noch mit dem Güntherlein«, sagt Toni überschwänglich und krault mich ein weiteres Mal hinter den Ohren, wo ich es ausgesprochen gerne mag.

Okay, okay, lenke ich in Gedanken ebenso ein. Dann mache ich bei meinem Badewasser auch eine Ausnahme. Einzig und allein weil ich mich so freue, dass Toni, wenn man das ständige Husten und Räuspern außen vor lässt, wohlauf zu sein scheint.

Wir laufen beschwingt los, ein längeres Stück bergauf. An einer Kuppe angekommen, empfängt uns ein herrlicher Ausblick über den kompletten Landstrich. Beeindruckend ist es hier. Äcker, Wiesen- und Obststücke liegen vor uns, und in der Ferne erstrecken sich zahlreiche Waldgebiete. Rund um uns herum nichts als Natur. An sich traumhaft, allerdings sieht man von der Anhöhe auch, dass es sich vor uns finster zugezogen hat.

»Oh, der Himmel ist seltsam düster«, murmelt Toni.

»Da scheint sich was zusammenzubrauen«, findet die van der Pütten ebenfalls. »Komisch. Im SR1-Radio haben sie in den Wetternachrichten für die ganze Woche Sonne angekündigt.«

»Frag nicht nach Sonnenschein!«, erwidert Toni und grinst.

Ausgerechnet jetzt steuert unser Weg auf eine der ausgedehnten Wiesen zu, wir laufen dem bösartigen Grummeln und den pechschwarzen Wolken geradezu in die Arme. Weit und breit mache ich keine einzige Möglichkeit zum Unterstellen aus. Ach du Schreck!

Es dauert nicht lange, und uns treffen die ersten Tropfen. Wir legen einen Zahn zu, gleichzeitig wird der Regen stärker. So als würde jemand am Himmel einen verstellbaren Duschkopf weiter und immer weiter aufdrehen und hätte seine Riesenfreude daran, uns am Boden mit dem Strahl durch die Landschaft zu jagen. Sogar die Wassermoleküle nehmen schließlich einen neuen Aggregatzustand an: Erst sind es feine Eiskörner, die auf uns niederprasseln, bald aber erreichen sie Murmelgröße – und das bleibt nicht die einzige Schikane.

Ich erschrecke fast zu Tode, als ein Blitz im Waldgebiet vor uns einschlägt. Das Grollen und Rumpeln danach wirkt wie ein Turbobooster auf meine Beine. Nichts wie raus aus dieser Hölle, ist mein einziger Gedanke. Um nicht vollends in Panik zu verfallen, rufe ich mir in Erinnerung, was ich über Gewitter weiß. Denk nach, fordere ich mich auf: Wie war das noch? Sucht sich der Blitz nicht immer den höchsten Punkt aus? Ich schaue zu meinen Begleiterinnen. Blöd für Toni, die die größte von ihnen ist – aber sie ist hart im Nehmen, an der beißt sich jeder Blitz die Zähne aus. Der wesentlichste Teil der Gruppe dürfte mit knappen 20 Zentimetern Schulterhöhe beruhigenderweise den meisten Schutz genießen. Ich hoffe nur, der Blitz selbst kennt sich mit Physik aus.

Als wir endlich den Ortsrand von Bergen erreichen und der Weg durch einen dichten Wald führt, klärt sich der Himmel Stück für Stück auf. Na super, was für ein fieses

Timing, stelle ich genervt fest. Die Mädels sind pudelnass, und mich hat es noch schlimmer erwischt: Die ollen Eiskörner kleben mir wie Kletten im Fell und tauen dort in aller Ruhe. Was für ein Horror!

Aus dem Rucksack von Toni tröpfelt es noch immer, als wir an einem überdachten Rastplatz auf den Rest der Truppe treffen. Bestens geschützt haben die anderen hier während der Katastrophenphase ausgeharrt.

»Seid ihr etwa nass geworden?«, fragt Walli trocken und ohne eine Spur von Mitgefühl. Ich schaue zu Toni. Ihre Stirn wirft Falten. »Das Abkühlen im Stausee habt ihr euch jedenfalls gespart«, ergänzt Walli und grinst uns frech an.

Oh-oh. Toni holt tief Luft. Gleich zerlegt sie ihn, denke ich.

»Hör doch bitte damit auf, ständig Front gegen andere zu machen«, kommt ihr Antje zuvor. Ihr Ton ist so neutral, als würde sie beim Bäcker Brötchen fürs Frühstück bestellen. »Tut mir leid, dir das so offen sagen zu müssen, Walli, aber deine Art nervt tierisch«, spricht Antje aus, was jeder von uns seit Tagen denkt. »Außerdem: Wie wäre es, Toni stattdessen mal zu fragen, wie es ihr geht?« Sie tritt mit einem Lächeln auf Toni zu und nimmt sie in den Arm. »Ich hoffe, du bist so weit okay«, sagt sie. Kola tut es ihr gleich, und auch Brecht und Hoseok stehen auf, um Toni willkommen zu heißen.

Walli schaut perplex dabei zu. Womöglich hatte er nach seinem dummen Spruch mit einem direkten Gegenangriff gerechnet. Antjes friedlicher Gandhi-Manier hat er nur wenig entgegenzusetzen. Er schnaubt, als wäre er ein Pferd, und rührt sich nicht von der Stelle. Wohl das Beste, denke ich. Eine Begrüßung oder schlimmstenfalls eine Umarmung wünscht sich Toni sicher nicht von ihm.

»Wollt ihr vielleicht ein Handtuch zum Abtrocknen? Ich hab eins im Rucksack«, bietet Antje an.

»Ach, Unsinn. Wir sind nicht aus Zucker«, entscheidet Toni für uns vier. Menno, denke ich. Mir ist richtig kalt. Kaum ist Toni wieder da, könnte ich sie auch schon auf den Mond schießen.

Dank ihr schlottere ich noch eine Stunde später vor Kälte, während wir an einem Steinbruch und unzähligen handgelegten Steinmännchen entlangwandern und uns ein Holzsteg über den Metzenbach in einen urwaldmäßigen Abschnitt führt. An sich eine tolles Stück Natur, aber wen fast der Kältetod ereilt, dem fehlt das Auge für deren Schönheit. Erst als wir offenes Feld erreichen und die Sonne mit voller Kraft auf uns herabscheint, spüre ich meine Knochen wieder.

»In ein paar Minuten treffen wir an unserem nächsten Zwischenziel an und haben es damit für heute fast geschafft«, kündigt die van der Pütten an. »Wir übernachten direkt am Losheimer Stausee. Dort haben wir wieder eine außergewöhnlich spannende Unterkunft für euch aufgetan.«

Erst einmal jedoch überrascht uns eine hübsch angelegte Kneippanlage zwischen viel Grün und mehreren Bänken. Die Tretanlage selbst ist nicht wie die meisten, die ich kenne, aus Beton und mit knalligem Schwimmbadblau bepinselt. Das hier ist wohl die Luxusvariante. Sie besteht aus einer Edelstahlwanne. In der Mitte des Beckens gibt es sogar eine kleine Insel, die mit verschiedenstem Grünzeug bepflanzt wurde.

»He – cool!«, freut sich Walli und stürmt als Erster auf die Anlage zu.

Ja, hübsch, urteile auch ich. An sich bin ich ein riesiger Wasserfan und würde mich sofort in die Fluten werfen, aber heute habe ich dieses Element bereits im Überfluss erlebt.

Ich nutze die willkommene Unterbrechung lieber, um mich in der Nähe einer Holzbank in den kurz geschnittenen Rasen zu legen und die Restnässe von der Sonne trocknen zu lassen.

Die komplette Damenmannschaft – Toni, Regine, van der Pütten und Antje – verweigert sich ebenfalls. Sie nehmen hinter mir Platz. Klug sind die Mädels, finde ich.

»Ich steh nicht so auf Kneipp«, bemerkt Kola und nimmt seine Trinkflasche aus dem Rucksack. »Vor Jahren bin ich mal in so einem Ding auf eine Glasscherbe getreten. Seitdem stehe ich auf Kriegsfuß mit Kneipp.«

»Warmduscher«, kommentiert Walli und zieht sich sein Shirt über den Kopf. Dabei dreht er sich in Richtung der Damengruppe. Ich überprüfe, wie das ankommt. Nochmals kann ich nur ein Lob aussprechen: Keines des Mädels verzieht eine Miene. Auch nicht, als Walli seine Wandershorts ablegt und darunter ein knallenger schwarzer Low-Rise-Slip – ich glaube, so heißen die Dinger – sichtbar wird. Selbst wenn Walli aussehen würde wie eine Mischung aus Clooney, Ryan Gosling und Daniel Craig, bei der Mädchenbank hinter mir ist er unten durch. Der Zug ist abgefahren.

Brecht ist nicht ganz so flott beim Auskleiden, macht allerdings mit textilfreiem Oberkörper keine schlechte Figur.

Hoseok wirkt unentschlossen. »Ich war noch nie in so einer Kneippanlage«, gesteht er ein. »Ich versuche es erst einmal mit einem Armbad.«

»Noch ein Schattenparker«, freut sich Walli über die Gelegenheit zu stänkern. »Na, dann komm, Felix, zeigen wir denen mal, was echte Kerle sind.«

»Imma langsam mit de junge Perde«, fordert da eine dem Klang nach nicht mehr taufrische männliche Stimme. Jeder von unserer Gruppe sieht in Richtung Eingang.

Von dort rückt ein Pärchen an. Ich würde schätzen, Anfang bis Mitte 70. Er mit Walkingstöcken in den Händen und sie mit einem Hut auf dem Kopf, als wäre sie in Begleitung von Charles dem Dritten nach Ascot zum Pferderennen geladen.

»Guck mol do, do sinn widda so junge Kerlcha, die mache de Ballawer. Hann ich das ned gesaad? Di senn allegar gleich, Peder«, gibt der Camilla-Verschnitt in bestem Saarbrücker Platt von sich.

»Di sinn nemmeh gans kloor im Kobb«, ergänzt der Peder. »Junge Kerlcha« sind für die zwei Senioren wohl alle jünger als 60, tippe ich. Dass dieser große Anteil der Menschheit ausnahmslos kein Benehmen hat, steht für die Pensionisten außer Frage, wie es scheint.

Die Old Lady hat die meiste Power: »Schickt eisch und macht mol Platz do. Mir alt Leut, mir gen seärscht rinn.«

Wenn ich das richtig verstehe, haben die beiden irgendeine Art von Vorrecht beim Zutritt zur Kneippanlage. Sie sind derart überzeugt davon, dass selbst Walli, der seine Hand schon in Richtung des silbernen Geländers ausgestreckt hat, irritiert zur Seite springt, um nicht in die Schusslinie der Best Ager zu kommen. Auf Mitmenschen, die ihn in der Disziplin »Freche Sprüche« ausstechen, trifft er womöglich selten.

Die zwei rücken im Rollatortempo näher heran.

»Ei, gugg mol do, die kenne, wenn se wolle«, stellt der Silberrücken fest.

»Is doch wohr!«, schickt seine bessere Hälfte hinterher. Sie trägt einen knallbunten Hawaii-Früchte-Badeanzug und liegt auf Position zwei, während Peder in seinen Shorts mit kleinen Flamingos einen minimalen Vorsprung hat. Als er aus seinen Zwei-Streifen-Adiletten schlüpft, meistert Camilla gerade die letzten Meter. Die Walkingstöcke lässt der Senior einfach an Ort und Stelle zu Boden fallen.

»Alleh hopp!«, lautet die Parole vom Peder. Die Realität zeigt sich nicht ganz so elanreich. Wie in Zeitlupe hebt der Senior eines der steifen Beine an und setzt den Fuß gefühlte Minuten später auf dem Edelstahlpodest ab, während seine linke Hand nach dem Geländer greift.

Mir nichts, dir nichts kommt Tempo in ihn. Er zuckt und zappelt.

»Peder, was iss denn?«, erkundigt sich seine Frau.

Er antwortet mit noch mehr Gerüttel.

Camilla streckt ihre Hand aus.

»Nein! Auf keinen Fall anfassen!«, schreit Toni und springt von der Bank auf.

Wie zu erwarten ist Peders Gattin nicht der Typ Mensch, der sich gerne etwas von der jüngeren Generation sagen lässt, und so berühren sich die betagten Hände. Sofort durchzieht eine Welle der Bewegung den Körper der Old Lady. Ihr Kopf ruckelt. Der Hut bleibt vermutlich nur aufgrund der Schwerkraft in Position.

Der Spuk dauert höchstens ein paar Millisekunden, dann sinken die beiden wie nasse Säcke zu Boden. Was war denn das, frage ich mich.

»Da ist Strom im Spiel. Seid bloß vorsichtig. Irgendwo muss der sich abschalten lassen«, informiert uns Toni. Sie ist bei den Senioren angekommen und nimmt deren Umgebung in den Blick.

Als sie den Strom erwähnt, verstehe ich, was da vor

sich gegangen ist: Das Paar hat einen elektrischen Schlag bekommen, los ging es, als der Peder das Wasser oder das Geländer berührte. Ich eile Toni zur Hilfe, vier Augen sehen bekanntlich mehr als zwei, und ich habe obendrein noch eine untrügliche Nase.

Während sich Toni um die Bewusstlosen kümmert, widme ich mich der Gefahrenabwehr. Strom fällt nicht vom Himmel – außer bei einem Gewitter, aber das ist jetzt nicht der Fall. Also muss die Quelle aller Logik nach in unserer Nähe zu finden sein. Ich halte gebührenden Abstand zu den Opfern, die ein unangenehm verschmorter Geruch umgibt, und passe auf, wohin ich meine Pfoten setze. Alles hier könnte schließlich stromtechnisch vermint sein.

Mit Bedacht erweitere ich meinen Untersuchungsradius. Nichts Verdächtiges bisher. Ich suche so etwas wie ein Kabel. Mittlerweile habe ich jeden Winkel rund um die Kneippanlage durchgeschnüffelt und sogar das Grünzeug am Rand des Beckens observiert.

»Notarzt! Wir brauchen einen Notarzt!«, fordert Toni. Die Situation ist wie ein Déjà-vu mit dem einzigen Unterschied, dass es vor zwei Tagen am Orkelsfels lediglich ein Opfer gab. Regine holt ihr Handy hervor, während Toni und die van der Pütten die Verletzten oder womöglich sogar Toten in die stabile Seitenlage bringen.

Die drei Jungs scheinen außer Gefecht zu sein. Die Helden stehen mit offenen Mündern da. Nur Walli murmelt etwas. »Das hätte ich sein können«, stellt er leise fest.

Das hättest vielleicht sogar du sein *sollen*, schlussfolgere ich. Jetzt allerdings steht nicht Denken, sondern Handeln an. Wir müssen die Stromquelle ausfindig machen. Wenigstens hilft mir Antje bei der Suche. Genau wie ich nimmt sie das Grünzeug in den Pflanzsteinen um die Kneippanlage unter die Lupe. Sie drückt mit den Händen den dichten Farn und die hohen Gräser auseinander. Zwecklos, die Ecke habe ich bereits gesichert. Ich überlege, ob es Sinn macht, den Suchkreis auszudehnen. Doch da ist nur noch Wiese, und wie will man dort klammheimlich Kabel oder Drähte auslegen? Wenn nicht dort, wo dann, frage ich mich und lasse meinen Blick schweifen. An der kleinen, dicht bewachsenen Insel in der Mitte der Kneippanlage bleibt er hängen. Jep, das wäre das ideale Versteck. Doof nur, dass wir den silberne Metallrand, der die komplette Anlage umfasst, und das möglicherweise ebenfalls unter Strom gesetzte Wasser überwinden müssten, um dort hinzugelangen.

Ich bin zwar mutig, aber kein Kamikazekandidat. Statt selbst zu operieren, melde ich daher meinen Verdacht. Ich belle los, dackele zu Antje und stupse sie mit meiner Schnauze in die richtige Richtung. Als sie ratlos vor dem Becken stehen bleibt, schlage ich noch lauter an und kratze am Boden.

»Mensch, Leute, ich glaube, hier unten liegt ein transparentes Kabel.« Antje weist mit dem Finger ins Wasser. »Schaut mal, direkt hinter den Eingangsstufen führt es hinüber zur Insel.« Sie bricht ab und tritt ein paar Schritte zurück.

Wo will sie denn hin, wundere ich mich, da sind ihre Füße auch schon wieder auf meiner Höhe. Sie hat Anlauf genommen – kein Zweifel, sie plant in die Mitte des Beckens zu springen. Was für eine verdammt blöde Idee, denke ich erschrocken. Das Feld ist höchstens einen Meter breit und maximal zwei Meter lang. Wenn sie nicht punkt-

genau landet und das Metall berührt, wird sie zum Brat-
hähnchen. Entweder ist Antje nicht sehr klug oder aber sie
ist außergewöhnlich mutig. Wie auch immer, sie befindet
sich bereits in der Luft und trifft gleich auf. Als ihre Füße
den Untergrund berühren, wankt sie, genau wie manche
Turner bei Olympia, wenn sie nach dem fünften Salto am
Reck auf der Turnmatte landen. Antje streckt die Arme
weit zur Seite. Erst pendelt sie nach vorne. Gerade eben
noch geht das gut, da schwankt sie bedrohlich zur Linken. Uiuiui, eine Zehn gäbe es von der Wettkampfjury
dafür nicht, doch wurscht, in Antjes Fall ist Überleben
die Königsdisziplin.

Und was das betrifft, hat sie mächtig Glück. Sie schafft
es. Kaum hat sie die Balance erlangt, kniet sie sich nieder
und macht sich auf die Suche. Vorsichtig tastet sie sich
durch den Bewuchs der kleinen Insel, während wenige
Meter daneben Toni mit Reanimationsversuchen Peder
zurück zu den Lebenden holen will.

»Mensch, der stirbt mir weg«, sagt Toni verzweifelt und
legt einen Handballen auf die grauen Brusthaare des Rent-
ners. Die zweite Hand platziert sie darüber und drückt
rhythmisch auf die Brust des älteren Mannes.

Toni bei der Herzmassage, während Antje parallel auf
der kleinen Insel versucht, die Lage zu entschärfen, das
ist eine Szenerie, die man selbst bei einem Tatort für übertrieben halten würde. Aber mein Gott, was soll ich sagen,
sie spielt sich genau so vor meinen Augen ab.

Da ich zart besaitet bin und selbst der Bergdoktor mir
schlechte Träume bereiten kann, entscheide ich mich, lieber auf der Bühne »Schadensverhinderung« tätig zu werden. Auch weil sich dort etwas zu tun scheint.

»Leute«, ruft Antje, »ich hab was entdeckt!« Die junge

Bloggerin steht auf und hält einen viereckigen schwarzen Kasten mit oranger Umrandung in die Höhe. »Dynamik-Station‹, steht auf dem Apparat. Er scheint so eine Art Notstromaggregat zu sein, das mit Solar betrieben wird.« Es klackt. »Erledigt. Ich hab es ausgeschaltet.«

»So ein Teil hatten wir doch mal, damals in Australien. Als wir …«, erwacht Kola zum Leben und verstummt gleich wieder. Offenbar weil er bemerkt hat, dass es eher ungünstig ist, davon zu berichten, Anschlagsinstrumentarium mit sich geführt zu haben. Insbesondere, wenn diese Gerätschaft für einen Sabotageakt genutzt wurde, dem man obendrein persönlich beigewohnt hat.

Die nachteiligen Rahmenbedingungen erkennt sogar Walli. »Aha«, sagt er, und wie immer schwingt eine gehörige Portion Gehässigkeit in seiner Stimme mit. »Prima, dass du dich so gut auskennst. Wenn die Polizei in Kürze hier eintrifft, werde ich sie umgehend an dich als Fachmann verweisen.«

Kola schluckt. So etwas wie Sorge huscht über sein Gesicht, dann gewinnt Zorn die Oberhand. »Vielleicht hast du ja in Wahrheit Dreck am Stecken. Schließlich hat dir Felix vor unser aller Augen Conny ausgespannt. Ein Motiv braucht die Polizei in deinem Fall nicht lange zu suchen.«

Um die Lippen des Glatzkopfs zuckt es.

»He! Es reicht, Leute!«, fährt Brecht dazwischen. »Darf ich euch daran erinnern, dass wir zwei Schwerverletzte haben? Zoff können wir jetzt nicht gebrauchen.«

»Felix hat recht. Macht es nicht noch schlimmer«, appelliert Hoseok an die Vernunft der Kampfhähne.

Doch der Zwischenruf verpufft. Walli lacht verächtlich, und Kola setzt eins drauf: »Dass Conny dich eiskalt abserviert hat, kann man dem Mädel nicht verübeln. Ein bisschen Niveau wünscht sich eben je…«

»Halt die Klappe!«

Kola scheint zu überlegen. Gut so, Junge, denke ich mir. Einen Typen wie Walli provoziert man besser nicht. Zumindest nicht, wenn einem das eigene Wohlergehen lieb ist. Doch Kola ist weniger gesundheitsbewusst, als man es von einem Veganer erwarten dürfte. »Da hast du massig Power in deinen Muskeln, und trotzdem leuchtet in deinem Schädel kein einziges Birnchen – auf solche Typen stehen Frauen halt nicht.«

Oh-oh. Total falsche Reaktion. Ich ducke mich weg, denn Wallis Teint zeigt Alarmstufe Rot an. Seine Riesenpranken falten sich zu Fäusten zusammen, wobei die Adern seiner Unterarme markant hervortreten.

So in etwa habe ich es mir immer vorgestellt, wenn Miraculix den Galliern eine Kelle Zaubertrank verabreicht hat. Wer hier bei uns die Rolle des Römers übernehmen dürfte, ist jedem Anwesenden klar. Walli stampft nashornmäßig auf Kola zu. Der wird den Blogger in winzig kleine Stücke reißen, denke ich – und dann geht alles sehr schnell.

»Noch ein Wort und ihr kriegt es mit mir zu tun!« Die van der Pütten schnellt hoch. Bis eben hat sie mit Toni die Verletzten versorgt, doch jetzt scheinen bei *ihr* die Birnchen durchzuschmoren. »Wagt es bloß nicht, nur einen Mucks von euch zu geben. Ich kann euch sagen: Diese verdammte Tour geht mir so was von auf den …« Sie beendet den vermutlich nicht ganz jugendfreien Satz nicht mehr. Die Sirenen der sich nähernden Rettungswagen übertönen sie. Bremsen quietschen, Türen knallen und Schritte nähern sich. Unsere Gruppe verharrt wie in einem Stillleben, während zwei Rettungssanitäter und eine Notärztin ihr Bestes geben.

Die Medizinerin beugt sich über Peder. Es dauert nicht lange, bis ein mobiler gelb-schwarzer Defibrillator zum Einsatz kommt. Die Sanitäter versorgen unterdessen die Seniorin. Ein oder zwei Minuten später schüttelt die Ärztin den Kopf und nimmt die Klebeelektroden vom Brustkorb ihres Patienten. Sie wechselt wenige Worte mit Toni, die ihr gegenüber am Boden kniet. Tonis Gesichtsausdruck – entkräftet und mit einem bitteren Zug um den Mund – reicht aus, um zu verstehen, was die Ärztin gesagt hat: Der Peder hat die Augen für immer geschlossen. Mann, Mann, Mann. Vitalisierend soll so ein Kneipp-Gang sein, stand auf einem der Schilder am Eingang. Das Versprechen hat sich für Peder eher nicht eingelöst.

Ich habe eine Vorahnung, dass ich meinen Freund Wolfgang in Kürze wiedersehen werde. Mit ein bisschen Glück könnte das Abenteuer Wanderurlaub und obendrein die Causa Hungerkur mit einem Schlag vom Tisch sein. Einerseits eine schöne Perspektive, andererseits habe ich so langsam Blut geleckt. Schließlich hätte es auch Toni, Regine, Lodi oder schlimmstenfalls sogar mich treffen können – und das nehme ich persönlich.

Wer immer hinter diesen Machenschaften steckt, er oder sie sägt mächtig an meinen Nerven, und das bedeutet, Hunger hin oder her, der Täter wird es noch bereuen. Die Aktion heute war eine Kriegserklärung.

EINE VERNEHMUNG DER ETWAS ANDEREN ART

In einem Tiny House am Campingplatz
in Losheim am See
12.06.2023
Wolfgang Forsberg

»Die Indizien sind eindeutig, Herr Zielinski. Oder wie würden Sie das an meiner Stelle sehen? Die Kollegen aus der Spurensicherung haben an der roten Jacke von Herrn Brecht, die in der Keuchinger Schweiz hing, Ihre DNA nachgewiesen. Der Fernschalter für den tragbaren Stromerzeuger lag in ihrem Rucksack. Den Rucksack, den sie uns vor ein paar Stunden nicht unbedingt freiwillig übergeben haben …«

»Weil da meine privaten Sachen drin sind«, wehrt sich der junge Blogger und verschränkt seine Arme vor der Brust. Er kann die Beine nicht stillhalten. Der Tisch, an dem wir uns gegenübersitzen, wackelt ohne Unterlass. Auch wenn er sich cool gibt, ich bin mir sicher, dass er Angst hat.

Von Kola hat mir Toni im Krankenhaus schon berichtet. An sich macht er einen vernünftigen Eindruck, aber davon lasse ich mich nicht täuschen. Die Unauffälligen sind nicht selten die skrupellosesten Täter, das ist eine Erkenntnis aus meinen vielen Jahren als Kripobeamter. »Es gibt Zeugenaussagen, die bestätigen, dass Sie bei der Übernachtung in der Villa Borg Ihre Bleibe verlassen haben. Stimmt das?«

»Ja, das stimmt, und das streite ich auch überhaupt nicht ab. Wie gesagt, ich gebe zu, dass ich die Jacke vom Felix an mich genommen habe. Ich konnte nicht schlafen und bin herumgewandert, und da habe ich sie außen an dem Zelt hängen gesehen. An dem ersten Wandermorgen haben mich seine irren Ansichten über den Tourismus furchtbar genervt, und ich war der Meinung, er hätte sich einen Denkzettel verdient. Das war doch völlig harmlos. Rache auf Kindergartenniveau, wenn man das so sagen will. Ich wollte die Jacke verschwinden lassen, mehr nicht. Als ich sie in der Nacht in Richtung Saar geworfen habe, ist sie vermutlich an einem Felsvorsprung hängen geblieben – das war ein Versehen.«

»Ein Versehen, durch das beinahe zwei Menschen ums Leben gekommen sind«, führe ich an.

»Na ja, weil die sich extrem blöd angestellt haben.« Kola zieht die Augenbrauen in die Höhe. »Echt. Wer hätte denn ahnen können, dass die drei sich derart die Kanne geben? In dem Zustand hätte jederzeit was passieren können.«

»Hätte! Gefährlich wurde es allerdings erst durch die Bergung der Jacke.«

Kola bläst die Backen auf und zuckt mit den Achseln. »Ich bestreite ja gar nicht, dass das doof gelaufen ist. Mea Culpa! Das macht mich allerdings noch lange nicht zu einem Mörder.«

»Interessant ist, dass nicht nur die Jacke verschwunden ist, auch die Stiefel und die Uhr von Herrn Brecht waren an jenem Morgen unauffindbar. Es liegt doch auf der Hand, dass Sie das ebenfalls waren. Sie dachten wohl, wenn Brecht seine kostbare Uhr am Zaun entdeckt, langt er zu und steht unter Strom. Dass ihm jemand anderer zuvorkommt, haben Sie dabei billigend in Kauf genommen. Die Sache mit dem Stromschlag war kein Kavaliersdelikt. Der Läufer in Orscholz hatte einen Herzfehler, und er hat den Vorfall bedauerlicherweise nicht überlebt.«

Kola wird blass. Davon hatte er offenbar bislang keine Kenntnis. Dass heute ein weiterer Mensch ums Leben kommen musste, ist furchtbar. Fatalerweise fehlten uns die rechtlichen Grundlagen, die Wanderung abzublasen. Zumal Brecht anscheinend all seine Kontakte hat spielen lassen. Nur deshalb war Toni nicht davon abzubringen, die Wandertour weiterhin zu begleiten. Im Krankenhaus war sie der felsenfesten Überzeugung, die Geschehnisse als Teil der Gruppe leichter aufklären zu können. Ich war dagegen. Dannhäuser tobte sogar bei diesem Wahnsinnsvorschlag. Aber Toni ist verflucht stur, wenn es um die Arbeit geht.

Jetzt sieht man das Resultat: Vor ein paar Minuten wurde der nächste Tote abtransportiert. Ob die Seniorin überlebt, steht laut Notarzt auf der Kippe.

Umso wichtiger ist es nun, den Täter dingfest zu machen. Ich bleibe an Kola dran: »Wie haben Sie das mit dem Zaun angestellt?«

»Erst die Kneippanlage, dann die Uhr. Offenbar möchten Sie mich auch noch für den Dreißigjährigen Krieg und die Sintflut verantwortlich machen«, platzt es aus Kola heraus.

Der Kerl ist sehr leicht in Rage zu bringen, zeigt diese Reaktion. Und das ist kein Pluspunkt für ihn. »Nein, ich berichte nur von der Lage der Dinge«, gebe ich seelenruhig zurück. Kola kommt in Bedrängnis. Das ist meine Absicht, ich hake sofort nach: »Sie studieren Maschinenbau. Gehört da auch Elektrotechnik zu den Lerninhalten?«

Kola legt den Kopf schief. »Ist das eine Fangfrage?«

Ich verschränke die Arme im Nacken und lehne mich im Stuhl zurück. So eine Vernehmung gleicht einer Runde Skat. Man zieht seine Trümpfe nach und nach. Die wichtigste Spielregel ist, den Gegner im Unklaren darüber zu lassen, ob man noch ein Ass im Ärmel hat. Auf diese Weise lässt sich sogar mit einem bescheidenen Blatt ein Sieg erlangen. Ich lächle Kola an und lege meine nächste Karte auf den Tisch. »Nein. Das sind einfach zwei schlichte Fragen. Studieren Sie Maschinenbau und kennen Sie sich mit Elektrotechnik aus?«

Zielinski stöhnt auf. »Ja und nein.«

»Und was heißt das?«

»Ja, ich bin als Student an der Uni in Trier eingeschrieben, aber nur, weil das steuerliche Vorteile hat. Ich war schon ewig nicht mehr am Campus. Und nein, ich kenne mich nicht besonders gut mit Elektrotechnik aus. Exakt bei der Klausur bin ich zweimal durchgefallen.«

»Man kann auch theoretisch schlecht und praktisch gut sein.«

»Oder seinen Job weder praktisch noch theoretisch gut machen«, erwidert er herausfordernd.

Er beginnt auszuteilen, was heißt, er fühlt sich in die Enge getrieben. Die Fährte ist also richtig. »Sie sind vorbestraft?«, frage ich.

»Ja. Sie haben bestimmt auch nachgeschaut weswegen. Ich war im Hambacher Forst«, entgegnet Zielinski stolz.

»Und das macht aus einem Straftäter einen Helden – oder wie denken Sie darüber? Sie haben auf einen Polizisten eingeprügelt.«

»Aus Mangel an Alternativen. Wenn es auf unserer Welt so weitergeht, ist bald Feierabend. Soll ich dabei zuschauen, wie alles kaputtgeht?« Zielinski redet sich in Rage. Für die Vernehmung ideal, denn so sagt er Dinge, die er mit kühlem Kopf für sich behalten würde.

»War das heute am Kneippbecken auch etwas, für das es keine Alternative gab? Oder hatte es etwas mit der Auseinandersetzung mit Herrn …«, ich werfe einen Blick in meine Unterlagen, »… mit Herrn Walther Hoppenfeld zu tun.«

»Walther Hoppenfeld?« Kola scheint nicht zu verstehen. »Wer soll das sein?«

Ich tippe auf meine Liste der Wanderteilnehmer. »Er ist für die Tour als Fotomodell engagiert.«

»Der Trottel Walli heißt mit richtigem Namen Walther?« Kola lacht abschätzig. »Das passt wie die Faust aufs Auge: Survival- und Wildnistraining bei Walter Hoppenfeld. Bei dem Namen schläft man ja ein.«

»Sie scheinen die Angelegenheit nicht sehr ernst zu nehmen. Ihnen ist schon klar, dass Sie der Hauptverdächtige in einem Fall mit zwei Toten und mehreren Geschädigten sind?«

Kola verstummt. Er wischt sich mit beiden Händen über seine Wanderhose und dreht seinen Kopf zum Fenster unseres provisorischen Verhörzimmers. Nach einer Weile beginnt er wieder zu sprechen: »Ganz egal, wie die Sache Ihnen erscheinen mag, ich war es nicht. Womöglich will mir jemand etwas anhängen. Keine Ahnung. Ich weiß nur, Sie sind am Falschen dran, Ehrenwort.«

»Es wäre von Vorteil, wenn Sie mit uns kooperieren. Mit allem anderen schaden Sie sich selbst.«

»Ich soll etwas zugeben, was ich nicht getan habe?« Kola

haut mit der Faust auf den Tisch, der für einen Moment vom Boden abhebt.

Freundlicherweise haben uns die Campingplatzbetreiber eines der Tiny Häuser für die Vernehmung zur Verfügung gestellt. Ich schätze, es wäre mehr als anständig, das Inventar in heilem Zustand zurückzulassen. »Mäßigen Sie sich«, ermahne ich deshalb mein Gegenüber.

»Du kannst mich mal kreuzweise!« Kola schnellt hoch. Sein Stuhl fällt polternd nach hinten, und seine Augen blitzen mich wütend an. Instinktiv springe ich auf. Der Kerl ist unberechenbar, das wird mir in diesen Sekunden klar. Es war unüberlegt, ihn allein zu vernehmen.

»Wie wäre es, wenn Sie sich setzen, und wir reden ganz in Ruhe? Niemand will Ihnen etwas anhängen.« Ich habe ihn im Blick, um notfalls blitzschnell reagieren zu können.

»Das glaubst du doch selbst nicht.« Zielinski greift in seine rückwärtige Hosentasche. »Ich lasse mir nichts anhängen. Ich bin kein Idiot.« Es klickt. Mist, denke ich, als ich sehe, was er hervorgenommen hat: Es ist ein Einhandmesser. Das fällt unters Waffengesetz, und nebenbei sieht es verdammt gefährlich aus.

Mein Blut pocht durch die Adern. Kola tritt auf mich zu, das Messer in meine Richtung ausgerichtet. Ich hebe betont langsam die Arme zur Seite. »Machen Sie nichts, was Sie später bereuen könnten.« Ich rede leise und monoton, um nicht aus Versehen die Lunte bei dem Jungen zu zünden.

Mit einem Mal scheppert es draußen. Kola zuckt zusammen.

Die Tür schwingt auf. »Was ist hier los?«, will jemand wissen. Der Stimme nach ist es mein Kollege Lothar von der Merziger Wache. Als Erstes erscheint seine Dienstwaffe im Türrahmen.

Ich nicke Kola zu und antworte danach zaghaft: »Alles halb so wild bei uns. Ich schätze, Herr Zielinski möchte das Gespräch lieber auf der Wache fortsetzen.«

Lothar scheint zu verstehen. »Eine prima Idee, würde ich sagen. Wir sind schließlich alle vernünftig«, stellt er fest. »Zuallererst legen wir mal das Messer auf den Boden. Okay?«

Zielinskis Blick wandert von mir zu Lothar und zurück. Er hält die Waffe noch immer in seiner erhobenen Hand. Die durch das große Fenster einfallende Sonne wird von der Klinge reflektiert. Fast kann man hören, wie es hinter der Stirn des jungen Mannes arbeitet. Ihm fehlen die Optionen. Aber Aussichtslosigkeit bedeutet nicht zwangsläufig, dass jemand kapituliert. Ich habe da schon alles Mögliche erlebt.

»Also gut, ich leg das Ding auf den Tisch«, bietet er an.

»Auf den Boden«, beharren Lothar und ich fast synchron.

Zielinski zögert einen Augenblick, kommt aber schließlich unserer Forderung nach.

»Und jetzt schieben Sie es mit dem Fuß hinüber zu Herrn Forsberg. Behutsam.« Lothar weist mich mit dem Kopf an, die Waffe an mich zu nehmen.

»Prima«, lobt Lothar Kola. Ich höre ein Klicken und kurz danach das Rasseln der Handschellen, die mein Kollege im Rücken von seinem Gürtel gelöst hat. »Sie machen das richtig«, bestätigt er dem jungen Blogger und wirft mir die Handschellen herüber.

Es scheppert bedrohlich, als ich die Dinger auffange. Kola weicht einen Schritt zurück. Mit allem rechnend gehe ich auf ihn zu. Es bleibt friedlich, tatsächlich scheint Zielinski jegliche Gegenwehr aufgegeben zu haben. Nachdem die erste Schelle verriegelt ist, hält er mir sogar freiwillig sein noch freies Handgelenk entgegen.

»Sie sind vorerst in Polizeigewahrsam«, informiert Lothar Zielinski und greift nach seinem Arm, um ihn hinauszuführen. Mein Kollege wirft mir dabei einen fragenden Blick zu. Er möchte wissen, ob es mir gut geht.

Ich nicke und atme erst aus, als Lothar den Knaben aus dem Raum gebracht hat, der Wohnzimmer, Küche und Schlafgelegenheit zugleich ist. Ich lass mich zurück auf den Stuhl fallen und gönne mir einen Schluck von meinem mittlerweile kalten Kaffee.

Oh Mann. Das war knapp, denke ich. Mir geht immer noch die Pumpe. Solche Situationen beweisen, in unserem Job gibt es keine hundertprozentige Sicherheit, ganz egal, wie sehr man auf der Hut ist. Wer hätte ahnen können, dass die Sache von einer Sekunde auf die nächste derart eskaliert?

DER DOPPELTE DACKELBLICK

In einem Tiny House am Campingplatz
in Losheim am See
12.06.2023
Antonia Kuppertz

»Natürlich spricht vieles dafür, dass es Kola war, aber irgendwie …«

»Irgendwie was?«, fordert Wolfgang, konkreter zu werden. Dabei hat er mich gar nicht ausreden lassen.

»Nun ja, wie sollte er das zeitlich bewerkstelligt haben, die Kneippanlage unter Strom zu setzen? Er war während der Wanderung die ganze Zeit bei der Gruppe.«

Wolfgang zuckt mit den Schultern. »Er hat den Ort vermutlich nachts präpariert. Mit dem Fernschalter konnte er den Stromkreislauf nach Belieben aktivieren. Alles war perfekt vorbereitet.«

»Und genau das passt nicht zu Kola. Irgendwie kann ich mir das nicht vorstellen.«

»Konnte ich mir auch nicht, bis der Irre mit dem Messer auf mich zukam.« Diese Geschichte scheint Wolfgang zugesetzt zu haben. Er wirkt ungehalten, als er weiterredet: »Das hat meiner Fantasie mächtig auf die Sprünge geholfen.«

Mann, das geht auch ein bisschen leiser, denke ich. Günther, der auf Wolfgangs Schoß Platz genommen hat, duckt sich erschrocken. »Sorry, Güntherlein, war keine Absicht«, sagt er in gemäßigterem Ton und steckt dem Jungen ein Leckerli zu. »Kann es sein, dass der in den paar Tagen ganz schön abgemagert ist?«, fragt Wolfgang.

»Sein Bauch berührt beim Gehen immer noch beinahe den Boden. Solange das so ist, halte ich abgemagert für die falsche Bezeichnung«, erwidere ich knapp.

Günthers Gewicht ist nun wirklich nicht meine größte Sorge. Meine Nerven liegen blank. Nicht wegen Günther, sondern wegen des Vorfalls an der Kneippanlage. Ein weiteres Mal ist ein Mensch ums Leben gekommen, das hätte nicht passieren dürfen. »Ich weiß nicht. Ich kann mir nicht vorstellen, dass Kola wahllos Leute in Gefahr bringen würde«, beginne ich nochmals. »Ich hatte ehrlich gesagt die ganze Zeit Walli in Verdacht.«

»Na ja, der war kurz davor, ins Becken zu steigen. Das haben sämtliche Zeugen bestätigt. Das macht ihn als Täter eher unwahrscheinlich.«

»Brecht womöglich?«, führe ich meinen nächsten Verdächtigen an.

»Warum sollte er das tun? Es ist seine Wandertour. Er hat großes Interesse daran, dass alles glatt läuft.«

Ich zucke mit den Schultern. Keinen blassen Schimmer, was im Falle von Brecht das Motiv sein könnte. »Kola lässt sich leicht aufstacheln, das stimmt. Der dreht direkt von null auf hundert. Wie ein plötzlicher Kurzschluss, und das wiederum passt ganz und gar nicht zu den Taten. Die waren akribisch geplant.«

»Der Fernschalter für das Stromaggregat war in seinem Rucksack. Wie viel Beweis brauchst du noch?«

Ich schüttle den Kopf. »Mal ehrlich, da planst du einen solchen Anschlag, verlegst extra transparente Kabel und machst dir eine Menge Stress, und dann packst du die Fernbedienung zurück in deine Tasche? Wie blöde müsste man dafür sein? Kola ist klug, wenn nicht sogar hochintelligent. Der weiß alles. In der Gruppe nennen sie ihn ›Das lebende Wikipedia‹.«

»Vielleicht hätte er einfach mal ein paar Krimis lesen sollen. Womöglich war das mit der Fernsteuerung Unachtsamkeit. Er hat vermutlich nicht erwartet, dass wir die Anwesenden durchsuchen.«

Eins wird deutlich. Wolfgang werde ich nicht von meiner Sicht der Dinge überzeugen können. Ich gehe zu einer anderen Taktik über. »Na gut, sagen wir, du hast recht. In dem Fall müsste das Problem jetzt aus der Welt sein, oder?«

Wolfgang sieht mich misstrauisch an. »Worauf willst du hinaus?«

»Wenn du richtigliegst, spricht nichts dagegen weiterzuwandern.«

Mein Kollege verdreht die Augen. »Du bist doch irre. Meinst du, das steht überhaupt noch zur Debatte?«

»Das werden wir gleich sehen«, antworte ich und spüre wieder diesen verdammten Hustenreiz, der mich schon den ganzen Tag quält. Ich räuspere mich und nehme einen großen Schluck Wasser aus meiner Trinkflasche.

Wolfgang legt den Mund schief. »›Toni, den besten Eindruck machst du nicht. Mit einer Rauchvergiftung ist nicht zu spaßen.«

»Ein Grund mehr, jetzt meinen Schlafplatz aufzusuchen. Hältst du mich bitte auf dem Laufenden?«

»Hab ich eine Wahl?« Wolfgang schaut auf das Fellpaket in seinem Schoß. »Das heißt, ich muss mich auch wieder vom Güntherlein verabschieden. Pass gut auf Toni auf, wir wissen ja, sie ist leider nicht sehr vernünftig«, erinnert er den Hund.

Der doppelte Dackelblick, den mir die beiden nach diesen Worten zuwerfen, ist zugegeben süß, aber bringt mich nicht von meinem Plan ab. Ich bin bestimmt nicht scharf darauf, die Tour fortzusetzen, doch die Sache ist noch nicht zu Ende. Das sagt mir mein Gefühl.

ALTE BEKANNTE TREFFEN EIN

Campingplatz in Losheim am See
12.06.2023
Günther, der Dackel

Betrüblich ist sie schon, die Trennung von meinem Kumpel Wolfgang. Ihm stehen dicke Tränen in den Augen, ich hingegen bin ehrlich gesagt noch gar nicht so richtig satt. Ein paar Leckerlis mehr hätten es schon sein können.

Schade, denke ich, denn eigentlich könnte mit dem grausamen Happening an der Kneippanlage und der Festnahme Kolas die Wanderei endlich ausgestanden sein. Aber Pustekuchen. Die Zeit bei der Polizei hat wohl auf mich abgefärbt. Jetzt will ich wissen, wer hinter all dem steckt, und denjenigen in Handschellen sehen. Toni geht es wie mir, in der Geschichte steht noch etwas aus, das spüren wir beide. Solange die Angelegenheit noch nicht in trockenen Tüchern ist, ist es viel zu riskant, die Gruppe sich selbst zu überlassen.

Also ist unser Schicksal besiegelt: Die Tour geht für uns weiter. Gemeinsam machen wir uns zu Fuß auf den Weg zur heutigen Unterkunft, einem Glamping Camp. Dort hockt der traurige Rest unserer Gruppe an einer Feuerstelle in der Mitte des ungewöhnlichen Zeltlagers und blickt in das nicht vorhandene Flammenmeer. Alles andere wäre auch unverantwortlich, denn trotz Abendzeit brutzelt die Sonne mit noch über 30 Grad gnadenlos auf uns herab.

»Wenn die Sache geklärt ist und Kola hinter all dem steckt, gibt es keinen Grund, die Wanderung abzubrechen«, meint Felix Brecht gerade. »Das mit den Senioren ist sehr tragisch, ohne jeden Zweifel, aber wollen wir uns deshalb den Spaß an der Tour nehmen lassen?« Brecht ist kalt wie ein Fisch, erkenne ich nicht zum ersten Mal.

»Das ist eine seltsame Sichtweise. Ein Mensch ist gestorben, und genauso gut hätte es einen von uns erwischen können«, fasst Hoseok die Lage nach meinem Empfinden weitaus treffender zusammen.

»Der alte Mann sah furchtbar aus«, murmelt Regine. »Habt ihr sein Gesicht gesehen?« Tränen laufen ihr über die Wangen. Das arme Ding, ich geselle mich zu ihr. Toni macht keine Anstalten, mich davon abzuhalten.

»Na ja, was soll man da sagen, alte Menschen sind meist grundsätzlich eher keine Naturschön…«, beginnt Brecht.

»Spar dir den Spruch!«, warnt Toni.

Brecht verstummt und betretenes Schweigen breitet sich aus.

Es ist Regine, die schließlich die Stille durchbricht. »Ehrlich gesagt will ich am liebsten nach Hause«, beginnt sie und spielt mit dem Kragen ihres Polohemdes. »Aber zum einen habe ich keine Lust, dort nach der ganzen Geschichte allein zu sein, und zum anderen will ich die Sache unbedingt zu Ende bringen. Jetzt aufzugeben, kommt mir irgendwie falsch vor.«

Einige in der Runde nicken.

»Ich kneife genauso wenig«, beteuert Walli. »Ich habe schon Schlimmeres erlebt. Damals in Brasilien war es noch eine Nummer härter.«

»Bitte, keine Einzelheiten«, wünscht sich die van der Pütten von Walli. »Nun, ich bin euer Coach«, wendet sie sich an die ganze Gruppe. »Wenn ihr die Tour fortsetzen wollt, lasse ich euch nicht im Stich.«

»Ich bin auch mit dabei«, fasst sich Toni kurz.

»Ich ebenfalls«, meldet sich Hoseok zu Wort. »Für die Tour habe ich mir auf dem Weingut extra ein paar Tage freigekämpft. Es ist Jahre her, dass ich mal Zeit für mich hatte. Wenn ich jetzt zurückkomme, erwartet mich nur Arbeit.«

»Antje, wenn du die Tour nicht fortsetzen möchtest, können wir das gut verstehen«, richtet sich die van der Pütten an die Bloggerin, die bisher kein einziges Wort gesagt hat. Ihr Mann wurde eben von der Polizei abgeführt, und die Aussichten dürften für ihn nicht die besten sein. Wer würde da nicht das Handtuch werfen wollen?

»Ich gehe mit euch. Auf halbem Weg umkehren ist nicht mein Ding. Kola würde von mir erwarten, dass ich nicht aufgebe«, antwortet Antje kämpferisch.

Oha! Respekt, denke ich. Die junge Bloggerin hat zweifellos Schneid und Charakter.

»Dat heißt, wir sind uns einig«, fasst die van der Pütten das Ergebnis zusammen. »Wir wandern gemeinsam weiter. Demnach würde ich vorschlagen: Wir beziehen jetzt unsere heutige Unterkunft. Ihr werdet sehen, Campen kann äußerst komfortabel sein. In den Glamping-Zelten gibt es echte Betten, Strom und was man sonst so braucht. Ihr habt die Wahl zwischen Lodges groß genug für eine ganze Familie und welchen für zwei Personen. Und noch was für später: Es gibt eine gut ausgestattete Open-Air-Küche. Dat heißt, heute Abend wird gemeinsam gekocht. Der Veranstalter hat uns dafür ein saarländisches Grillpaket zur Verfügung gestellt. Wisst ihr schon, wer wohin will?«

»Also, Yoshi und ich nehmen eine Zwei-Personen-Lodge – im weitesten Sinne sind wir schließlich zwei Mann.«

Die Stimme kommt mir bekannt vor und das dunkle Bellen, das auf die Worte folgt, auch. Wir alle drehen unsere Köpfe in Richtung See, wo die Sonne inzwischen tief steht. Die Schemen eines großen, athletischen Mannes sind auszumachen und daneben die Konturen eines Hundes. Wobei beim Wort Hund womöglich die falschen Assoziationen geweckt werden könnten. Es handelt sich nicht um ein wohlproportioniertes, entzückendes Kerlchen wie mich. Das, was in diesen Sekunden auf uns zustampft, bringt gute 50 Kilo Lebendgewicht auf die Waage. Beim Zusammenstellen der Einzelkomponenten für dieses hundeähnliche Tier hat sich jemand extrem verrechnet, was die Dimensionen angeht. Sonst würde der Schädel mit dem astronomisch großen Maul und der breiten Nase ganz sicher nicht von zwei zierlichen Hängeohren in Dreiecksformat geziert.

Der fatalste »Konstruktionsfehler« ist Yoshis extremes Sabberproblem, was ihn jedoch nicht daran hindert, beständig auf Kuschelkurs zu gehen. Genau danach scheint ihm auch jetzt die Laune zu stehen, als er mich in der Gruppe entdeckt. Mit offenem Maul und im Wind flatternder Zunge läuft er auf mich zu. Ich springe auf die Beine. Tripple nervös rückwärts. Geh in die Eisen, alter Knabe, schwirrt mir durch den Kopf. Jetzt ist er nur noch beängstigend wenige Meter von mir entfernt. Langsamer, Junge! Doch auch was die Feinsteuerung angeht, wurde Yoshi nicht gut bedacht. Er walzt ungebremst auf mich zu, und erst die metallenen Füße der Bierzeltgarnitur, auf der die anderen Platz genommen haben, lassen ihn abbremsen. Doof nur, dass ich hierbei als Puffer fungiere.

Während ich meine Knochen ordne, ist Yoshi vor Begeisterung kaum mehr zu bremsen. Mit der Zunge des Grauens leckt er mir quer durchs Gesicht. Einmal, zweimal, unendliche Male. Uah! Ich mag ihn ja auch, aber so viel direkten Körperkontakt bräuchte ich trotzdem nicht.

»Guten Abend«, höre ich Dannhäusers Stimme wie aus weiter Ferne. Durch einen Schleimschleier versuche ich, Toni auszumachen. Der Ausdruck in ihren Augen wechselt von erschrocken auf zornig. Die plötzliche Ankunft der beiden lässt sie dennoch unkommentiert. Das ist leicht zu erklären: Sie will ihre Identität geheim halten. Die van der Pütten hingegen scheint über den Besuch informiert zu sein. Ihr merkt man ebenso wenig an, dass ihr der SEK-ler wohlbekannt ist.

»Hallo, Sie sind vermutlich der ›Nachrutscher‹?«, begrüßt sie den Neuankömmling.

»Genau«, antwortet Dannhäuser. »Ich stand auf der Anmeldeliste. Leider gab's keinen freien Platz mehr. Heute Mittag kam dann ein Anruf rein, dass Teilnehmer kurzfristig ausgefallen seien.«

So kann man das auch in Worte fassen: kurzfristig ausgefallen. Die eine liegt im Koma, und der andere sitzt in Untersuchungshaft. Aber im Großen und Ganzen hat er natürlich recht.

»Mein Name ist Jan-Alexander Dannhäuser, und dieser Prachtkerl neben mir ist mein Freund Yoshi.«

»Ein hübscher Junge. Endlich mal ein echter Hund und nicht so eine kläffende Rennwurst«, verkennt Walli die Realitäten. »Einen Rottweiler hatte ich auch mal. Alpha, das war der beste Hund der Welt.« Bei diesen Worten wird er beinahe rührselig. Einen Rottweiler auf den Namen Alpha zu taufen, derart viel Klischee bringt womöglich nur Walli fertig.

Nun begrüßen die anderen aus der Gruppe Jan-Alexander und stellen sich ihm vor. Sogar Toni zwingt sich zu einem widerwilligen: »Guten Abend, mein Name ist Toni.«

Der kurze Satz bringt die Augen des SEKlers zum Strahlen. »Freut mich sehr, Toni«, entgegnet er. Mannomann, den hat Amors Pfeil wirklich niedergestreckt und ihn offenbar völlig realitätsresistent zurückgelassen. Hat er denn nicht verstanden, dass Toni jedes zwischenmenschliche Szenario ein einziger Gräuel ist? Da könnte Romeo persönlich antanzen und er würde bei Toni abblitzen.

Liebe ist eben nicht immer einfach. Das muss ich im Moment an eigener Haut erfahren: Yoshi fährt voll auf mich ab und kriegt sich gar nicht mehr ein.

Ich muss ehrlich sein, zwischen Yoshi und mir war es keine Liebe auf den ersten und auch nicht auf den zweiten oder zehnten Blick. Mein Kumpel Yoshi hat mit purer Hartnäckigkeit meine Freundschaft gewonnen, anders kann man es nicht sagen. Letztlich habe ich erkannt, was ein treuer, hochanständiger Freund wert ist. Wenn es das kleine Speichelproblem nicht gäbe, na ja, dann wäre der Junge fast perfekt.

»Und jetzt geht's zum Kochen in unsere Outdoorküche«, kündigt die van der Pütten an. »Der Veranstalter hat beim Grillpaket für den Saarlandabend selbstverständlich auch an die Veganer unter uns gedacht.«

Da ist es, das beste Stichwort der Welt: Essen. Von mir aus können wir gerne zum gemütlichen Teil des bisher sehr ungemütlichen Tages übergehen.

Unser Coach kramt einen Zettel aus der Hosentasche und fährt mit der genauen Menüfolge fort. »Zur Vorspeise haben wir ›Saarländischen Lyonerflammkuchen‹. Wahlweise gibt es eine Variante mit Lauch, Tomaten und Zwiebelringen. Hauptgang sind ›Dreierlei Würstchenspieße in Weiß, Rot und Käse‹ sowie klassischer Schwenker und Grünkernfrikadellen. Dazu werden Flûtes und Kartoffelsalat aus Omas Küche gereicht. Zum Dessert sind ›Warme Äppel in Viez‹ vorgesehen.«

Prima, ich bestelle alles außer den mit Früchten viel zu vitaminhaltigen Nachtisch. Im Gegenzug würde ich mir eine doppelte Portion der fleischreichen Hauptspeise zumuten.

Im Augenblick heißt es, sich klug zu positionieren – am besten weit entfernt von der Genussbremse Toni und stattdessen extra nah bei der weltbesten Hundeverwöhnerin Regine. Yoshi folgt mir, ohne großes Aufsehen zu erregen, der Junge hat Instinkt.

EXTREMUMSTÄNDE

Fußweg um den Losheimer Stausee
12.06.2023
Antonia Kuppertz

»Hallo? Toni, wartest du bitte mal einen Moment? Wo willst du denn so spät noch hin?«

»An den See, ich will allein sein«, gebe ich Jan-Alexander zur Antwort. Ich glaub's nicht! Erst kommt er auf die irre Idee, sich eigenmächtig der Wandertour anzuschließen, und jetzt verfolgt er mich auch noch auf Schritt und Tritt.

»Ich begleite dich«, ruft er mir durch die Dunkelheit zu.

»Wag es bloß nicht!«

Wenig später ist er schon auf meiner Höhe und schaut mich von der Seite an.

»Was hast du an den Worten ›Ich will allein sein‹ nicht verstanden?«, fahre ich ihn an.

»Allein im Stockfinstern unterwegs zu sein, ist eine ganz blöde Idee. Vor allem, wenn man überlegt, was die letzten Tage alles vorgefallen ist. Ich lass dich nicht aus den Augen – ob's dir gefällt oder nicht.«

Ich bleibe stehen. »Das klingt wie eine Drohung«, zische ich Dannhäuser an.

»Die Alternative ist: Du steigst aus.«

Pah, der hat Vorstellungen. »Kannst du vergessen!«, entgegne ich und nehme wieder Tempo auf.

»Dann wirst du mich die nächsten Tage nicht los. Finde dich damit ab.«

Statt einer Antwort stöhne ich genervt auf. Soll er machen, was er will. Dann rede ich eben kein Wort mehr mit ihm.

»Bist du jetzt sauer?«, hakt er nach, während wir am Seeweg entlanggehen. Eigentlich wollte ich mich für ein Weilchen ans Seeufer setzen, um dem Trupp an ständig quasselnden Leuten für ein paar Minuten zu entgehen und nachdenken zu können. Die Lust auf Seeblick ist mir allerdings in dem Augenblick vergangen, als Jan-Alexander hinter mir aufgetaucht ist. Gegenwärtig ist mir mehr nach Bewegung.

»Wie schnell gehst du denn? Man hat fast das Gefühl, du läufst vor jemandem weg«, bemerkt mein unerwünschter Wegbegleiter.

Das Gefühl täuscht dich nicht, würde ich am liebsten entgegnen, hätte ich mich nicht fürs Dauerschweigen entschieden.

Statt eines Statements erhöhe ich aufs Neue die Geschwindigkeit.

Jan-Alexander auch. »Wenn du vor mir davonrennen willst, tut es mir leid, da hast du dir den Falschen ausgesucht. Ich hab als Jugendlicher im Leichtathletikverein trainiert und war mal mit der Staffel Saarlandmeister.«

Der Typ ist so ein Streber, denke ich. Ich lege trotzdem noch einen Zahn zu. Volles Tempo. Wir sind auf Höhe des Seegartens und Bistros. Ich spüre meine von den Wanderetappen schweren Waden, doch ich lasse nicht nach.

Es geht kurz bergab, in einem kleinen Waldstück wieder hinauf, und bald schon erreichen wir die Seehotels und das Strandbad. Jan-Alexander klebt wie eine Klette an mir.

Ich habe so eine Stinkwut im Bauch. Ich könnte ihn glatt vermöbeln, so genervt bin ich.

Aber vermutlich war er nicht nur im Leichtathletikverein, garantiert hat er obendrein irgendeinen Gürtel in Karate oder Taekwondo und könnte mich völlig schmerzfrei kampfunfähig machen. Am Ende würde er sich, um dem Ganzen das i-Tüpfelchen aufzusetzen, noch bei mir dafür entschuldigen. Genau so ein Typ ist dieser Jan-Alexander. Keine Ecken und Kanten. So etwas von unangenehm perfekt und übereifrig, das kann ich auf den Tod nicht ausstehen.

Erst als wir die beiden Holzstege zum See erreichen, ist Sense. Ich kann nicht mehr. Außer Puste stütze ich die Arme auf meinen Knien ab. In der Brust bohrt es, mein Hals brennt. Ich versuche, meinen Atem wieder in den Griff zu bekommen, und blicke auf den See. Der Halbmond lässt die feinen Wellen auf der Wasseroberfläche glitzern, die Tretboote am Rand des Steges schaukeln sanft auf und ab. Es kommt mir fast vor, als würde ich am Meer stehen.

»Alles gut bei dir?«, will mein lästiger Weggefährte wissen.

Ich atme weiterhin schwer und muss trotz aller Selbstbeherrschung hüsteln.

»Du machst Sachen! Der Arzt hat bei dir gestern Nacht eine Rauchvergiftung diagnostiziert, und jetzt rennst du dir die Seele aus dem Leib. Echt!«

Trottel, denke ich, und dann kriege ich mich vor Hustenreiz fast gar nicht mehr ein.

»Willst du dich nicht mal kurz hinsetzen?« Jan-Alexander greift nach meinem Ellenbogen.

Ich schüttle den Kopf und stoße ihn weg.

Er lässt von mir ab und schaut mich besorgt von der Seite an. Der Kerl ist echt nicht loszukriegen. »Ist dir schwindelig?«

Nein, ist mir nicht. Er soll einfach die Fliege machen, ich habe kein Interesse. Wie kann man derart schwer von Begriff sein?

Sein blödes After Shave weht mir um die Nase. Dieser fürchterliche Geruch!

»Soll ich dir im Seerestaurant etwas zu trinken organisieren?«, bietet er mir an, da habe ich ihn auch schon an mich herangezogen.

Keine Ahnung, warum. Vermutlich aufgrund des ganzen Stresses. Wegen des alten Mannes, dessen letzte Atemzüge ich heute hören musste. Wegen des Zischens der Flammen im Hotel in Mettlach, und vielleicht ist auch die Erinnerung an Conny, die bewusstlos auf mir lag, daran schuld. Was weiß ich! Ich befinde mich in einer Ausnahmesituation. Das ist die Erklärung.

Ich küsse ihn. Nur ein einziges Mal, verspreche ich mir. Vielleicht fühlt sich die Welt danach ein kleines Stück besser an.

SAAR-HUNSRÜCK-STEIG

4. Etappe
Vom Losheimer Stausee zum Parkhotel
am Weiskircher Kurpark
Strecke: 19,9 km
Dauer: 5:30 h
Höhenmeter: ∧480 m ∨450 m

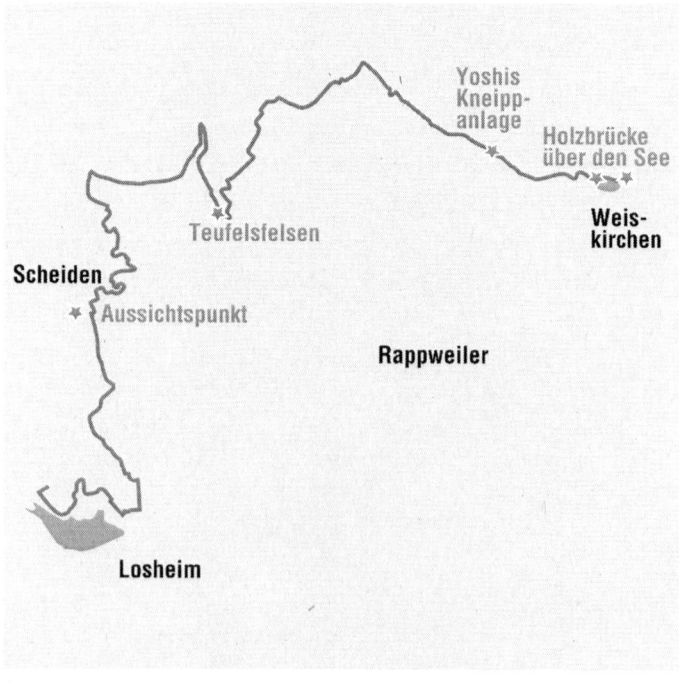

RÜCKRUF BEIM TROUBLEMAKER

An der Camperia des Campingplatzes
am Losheimer Stausee
13.06.2023
Felix Brecht

Es ist gar nicht so leicht, ein Plätzchen zu finden, an dem ich ungestört telefonieren kann. Ich habe mir einen Kaffee aus der Camperia, dem Campingplatz-Bistro, geholt und lasse mich draußen auf einem der Europaletten-Sofas nieder. Zum Glück ist noch kaum jemand auf den Beinen, und ich habe meine Ruhe. Die perfekte Zeit für den Rückruf beim Troublemaker.

»Wie schön, Herr Lambrecht, dass ich Sie gleich höchstpersönlich am Apparat habe«, fange ich das Gespräch betont freundlich an. Dabei wittere ich bereits, dass Lambrecht vom Tourismusverband Großes-im-Kleinen mich bestimmt nicht aus purer guter Laune angerufen hat. Der möchte garantiert wieder mosern. »Herr Lambrecht, Sie haben gestern Abend versucht, mich zu erreichen. Da war ich leider verhindert. Was gab es denn?«

»Na, Sie sind gut. Als ob man sich das nicht denken könnte.« Sein Ton ist patzig.

Ich bin professionell genug, das zu ignorieren. »Sie meinen die unglücklichen Zufälle auf der Strecke? Ach, so was kann immer mal passieren.«

»Nicht Ihr Ernst! Zwei Tote und mehrere Schwerverletzte, wenn das Ihre Bilanz nach drei Tagen Wandern ist, wird sich die Zahl unserer Touristen wohl mit den Jahren deutlich dezimieren.«

Was für eine pessimistische Sichtweise, rege ich mich in Gedanken auf. Der Typ bastelt aus kleinsten Angelegenheiten eine Riesengeschichte. »Ach ja. Das war Pech gestern. Zur falschen Zeit am falschen Ort, wie man so sagt. Aber die Unannehmlichkeiten sind aus der Welt, das versichere ich Ihnen. Der dafür Verantwortliche wurde kurze Zeit später festgesetzt.«

»Aha«, sagt Lambrecht lediglich.

»Übrigens hatten wir gestern einen saarländischen Grillabend. Gut gelaunte Menschen, und im Hintergrund ging die Sonne am Losheimer Stausee unter. Sie werden begeistert von den Aufnahmen sein, aber so was von. Für das, was ich für die Zukunft plane, braucht es natürlich noch mehr Glamour und Ausnahmecharakter, daran arbeiten wir noch. Vielleicht könnten wir die Betreiber des Campingplatzes überzeugen, dass sie das Glamping Camp mit einigen zusätzlichen Extras aufmöbeln. Luxus und Naturfeeling schließen sich nicht gegenseitig aus. Ich dachte da an einen Großbildschirm für den Abend und fest installierten Heizpilzen, damit niemand draußen frieren muss. Außerdem sollte man einen Concierge-Service anbieten – optionale Pakete mit allen denkbaren Sonderwünschen. Noch so nebenbei: Das mit dem Saarland-Paket war schön und nett, doch wer will schon Gerichte aus Omas Zeiten essen? Ich wäre für einen hinzubuchbaren Koch mit Rang und Namen.«

Lambrecht antwortet mit einem mürrischen: »Weiß nicht, ob das so im Sinne des Erfinders ist. Touristen, die in Losheim Urlaub machen, wollen einfach nur im Grünen campen, die Seesicht genießen und sich entspannen.«

»Feriengäste schätzen Außergewöhnliches.«

»Also wenn ich im Urlaub bin, will ich mal vom Alltag abschalten und keinen zusätzlichen Stress.«

Ich verdrehe die Augen. Der Kerl ist so was von vorgestern. Wer im Urlaub ausspannen will, gibt kaum Geld aus. Diese Art von Kunden kann man sich schenken. Der Rubel rollt nur, wenn das Angebot stimmt. »Ganz ehrlich, Herr Lambrecht, was ich Ihnen jetzt sage, klingt vielleicht nicht sehr charmant, aber es ist ehrlich und auch statistisch belegt: Der Tourist von heute will ausgenommen werden – und zwar wie eine Weihnachtsgans. Völlig egal, wie es wirtschaftlich aussieht, auf Reisen sitzt das Geld locker. Außerdem geht es den meisten Gästen um die Selbstdarstellung. Deren Follower bei Instagram und Co. müssen nur so platzen vor Neid. Für die entsprechenden Anlässe mit Ausnahmecharakter müssen wir sorgen. Wenn *wir* den Gästen solche Wünsche in Saarland und Hunsrück nicht erfüllen, holen sie sich das woanders.«

»Das würde ich so nicht unterschreiben. Unsere Gäste sind eher die Naturtypen, die Tamtam aus dem Weg gehen. Slow Tourismus – mit dem Konzept sind wir all die Jahre gut gefahren und erfahren zunehmend Zuspruch. Die Gästezahlen steigen.«

»Zuwächse müssen heute weit schneller generiert werden. Entweder man hat die Nase vorne oder man wird eines Tages komplett abgehängt – das sind die Gesetze des Marktes. Die Evolution geht keine Kompromisse ein.«

Lambrecht holt auf der anderen Seite der Leitung laut Luft. Die Wahrheit scheint ihm nicht zu schmecken.

»Warten Sie mal ab. Heute steigern wir uns noch. Das Event am Abend wird einschlagen wie eine Bombe«, stelle ich Lambrecht in Aussicht. »Zwei saarländische Stars zum Anfassen, das ist ein originäres Erlebnis, und das werden die Gäste lieben. Unser Kunstgriff wird es sein, mit dem Ausnahmecharakter der Region zu punkten. Dass das winzige Saarland die Feinschmeckerregion schlechthin ist und mit elf Michelin-Sternen auftrumpfen kann, weiß doch im Rest von Deutschland kaum wer. Das Thema werden wir in Zukunft ausschlachten.«

»Ausschlachten, Herr Brecht, das klingt furchtbar. So etwas ist ganz und gar nicht unsere Linie. Es tut mir leid, Ihnen das sagen zu müssen, doch ich habe das Gefühl, dass ich vielleicht mal mit dem Deutschen Tourismusverband sprechen sollte. Ich bin mir nicht sicher, ob man dort so mit Ihrem Konzept einher…«

Auf solche Situationen bin ich vorbereitet. Ich lege das Smartphone auf die Sitzfläche des Palettensofas und reibe direkt daneben kräftig mit den Händen über den groben Stoff.

»Hallo? Ich höre Sie nicht mehr«, rufe ich in Richtung Telefon. Ein Mann, der aus der Camperia tritt und an mir vorbeigeht, schaut mich verwundert an. Er muss mich für verrückt halten. Aber egal. »Wie ärgerlich, die Verbindung zu Ihnen ist ganz schlecht.« Ich grinse. Die Wortwahl trifft es ziemlich genau, meine Verbindung zu diesem Lambrecht ist extrem mies. »Dieses Problem steht für die Zukunft auch auf der Agenda. Breitbandausbau. Hallo …, Herr Lambrecht?«

Zeit aufzulegen. Ich bin echt angefressen. Bisher war mir Lambrecht nur lästig gewesen, das eben jedoch war eine Kriegserklärung. Dem werde ich es zeigen! Sobald die Kampagne durchgewunken ist, werde ich mich bei den richtigen Leuten dafür starkmachen, dass Lambrecht in Frührente geschickt wird. Das wäre nicht der erste »alte Hase«, den ich abserviere. Letztlich ist das Schadensbegrenzung. Im Ruhestand kann Lambrecht wenigstens nichts mehr anstellen.

Bloß nicht aufregen, sage ich mir, es steht Wichtiges an. Der Kauf der Parzelle in Perl müsste mit dem heutigen Tag eigentlich unter Dach und Fach sein. Ich rufe in Köln in der Zentrale an.

»Adrenalin Innovationsmanagement Köln, Marcel Diel. Was kann ich für Sie tun?«

»Ich bin's, Felix. Ich wollte mal hören, wie es mit dem Kauf aussieht.«

»Hallo, Felix. Alles wie geplant. Die Sache läuft. Jetzt müssen wir nur noch den Pächter loswerden. Das kann sich in die Länge ziehen, meinte unser Anwalt gestern.«

Wenn ich so was höre, krieg ich Hörner. »Marcel, wie lange arbeitest du schon für mich?«

»Im Herbst sind es zwei Jahre.«

»Und was sage ich dir immer?«

»Führ mich zum Schotter?«

Meine Herren! Bin ich denn ausschließlich von Idioten umgeben? »Ich meine zum Thema Probleme«, zwinge ich mich so freundlich wie möglich zu sagen.

»Ach so, darauf willst du hinaus. Probleme wälzt man nicht, man löst sie. Meinst du das?«

»Genau das meinte ich. Und das heißt für dich?«

»Ich geh die Herausforderung an«, gibt Marcel folgsam zurück.

»Genau. Wie du das anstellst, ist mir wurscht. Das Budget steht bereit, darüber kannst du frei verfügen. Sei einfach ein bisschen kreativ, und vergiss nicht: Du steckst mit deinem Geld auch mit drin. Wenn an dem ollen Weinberg erst einmal unsere Pläne verwirklicht werden, bekommst du locker das Fünffache retour. Wir halten gleich zweimal das Portemonnaie auf. Einmal als Berater und obendrein – und das wird sich richtig lohnen – als Eigentümer des bald sehr gefragten Weinberges.«

»Weiß ich. Ich bin dran an der Sache. So einfach, wie du dir das vorstellst, ist es nicht. Der Pächter hat einen Fortsetzungsanspruch, auch wenn die Parzelle uns gehört …«

»Erspar mir die Einzelheiten, leg dich lieber ins Zeug.«

Marcel gibt keinen Pieps mehr von sich. Ich kann ihn mir bildlich vorstellen mit seinem Ich-hab-Migräne-Blick und dem auf der Hand abgestützten Kinn an seinem adretten Schreibtisch mit Aussicht auf Rhein und Dom. Die Nervensäge weiß überhaupt nicht, wie gut sie es bei mir hat.

Es zieht sich in die Länge, bis ein gequältes »Alles klar, Chef, wird erledigt« erklingt.

Na also, denke ich, das läuft. Wie sagte Steve Jobs einmal in dem Zusammenhang? Ungefähr so was wie es sei nicht seine Aufgabe, es den Leuten leicht zu machen. Sein Ziel wäre es, sie besser zu machen. In dem Sinne habe ich Marcel über Jahre hinweg modelliert. Zuweilen ist der Junge zwar immer noch anstrengend, aber ist er erst einmal wieder eingenordet, macht er keinen schlechten Job.

»Ich melde mich die Tage bei dir«, sage ich und lege auf.

Nun zum Privaten. Ich habe etwas äußerst Drängendes zu erledigen. Schon viel zu lange habe ich nichts mehr von Coconut gehört. Das ist ungewöhnlich, fast besorgniserregend. Ich öffne den Privatchat meiner Flirt App. Heute ist bestimmt eine Nachricht von ihr in meinem Postkasten, das spüre ich.

Aber ich werde enttäuscht. Wieder keine Neuigkeiten von ihr. Mist! Ich muss zugeben, dass mir das zusetzt. Die Geschichte mit Coconut läuft bestimmt schon seit zwei Jahren. Mehrmals am Tag schreiben wir uns normalerweise, und zuweilen geht es heiß her, und das, ohne die Kleine jemals getroffen zu haben. Zwei Jahre, das ist länger als jede meiner anderen Beziehungen, wenn man von meiner Ehe absieht. Aber das zählt nicht, denn die würde ich allein aus wirtschaftlichen Aspekten niemals in Gefahr bringen. Vielleicht ist Coconut sauer, überlege ich.

Meiner Ansicht nach ist die Tatsache, dass wir uns nie getroffen haben, einer der größten Vorteile der Beziehung von Coco und mir. In letzter Zeit habe ich mir allerdings öfter die Frage gestellt, wie lange das noch gut gehen kann. Vielleicht ist das der Grund für ihr Schweigen, überlege ich. Oder ihr ist irgendetwas zugestoßen.

Ich schreibe ihr eine weitere Nachricht und trage extradick auf. Reumütig bis zum Letzten, das zieht immer:

MisterLoverLover: He, Schatzi, du Traum meiner
schlaflosen Nächte. Ich mache mir
Sorgen. Melde dich bitte, damit ich
weiß, dass es dir gut geht. Wenigstens das.
Bitte!!!!!
Wenn ich etwas falsch gemacht haben
sollte, sag es mir. Ich bringe alles
wieder in Ordnung, EGAL WIE: Schreib
mir bitte zurück, mein Engel. Mir geht
es hundeelend ohne dich.
Du bist doch die Einzige für mich! :(:(:(

WETTEN, DATT DAT EINE RIESENÜBERRASCHUNG WIRD!

Campingplatz des Losheimer Stausees
13.06.2023
Lodi van der Pütten

Die Sonne strahlt in bester Laune auf uns herab. Es kommt allmählich Leben ins Camp. Die ersten Reißverschlüsse an den runden, weißen Zelten, die aussehen wie Jurten, öffnen sich, und müde Köpfe strecken sich heraus.

Ich bin nervös. Dabei dauert es noch ewig bis zum Abend. Um mich auf andere Gedanken zu bringen, habe ich bereits in der Outdoorküche für die Gruppe Kaffee aufgebrüht. Die frisch angelieferten Frühstücksbrötchen, Marmelade, Butter und was es sonst noch braucht, stehen ebenfalls schon auf dem Tisch bereit.

Heute ist Pünktlichkeit von enorm großer Bedeutung, denn am Ziel der Etappe erwartet uns ein absolutes Großereignis. Da dies eine Überraschung bleiben soll, behalte ich die geniale Nachricht für mich. Dabei bin ich der wohl größte Fan überhaupt. Seit Jahren habe ich keine einzige Folge verpasst. Wahrscheinlich könnte ich sogar bei »Wetten, dass …?« auftreten und jedes beliebige Gericht aus den mittlerweile über hundert Sendungen mit allen nötigen Zutaten aufzählen.

»Kommt in die Gänge, Leute, heute haben wir zwar

keine lange, aber eine imposante und nicht ganz leichte Etappe vor uns«, treibe ich die Gruppe an. Gestern Abend ist es spät geworden. Trotz der schlimmen Ereignisse am Mittag war es zum ersten Mal ein richtig gemütliches Miteinander. Genau so, wie man es sich für eine Wandertour wünscht.

Auch wenn die letzten drei Tage der pure Wahnsinn waren, ist eins klar: Mit Kolas Festnahme gestern sind all unsere Probleme aus der Welt. Die Wanderung kann nun normal weitergehen, wenn man von der Sensation an unserem Zielort absieht.

»Hopp, hopp, hopp«, stachle ich die anderen nochmals an.

Wir könnten schon längst unterwegs sein.

Kurze Zeit später trifft unser Gepäckservice ein. Nach weiteren fünf Minuten stehen alle pünktlich zum Tourstart auf der Matte. Perfekt, freue ich mich. Es ist genau wie auf dem Seminar angekündigt: Sobald sich das Team zusammengerauft hat, läuft es wie am Schnürchen. Auch wenn sich in unserem Fall die Gruppe dafür erst einmal erheblich reduzieren musste.

Sogar Brecht wirkte gestern Abend zufrieden. Beim Grillen hat er eine Menge Fotos geschossen. Mit dem Ergebnis könnte man womöglich die kompletten Tourismuszentralen von Saarland und Hunsrück tapezieren. Fast jeden Schuss hat er mit den Worten »Wow, fantastisch« kommentiert. Er ist und bleibt ein Idiot, aber als zufriedener Idiot ist er mir weitaus lieber. Wenn die kommenden Tage nach Wunsch verlaufen, ist mein Riesenproblem gegen Ende der Tour gelöst.

»Und ab die Post«, eröffne ich unseren vierten Tourtag mit dem Ziel Weiskirchen. Ich übernehme diesmal die

Spitze. Wenn wir pünktlich ankommen wollen – und das will ich partout – muss einer, wie ein Pacemaker bei einem Marathon, das Tempo hochhalten.

Die ersten zwei, drei Kilometer sind schnell hinter uns gebracht. Danach wird die Strecke anspruchsvoller. In Richtung Scheiden führt der Weg stramm bergauf.

»Gleich erreichen wir den höchstgelegenen Ort des Saarlandes. Von Scheiden aus hat man eine Wahnsinnsaussicht auf die umliegende Region«, sporne ich die Gruppe an. »Danach erreichen wir einen spektakulären, bundesweit hochgelobten Abschnitt – wir wandern über eine der schönsten Etappen des Losheimer Felsenweges. Er ist vor Kurzem zum besten Premiumwanderweg Deutschlands außerhalb der Alpen prämiert worden.«

Walli pfeift durch die Zähne. »Bin ich mal gespannt, ob er mit der Tour in Kanada mithalten kann.«

»Klar kann er dat«, behaupte ich. Inwieweit das der Wahrheit entspricht, weiß ich ehrlich gesagt nicht. Genau genommen habe ich von den Attraktionen wie Bärenfels oder Teufelsfelsen erst gestern aus dem Internet erfahren. Improvisation ist mein Geheimnis.

Mir ist sowieso schnuppe, was die Strecke heute zu bieten hat, das Event am Abend kann für mich rein gar nichts toppen. Es kommt nicht oft vor, aber ich bin verdammt aufgeregt. Was, wenn ich etwas Dummes sage? Oder kein Wort rausbringe?

Ach Unsinn, rede ich mir selbst gut zu. Der Cliff ist ein normaler, bodenständiger Typ. So wie ich und du. Auch wenn er die Metzgerei seines Vaters und den kleinen Imbiss in ein Sternerestaurant verwandelt hat, steht er immer noch mit beiden Beinen auf dem Boden der Tatsachen – das weiß jeder, der seine Sendungen schaut.

Es wird also ein völlig entspannter Abend. Vorausgesetzt natürlich, ich verliere nicht vorher vor Aufregung das Bewusstsein.

NEUE VERSORGUNGSPUNKTE

Felsenpfad Waldhölzbach
13.06.2023
Günther, der Dackel

Ach, das Leben ist herrlich. Entgegen aller Befürchtungen wird auf dieser Tour aufs Beste für mein Wohlergehen gesorgt, und so konnte ich wieder einmal auf die morgendliche Trauerspeise, die mir Toni auftischen wollte, getrost verzichten.

Mit dem Eintreffen von Yoshi am gestrigen Abend hat sich eine zusätzliche Versorgungsquelle aufgetan. Dass so ein Riesenhund enorm viel Verpflegung braucht, steht schließlich außer Frage, und dass echte Freunde miteinander teilen, ebenso.

Ich habe ein gutes Gefühl, das nennt man wohl gemeinhin Urlaubsfeeling. Ein voller Bauch, dazu ein wolkenloser Himmel und eine Etappe, die mit einer Menge Bachpassagen, Stegen und fast hollywoodreifen Felsformationen selbst mich begeistern kann. Dazu noch einen vierbeinigen Begleiter an meiner Seite – was will man mehr?

Außerdem hat die van der Pütten für heute Abend eine Überraschung angekündigt, und ich halte es für nicht unwahrscheinlich, dass damit ein großes kulinarisches Gelage gemeint ist.

Ich schaue zu meiner Arbeitskollegin. So wie es aussieht, können die wunderbaren Umstände dieses traumhaften Morgens Toni nicht gleichermaßen verzaubern. Heute spielt sie wieder ihre Lieblingsrolle: Ganztagsmuffel. Sie zieht ein Gesicht, als hätte ihr jemand die Dienstwaffe gestohlen. Da hilft nur Abstand halten, denn miese Laune ist zweifellos ansteckend. Unser junger Weinbauer, dessen Miene normalerweise nur wenig von seiner inneren Verfasstheit erzählt, scheint sich schon infiziert zu haben. Auch er macht einen niedergeschlagenen Eindruck.

Mensch, denke ich, die beiden sollten sich mal ein Beispiel an Antje nehmen. Obwohl ihr Mann gestern festgenommen wurde, hat sie bisher kein einziges Mal gejammert. Sie beißt sich durch. Eben hat sie davon erzählt, dass sie in aller Früh, als die meisten noch in ihren Lagern poften, am See gesessen hat und einen neuen Blogeintrag eingestellt hat. Das Mädel hat eben Biss.

Wir zwei Goldjungs und die zauberhafte Regine tun es ihr gleich. Wir nehmen mit, was uns das Leben bietet. Der Frau mit dem größten Herzen der Welt ist es sogar gelungen, dem Dannhäuser Yoshi für die Dauer der Tagestour abzuschwatzen, und so meistern wir drei gemeinsam das große Felsenabenteuer.

Es ist märchenhaft schön hier. Zudem genieße ich die Vorteile des Klein-und-süß-Seins, denn über die besonders steinigen Hindernisse werde ich höchstpersönlich von Regine getragen. Ein Reiseluxus, den Regine dem Klops Yoshi trotz seines Winselns nicht bieten kann. Tja, denke ich, vielleicht sollte er sich mal von der Altmüller aus der Diätabteilung beraten lassen.

»Demnächst erreichen wir den Teufelsfelsen«, kündigt die van der Pütten an.

Teufel, das lässt mich aufhorchen. Beim Anblick der in der Höhe gelegenen, scharfkantigen Felswände wird mir ganz anders. Das wäre der Klassiker für das Ende eines Krimis. Als Übeltäter würde ich mir genau diesen Ort als Highlight für den Showdown aufheben.

Ohne dass ich etwas dagegen tun kann, kommt mit einem Mal eine fast erstickende Beklommenheit in mir hoch. Die Landschaft um uns herum, die kantigen Felsen und Bäume triggern mich und lassen die Erfahrungen der letzten Tage hochkochen. Der Brand, der Ohnmächtige in Orscholz und insbesondere der Moment in der Keuchinger Schweiz, als ich die anderen fast in die Saar verschwinden sah. Was könnte uns hier bevorstehen, falls wir doch nicht den richtigen Täter dingfest gemacht haben?

Mein Herz pocht, ich beginne zu hecheln.

»Alles gut, Güntherlein?«, erkundigt sich Regine, die mich seit einer Weile trägt. Sie krault mir beruhigend über den Rücken. »Keine Sorge, Kleiner, ich pass auf dich auf«, schickt sie hinterher.

Das tut gut. Sie hat recht. Ich muss mich selbst zur Räson rufen. Was gegenwärtig in meinem Hirn als Kopfkino abläuft, ist ausnahmslos das Ergebnis meiner blühenden Fantasie. Die spielt mir Streiche. Es gibt keinen einzigen Anhaltspunkt dafür, dass die Polizei falschgelegen haben könnte. Mit Kolas Festnahme hat der Spuk endlich ein Ende.

In der Tat beweist sich der Teufelsfelsen als ungefährliches und einmaliges Erlebnis. Oben angekommen, nimmt Regine mit mir auf einer hölzernen Hollywoodschaukel Platz, und spätestens dort schließe ich mit der Gegend und meinen durchweg unbegründeten Ängsten Frieden.

Gleich danach braucht es noch mal Mut. Ein knapp einen Kilometer langer Streifzug ins Ausland, hinüber in dieses kuriose Rheinland-Pfalz, steht an. Diese Region, von der bisher nur seltsame Geschichten an meine Dackelohren gedrungen sind, macht einen harmlosen Eindruck. Fast könnte man sagen, die Rheinland-Pfälzer unterscheiden sich nicht im Geringsten von uns Saarländern. Offenbar ist die Welt doch weit friedlicher, als man gemeinhin so denkt.

Ich bin im Flow, im wahren Wanderflow, als wir in Weiskirchen an der Kneippanlage in der Nähe des Kurhauses einlaufen. Dort zeigt sich, was ein echter Wanderhund mit Erfahrung ist. Während ich mir ein kleines Schlückchen frisches Quellwasser aus dem anliegenden Hölzbach gönne, löscht Yoshi seinen Durst in den kalten Fluten der Kneippanlage. Nun ja, er weiß eben nicht, welche Folgen so ein schlichter Kneippgang haben kann, sage ich mir und halte wie alle sonstigen Mitglieder unserer Gruppe respektvollen Sicherheitsabstand zu der Teufelsanlage.

»Yoshi, sofort bei Fuß«, fordert Dannhäuser. Doch der Kollege auf vier Pfoten schaltet die Ohren auf Durchzug. Als Schrecken der anwesenden Senioren watet er durch das Becken, während seine Schnauze sperrangelweit offen steht. Optisch ähnlich wie der weiße Hai, kurz bevor das Wasser rot wird. Das ist Yoshi, wie er leibt und lebt.

Dannhäuser greift ein. Mit »Verdammt noch mal, so was gibt's doch nicht« zerrt er gute 50 Kilo pudelnassen Yoshi am Halsband aus dem Becken. Mit schuldbewusstem Blick und hängenden Dreiecksohren gesellt sich der Junge zurück zur Gruppe, was alle zurückweichen lässt. Ein kluger Impuls, doch die wenigen Schritte reichen für viele nicht aus, um sich aus der Gefahrenzone zu bringen. Mit vollem Ganzkörpereinsatz schüttelt Yoshi das Wasser aus dem Fell, was mit einem mehrstimmigen »Uah« belohnt wird.

Für den Rest der Strecke wird mein Kollege strafversetzt. Nun heißt es für ihn, reumütig bei Fuß weiterzutraben und sich einer Litanei an Vorwürfen zu ergeben. Von mir kann er noch was lernen – man muss nicht immer brav sein, die große Kunst ist es, sich bei den Ausrutschern nicht erwischen zu lassen.

So bringe ich ohne ihn das letzte Stück des Weges zu Ende. Heute steht wieder ein Nobelhotel auf dem Wanderplan – ein Luxus, der mir sehr willkommen ist.

»Die Koffer befinden sich bereits in den Zimmern«, klärt die van der Pütten uns in der Lobby des Parkhotels in Weiskirchen auf. »Putzt euch ein bisschen heraus, es könnte sein, dass uns heute der Saarländische Rundfunk einen Besuch abstattet.«

»Ui! Etwa das Fernsehen?«, erkundigt sich Walli begeistert. Vor seinem geistigen Auge spult sich anscheinend sein Einstieg in eine Filmkarriere ab.

Van der Pütten nickt und hat dabei ein geheimnisvolles Lächeln um den Mund. Keine Ahnung, was es genau ist, doch auf irgendetwas scheint die van der Pütten sich verdammt zu freuen.

Ich bin mehr als gespannt, was da noch auf uns zukommt.

WIR SOLLTEN AUF DER HUT SEIN

In der Lobby des Parkhotels Weiskirchen
13.06.2023
Antonia Kuppertz

»Wir wünschen Ihnen einen wunderbaren Aufenthalt.«
Ich greife nach dem Zimmerschlüssel, den mir die junge
blonde Dame von der Rezeption entgegenhält, um mich auf
den Weg zu machen. »Sekunde bitte, Frau Kuppertz«, hält
die Mitarbeiterin mich zurück. »Für Ihre Gruppe wurde
ein exquisites Wellnessarrangement gebucht. Ihnen soll
es an nichts fehlen. Sie haben freien Eintritt zum angren-
zenden Vitalis Bäderzentrum mit Saunalandschaft. Eine
gepackte Badetasche mit Leihbademantel, Slippern und
Handtüchern liegt in Ihrem Zimmer bereit.« Sie lächelt.
»Zusätzlich erwartet Sie ein Glas Champagner als Begrü-
ßungstrunk und Spa nach Wahl in unserer Beautyfarm Bel
Etage. Was kann ich Besonderes für Sie reservieren? Vielleicht die Beauty-Behandlung mit Enzympeeling, Inten-
sivmaske und wohltuender Massage für Gesicht, Hals und
Dekolleté?«

»Sehe ich aus, als wäre das bei mir nötig?«, stelle ich
eine Gegenfrage.

»Äh, selbstverständlich nicht.« Die Rezeptionistin wirkt
verunsichert. »Das wollte ich damit nicht sagen. Mögli-

cherweise ist die White-Chocolate-Massage mehr nach Ihrem Geschmack oder …«

»Ich soll mich mit Schokolade einbalsamieren lassen?«, kürze ich das Ganze ab. »Glauben Sie, ich will hier meine Zeit verplempern?«

Die Miene der jungen Dame lässt erahnen, dass wohl zahlreiche Gäste mit exakt diesem Wunsch anreisen – sie wollen ihre Freizeit genießen und sich erholen. Die Frau macht genau genommen nur ihren Job, ermahne ich mich selbst. »Sorry für den Ton. Ich bin übernächtigt«, entschuldige ich mich. »Vielen Dank für das Angebot, aber ich möchte weder Champagner noch Spa noch habe ich Lust zu baden.«

Die Dame nickt und sagt freundlich: »Dann wünsche ich Ihnen einen schönen Urlaubstag und gute Erholung im wunderbaren Weiskirchen.«

Erholung, die haben alle gut reden. Ich muss mich sputen. Zum einen, da ich vor dem von Lodi angekündigten Überraschungsevent noch mit Wolfgang telefonieren möchte, und zum anderen, weil ich keinesfalls Jan-Alexander in die Arme laufen will. Mit Günther an der Leine eile ich durch die Gänge. Immer auf der Hut vor einem möglichen Zusammentreffen.

»Das verstehe ich nicht, wie kann es sein, dass Sie mir als mein Anwalt letzte Woche noch den Rat gaben, mir keine Sorgen zu machen, und heute klingt das völlig anders? Sie haben gesagt, selbst wenn der Besitzer wechselt, bleiben die Bedingungen für mich die gleichen.«

Die Stimme kenne ich. Ich deute Günther mit einem auf die Lippen gelegten Finger an, unbedingt leise zu sein, und linse vorsichtig um die nächste Ecke. Dort entdecke ich Hoseok, der an einer der Wände des langen Flures lehnt.

Die eine Hand mit dem Smartphone am Ohr, die andere zu einer Faust geballt. In gleichmäßigem Rhythmus klopft er mit ihr gegen die Wand.

Eins ist offensichtlich: Das Gespräch verläuft nicht nach Wunsch. Mich würde interessieren, worum es dabei geht. Aus diesem Grund trete ich einen Schritt zurück und bringe mich wieder in Deckung.

»Das ist doch wohl die Höhe! Was das angeht, können Sie als Rechtsanwalt vermutlich etwas unternehmen?« Es liegt eine Mischung aus Wut, Vorwurf und Verzweiflung in Hoseoks Stimme.

Nach ein paar Sekunden Pause beginnt der Weinbauer wieder zu sprechen: »Sie sagten, der neue Pächter habe keine Aussichten auf Erfolg.«

Erneut Stille. Hoseok wurde vermutlich von seinem Gesprächspartner unterbrochen.

»Nein. Auf keinen Fall, vergessen Sie's! Auf so einen Deal lasse ich mich nicht ein. Ich will keinen Vergleich. Da geht es nicht nur um Geld. In den Weinbergen steckt jahrelange Arbeit. Sie sind die Grundlage meiner Existenz. Ich habe Mitarbeiter, für die ich Verantwortung …«

»Guten Abend, Frau Mata Hari.«

Ich fahre zusammen und drehe mich um.

»Wieder in geheimer Mission unterwegs?«, will Jan-Alexander wissen. Er freut sich merklich, mich derart erschreckt zu haben.

»Pst!«, fordere ich und deute ihm mit den Augen an, bloß mucksmäuschenstill zu sein. So ein Depp. Was muss der jetzt auftauchen?

»Von mir aus. Dann telefonieren wir eben die Tage nochmals«, höre ich Hoseok weiterreden. Mist, ein Teil des Gesprächs ist mir entgangen.

Es folgen das Klimpern von Schlüsseln und ein metallisches Klacken. Kurz danach fällt eine Tür ins Schloss.

Das Stichwort für Jan-Alexander. »Kannst du mir mal sagen, was du da machst? Räuber und Gendarm spielen?«

»Ich ermittle.«

»In was für einem Fall denn?«

»Was für eine dumme Frage.«

»Gar nicht dumm. Gestern wurde Kola festgenommen, und das nicht ohne Grund. Auch wenn es für dich sterbenslangweilig klingen sollte, manchmal sind die Verdächtigen, auf die alle Indizien weisen, auch tatsächlich diejenigen, die die krummen Dinger gedreht haben. Das Leben ist kein Sonntagabend-Tatort.«

»Das behauptet auch niemand. Doch was wäre, wenn hinter der Geschichte mehr steckt? Es könnte weitere Attacken geben und schlimmstenfalls neue Opfer.«

»Das ist unwahrscheinlich«, beharrt Jan-Alexander auf seiner Meinung.

»Aber nicht unmöglich, und außerdem, wenn nach deiner Ansicht alles geklärt ist, warum bist du dann hier?«

Er schaut wie ein Fisch auf dem Trockenen und zuckt lediglich mit den Schultern.

»Womöglich einfach nur, um mich vom Arbeiten abzuhalten«, sage ich und blicke vorsichtig um die Ecke.

»Arbeiten? Du bist im Urlaub«, behauptet Jan-Alexander.

»Sagst du!«, halte ich dagegen. Der Flur ist menschenleer. Die Luft ist rein. »Ich muss los«, sage ich schnell.

Jan-Alexander packt mich am Arm.

He, was soll das? Lass los!«, fordere ich. »Oder willst du mich etwa festnehmen, weil ich gelauscht habe?«

»Nein, darum geht es überhaupt nicht«, sprudelt es aus

Jan-Alexander heraus. »Ich will einfach wissen, ob du dich nach der Sache gestern ...«, er murmelt vor sich hin, »... ob du dich nun wieder für Wochen verkriechst?«

»Ich hab mich nicht verkrochen.«

»Na klar hast du das. Du hast nicht auf meine Nachrichten geantwortet, bist nicht ans Telefon gegangen, und in der Kantine warst du auch nicht mehr.«

»Weil ich viel zu tun hatte.«

Jan-Alexander schüttelt den Kopf. »Pff. Unsinn. 24 Stunden am Tag, oder wie? Auch am Wochenende? Fast könnte man meinen, du hast Angst vor mir.«

So ein Schwachsinn! »Denk gar nicht erst daran, an mir herumzupsychologisieren, weil du eine Erklärung brauchst, warum ich nicht auf dich stehe«, rege ich mich auf. Jan-Alexander öffnet den Mund, doch ich lasse ihm keine Chance, weiteren Stuss von sich zu geben. »Das hättest du vermutlich gerne, dass ich wegen dir einen Riesenaufriss veranstalte. Weißt du was? Ich habe eine andere Erklärung für dich, und die wird dir nicht schmecken.« Als ich mit dem Finger auf ihn zeige, kneift Jan-Alexander die Augen zusammen, so wie jemand, der in Kürze ein ziemlich lautes Geräusch erwartet.

Selbst schuld, sage ich mir. Er wollte wissen, was los ist, und jetzt muss er sich die Antwort bis zum Ende anhören. »Vielleicht habe ich auch schlichtweg keinen Bock auf einen selbstgefälligen, besserwisserischen Typen, der sich in alles einmischt und mich meinen Job nicht machen lässt. Hast du diese Möglichkeit mal bedacht?«

Jan-Alexander schließt seinen Mund. Das hat offensichtlich gesessen. Ich nutze die Gelegenheit, seine Hand von meinem Arm zu schieben. Diesmal wehrt er sich nicht. Sein trauriger Dackelblick, als ich ihn stehen lasse, kann

mich weder beeindrucken noch erweichen. Gewissensbisse habe ich keine. Wer austeilt, muss auch einstecken
können. Und wer hat sich denn die dummen Sprüche von
wegen »Du gehst mir aus dem Weg« nicht sparen können?

»Hallo, Wolfgang«, sage ich wenige Minuten später mit
dem Smartphone am Ohr. Mein Zimmer ist ausgesprochen
gemütlich. Ich habe direkten Blick auf den Kurparksee.
»Was gibt es Neues? Hat Kola mittlerweile gestanden?«
Ich schiebe meinen Trolley aus dem Weg und setze mich
auf die Bettkante.

»Schön wär's. Das ist ein ganz harter Knochen. Er
bleibt standhaft bei seiner Version. Angeblich hat er keine
Ahnung, wie der Fernschalter in seinen Rucksack kam«,
entgegnet Wolfgang.

»Nur eine Frage der Zeit«, entgegne ich. »Das kennen
wir doch.«

»Na ja, ich weiß nicht. Tatsächlich gibt es ein paar Unge-
reimtheiten.«

»Was denn?«

»Zum Beispiel, dass Chris von der Spusi auf dem Fernschalter für die Kneippanlage keinerlei Fingerabdrücke
von Kola gefunden hat.«

»Das muss nix heißen, dann hat er Handschuhe getragen.«

»An einem warmen Sommertag, und ihr habt das nicht
mitbekommen?«

Damit hat Wolfgang recht. »Eher unwahrscheinlich«,
räume ich ein.

»Genau so sehe ich das auch. Doch selbst wenn er das
irgendwie geschafft haben sollte, wen genau wollte er
damit ausschalten?«

»Walli, nehme ich mal an. Wen sonst?«

»In Mettlach hing Brechts Uhr am Zaun, und auch die Jacke am Felsen war seine.«

»Stimmt. Das spricht eher für Brecht. Aber einfach nur, weil sie unterwegs eine Meinungsverschiedenheit hatten, begeht man doch kein solches Attentat, das zudem einiges an Vorbereitung braucht«, stelle ich in den Raum.

»Das ist der nächste Haken. Außerdem, wie kann es sein, dass Brecht nebenbei als Fotograf bei der Tour auftritt, wenn er eigentlich der Geschäftsführer einer Beratungsfirma ist?«

»Komisch. Vielleicht bringt die Firma nicht genug Geld ein, und er verdient auf der Fotografenschiene mehr.«

»Eher unwahrscheinlich, weil er derzeit den Auftrag hat, sowohl im Saarland als auch im Hunsrück die Tourismusbranche zu unterstützen.«

»Oha.« Die neuen Infos muss ich in meinem Kopf erst einmal sortieren. »Warum wandert er dann als Fotograf mit?«

»Gute Frage. Und dabei stellt sich gleich noch eine: Wie passt Lodi da hinein? Sie hat uns zwar dein Geschenk vermittelt, aber dass sie selbst als Coach die Tour begleitet, war nie ein Thema.«

»Aha. Vielleicht frage ich sie mal ganz offen, wenn sich eine Gelegenheit ergibt.« Ich schaue auf meine Uhr. »Oh, es wird langsam Zeit. Wir haben gleich einen Termin. Sonst noch was? Was ist mit Hoseok, Walli, Antje und Regine? Hast du die durchleuchtet oder irgendwas in den Polizeiakten gefunden?«

»Habe ich. Regine und Hoseok sind polizeilich nie aufgefallen. Was die zwei betrifft, prüfe ich derzeit noch das Umfeld. Der Mann von Regine Baumgarten ist offenbar unter dubiosen Umständen bei Ausgrabungen in Blies-bruck-Reinheim ums Leben gekommen. Glaubst du, sie könnte etwas damit zu tun gehabt haben?«

»Regine?« Ich stelle sie mir bildlich bei einem der Anschläge vor und schüttle den Kopf bei dem Gedanken, sie könnte jemandem etwas antun. »Absolut unmöglich, Wolfgang. Regine ist harmlos.«

»Das sagen die Akten auch. Für die Tatzeit hatte sie ohnehin ein Alibi. Übrigens war sie gar nicht mal so viel später«, ich höre Wolfgang blättern, »bei einem zweiten Todesfall anwesend. Aber bei dem gab es mit hundertpro-zentiger Sicherheit keine Fremdeinwirkung. Ihr Beglei-ter hat sich an einem Schwenkerweck verschluckt und ist erstickt.«

»Oh Mann! Da hat Regine wirklich schon einiges erlebt«, stöhne ich.

»Ja, und was für ein furchtbarer Tod für den armen Mann. Hoseok ist übrigens nicht aktenkundig. Polizei-lich ein unbeschriebenes Blatt.«

»In Ordnung. Was ist mit Walli und Antje?«, erkundige ich mich. So wie Wolfgang eben klang, dürften die beiden Einträge in ihren Akten haben.

»Antje hat bei zwei Umweltaktionen etwas über die Stränge geschlagen. Mit einer Gruppe von Umweltschüt-zern hat sie einen Hühnerstall ausgeräumt und wurde erwischt. Ein anderes Mal haben sie im Wald die Hoch-stände von Jägern zerstört.«

»Nun gut, das ist nicht okay, aber dahinter steckt nicht unbedingt Mordpotenzial«, fasse ich zusammen.

»Sehe ich genauso. Wenn man im Fernsehen sieht, wie es in manchen Ställen zugeht, empfindet man fast schon Verständnis für dieses Handeln.«

»Damit bleibt nur noch Walli.«

»Genau«, bestätigt Wolfgang. »Er hat des Öfteren handfesten Streit gesucht. Es gibt gleich zwei in den Polizeiakten festgehaltene Fälle, in denen er, gelinde gesagt, überreagiert hat. Eine Discoprügelei, und ein anderes Mal hat es den aktuellen Freund seiner Ex erwischt. Der Mann musste wegen mehrerer Brüche und Platzwunden im Krankenhaus behandelt werden.«

»Ui.«

»Sagen wir mal so«, redet Wolfgang weiter, »Walli scheint impulsiv zu sein, und wenn es zu einem Streit kommt, scheut er sich nicht davor, Gewalt einzusetzen. Zumal uns klar sein dürfte, dass nicht sämtliche handgreiflichen Episoden in den Akten landen. Der Logik nach könnte es noch mehr Auseinandersetzungen gegeben haben. Allerdings – und da hakt es wieder – warum sollte er sich selbst unter Strom setzen wollen?«

»Hat er ja letztlich nicht. Vielleicht war es nie sein Plan gewesen, ins Becken zu steigen«, mutmaße ich. »Ich weiß nur eins, derzeit können wir uns nicht sicher sein, wer im Visier des Attentäters stand, und solange das nicht geklärt ist, sollten wir wachsam bleiben.«

»Da stimme ich dir zu.«

»Noch was«, fällt mir dabei ein. »Kannst du bitte eine Sache für mich überprüfen?«

»Klar. Was denn?«

»Wenn mich nicht alles täuscht, hatte Hoseok eben im Flur ein Gespräch mit seinem Anwalt. Das muss nichts mit der Angelegenheit zu tun haben, aber sicher ist sicher. Überprüfst du bitte mal, wer der neue Eigentümer von Hoseoks Weinberg ist?«

»Sicher«, entgegnet er. »Obwohl du eigentlich im

Urlaub bist. Mach dir bitte nicht zu viele Gedanken. Es spricht vieles dafür, dass der Richtige bereits hinter Gittern sitzt.«

»Wäre mir recht. Trotzdem … Das Gespräch eben im Flur war seltsam, Hoseok klang verzweifelt. Den behalte ich im Auge, genau wie Walli«, sage ich. »Eine letzte Frage noch: Hast du Knalltüte mir den Dannhäuser aufs Auge gedrückt?«

Wolfgang lacht. »Nein. Irgendwie hängt der Chef da mit drin. Keine Ahnung, wie und warum. Er wollte mir nichts Genaues sagen.«

»Aha, na dann. Ich muss. Angeblich kommt heute der Saarländische Rundfunk.«

»Ha! Hab ich dir nicht immer gesagt, eines Tages bekommst du noch eine Hauptrolle beim Tatort«, freut sich mein rechthaberischer Kollege.

»Garantiert nicht. Das fehlt mir gerade noch.«

EINE FRAGE DES STYLINGS

In der Turmsuite des Parkhotels Weiskirchen
13.06.2023
Lodi van der Pütten

»Klasse, der Look macht dich um Jahre jünger«, ist Regines Urteil, nachdem sie sich mit dem Glätteisen an meinen kurzen Haaren versucht hat. »Viel weiblicher. So eine ähnliche Frisur hatte früher mal Helene Fischer«, ergänzt sie und zementiert das Ergebnis mit Haarspray.

»Danke«, sage ich. Helene Fischer ist eher nicht mein Vorbild. Eigentlich wollte ich immer lange, lockige Haare, wie Slash von Guns n' Roses, hatte aber nie den Nerv, sie wachsen zu lassen.

»Mascara? Das betont deine Augen«, empfiehlt mir Regine und greift nach ihrem schwarzen Etui, in dem sich die ganze, für mich bislang geheime Welt der Kosmetika zu verstecken scheint.

»Eher nicht.«

Regine wirkt enttäuscht. Ich würde jede Wette eingehen, sie hatte als Kind einen Schminkkopf. So einen, der ausschaut wie frisch aus der Guillotine. Damit hat sie vermutlich die Kindheitsstunden zugebracht, die ich dazu nutzte, mit den Jungs als Ninja Turtles durch den Wald zu jagen.

»Doof, dass dir meine Sachen nicht passen«, bemerkt

sie nicht zum ersten Mal. »Sonst hätte ich dir einen von meinen Röcken geliehen.«

»Ja, schade.« Um keine weiteren Empfehlungen heraufzubeschwören, erinnere ich sie mit Blick auf die Uhr: »Langsam müssen wir uns auf die Beine machen.«

»Gib mir fünf Minuten, und ich bin wieder da«, verspricht Regine und verschwindet in ihr Zimmer.

Allein im Raum, betrachte ich mich im Spiegel. Mann, Mann, Mann, wenn mich meine Metallkumpels so sehen könnten. Die würden sich kringeln vor Lachen. Aber mein Gott, man muss auch mal bereit für Veränderungen sein, gestehe ich mir selbst zu und steige die Wendeltreppe hinunter in die untere Etage. Mir als Coach hat man das absolute Traumzimmer zur Verfügung gestellt – die Turmsuite. Luxus pur auf zwei Etagen, alles im Industriestil, sogar das Saarpolygon ist in meiner Unterkunft als Tapete an einer Wand vorzufinden. Das Allerbeste ist die riesige Fensterfront, von der aus man eine Superweitsicht genießt. Besser kann es in meinem Fall gar nicht sein, denn ich blicke hinüber zum Kurparksee und erkenne am Seepavillon einen kleinen Auflauf. Mein Herz macht einen Sprung vor Aufregung. Nicht unwahrscheinlich, dass es das Team vom Fernsehen ist. Durch die Bäume hindurch erkenne ich nicht genau, was die da werkeln. Oh Gott, überlege ich, vielleicht ist Cliff sogar schon dort. Es ist kaum zum Aushalten, ich platze fast vor Aufregung.

SCHLUSS MIT SCHATZI

In einem Komfort-Einzelzimmer
im Parkhotel Weiskirchen
13.06.2023
Regine Baumgarten

So, Beeilung.

Ich will mich nur kurz frischmachen und umziehen.
Im Bad lege ich mein Handy auf den Rand des Wasch-
beckens und schnappe mir die Zahnbürste. Ich putze
und erkenne aus dem Augenwinkel, dass eine Mitteilung eingetroffen ist. Die ersten Worte sind auf dem
Display zu lesen:

»He, Schatzi, du Traum…« *Sie haben eine Nachricht
von MisterLoverLover.*

Ich seufze. Schreiben kann er, damit hat er mich um den
Finger gewickelt. Immer wieder hat er mir neue Gründe
aufgetischt, warum ein Treffen im echten Leben vorerst
nicht möglich sei. Dienstreisen, mehrere Monate, in
denen er seine demenzkranken Eltern pflegen musste,
und sogar Krankenhausaufenthalte, von denen er mir
Fotos seines geschienten Unterschenkels schickte, hatte
er im Repertoire. Ich war naiv genug, ihm die Geschichten abzukaufen. Wer weiß, was davon überhaupt wahr
war.

In der Zwischenzeit hatte er seinen Spaß mit mir, spielte höchstwahrscheinlich zeitgleich den netten Ehemann und ließ vermutlich auch sonst nichts anbrennen.

So leicht wird er damit nicht davonkommen. Ich verlasse das Badezimmer und ziehe mir ein zartes Sommerkleid über. Danach trage ich einen Hauch Rouge und Lippenstift auf. Prüfend betrachte ich mich im Spiegel. Sieht ganz gut aus, finde ich. Noch einmal kontrolliere ich meine Handtasche, ob alles drin ist, was ich brauche. Ja! Da ist die Flasche mit dem Midodrin. Perfekt, es kann losgehen.

Als ich eben an der Hotellobby beobachten durfte, wie sich der liebe Felix mit einer maximal 30 Jahre jungen Dame, die mit ihrer Freundin aus der Schweiz angereist ist, für die Bar verabredet hat, wurde mir eins klar: Ich bin zu mehr fähig, als ich dachte. Ich brauche bloß eine günstige Gelegenheit, dann bin ich am Zug.

EINE NEUE KARRIERE
BEIM FERNSEHEN

In der Lobby des Parkhotels Weiskirchen
13.06.2023
Günther, der Dackel

Es geht los – großes Vortreffen in der Hotellobby. Jeder hat sich herausgeputzt, besonders die van der Pütten.

Sie wirkt auf mich nicht nur befremdlich, sondern macht zudem einen unglaublich aufgekratzten Eindruck. Ihre Hände zittern, als sie uns in die Details des heutigen Abends einweiht: »Leute, jetzt kann ich die Katze aus dem Sack lassen.« Sie hält inne, in etwa so, wie das bei der Verkündung der Oscar-Gewinner der Fall ist, und eröffnet uns schließlich: »Wir haben gleich ein Date zum Kochen mit Cliff.«

Cliff, welcher Cliff, frage ich mich?

»Etwa der Hämmerle, der immer samstags mit seiner Kochsendung beim SR läuft?«, erkundigt sich Walli.

»Ge-nau«, entgegnet die van der Pütten stolz. »Es soll ein neues Fernsehformat geben, und wir werden die ersten Gäste sein.«

Nicht schlecht, finde ich. Dass eines Tages aus mir noch ein Fernsehstar wird, war abzusehen. Ich bin zwar überrascht, dass es hier und heute passieren soll, aber von mir aus, ich bin ein Allrounder. Ich passe mich jeder Situation blitzschnell an.

Toni neben mir lässt die Ankündigung kalt. Sie scheint mit ihren Gedanken woanders zu sein. Dass Kola darauf beharrt, unschuldig zu sein, beschäftigt sie wohl immer noch. Meiner Meinung nach ist es nur eine Frage der Zeit, bis er weichgekocht ist und seine Taten beichtet. Wir haben unseren Mann. Offiziell haben wir sowieso Urlaub, und es ist nicht ausgeschlossen, dass nach dem heutigen Abend ein völlig anderer Karriereweg für mich offensteht. Cliff Hämmerle – ich folge deinem Ruf!

»Gebt euch bitte so natürlich wie möglich«, klärt die van der Pütten uns über die Erwartungen des Fernsehteams auf. »Seid locker und tut so, als wäre dat ein normaler Abend.« Während sie das sagt, fächelt sie sich mit einer Hausbroschüre des Hotels Luft zu.

Ein Vorbild in Sachen Entspanntheit ist unser Wandercoach jedenfalls gegenwärtig nicht. Hoffentlich fängt sie nicht gleich zu hyperventilieren an.

»Alles gut bei dir, Lodi?«, erkundigt sich Regine. Ihr ist der bedenkliche Gemütszustand unseres Coachs ebenfalls nicht entgangen.

»Klar, warum nicht?«, antwortet die.

Hinter den beiden betritt jemand die Lobby. Ein hellhäutiger Typ, der gut aus Norwegen oder Schweden stammen könnte, etwa um die 50. Er trägt schwarze Jeans, ein weißes Hemd und eine braune Kochschürze und zeigt ein strahlendes Lächeln, als er uns sieht. »Sind Sie die Wandergruppe?«

Van der Pütten wendet ihren Kopf. Der Anblick des Mannes lässt sie zusammenfahren. Sie beginnt zu schwanken. Gleich kippt sie aus ihren Wanderschuhen, fürchte ich, doch Regine reagiert vorausschauend und legt die Hände auf ihre Schultern.

»Mhh«, gibt die van der Pütten lediglich zur Antwort.

»Wunderbar. Dann haben wir eine Verabredung. Freut mich sehr, Sie alle kennenzulernen und heute Abend als Gäste zu begrüßen.«

Oha, das vor uns kann nur der berühmte Cliff Hämmerle sein, folgere ich aus dem Gesagten. Damit er die Gelegenheit erhält, mit dem neuen Star am Saarlandhimmel zusammenzutreffen, mache ich mich auf den Weg in die vorderen Reihen. Ich versuche es zumindest. Ärgerlicherweise hält Toni die Leine derart kurz, dass Cliff vorerst jeder Chance beraubt wird, mich kennenzulernen.

Genervt schaue ich zurück. Toni redet mit vorgehaltener Hand auf Dannhäuser ein, und der wiederum schüttelt energisch den Kopf. Was haben die zwei denn schon wieder? Wortfetzen wie »Das wäre die Gelegenheit«, »sehr gefährlich« und »im Blick haben« dringen an meine Ohren.

Aha, das Übliche, schlussfolgere ich, meine Kollegin ist wieder mit Panikmache beschäftigt.

»Ich liebe Aufnahmen am Wasser. In einem Pavillon direkt auf einem See zu stehen und zu drehen, das ist natürlich Extraklasse. In jedem Fall wird dies eine unvergessliche erste Folge. Ich schlage vor, wir schauen uns einfach mal an, was unsere Crew aus dem Pavillon am See gezaubert hat«, gibt Cliff das Zeichen zum Aufbruch. Die Gruppe setzt sich in Bewegung.

»Du hilfst mir, versprochen?«, sagt Toni leise zu Dannhäuser. »Wir müssen in der Nähe der beiden bleiben.«

Dannhäuser schaut weder überzeugt noch begeistert, letztlich nickt er trotzdem und folgt Toni nach draußen. Zumindest ein Stück weit. Dann bleibt er stehen, denn das andere Ende der Leine – in diesem Fall Yoshi – hängt über dem Trinknapf im Eingangsbereich fest. Einen Berg an Hund wie unseren Yoshi, der das halbe Tretbecken und jetzt auch einen großen Wassernapf intus hat, zieht man eben nicht einfach so fort.

In aller Ruhe hebt Yoshi den Kopf aus dem Napf. Wasser quillt aus seinen Lefzen und hinterlässt eine kleine Pfütze auf dem Boden.

»Hopp, Großer, das Fernsehen ruft nach dir«, will ihn Dannhäuser zum Lostrotten motivieren.

Jaja, träum weiter, denke ich. Beim Thema TV-Karriere kommen wir Vierbeiner uns garantiert nicht in die Quere. Nichts gegen meinen Kumpel, doch für Film und Fernsehen fehlt Yoshi das gewisse Etwas. Immerhin hat der Junge nun ein Einsehen und folgt der Gruppe.

Damit sind wir jedoch die Letzten, während Cliff Hämmerle vorneweg läuft. Die sprachlose van der Pütten auf der einen Seite und Brecht, mit seiner Kamera eifrig fotografierend und sich ansonsten produzierend, auf der anderen.

Meine Chance wird kommen, beruhige ich mich, als wir den See erreichen. Eine hübsche Ecke hat das Fernsehen sich für den Dreh ausgesucht. Der See ist nicht riesengroß, dennoch macht er etwas her mit der langgezogenen, überdachten Holzbrücke, den vielen farbenprächtigen Stauden am Ufer und der Fontäne in der Mitte des Sees. Das hübsche Örtchen im Hintergrund ist wahrscheinlich Weiskirchen.

»Heilklima-Pavillon«, steht an einem der beiden Eingänge zu der Holzhütte in Achteckform, die auf dem Wasser errichtet wurde.

»Fantastisch. Die Stelle ist ideal für eine kleine Hochzeit«, höre ich Cliff schwärmen, als wir über einen Steg an dem ungewöhnlichen Ort auf dem See eintreffen.

Vier dezent gedeckte Tische, alle mit einem bunten Strauß Wiesenblumen darauf, stehen für uns bereit. An der Seite mit bester Aussicht auf das Wasser wurde eine lange Tafel mit Outdoorküche und einer Menge Deko errichtet. Da wird vermutlich in Kürze der Meister zur Tat schreiten.

»Achtung! Fallen Sie bitte nicht«, warnt uns ein großer Mann mit Brille beim Näherkommen und weist auf den Boden. Ich schätze, er gehört zum Fernsehteam. »Leider liegen überall Kabel herum, und unter einem Tisch – gleich da vorne – haben wir eine Kabeltrommel versteckt. Passen Sie da auf. Das ging nicht anders wegen der Elektrik vor Ort.«

»Ist das nicht der Friemel?«, höre ich Regine neben mir flüstern.

»Glaub schon«, antwortet Hoseok genauso leise.

Friemel? Friemel? Ich stehe auf dem Schlauch. Irgendwoher kenne ich den Mann auch, die Stimme kommt mir ebenfalls bekannt vor. Vielleicht aus dem Morgenradio, überlege ich. Oder ist er ab und an der Wetterfrosch im Anschluss an den Aktuellen Bericht beim Saarländischen Rundfunk? Moderator bei »Saar nur« könnte er genauso gut sein. Andererseits, fällt mir da ein, gibt es doch diese Fernsehsendung mit den vielen Flohmarktartikeln, die immer samstags läuft. Da habe ich ihn hundertpro schon mal gesehen. Ach, Unsinn, sage ich mir. Eins ist sicher, so viele Sendungen auf einmal kann ein einziger Mensch auf keinen Fall moderieren. Ich werde doch wohl nicht gesichtsblind sein?

»Kein Problem, Herr Friemel, die paar Kabel stören uns nicht«, antwortet Walli und belässt es natürlich nicht dabei. »Ich steige seit Jahren auf die höchsten Berge und bin sogar mal den berühmten Mont-Blanc-Ultramarathon in den vordersten Reihen mitgelaufen, da werden mich so ein paar Leitungen vermutlich nicht das Leben kosten.«

Der Friemel geht auf die Bemerkung nicht ein. Er lächelt gut gelaunt. »Ich habe mich noch gar nicht vorgestellt. Mein Name ist Michael Friemel. Cliff und ich werden durch die neue Sendung ›Es friemelt und hämmerlet an den schönsten Ecken des Saarlandes‹ führen.«

»Cooler Name«, meldet sich Walli gleich wieder zu Wort. Als hätte ihn jemand nach seiner Meinung gefragt.

»Danke schön!«, erwidert Michael Friemel. Er scheint eine Menge Geduld zu haben. Aber ich bin zuversichtlich, Walli wird ihn über kurz oder lang an seine natürlichen Grenzen bringen. »Es freut mich, Sie alle kennenzulernen«, redet der Moderator weiter. »Ich habe eigentlich nur eine Bitte an Sie: Vergessen Sie die Technik um sich herum, genießen Sie diesen besonderen Abend und lassen Sie es sich schmecken. Wenn das gelingt, werden die Aufnahmen fantastisch.«

Reihum nickt man. Essen und sich vergnügen, das bekommen die meisten aus unserer Truppe gut hin, würde ich nach der Erfahrung der letzten Tage sagen. Außer natürlich unsere Ausnahmeerscheinung Toni, die ist nämlich fürs Genießen ganz und gar nicht geschaffen. Kaum hat Cliff vorgeschlagen, »sich nach Lust und Laune ein Plätzchen zu suchen«, stürmt Toni los, um sich den Tisch unmittelbar neben der Kochbühne zu sichern. Zur Enttäuschung von Walli, der dasselbe Ziel anvisiert hat.

»Sorry«, sagt sie zu ihm und platziert sich auf einem der Stühle, als wäre das die Reise nach Jerusalem. »Da sitzen Jan-Alexander und ich.«

Angesäuert zieht Walli weiter. Ich nutze die Zeit, mich in Position zu bringen. Ein hübsches Tier wie ich in direkter Nähe zu Cliff Hämmerle und Michael Friemel, das wird den Zuschauern gefallen. Womöglich wünscht man sich solche reizenden Szenen in Zukunft öfter.

Yoshi verdrückt sich derweil unter den Tisch. Wie erwartet sind seine Starambitionen schwach ausgeprägt.

»He, pass auf die Kabeltrommel auf«, warnt ihn Dannhäuser. Der SEKler hat die beste Position im Hinblick auf die Bühne, er ist nur ein paar Meter von Cliff und Michael entfernt. Die Moderatoren haben soeben ihren Platz hinter dem Kochfeld eingenommen. Eine Dame von der Requisite pudert ihnen ein letztes Mal das Gesicht ab, dann geht es auch schon los. Zuerst kommt ein Schwenk über die Runde der Gäste, danach richtet sich die Kamera auf die zwei Gastgeber aus, die ihr strahlendstes Lächeln auflegen.

Knisternde Spannung liegt in der Luft – Film ab, würde ich sagen.

DA PASSIERT WAS –
HUNDERTPROZENTIG

Im Heilklima-Pavillon des Kurparksees in
Weiskirchen
13.06.2023
Antonia Kuppertz

Wir sitzen optimal. Ich habe die Geschehnisse im Blick, und Jan-Alexander ist für den Fall der Fälle direkt neben mir. Egal, was kommt, wir können in Windeseile eingreifen.

»Einen schönen guten Abend, wir freuen uns sehr, Sie heute bei ›Es friemelt und hämmerlet an den schönsten Ecken des Saarlandes‹ begrüßen zu dürfen.« Das ist der erste Satz des Kochs in die laufende Kamera.

Außer unserer Gruppe sind noch rund zwei Handvoll Personen in dem Pavillon. Alles ist unauffällig – bisher.

»Sie fragen sich sicher, was Sie in der neuen Sendung erwartet«, übernimmt Friemel äußerst routiniert das Wort. »Nun, zum einen natürlich ein fantastischer Koch.« Bei den Worten weist er auf seinen Partner. »Außerdem leckere saarländische Gerichte und gut gelaunte Gäste. Heute sind wir im wunderbaren Weiskirchen. Nicht nur am See, sondern direkt auf dem See. Zu Gast ist eine Wandergruppe, die sich gemeinsam auf den Weg über den Saar-Huns-rück-Steig gemacht hat. Wir werden den Teilnehmern den Abend versüßen. Bevor wir allerdings mit dem Kochen beginnen, möchten wir unsere Gäste erst einmal näher kennenlernen.« Michael Friemel greift sich das Mikro, das neben dem Kochfeld bereitliegt, und geht auf den Tisch zu, an dem Lodi und Regine Platz genommen haben.

O weh, denke ich. Ob er sich zum Interviewen die Richtigen ausgesucht hat? Lodi war eben völlig durch den Wind, und Regine ist extrem schüchtern.

»Frau van der Pütten, Sie sind der Wandercoach der Gruppe. Erzählen Sie bitte einmal, was Sie in den letzten Tagen erlebt haben. Auf einer solchen Tour passiert bestimmt viel Aufregendes, oder?«

Oh. Doppelt blöd. Eine nervöse Gesprächspartnerin und obendrein eine derart unglückliche Frage. Aufregende Momente hatten wir zweifellos mehr als genug, aber ob das der richtige Stoff für eine heitere Abendsendung ist, halte ich für fraglich.

Lodi wirkt gleichsam unschlüssig. »Ja, also … Es gab einen Brand in Mettlach.«

»Okay«, sagt Friemel und richtet seinen Blick in Richtung Programmleiterin, die ihm hinter dem Kameramann mit der Hand andeutet, nicht abzubrechen. Vermutlich wird man den Part später schneiden können. »Und was war sonst so auf Ihrer Tour los? Sie haben während des Wanderns ja sehr viel von unserem wunderbaren Saarland gesehen. Führt der Steig nicht auch an den Losheimer Stausee?«, liefert der Moderator Lodi eine neue, nicht unkritische Vorlage.

»Hm, ja. In Losheim waren wir auch.«

»Und?«, bohrt Friemel nach.

»Ich weiß nicht, ob Sie von dem Zwischenfall gelesen haben. Zwei ältere Herrschaften, die in der Kneippanlage einen Stromschlag …«

Am anderen Tisch beginnt Brecht zu husten.

»Stopp, Pause. Das war jetzt nicht so …«, die Programmleiterin sucht nach den richtigen Worten, »… nicht so optimal. Wir brauchen ein bisschen mehr Stimmung. Du weißt, wie ich das meine, Michael?«

Der Moderator nickt. Klar, er weiß hundertpro, worauf die Kollegin anspielt. Die aufgeregte Lodi mit ihren Katastrophengeschichten ist keine Gute-Laune-Sensation.

»Frau van der Pütten«, wendet die Programmleiterin sich an unseren Coach, »Sie machen das schon sehr gut. Vielleicht könnten Sie mal von einer heiteren Episode berichten. Die gab es doch sicherlich auf Ihrem Weg.«

Lodi überlegt. Beinahe verzweifelt.

»Oder Sie erzählen von Ihren Gründen, warum Sie als Coach an der Wanderung teilnehmen wollten.«

Lodi kratzt sich an der Stirn. Sieht aus, als wäre auch das Thema nicht unbelastet.

»Dann vielleicht Sie«, wendet sich die Dame vom Fernsehen an Regine, die erschrocken zusammenzuckt. »Warum sind Sie mit dabei? Was war Ihr Grund, diese ungewöhnliche Wandertour anzugehen?«

»Nun, ich bin Witwe, und meine Therapeutin hat mir geraten, unter Leute zu gehen, während mein Sohn für eine Sprachreise in Frankreich unterwegs ist.«

»Oha«, fällt der Programmleiterin da nur ein.

»Vielleicht beginnen wir einfach mit dem Kochen und schauen dann weiter?«, schlägt Cliff vor. »Am Herd kommt man von selbst in Plauderstimmung.«

»Prima Idee«, findet Michael Friemel. »Vielleicht gehen wir das probeweise völlig anders an. Du könntest dir einen der Gäste an die Seite holen, sozusagen einen Kurzzeit-Praktikanten.« Er schaut in die Runde.

246

»Na ja, eigentlich warst du als meine Unterstützung gedacht«, bemerkt Hämmerle.

»Vielleicht gar nicht so unvorteilhaft, noch eine zweite Hilfe mit an Bord zu haben. Schließlich soll es nachher bestenfalls auch schmecken«, erwidert Friemel und freut sich über seinen Scherz. »Wer hätte denn Lust, unseren Sternekoch bei seiner Arbeit zu unterstützen?«, richtet er sich an die Gäste.

Jetzt werde ich munter. »Du«, zische ich meinem Sitznachbarn zu und stoße ihn unter dem Tisch mit dem Fuß an.

»Bist du verrückt?« Jan-Alexander schüttelt den Kopf.

»Komm schon!«, fordere ich mit mehr Nachdruck und füge leise hinzu: »Eine bessere Position als da vorne gibt es nicht, falls etwas passieren sollte.«

Jan-Alexander verdreht die Augen. Er weiß, dass ich recht habe, deshalb hat er letztlich ein Einsehen und hebt den Arm. Wallis Bärenpranken waren schon weit früher zu sehen. Michael Friemel jedoch schaut nicht – ob Zufall oder Absicht – in dessen Richtung.

»Ah, jemand Mutiges«, erkennt Friemel mit Blick auf Jan-Alexander. »Kommen Sie bitte zu uns. Wir stecken Ihnen ein Mikro an und pudern Sie kurz ab.«

Beim Wort Puder schaut mich Jan-Alexander finster an. Als könnte ich was dafür, dass es im Fernsehen so was wie Maskenbildner gibt. Nachdem man ihm die Frisur gerichtet und mit Stylingcreme versehen hat, legt ihm jemand vom Team eine Schürze um. »Hier kocht Man(n) mit Saarlandliebe«, steht darauf. Jetzt schaut Jan-Alexander stocksauer drein. Der Leiter einer SEK-Truppe als »Anreicher« in einer TV-Kochsendung. Ich kann ihn verstehen, doch letztlich geht es um die Sicherheit aller, und ich halte schließlich auch die Stellung.

»Ruhig«, fordere ich von Yoshi, der unter dem Tisch an der Leine zieht. Null Ahnung, was der Kerl ausgerechnet jetzt hat. Mir fehlt die Zeit, mich darum zu kümmern. Ich darf gegenwärtig niemanden aus dem Blick lassen.

MEIN GROSSER FERNSEHMOMENT

Im Heilklima-Pavillon des Kurparksees
in Weiskirchen
13.06.2023
Günther, der Dackel

Wie kann es eigentlich sein, dass die Kamera bisher nicht ein Mal zu mir herübergeschwenkt hat? Ich könnte der heimliche Star der Sendung werden. Aber das schnallt hier anscheinend noch niemand.

Der Dreh läuft wieder an. Alle stehen in Startposition. Dannhäuser wirkt ziemlich verloren zwischen Hämmerle und Friemel, die ihr Anfangssätzchen wiederholen. Diesmal teilen sie es sich neu auf. Der Friemel beginnt: »Einen schönen guten Abend, wir freuen uns, Sie begrüßen zu dürfen bei ›Es friemelt …‹«

Jetzt übernimmt der Cliff: »›… und hämmerlet an den schönsten Ecken des Saarlandes.‹« Er hebt die Hand und weist auf den seeblauen Hintergrund. »Wir sind mit unseren Gästen im wunderbaren Weiskirchen am Kurparksee. Mir zur Seite steht der Jan-Alexander, der mit seiner Wandergruppe die eindrucksvollen Etappen des Saar-Hunsrück-Steigs in Angriff nimmt. Verrate uns doch mal, was du im normalen Leben machst.«

Dannhäuser wirkt gleich mit der ersten Frage überfordert.

»Berufswanderer bist du vermutlich nicht«, scherzt der Friemel, um die mittlerweile recht lange Wartezeit bis zu Dannhäusers Antwort zu überbrücken.

»Nun, ich leite ein kleines Familienunternehmen.« Was Dümmeres ist dem SEKler auf die Schnelle wohl nicht eingefallen.

»Aha«, freut sich Hämmerle über die erste brauchbare Antwort des Abends, die leider eine glatte Lüge ist.

»Das mache ich genau genommen auch. Aber ich nehme an, dass du kein Koch bist?«

»Nein.« Dannhäuser schaut sich hilfesuchend um. Sein Blick fällt auf mich. »Dackelzucht.«

»Davon kann man leben?«, wundert sich der Friemel.

»Es sind ziemlich besondere Dackel«, bringt sich Dannhäuser weiter in Bedrängnis. Immerhin lenkt das die Aufmerksamkeit endlich auf den Richtigen.

Und es passiert, was passieren muss. »Dann ist der Kleine da vorne deiner?« Der Friemel deutet auf mich, und die Kamera schwenkt um.

Aha! Es ist so weit. Ich strecke mich und biege meinen hübschen Hals. Irgendwo stand mal, Models stehen immer wie ein »S«. Dezent zur Seite drehen, eine Pfote anwinkeln und den Kopf schräg halten. Kurvig soll es wirken.

»Komisch. Der Dackel sieht wirklich ein bisschen anders aus, als man das so kennt«, bemerkt Friemel. »Ist deine Zucht eher die stämmige Variante?«

Das »S« fällt in sich zusammen. Wie blamabel ist das denn?

»Also, ich finde ihn süß«, schickt der Hämmerle hinterher. Doch das rettet die Situation für mich nicht mehr. Ich nehme Abschied von meiner Fernsehkarriere. Mit hängenden Ohren verkrieche ich mich zu meinem Freund Yoshi unter den Tisch.

Fernsehen! Pff. Mal ehrlich, das Medium braucht doch kein Mensch! Das hat längst ausgedient. Eines schönen Tages, wenn so ein Influencer mein Potenzial entdeckt hat, werde ich mit meinem eigenen YouTube-Channel durchstarten. Ich werde der Star des Internets! Dann braucht vom Saarländischen Rundfunk keiner mehr an meine Hundehütte zu klopfen.

Außerdem, Freunde sind sowieso weit wichtiger als Ruhm. Mein Kumpel Yoshi wird mich trösten.

Noch mal falsch gedacht. Der Junge hat selbst enorme Probleme. Wo Wasser reingeht, muss es irgendwann auch wieder raus – das ist Physik auf Grundschulniveau. Da es Yoshi heute mit dem Trinken übertrieben hat, drückt seine Blase enorm, und das Fatale ist, dass Toni über uns den Ernst der Lage nicht erfasst hat.

Yoshi jault herzzerreißend.

»Pst«, ermahnt ihn Toni von oberhalb des Tisches.

Ich befürchte, in Kürze wird aus Yoshi ein Auslaufmodell.

DER GEIST DES COGNACS

Im Heilklima-Pavillon des Kurparksees
in Weiskirchen
13.06.2023
Jan-Alexander Dannhäuser

Es geht ans Eingemachte: Es wird gekocht.

»Verrätst du uns, was du unseren Gästen servieren wirst, lieber Cliff?«, erkundigt sich Michael Friemel beim Koch.

»Aber sicher. Heute bereiten wir Fischsuppe nach Art der Saarschiffer zur Hauptspeise. Die Quiche Lorrain mit Lyoner, die wir als Appetithäppchen reichen werden, habe ich bereits vorbereitet. Sie bräunen sich im Backofen. Zuletzt wird uns ein Apfelkuchen vom Blech nach einem Rezept meiner Oma den Abend versüßen.«

»Aha, also nur regionale Spezialitäten«, zeigt sich sein Partner interessiert, während mir bei der Ankündigung des Hauptgerichtes ein bisschen schwummrig wird. Fischsuppe habe ich noch nicht allzu oft zubereitet. Die Anzahl der Kochvorgänge beläuft sich auf ziemlich exakt null Mal.

»Wer von meinen Praktikanten übernimmt das Braten?«, erkundigt sich Hämmerle und hält eine gusseiserne Pfanne in die Höhe.

Braten hört sich nach Verantwortung an, überlege ich und reagiere schnell. Mit der offenen Hand weise ich auf meinen Lehrlingskollegen. »Ich will mich nicht vordrängen.«

Hämmerle steigt ein. »Na wunderbar, dann wird Michael mein Mann an der Pfanne und du, Jan-Alexander, bist für die Abteilung Fisch und Krustentiere zuständig. Du sorgst dafür, dass unsere Fischsuppe grätenfrei bleibt.«

Wie sehr ich mich über eine solche Aufgabe freue, ist von meinem Gesicht hoffentlich nicht abzulesen. Das kann kein Hexenwerk sein, sage ich mir. Wer Gangster, Kidnapper und Bankräuber überwältigt, der wird höchstwahrscheinlich auch mit Hummer, Zander und Forelle fertig.

Gegenwärtig ist sowieso erst einmal Schonzeit, denn die Pfannenfraktion geht ans Werk. Friemel und Hämmerle spielen sich gegenseitig beim Moderieren die Bälle zu und liefern eine perfekte Show ab. Während die Karkassen von Hummer und Flusskrebsen in der Pfanne dampfen, erzählt Hämmerle von den ehemaligen Saarschiffern. Friemel spickt den Bericht mit kleinen Bemerkungen und verbreitet gute Laune.

Ich werfe einen Blick zu Toni. Mit den Augen deutet sie mir an, den Schauplatz auf mögliche Gefahren hin abzuscannen.

»Denk dran, auch wenn es dir ruhig erscheint, bleib auf der Hut. Das kann die Ruhe vor dem Sturm sein. Aber das weißt du ja selbst«, hat sie mir eben, als ich aufgestanden bin, um zur Bühne zu gehen, zugeflüstert.

Also nutze ich die Zeit, um nach Ungewöhnlichem Ausschau zu halten. Keine Ahnung, wonach ich suche. Die mobile Küche hat Pfannen, Siebe, Kräutertöpfe und Gemüse zu bieten und natürlich einige Messer, die aber zum normalen Handwerkszeug eines Kochs gehören dürften. Auch die Gäste verhalten sich unauffällig. Das Einzige aus dem Rahmen Fallende bin ich mit dieser lächerlichen Schürze.

»Jetzt geht's mit meinem zweiten Praktikanten dem Fisch an die Gräten«, leitet Hämmerle plötzlich zu mir über. »Jan-Alexander, mein Gudda, fangen wir mit dem Zander an.« Er greift sich den größten der drei Fische, die derart frisch aussehen, als hätten sie noch kurz vor der Sendung im Weiher eine Runde gedreht.

»Hast du schon mal einen Fisch filetiert?«

»Nicht so direkt«, antworte ich unkonzentriert. Es hört sich vielleicht komisch an, aber ich habe das Gefühl, die Augen des toten Zanders sind auf mich gerichtet.

»Fische grätenfrei zu zerlegen, ist leicht. Ich zeig's dir.« Hämmerle greift sich ein Messer von beachtlicher Länge und setzt dessen Klinge am Fischbauch an. »Ausgenommen ist er ja bereits.«

Ich atme auf, immerhin. Filetieren klingt weit weniger grausam wie Ausnehmen.

Hämmerle führt die Schneide entlang des Bauches in Richtung Fischkopf und belehrt mich dabei eines anderen. Das Innere des Tiers wölbt sich ein Stück nach außen.

»Nun folgt ein glatter Schnitt hinter dem Kopf.« Der Koch dreht den Fisch auf dem Holzbrett. Seine toten Augen blicken mich weiterhin an. »Fehlt noch die Rückseite. Wir ziehen die Klinge zart und nicht zu tief an der Gräte vorbei. Siehst du?«

Ja, ich sehe es, bleibe aber stumm. Mir ist nicht nach Reden zumute. Der Arbeitsablauf erinnert mich an den Biounterricht, achte Klasse, als wir Forellen sezieren mussten. Der Tag endete auf der grauen Liege im Erste-Hilfe-Raum neben dem Schulsekretariat. Wie peinlich das war. Als meine Eltern auftauchten, lag ich dort niedergestreckt, und die Biolehrerin hielt meine Hand. Die Aktion hat meinen Ruf als cooler Typ an der Schule dauerhaft geschädigt.

Hämmerle setzt die Schneide erneut auf Kopfhöhe an. »Am Ende führst du die Klinge ein zweites Mal tiefer durch und löst das Filet.« Er klappt den Zander auf. »Und schon fertig.«

Oh Mann. Mir wird schwindelig. Mit den Händen klammere ich mich an den Rand der hölzernen Theke.

»Willst du dich an der Forelle versuchen?«, fragt mich Hämmerle und blickt mich forschend an. Er scheint eine gute Menschenkenntnis zu haben. »Oder lieber Zwiebeln schneiden?«

»Zwiebeln klingt super«, entscheide ich mich dankbar für das Alternativangebot.

Während ich mich ans Schälen mache und mein Kreislauf sich normalisiert, wendet sich Hämmerle bei einem lockeren Wortwechsel mit Friemel den in der Pfanne brutzelnden Karkassen zu. Hin und wieder weht der Röstgeruch von Hummer und Krebsen zu mir herüber, weit vordergründiger sind allerdings die Ausdünstungen der Zwiebeln. Ein Schleier legt sich auf meine Augen, und Tränen kullern über mein Gesicht. Verzweifelt reibe ich mit der Handkante vorsichtig am unteren Lid vorbei. Jetzt fängt auch noch die Nase zu laufen an.

»Na, wie ist die Lage beim Zwiebelmeister?«, erkundigt sich Friemel. Ich erkenne ihn einzig an seiner Stimme. Sehen kann ich ihn nicht mehr.

»Jo«, antworte ich, »super.«

»Nun kommt der besondere Kick«, kündigt Hämmerle neben mir an und greift sich eine Karaffe von der Theke.

Den besonderen Kick habe ich bereits zu Genüge, denke ich. Ich drehe mich ein wenig zur Seite, in der Hoffnung, so den Zwiebelausdünstungen zu entgehen.

»Die Franzosen nehmen zum Ablöschen Cognac«, höre ich Hämmerle.

»Oh, là, là«, kommentiert Friemel.

Keine Ahnung, was die beiden da treiben. Ich höre ein äußerst alarmierendes »Achtung!«, und dann lodert vor mir eine riesige Flamme in die Höhe.

Die Ruhe vor dem Sturm ist vorbei. Es wird ernst.

»In Deckung«, schreie ich und packe mir Hämmerle. Um ihn aus der Schusslinie zu bringen, werfe ich ihn zu Boden. Hoffentlich reagiert Toni ebenso schnell und kümmert sich um Friemel, denke ich.

»He, loslassen!«, beschwert sich der Koch und versucht, sich von mir zu befreien. Ich bleibe beharrlich. Erst als vor meinen nicht mehr ganz so verschwommenen Augen der Kopf der Programmleiterin auftaucht und sie die Worte »Was war denn das?« an mich richtet, lasse ich Hämmerles Handgelenke los.

»Hat schon wer gelöscht?«, erkundige ich mich.

»Löschen? In welcher Welt leben Sie denn? Haben Sie noch nie gesehen, wie etwas flambiert wird?«, entgegnet die Programmleiterin und zieht die Augenbrauen in die Höhe.

»Oh«, fällt mir da bloß ein. Nachdem ich aufgestanden bin, helfe ich Hämmerle auf die Beine. Dabei muss ich mir selbst eingestehen: Dieser Moment übertrifft die Peinlichkeit der Sezierstunde im Biounterricht bei Weitem.

»Unser Jan-Alexander ist eine Klasse für sich«, amüsiert sich Friemel. »Er bringt Action in die Sendung. Ich bin dafür, ihn als Dauerpraktikanten einzustellen.«

Garantiert nicht, denke ich, als die Mitarbeiter des Fernsehteams meine Schürze richten und die zerzauste Frisur von Cliff Hämmerle wieder auf Vordermann gebracht wird.

»Wir wiederholen einfach ab der Stelle ›besonderer Kick‹. Kein Problem, das kann man später schneiden«, kündigt die Programmleiterin an und wirft mir dabei einen strengen Blick zu.

Nicht weniger streng schaut Toni. Sie deutet mit dem Zeigefinger auf ihr Auge und gibt mir noch weitere Zeichen. Sie stresst mich. Statt mich die ganze Zeit mit ihren Anweisungen kirre zu machen, hätte sie sich gleich selbst vor die Kamera begeben sollen.

Diesmal flambiert Cliff Hämmerle in aller Ruhe. »La Grande Cuisine, jetzt geht der Geist des Cognacs in unsere Suppe über«, kommentiert er, während es aus der Pfanne hochlodert. Was das geschmacklich bewirkt, kann ich nicht beurteilen, effektvoll ist es in jedem Fall.

KANN MAN ALLES SCHNEIDEN

Im Heilklima-Pavillon des Kurparksees
in Weiskirchen
13.06.2023
Antonia Kuppertz

Während vorne das Flambierspektakel stattfindet, lasse ich meinen Blick über die Gäste wandern. Nichts tut sich.

Einzig die Hunde unter dem Tisch fordern Aufmerksamkeit ein. Darum kann ich mich im Moment nicht kümmern. Ich brauche meine volle Konzentration. »Mensch, Ruhe«, zische ich. Kaum zu glauben, dass die beiden Polizeihunde sind, bei dem schlechten Benehmen.

Die Szene ist abgedreht, und die Programmleiterin wirkt sehr zufrieden. So ist das im Fernsehen. Da fängt man einfach wieder von vorne an. Wenn in der Realität etwas schiefläuft, sieht das bedauerlicherweise anders aus. Verletzte und Tote gab es in den letzten Tagen viel zu viele, heute wird es nicht wieder so weit kommen. Dafür sorgen Jan-Alexander und ich.

Als das Handy auf dem Tisch zu vibrieren beginnt, fahre ich zusammen. Der Name Wolfgang Forsberg erscheint auf dem Display. Mist, ich kann jetzt nicht rangehen. Er läutet durch. »Sie haben eine neue Sprachnachricht auf der Mailbox« leuchtet später auf. Das hilft mir nicht weiter.

Gleich darauf vibriert das Telefon nochmals. Yes, diesmal ist es eine Whatsapp. Auf meinem Schoß, verdeckt von dem Tischtuch, öffne ich die Mitteilung, das Geschehen vor mir immer noch halb im Blick.

Wolfgang: Hi, Toni. Du glaubst nicht, wer der neue Besitzer von Hoseoks Weinberg ist!

Na, super. Antworten ist nicht möglich. Die Kamera schwenkt ständig über das Publikum, und es ist vermutlich nicht sehr charmant, als Gast während der Show auf dem Smartphone herumzutippen. Also bleibt mir nur abzuwarten. Es dauert eine gefühlte Ewigkeit, bis sich mein Handy nochmals mit einer neuen Nachricht meldet.

Wolfgang: Brecht und sein Kollege haben dem alten Besitzer den Weinberg für viel Geld abgekauft. Irgendwas planen die. Ich würde wetten, die wollen dort keinen Wein anbauen. Meld dich mal!

Oha! So richtig will mir das nicht in den Kopf. Was will Brecht mit dem Grundstück an der Mosel anfangen? Irgendetwas Größeres muss geplant sein. Das kriegen wir noch heraus. Eins jedoch ist jetzt schon klar, Hoseok wird stinksauer auf Brecht sein, wenn er davon Wind bekommt. Möglicherweise hat er auch bereits eine Ahnung, wer der Käufer ist, und er hat sich nur seinem Anwalt gegenüber dumm gestellt. So würde ich zumindest vorgehen, wenn ich der Saboteur wäre.

Ich schaue zu Hoseok, der am Tisch von Felix Brecht Platz genommen hat. Eine sehr ungünstige Ausgangslage, finde ich. Der potenzielle Attentäter sitzt keine anderthalb Meter von seinem Opfer entfernt, und ich kann ohne sichere Indizien nichts tun.

Hoseok hat beide Hände in seinen Schoß gelegt und folgt interessiert dem Geschehen. Ein an sich harmloses Bild, urteile ich, da zieht Yoshi schon wieder an der Leine. Sein mächtiger Kopf lugt unter der weißen Tischdecke hervor. »Platz«, fordere ich leise. Der Rottweiler schaut mich mit großen Augen an. Als er schließlich merkt, dass er mit seinem Benehmen bei mir auf Granit beißt, dreht er ab und ist wieder verschwunden.

Meine Aufmerksamkeit wandert zurück zu Hoseok. Er beugt sich in Richtung Tisch. Während er den Ellenbogen auf der Tischplatte ablegt und sein Kinn mit der einen Hand abstützt, schiebt er die andere hinunter zur Tasche seines Sakkos. Er sieht kurz seinen Tischnachbarn an. Ich rutsche nach vorne Richtung Stuhlkante. Was, wenn er eine Fernbedienung in der Tasche versteckt hat? So eine wie bei der Kneippanlage? Mein Körper spannt sich an, bereit, blitzschnell zu reagieren.

Hoseoks Finger verschwinden in der Sakkotasche und gleiten kurz danach zurück in Richtung Tisch. Er legt etwas auf dem weißen Tischtuch vor sich ab und verdeckt es. Keine Ahnung was. Der Gegenstand kann nicht allzu groß sein, wenn er ihn in seiner Faust verbergen kann. Seine Haltung ist fast so, als würde er beten. Nun streift sein Blick durch die Reihe der Gäste, zu guter Letzt bleibt er an mir haften. Hoseok hat bemerkt, dass ich ihn beobachte. Gut, sage ich mir, vielleicht bringt ihn das zur Vernunft.

Oder auch nicht. Er lächelt mich an.

Mir wird heiß. Direkt neben Brecht, keine zwei Meter entfernt, sitzen Lodi und Regine. Antje befindet sich ebenso in unmittelbarer Nähe. Was soll ich tun, frage ich mich. Reagieren und einen Fehlalarm riskieren oder nochmals abwarten und schlimmstenfalls weitere Tote in Kauf nehmen?

Ich entscheide mich und presche los. Im gleichen Moment brummt es. Mist, ich habe zu lange gewartet, schwirrt mir durch den Kopf.

»Jan-Alexander!«, alarmiere ich meinen Kollegen, bevor ich zum Sprung ansetze. Als ich in der Luft bin, höre ich lautes Krachen und Zischen. Winseln und Bellen mischt sich darunter. Es riecht verbrannt. Um mich herum schnellen die Menschen erschrocken empor. Ich lande auf Hoseok und reiße ihn vom Stuhl. Kaum auf dem Boden, packe ich seine Hände und drücke sie herunter. Er liegt flach auf den dunklen Dielen des Pavillons und wehrt sich mit aller Kraft.

»Bist du völlig übergeschnappt?«, fährt er mich an.

Ein silbernes Döschen kugelt über den Boden und rollt auf eine der Ritzen zwischen den Holzplanken zu.

»Oh nein«, raunt Hoseok und starrt dem Objekt hinterher.

Ich lasse eine seiner Hände los. Meine Finger schnellen nach vorne, doch zu spät. Die Dose ist bereits über den Rand gekullert und hat sich der Schwerkraft ergeben. Ein zartes Platschen verkündet ihr Auftreffen auf der Oberfläche des Sees unter uns.

AUF KNALL UND FALL

Im Heilklima-Pavillon des Kurparksees
in Weiskirchen
13.06.2023
Jan-Alexander Dannhäuser

Toni rennt los. »Jan-Alexander!«

Was ist denn, frage ich mich. Da ertönt ein Knall. Es kracht und poltert und ich höre Yoshi winseln.

Ich überlege nicht lange. Mein Job ist es, Menschenleben zu retten. Also greife ich mir Hämmerle. Friemel noch dazu. Wo könnte man sicherer sein als im Wasser, wenn es zu schmoren und zu qualmen beginnt, sage ich mir. Die zwei scheinen die Gefahr, in der sie sich befinden, nicht wahrzunehmen. Sie setzen auf Gegenwehr. Hämmerle ist der Erste, den ich zur Vernunft bringe. Ein kräftiger Schubs, er verliert das Gleichgewicht und stürzt über das Geländer in den See. Friemel ist weit größer als der Koch. Es kommt zu einem zeitraubenden Gerangel. Mir bleibt nur eine Chance: Ich klammere mich an den Moderator und werfe mich mit ihm zusammen über die Holzbrüstung. Erst im Wasser lasse ich ihn los.

»Sorry, das musste sein«, erkläre ich in aller Kürze beim Auftauchen.

»Das ist selbst mir ein bisschen zu viel Action«, bemängelt Friemel und schaut sich nach seinem Kollegen um.

Für Detailfragen fehlt mir die Zeit. Ich kraule in Richtung Ufer. Die blöde Schürze ist dabei ein echtes Hindernis. Ich muss zu Toni, ist mein einziger Gedanke. Vielleicht schwebt sie in allergrößter Gefahr.

POFF!

Am Ufer des Kurparksees in Weiskirchen
13.06.2023
Günther, der Dackel

Nässe und Strom – das kennt man vom Föhn in der Bade-
wanne – ist eine gefährliche Mischung. Ich habe mir Mühe
gegeben und alles getan, um Toni von der Dringlichkeit
der Angelegenheit zu überzeugen, aber die hatte wieder
nur Augen für den SEKler, und wir waren mit unseren
Problemen mutterseelenallein.

Ohne jeden Zweifel bin ich ein außergewöhnlicher
Hund, doch gegen die Gesetzmäßigkeiten der Physik bin
selbst ich machtlos.

Ich bin in Deckung gegangen, als die Blase des lieben Yoshi
dem Druck nicht mehr standhielt. Die Kabeltrommel, die
sich unter unserem Tisch befand, hat es allerdings voll
erwischt.

Zunächst blieb es ruhig. Ein gutes Zeichen, dachte ich
mir. Doch dann begann es, leise zu surren. Wir drängten
beide unter dem Tisch hervor. Gott sei Dank hatte Toni
endlich unsere Leinen freigegeben.

»Poff«, machte es, nicht weit von uns entfernt. Das Krachen brachte den Pavillon zum Schwanken. Es roch fürch-
terlich.

Mit lautem Bellen gab ich Yoshi das Zeichen, sich an meine Fersen zu heften. Ich lotste uns sicher aus der Gefahrenzone, trotz des Tumults, der sich um uns herum abspielte.

Nix wie weg, war unsere Devise. Über den Steg retteten wir uns ans Seeufer und blieben in gebührendem Abstand stehen.

Von dort aus beobachten wir gegenwärtig das Geschehen im Pavillon. Manche der Anwesenden sind voller Panik in Richtung Wasser geflohen. Immerhin, stelle ich fest, kehrt so langsam wieder ein wenig Ruhe ein. Früher oder später können wir zur Gruppe zurückkehren. Am besten wohl später, entscheide ich, als ich meinen armen Kumpel betrachte. Yoshi ist mit den Nerven am Ende. Er zittert am ganzen bulligen Körper.

Ach, keine Panik, Junge, denke ich. Alles, was im Schutze der Tischdecke passiert ist, bleibt unser beider Geheimnis. Im besten Fall merkt niemand, wie der Ärger zustande gekommen ist.

Und außerdem, wie sagte die Programmleiterin eben noch: Das kann man alles schneiden!

NICHT UNBEDINGT DAS BESTE KLIMA

Im Heilklima-Pavillon des Kurparksees
in Weiskirchen
13.06.2023
Antonia Kuppertz

»Ähm, hat vielleicht jemand eine Erklärung dafür?« Mit spitzen Fingern hält ein Techniker vom Fernsehteam eine verschmorte Kabeltrommel in die Höhe. Hellgelbe Flüssigkeit tropft auf die Holzbalken des Pavillons. »Sieht wie Pipi aus und riecht auch so.« Er rümpft die Nase. »Ich schätze, daher rührt der Kurzschluss. Der Strom ist jedenfalls komplett weg.«

»Wie soll denn da Urin drangekommen sein?«, antwortet die Programmleiterin und schüttelt verständnislos den Kopf.

Mir würde eine Erklärung einfallen, doch die behalte ich besser für mich. Außerdem habe ich gerade andere Probleme. Ich sitze immer noch am Boden neben Hoseok und richte meine geschundenen Glieder. Mit 35 steckt man manche Eskapade gar nicht mehr so leicht weg, stelle ich fest.

»Kannst du mir mal sagen, was das sollte?«, fährt mich Hoseok an und wischt sich den Staub von seinen Ärmeln. Eine recht sinnlose Angelegenheit, denke ich mit Blick auf den Gesamtzustand seines Sakkos.

»Was hattest du in deiner Hand?«, entgegne ich statt einer Antwort.

»Was geht dich das an?«

»Ne ganze Menge«, halte ich dagegen.

»Du hast doch eine Macke«, wettert Hoseok. »Aber weißt du was? Ich sage es dir: Es war meine Pillendose. Ich bin Diabetiker und wollte vor dem Essen meine Tablette nehmen. Zumindest bis du Verrückte meine Arznei ins Wasser geworfen hast.«

»Ist das wahr?«, frage ich kleinlaut.

»Pff. Du bist gut! Man könnte glauben, du bist von der Kripo. Nur damit du dich richtig schlecht fühlst, hier …«, er greift in sein Sakko und nimmt ein blaues kleines Buch heraus, »… mein Diabetiker-Pass.«

»Verdammt. Das wusste ich nicht.« Mehr fällt mir dazu nicht ein.

»Ich brauche keine Entschuldigung. Mich interessiert, wie ich jetzt an meine Medikamente komme. So lustig ist das nämlich nicht.« Er sieht besorgt aus.

»Ich kümmere mich darum, versprochen«, sage ich und merke, dass es auf meinen Kopf tropft.

Ich schaue nach oben. Oh, da steht Jan-Alexander.

»Ach, du bist es«, sage ich, und da mir nichts Klügeres einfällt, füge ich hinzu: »Tolle Show bisher.«

In Jan-Alexander Augen blitzt es. So wütend habe ich ihn noch nie gesehen. »Weißt du was? Ich war ehrlich geduldig, aber jetzt reicht's, echt! Rutsch mir den Buckel runter.«

Er dreht sich um und geht. Ich schaue ihm hinterher. Bei jedem Schritt hinterlässt er eine Spur von Wasser.

Hämmerle und Friemel kommen ihm entgegen und erreichen nun den Pavillon. Die zwei scheint nichts schocken zu können, ihre gute Laune ist ungebrochen. »Eh, Leute, ihr habt das doch hoffentlich alles im Kasten?«, fragt Friemel und rückt sich seine Brille zurecht. »Das neue Format hat was, würde ich sagen. Auch wenn's ein bisschen feucht ist.«

SAAR-HUNSRÜCK-STEIG

5. Etappe
Von Weiskirchen zur Grimburg
Strecke: 20,1 km
Dauer: 5:45 h
Höhenmeter: ∧510 m ∨430 m

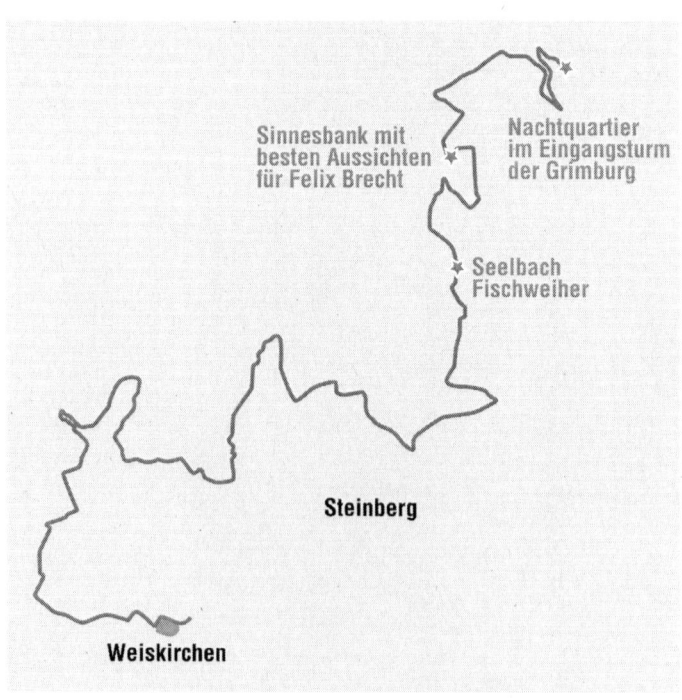

AUF DER ALM, DA GIBT'S KOA SÜND?

Im Waldgebiet um Wadrill und Steinberg
14.06.2023
Günther, der Dackel

Schwarzwälder Hochwald nennt die van der Pütten die alpenähnliche Gegend, die wir derzeit durchwandern. Das passt zum gegenwärtigen Höhenprofil, das es durchaus in sich hat.

»Kommt, Leute. Ich weiß, die heutige Tour ist anspruchsvoll«, sagt die van der Pütten. »Über 1.100 Höhenmeter auf rund 20 Kilometern, dat ist nicht ohne. Aber wer die erste echte Alm des Saarlandes besuchen will, dem bleibt nix anderes übrig, als die Herausforderung anzunehmen. Auf der Hochwaldalm gibt es bei unserer zünftigen Rast etwas typisch Saarländisches. Sozusagen als Belohnung für diese nicht ganz leichte Etappe.«

»Ach, geht doch eigentlich. Ich mag solche verschlungenen, einsamen Wege«, antwortet Antje.

Es ist fast schon Provokation, dass sie überhaupt nicht angestrengt wirkt. Ich kann diesen fiesen Hangpfaden und den engen, verworrenen Wegen in dieser Wo-sich-Fuchs-und-Hase-gute-Nacht-sagen-Umgebung nicht viel abgewinnen. Vielleicht auch, weil heute der Tragekomfort zu wünschen übrig lässt, denn ich muss selbst gehen. Um all die Strapazen wiedergutzumachen, muss die Belohnung auf der Alm ausgesprochen lecker ausfallen und sich außerdem ein Stück abseits von Toni befinden. Mit der ist nämlich heute nicht zu spaßen.

Zwischen Dannhäuser und ihr herrscht eisiges Schweigen. Friedhofsstille trifft es am besten. Ausbaden darf ich den Ärger. Heute Morgen wurde mir eine Regine-und-Yoshi-Sperre erteilt, da Toni mich – ja, tatsächlich mich – wegen der Pipi-Aktion in Verdacht hat.

»Du kannst froh sein, dass ich dich gedeckt habe«, hat sie mir mit erhobenem Zeigefinger eine Standpauke im Hotelzimmer gehalten. So was schimpft sich Teamkollegin. Bringt den kompletten Laden durcheinander und schiebt dann einem unschuldigen Hündchen die Schuld dafür in die Schuhe. Wie mies ist das denn?

Nach der Nummer ignoriere ich sie ebenfalls – so gut das eben als Hund mit Leinenzwang möglich ist.

»Wir sind ganz in der Nähe von Wadrill«, verrät uns die van der Pütten.

Nie gehört, stelle ich fest. Mich nimmt der Aufstieg ohnehin voll in Anspruch. Unser Weg mündet auf einer Landstraße. Das beweist immerhin, dass wir die Zivilisation nicht vollends verlassen haben. Als wir die Fahrbahn überquert haben, höre ich das Muhen von Kühen. Sogar eine Herde Pferde zeigt sich hinter einem Zaun. Tiere, das ist ein gutes Zeichen, folgere ich, denn wo diese im Sommer zum Weiden aufgetrieben werden, da müsste auch aller Logik nach eine Alm auf einen müden Wanderhund warten. Den Namen Bergwiesen haben sich die schräg abfallenden Wiesen am Wegrand in jedem Fall verdient.

Wie ausgesprochen klug ich bin, zeigt sich nach der nächsten Kurve. Ein einsam gelegenes Blockhaus taucht vor unseren Augen auf. Die Almhütte sieht zwar nicht ganz so urig aus wie die, die man aus den Heidi-Filmen kennt, aber damit kann ich gut leben, solange die Verpflegung stimmt. Die Terrasse mit den Holzstühlen und den netten Tischen mit karierten Deckchen und Margarethen in schlichten Tonväschen darauf hat schon mal was. Die Aussicht ins Tal ebenso.

»Na, habe ich zu viel versprochen?«, heischt die van der Pütten sogleich nach Zustimmung.

Woher soll ich das wissen, frage ich mich. Das wichtigste Qualitätsmerkmal lässt sich erst bestimmen, wenn ich als ausgemachter Gourmet alles Verzehrbare einer persönlichen Kontrolle unterzogen habe. Schick ist eine Sache, doch das allein füllt keinen leeren Dackelmagen.

Die Bedienung lässt nicht lange auf sich warten. Die junge Dame in zünftigem Dirndl ist äußerst freundlich. »Sie haben sicher nach der Wanderung guten Appetit mitgebracht«, erkennt sie. Für diese Weitsicht gibt es von mir schon mal mindestens einen Stern.

Glücklicherweise setzt sich Toni neben meinen Versorgungspunkt namens Regine. Das sind beste Ausgangsvoraussetzungen. Schade nur, dass dieser leidige Brecht sich zu Regine gesellt und sie voll und ganz in Anspruch nimmt. Wie kann er es wagen? Gestern hat er noch an der Bar mit einer Touristin aus den Niederlanden geturtelt und heute ist Regine dran. Trauriger weise scheint sie enorm empfänglich für die unverfrorenen Annäherungsversuche des Fotografen zu sein.

»Was für ein wunderbares Motiv du bist«, begockelt er sie. »Eine hübsche, zarte Frau und dann dieser naturbelassene Hintergrund. Ich darf doch?«, erkundigt er sich und kramt seine Kamera heraus.

»Och, ich weiß nicht«, erwidert Regine bescheiden, richtet sich jedoch im gleichen Augenblick das Haar und strahlt den Schnösel an.

Ich kann gar nicht hinsehen. Brecht zieht die Nummer »Starfotograf entdeckt seltene Schönheit« ab. Mit Sprüchen wie »Du wirst hundertpro das neue Gesicht der saarländischen Tourismuskampagne« bringt Brecht nicht nur mich in Rage. Auch Toni und Walli beobachten das traurige Schauspiel mit Zähneknirschen.

»Aber hallo«, sagt Brecht, als die Kellnerin mit einem gefüllten Tablett zurückkehrt. »Könnten Sie mir vielleicht noch ein Gläschen Wasser zum Kaffee bringen?«

»Mach ich sofort, wenn jeder sein Stück Kuchen hat. Wir haben Saarländischen Kirschstreusel nach Omas Art und ›Quetschekuche‹ vom Blech im Angebot. Was hätten Sie denn gerne?«

Alles, entscheide ich entgegenkommend.

»Was ist denn mit dem Hund? Ich habe noch Wiener in der Küche«, bietet die nette Bedienung an. An sich brauche ich zwar keine Extrawurst, Kuchen ist völlig okay. Doch wenn es die Frau glücklich macht – nur her damit.

»Der Hund ist derzeit auf Diät«, informiert Toni die gute Seele dieser Almhütte. »Leer soll er natürlich trotzdem nicht ausgehen …« Prima erkannt, freue ich mich. Tonilein nimmt allmählich Vernunft an. »Wären Sie so lieb, ihm ein Schälchen Wasser zu bringen?«, sagt die Schlange und lächelt dabei kalt.

»Dann nehmen wir gerne die Wiener«, mischt sich Dannhäuser ins Gespräch ein. »Die hat sich der Yoshi heute nach der langen Runde verdient.«

Was? Bei aller Liebe, der Junge handelt mir mächtig Ärger ein mit dem Chaos, das er verursacht hat, und wird nun dafür auch noch belohnt?

Als die Wirtin den Napf mit Wasser vor mir abstellt und ich in Rot darauf aufgedruckt »Ohne Mampf kein Kampf« lese, habe ich einen dicken Kloß im Hals. Was für eine ungerechte Welt! Mir steigt der Geruch von frischem Kuchen und feinem Puderzucker in die Nase, und ich hocke vor einer Schale mit flüssigem Nichts.

Doch aufgeben ist nicht mein Ding. Es bleibt noch Regine, die war bisher immer mein rettender Engel. Heute allerdings ist sie eine recht abgelenkte Himmelsgestalt. Gefesselt hängt sie an Brechts Lippen.

»Der Kuchen ist lecker und die Umgebung schön. Aber weißt du, das Ganze hier ist noch viel zu verwaist. Von den Blockhäusern bräuchte es mindestens zehn an der Zahl. Almübernachtungen, das würde viele Leute in diese einsame Gegend locken. Auf Englisch klingt die Idee sogar noch viel spektakulärer: Natural-Vertical-Nights. Das verspricht Spannung. Vielleicht lässt sich auch eine Seilbahn installieren, um den Leuten das Abenteuer schmackhaft und bequemer zu machen.«

Oder eventuell eine Rolltreppe oder ein Freiluftlift, fällt mir da ein. Der Kerl hat Nerven. Der würde alles vermarkten. Regine jedenfalls spart sich bei dem Gesülze eine Antwort und belässt es dabei, Brecht anzulächeln.

»Oh, der Kaffee macht sich bemerkbar. Weiß vielleicht jemand, wo die Sanitärräume sind?«, schwenkt Brecht auf ein anderes Thema um und richtet sich mit der Frage an die ganze Gruppe.

»Deinem Kaiser Wilhelm kannst du gleich vorne um die Ecke die Hand schütteln.« Wallis Wortwahl ist wie so oft unangenehm bildhaft.

»Okay, danke.« Brecht steht vom Platz auf und zieht endlich Leine.

Das ist meine Gelegenheit, erkenne ich und mache mich hinter Regine bemerkbar. Immer Toni im Blick, die sich im Smalltalk mit Antje befindet. Sehr gut, sage ich mir, und winsele ein bisschen lauter.

Da fliegt auch schon das erste Stückchen Streuselkuchen. Noch bevor es die Erde berühren kann, habe ich es mir geschnappt. Sehr gute Qualität, befinde ich. Um ein klares Urteil fällen zu können, braucht es noch weitere Stichproben.

Erneut wandert Regines Hand nach hinten. Ich stelle mich erwartungsvoll in Position und werde enttäuscht. Regine schiebt ihre Finger in die seitliche Tasche ihres Wanderrucksacks. Sucht sie nach einem Leckerli? Ich lege den Kopf schief und nehme etwas Braunes wahr. Könnte ein Gegenstand aus Glas sein. Regine schließt ihre Finger fest um dieses seltsame Ding, und – schwups – liegt die Faust in ihrem Schoß. Als würde sie dort auf weitere Anweisungen warten.

Verstohlen schaut Regine sich um. Alle anderen sind mit Reden und Essen beschäftigt. Niemand achtet auf uns. Langsam hebt Regine ihre freie Hand auf Tischhöhe und greift nach dem Wasserglas neben sich.

Erst denke ich, sie bedient sich an Brechts Getränk. Aber nein, das ist nicht ihre Absicht. Sie stellt das recht volle Glas zwischen ihren Oberschenkeln ab, und nun kommt die sich langsam öffnende Faust ins Spiel. Keine Ahnung, was sie da anstellt. Ich höre ein leises Tröpfeln, kurz darauf befindet sich das Glas wieder auf seinem Bierdeckel, und Regines Finger wandert zurück zu ihrer Rucksacktasche, deren Reißverschluss sie wenig später zuzieht. Der Spuk ist vorbei.

Regine fährt sich durch ihre Haare und atmet laut aus, während sie ihren Blick in die weite Landschaft richtet.

Ich schaue in die Gesichter der anderen. Niemand außer mir scheint die seltsame Aktion beobachtet zu haben. Als sich mit einem Mal ein feines, fast fieses Lächeln auf Regines Lippen zeigt, bekomme ich es mit der Angst zu tun.

Was treibt sie da nur?

»Na, hast du mich schon vermisst?«, höre ich hinter mir eine Stimme. Brecht!

»Und wie«, sagt Regine und strahlt den Kerl zuckersüß an, der sich soeben setzt und sich einen Schluck aus seinem Wasserglas gönnt.

Regine verzieht keine Miene.

Ich bin sprachlos und entsetzt. So was von entsetzt, dass ich meinen Hunger nicht mehr spüre – und das will was heißen.

DER KAFFEE HATTE ES IN SICH

Auf der Hochwaldalm Wadrill
14.06.2023
Felix Brecht

Marcel: Felix, gute Neuigkeiten. Die Geschichte läuft!

Ah, mein Mitarbeiter aus Köln hat sich der Sache angenommen. Wie es aussieht, ist die Angelegenheit mit dem Pachtvertrag für den Weinberg und alles Drumherum nun unter Dach und Fach. Jetzt nimmt sich Felix den Pächter vor. Das wird auch laufen. Geld regiert die Welt – sage ich da nur und sende ein Daumen-hoch-Emoji.

Das reicht. Nicht, dass Marcel noch einen Höhenflug bekommt. Als Chef einer Firma sollte man bei seinen Mitarbeitern immer das rechte Maß zwischen Lob und notwendiger Repression finden. Sonst nimmt einem irgendwann jemand die Zügel aus der Hand.

Genug gearbeitet für heute, entscheide ich und wende mich wieder Regine zu. In der Villa Borg war sie beim gemeinsamen Backen so plötzlich verschwunden und danach extrem reserviert, dass ich keinen Versuch mehr startete. Aber wie die Gegenwart zeigt, ist sie nun doch meinem Charme verfallen. Zum Glück, denn eine große Auswahl an Frauen bietet diese Tour nicht. Antje und Toni sind wie ein Minenfeld, da kann es jederzeit loskrachen. Darauf verzichte ich. Conny war okay, ist jedoch einen Tick zu früh ausgestiegen, was ärgerlich war nach all den Mühen. Aber das ist mir jetzt egal, denn Regine war von Beginn an meine erste Wahl.

»Was für eine Aussicht«, sage ich.

Regine wandert vor mir auf dem Wiesenweg. Derzeit geht es stramm bergauf, hin zu einer Sinnesbank, die ein Stück oberhalb der Almhütte liegt. Meine Bemerkung zielt natürlich nicht auf das Almpanorama ab, sondern auf Regines Figur, die mir in der engen Dreiviertel-Wanderhose und dem taillierten Wanderhemd besonders gut gefällt. Wir haben uns ein Stück von den anderen abgesetzt. Diese haben die hübsche Möglichkeit zur Rast soeben ungenutzt passiert.

»Ja, herrlich! Ich glaube, unsere Aussichten könnten heute nicht besser sein«, erwidert Regine nicht weniger mehrdeutig. Dabei schaut sie mir tief in die Augen.

Wow, die geht ran, staune ich nicht schlecht. Aber wer würde sich da beschweren wollen? Die hübsche Stelle dort oben ist die Gelegenheit, sage ich mir, Urlaub, fantastisches Wetter und nur Natur um uns herum. Wer so einen Ort nicht zu nutzen weiß, ist selbst schuld. Das Anbändeln mit Regine läuft ausgezeichnet, wäre da nur nicht dieses Stechen hinter meinem Brustbein, das mir zu schaffen macht, seit wir von der Blockhütte gestartet sind. »Ich glaube, der Kaffee hatte es in sich.«

»Im Ernst? Ich fühle mich hervorragend. So munter wie lange nicht mehr«, sagt Regine kess. Es zeigen sich zwei hübsche Grübchen an ihren Wangen.

Das ist wie eine subtile Aufforderung, die ich selbstverständlich nicht ungenutzt lasse. Ich strecke meine Hand nach Regine aus, da zieht es von Neuem. Fast so, als würde mir jemand ein Messer zwischen die Rippen schieben. Mist. Was ist das bloß?

»Alles gut bei dir?«, erkundigt sich Regine.

»Jaja. Keine Sorge. Ich bin hart im Nehmen. Wahrscheinlich war die Matratze heute Nacht einfach ein bisschen zu weich.« Ich versuche, mich locker zu machen, und drehe die Schultern. Doch das ist anscheinend nicht die Ursache.

Das Bergaufwandern kann es ebenso wenig sein. Ich gehe dreimal die Woche laufen und zusätzlich ins Fitnessstudio. Ich bin topfit. Normalerweise.

»Komm schon, wo bleibst du? Wir haben es gleich geschafft«, bemerkt Regine und beschleunigt sogar noch ihre Schritte.

»Ja«, bringe ich mit viel Mühe heraus. Schneller gehen ist unmöglich für mich. »Momentchen, bin gleich da«, keuche ich und beuge mich nach vorne. Ich muss mich nur mal kurz abstützen.

Regine kehrt um und greift mir unter die Arme. »Das winzige Stückchen schaffst du noch!«, behauptet sie.

Wenn die wüsste, wie hundsmiserabel ich mich fühle. Mit letzter Kraft und dank Regines Unterstützung erreiche ich die Bank und lasse mich wenig elegant darauf nieder.

»Ich glaube, ich brauche einen Arzt. Kannst du vielleicht den Rettungsdienst alarmieren, Regine?«, murmele ich. Reden strengt mich furchtbar an. »Eher unwahrscheinlich, aber es besteht die Möglichkeit, dass ich einen Herzinfarkt habe. War ein bisschen viel Arbeit die letzten Wochen.«

»Das kenne ich. Davon erzählt mein Freund auch immer.«

Mein Herz pocht wie wild. Ich glaube nicht, dass ich es schaffe, bis ärztliche Hilfe hier oben eintrifft. Ich schwitze und gleichzeitig ist mir furchtbar kalt.

»Freund? Du hast einen Freund?«, sage ich, um mich abzulenken und nicht in die totale Panik zu verfallen.

»Hm«, erwidert Regine und blickt in die Ferne. »Wahnsinn, heute kann man bis zum Schaumberg sehen. Schau mal!«

»Mir ist gerade nicht so … Hast du den Notruf kontaktiert?«

»Den Rettungsdienst brauchst du nicht. Dir geht's gleich von selbst besser«, behauptet Regine. Ich bin mir nicht sicher, ob ich mich verhört habe.

»Bitte. Es ist dringend!«, presse ich heraus und halte mir die Hand an die Brust.

»Ich muss im Moment etwas anderes erledigen. Ich habe gestern eine Nachricht von meinem Freund erhalten. Willst du wissen, was drinsteht?«

Allmählich komme ich nicht mehr mit. Was erzählt Regine nur für ein Zeug? Ich kann jeden Moment Hopps gehen.

»He, Schatzi, du Traum meiner schlaflosen Nächte. Ich mache mir Sorgen. Melde dich bitte, damit ich weiß, dass es dir gut geht. Wenigstens das …«

Der Text kommt mir bekannt vor. Merkwürdig.

»Bitte!!!!! Wenn ich etwas falsch gemacht haben sollte, sag es mir. Ich bringe alles wieder in Ordnung.«

Regines Stimme wurde gegen Ende seltsam hart. »Nun, wie soll ich dir das sagen, Schatzi? Es ist tatsächlich so einiges Unerwartetes geschehen. Aber habe keine Angst, die Sache bringe ich eigenhändig in Ordnung.«

»Coconut.« Die Erkenntnis versetzt meinem Herz einen erneuten, heftigen Stich. Ich stöhne auf.

»Gut erkannt, MisterLoverLover. Uns kann höchstens der Tod trennen, das hast du mir mal geschrieben. Weißt du noch? Ich glaube, Schatzi, das trifft genau heute für dich zu.«

EINE ERSCHEINUNG

In der Nähe des Grimburger Hofs
14.06.2023
Günther, der Dackel

Ganz toll. Da ist man ein fast fertig ausgebildeter Polizeihund, verfügt über einen Spürsinn, auf den selbst Columbo neidisch wäre, und woran hapert es letztlich? Na, am anderen Ende der Leine.

Munter quatscht Toni seit einer guten Stunde mit Antje über Klimawandel, Windräder und Co. Während sie verbal die Welt retten, spielt sich vor unser aller Augen der nächste Saarkrimi ab. Gerade noch so, denn derzeit wandeln wir an der Grenze zu Rheinland-Pfalz.

Ich zerre an der Leine, belle und stelle sonst was an – keine Chance. Sie reagiert nicht. Wie mache ich Toni bloß begreiflich, dass wir bald den nächsten Toten finden, wenn wir jetzt nicht handeln, und dass wir beide die Mörderin mehr als gut kennen?

»Was ist denn heute mit dir los? Willst du etwa so dringend zu Regine?«, fährt Toni mich an.

Völlig falsch, denke ich. Aber die genauen Umstände kann ich ihr auch nicht klarmachen. Sie soll mir einfach folgen. Ich zeige ihr, wie unsere liebe Freundin Regine Brecht kaltblütig liquidiert.

»Na, wenn er unbedingt will, lass ihn doch«, meldet

sich genau die Freundin mit einem Mal zu Wort. Ich drehe meinen Kopf in Richtung der Stimme. Regine hat aufgeschlossen, mutterseelenallein.

Ich nehme alles zurück. Höchstwahrscheinlich ist der Mord längst vollbracht. Regine jedenfalls wirkt, als wäre sie sehr zufrieden mit sich.

»Dem Gezicke von Günther nachzugeben, ist rein pädagogisch womöglich nicht so klug«, merkt Toni an.

Wie recht sie hat, denke ich. Meiner Erziehung mangelt es an Entschlossenheit, Tonilein. Stell mich von mir aus stundenlang in die Ecke oder erteile mir ein Ein-Jahres-Leckerli-Verbot. Aber bitte, bitte, übergebe mich keinesfalls der Obhut dieser Giftmischerin!

»Andererseits sind wir im Urlaub und Günther ist dein Leihhund«, entscheidet Frau Wankelmut.

»Genau. Wir machen es wie die Omas mit ihren Enkeln, und ich verwöhne den Kleinen nach Strich und Faden.« Regine grinst. Mannomann, ist die abgebrüht.

Danke, ich verzichte. Regines Vorstellung von einem Verwöhnprogramm habe ich vor Kurzem live miterlebt.

Toni reicht völlig sorglos Regine die Leine. »Es ist sowieso nicht mehr weit. Lodi meinte eben, noch ein, zwei Kilometer, dann haben wir unser Nachtquartier erreicht«, informiert Toni Regine. »Wo ist eigentlich Felix? War der eben nicht bei dir?«

Die Alm-Mörderin zuckt mit den Schultern. »Er wollte noch ein wenig länger die herrliche Aussicht genießen.«

Bei den Worten läuft es mir eiskalt den Rücken herunter. Die hat den kaltgemacht. Hundertpro! Was, wenn ich der Nächste bin?

Kaum hat sich Regine meiner ermächtigt, widmen sich Toni und Antje wieder der Errettung der Welt, dabei wären konkrete Hilfsmaßnahmen für einen Kollegen in unmittelbarer Nähe weit eher vonnöten. Doch die zwei kriegen rein gar nichts mit.

Regine setzt sich unterdessen geschickt von der Gruppe ab. Ich bekomme es mit der Angst zu tun. Was hat sie mit mir vor? Es dauert nicht lange, und Regine wickelt hinter ihrem Rücken eine Serviette auf. Es ist nicht nötig hinzusehen, ich rieche, was sich darin befindet. »Schau mal, das habe ich extra für dich erobert«, bezirzt mich Regine mit einem Stück Kirschstreusel. »Das ist genau nach deinem Geschmack, mein Schatz, oder?«

Ob die den Brecht genauso eingelullt hat?

Appetit und Bedarf hätte ich prinzipiell schon, aber lebensmüde bin ich nicht. Meine Schnauze bleibt verschlossen. Völlig wurscht, wie sehr mich Regine zu ködern versucht.

So wird das letzte Stück Weg, bis sich schließlich auf einer weiteren Anhöhe eine Burg vor uns erhebt, ein wahrer Stresstest. Zumal mein Gehirn auf Hochtouren läuft. Wie kann ich Toni dazu bringen, sich auf die Suche nach Brecht zu begeben? Wir müssen handeln, und zwar so schnell wie möglich.

»Die Grimburg, Leute. Heute unternehmen wir eine kleine Zeitreise«, verkündet die van der Pütten soeben. Nach einem letzten Anstieg haben wir das mittelalterliche Areal erreicht.

Am Eingangstor erwartet uns eine Frau in einem farngrünen kittelartigen Hemdrock. »Seid gegrüßt, werte Jungfrauen und holde Recken, zu unserer Führung auf Burg Grimburg«, empfängt sie uns.

Führung hört sich gut an. Dabei bietet sich womöglich eine passende Gelegenheit, Toni von der Dringlichkeit meines Anliegens zu überzeugen.

Es geht über das Burggelände. An manchen Winkeln des weiträumigen Plateaus finden sich nur noch Mauerreste, an anderen Stellen hat man die Burg in ähnlicher Weise wie in früheren Tagen wiedererrichtet. Es gibt einige kleine runde Türme und mittendrin einen mächtigen Wehrturm, der triumphal über allem in die Höhe ragt.

Wir überqueren eine Holzbrücke, die über einen tiefen Graben hinweg zum Innenhof des fünfeckigen Bergfrieds führt. Unsere Führerin bleibt inmitten der alten Mauern stehen. »Wie Sie sehen, weist der Bergfried der Grimburg mehrere Etagen auf. Der Eingang zum Wohnhaus lag in jener Zeit im ersten Stock«, berichtet sie und deutet mit dem Finger auf die angesprochene Stelle. »Damals waren die Treppenaufstiege noch beweglich. Die Burgbewohner konnten die Leitern bei willkommenen Gästen zum Einstieg bereitstellen. Handelte es sich hingegen um ungebetene Besucher, blieben die Leitern oben und man war gut geschützt.«

»Nicht dumm«, kommentiert Hoseok.

Ne, denke ich. Eigentlich ist das alles recht interessant, trotzdem sollte ich die gegenwärtige Erzählpause nutzen. Ich peile mein Ziel an und schleiche los zu Toni.

Erst sieht es gut aus. Ich komme heimlich, still und leise voran. Noch höchstens ein halber Meter … plötzlich spüre ich einen Widerstand.

»He, du Frechdachs«, sagt Regine. Ich stemme mich gegen die Leine. Meine Beine laufen weiter, nur was die Bewegung nach vorn angeht, gibt es keine Entwicklung – nach unten dafür umso mehr. Ich schaffe mir mit meinen Pfoten einen eigenen kleinen Burggraben. Regine zeigt sich künstlich besorgt. »Na komm! Ich heb dich hoch, dann siehst du mehr.«

Ganz große Klasse, ich spüre die Umklammerung des Todes. Als ich winsele, drückt mich die Meuchelmörderin fester an sich. Methodisch mache ich irgendetwas falsch.

Ohne jede Chance, mich zu befreien, geht die Tour weiter über das Burggelände hin zum Hexenturm, der ursprünglich zum Wachturm auserkoren war. »Darin fand eine düstere Episode in der Historie der Grimburg statt«, schildert unsere Führerin. So wie sie das sagt, stellt sich mein Fell auf. Puh, eine gruselige Geschichte braucht es jetzt für mein angegriffenes Nervenkostüm nicht auch noch. Die realen Verhältnisse bergen mehr als ausreichend Schrecken, finde ich.

Unsere Burgführerin sieht das anders und geht ins Detail: »Im 16. und 17. Jahrhundert inhaftierte man in dem Raum der Hexerei beschuldigte Frauen. Summa summarum fanden 47 grausame Hexenprozesse an diesem Ort statt.«

Die vielen Frauen damals waren sicher völlig unverschuldet in diese schreckliche Lage geraten. Ich allerdings hätte eine Kandidatin, auf die das nicht zutrifft. In Regines Fall gibt es kein Vertun – ich habe die Straftat mit eigenen Augen beobachtet. Das Fachgebiet Giftmischerei fällt doch ganz sicher unter Hexerei? Ab in den Kerker mit ihr, fordere ich.

Nun haben allerdings Hunde als Zeugen in der Rechtsprechung viel zu wenig Gewicht, ganz abgesehen davon, dass es für uns ein solides Zeugenschutzprogramm geben müsste. Deshalb endet die Führung schließlich mit eifrigem Klatschen im Burghof im Schatten einer großen Eiche, und ich befinde mich nach wie vor in den Fängen der Mineralwasserkillerin.

»Nicht übel, die Burg«, findet Walli.

»Beeindruckend«, stimmt ihm Hoseok ausnahmsweise zu.
Meine Verzückung hält sich in Grenzen, denn die Zeit
rennt mir davon. Ich habe keine Chance, an Toni heranzu-
kommen. Antje hat sie voll in Beschlag.

Aber dann tut sich doch noch eine unerwartete Gelegenheit auf. Regine nimmt neben Hoseok auf der Holzbank
Platz und lässt den Rucksack in meiner direkten Nähe zu
Boden sinken. Das ist wie ein Wink des Himmels. Ich habe
die Lösung: Wenn ich das ominöse Fläschchen finde, habe
ich etwas Handfestes in meinen Pfoten – oder besser gesagt
zwischen den Zähnen.

Dezent mache ich mich an dem Reißverschluss zu schaffen.

»Wo schlafen wir eigentlich heute?«, erkundigt sich
Hoseok gerade bei der van der Pütten.

Die sollen ruhig reden. Das verschafft mir Zeit.

»Es erwartet euch wieder ein außergewöhnliches
Nachtquartier.« Unser Coach gönnt allen einen Moment
der Spannung, bevor sie weiterredet. »Wir übernachten
gemeinsam im runden Eingangsturm. Ihr wisst schon, der,
an dem wir gleich zu Beginn der Führung vorbeigelau-
fen sind.«

»Wow, das ist wirklich etwas Besonderes«, kommentiert Antje.

»Wie ungewöhnlich«, sagt Regine. »In einer alten Burg
habe ich noch nie übernachtet.«

Tja, daraus wird auch heute nix, meine Liebe. Ich bin
kurz vor meinem Ziel. Das braune Fläschlein ist bereits
zu sehen. Gleich schnappe ich zu. Regine sollte sich also
besser auf eine Nacht hinter schwedischen Gardinen ein-
stellen. Höchstwahrscheinlich werden es sogar ein paar
Übernachtungen mehr.

So, ich habe meine Beute, und nun kommt die Stunde der Wahrheit. Siegessicher laufe ich auf Toni zu. Diesmal habe ich ausreichend »Leinenfreiheit«.

Doch dann haut es mich fast von den Pfoten. Was ich vor mir erblicke, ist wie eine Erscheinung. Vor Schreck fällt mir die Flasche aus der Schnauze. Das kann nicht sein! Das passt einfach nicht zusammen! Diese Sätze donnern durch meinen Kopf und lassen mich völlig verwirrt zurück.

Wie ist das nur möglich?

ICH STERBE AN EINEM ANDEREN TAG

In der Nähe des Grimburger Hofs
14.06.2023
Felix Brecht

Weit kann es nicht mehr sein, überlege ich mit Blick auf die Wanderapp. Ich bin auf einer schmalen Straße in Richtung eines Restaurants mit Name Grimburger Hof unterwegs. Wenn ich das richtig sehe, sind es von da aus höchstens 500 Meter bis zu unserem Etappenziel: der Burg Grimburg.

Dieses Miststück hat mich liegen lassen. Abgebrüht und schonungslos ist sie, dabei habe ich ihr lediglich ein paar Details aus meinem Privatleben verschwiegen. Dass ich ihr Lügen aufgetischt habe, kann man genau genommen nicht sagen. Im Prinzip kam die Frage, ob ich verheiratet bin, kein einziges Mal zwischen uns auf.

Ohne mit der Wimper zu zucken, hätte Regine mich krepieren lassen. Als ich auf der Bank aufgewacht bin, war die Sonne dabei, unterzugehen. Zunächst war ich völlig orientierungslos. Es hat gedauert, bis ich die ganze Geschichte rekonstruiert hatte. Die seltsame Episode fühlte sich an wie ein schlechter Traum. Keine Ahnung, warum es mir mit einem Mal so mies ging. Nicht ausgeschlossen, dass Regine ihre Finger im Spiel hatte. Möglicherweise auch nicht. Trotzdem war es unterlassene Hilfeleistung, mich dort, ohne ärztliche Versorgung, liegen zu lassen.

Ich hatte das Smartphone schon in der Hand, wollte die Nummer der Polizei wählen und legte mir die Anfangssätze zurecht: »Guten Abend. Ich möchte eine Straftat melden. Ich bin eben, vermutlich nur mit viel Glück, einem Mordversuch entgangen. Die Täterin ist eine Bekannte, die ich bei einem Sexchat kennengelernt habe. Zwei Jahre haben wir übers Internet eine recht intime Beziehung gepflegt, bis sie herausgefunden hat, dass ich verheiratet bin. Daraufhin ist sie ausgerastet und versuchte mich – höchstwahrscheinlich – zu ermorden …«

Klingt das überzeugend, habe ich mich gefragt. Ich kam zu dem Schluss, dass man weit eher mich als Regine für komplett irre halten würde. Abgesehen davon, dass eine Anzeige mir erneut die Polizei auf den Hals gehetzt hätte. Außerdem wäre ich spätestens zu Hause in Erklärungsnot geraten.

Also habe ich nichts in der Richtung getan. Ich habe stattdessen meine Wanderapp geöffnet und mich auf den Weg gemacht.

»Wie ungewöhnlich. In einer alten Burg habe ich noch nie übernachtet«, höre ich jemanden sagen, als ich auf dem Burgareal eintreffe.

Ich sehe die ganze Mannschaft, die zusammen unter einer Eiche neben dem Bergfried zusammensitzt und sich prächtig unterhält. Offenbar hat mich niemand vermisst.

»Ich habe tatsächlich auch noch nie an so einem Ort übernachtet, Regine. Dann ist es für uns beide das erste Mal«, sage ich. Regine dreht ihren Kopf und schnappt nach Luft, als sie mich erkennt.

Ihren Gesichtsausdruck in diesem Moment genieße ich. Tja, einen Felix Brecht bekommt man eben nicht so schnell klein. Ich tue so, als sei nichts geschehen. »Sorry. Ich bin wohl eingenickt bei der wunderbaren Aussicht auf der Sinnesbank. Habe ich was verpasst?«

»Eine dufte Führung. Aber zum Mittelaltergelage kommst du gerade richtig«, erklärt van der Pütten.

Regine werde ich mir später vorknöpfen. Jetzt heißt es, mitzuspielen und sich nichts anmerken zu lassen. »Ein reiches Mahl wird uns serviert, welch frohe Kunde. Nun, Freunde, wohlan«, tue ich in bester Mittelaltermanier kund.

»So tretet näher, edler Herr, und seid am heutigen Tag unser Gast.« Die van der Pütten macht sich, stelle ich fest. Die Reaktion war nicht übel.

»Habet Dank«, erwidere ich und deute eine Verbeugung an. Dabei werfe ich Regine ein Lächeln zu, das es in sich hat. In einem Managementseminar habe ich mal einen Ausspruch von diesem römischen Philosophen Seneca gehört: »Den guten Steuermann lernt man erst im Sturme kennen.« Der Satz passt jetzt wunderbar, denn ich stehe trotz aller Widrigkeiten voller Entschlossenheit am Steuerrad und halte Kurs.

Ich bin Herr der Lage – ein zweites Mal wird Regine mich nicht überraschen.

TONI UND DIE MÄNNER

Auf Burg Grimburg
14.06.2023
Antonia Kuppertz

»Ja, keinerlei Vorkommnisse. Es sieht so aus, als hättest du recht gehabt. Kola ist für die ganze Geschichte verantwortlich«, sage ich zu Wolfgang. Ich stehe etwas abseits neben einer alten Steinmauer und blicke zu den anderen hinüber, die am Grill vor dem runden Turm unser Rittermahl vorbereiten. »Ich habe heute viel mit Antje gesprochen. Sie hat mir erzählt, dass es in ihrer Ehe in der letzten Zeit viel Knies gab. Kola sei immer radikaler geworden und hätte sich in eine seltsame Richtung entwickelt. Offenbar waren sie sogar eine Zeit lang getrennt.«

»Oha. Das passt ins Bild. Ich sagte dir ja, dieser Kola hat zwei Gesichter.«

Ich überlege, ob ich noch ein anderes Thema ansprechen soll, das mir unter den Nägeln brennt, und entscheide mich für: Ja. »Sag mal, kannst du Dannhäuser nicht abziehen von der Sache? Es gibt doch eigentlich nichts mehr für ihn zu tun.«

Wolfgang lacht am anderen Ende der Leitung auf. »Sag nur, du hast Angst vor ihm?«

»Pff. Darum geht's überhaupt nicht. Es ist halt völlig sinnlos, dass er bei uns seine Zeit verplempert, wenn eigentlich alles geklärt ist. Vermutlich gibt es beim SEK weit Wichtigeres zu tun.«

»Keine Ahnung, das fällt nicht in mein Ressort. Ich habe ihn nicht losgeschickt, also kann ich ihn nicht zurückpfeifen. So einfach ist das.«

»Aber du könntest Burkhard – oder wer auch immer Dannhäuser den Auftrag erteilt hat – stecken, dass dessen Arbeit hier erledigt ist.«

»Tja, Schätzchen, hast du dir mal überlegt, dass Dannhäuser genau das vielleicht gar nicht will? Wie es aussieht, hast du mächtig Eindruck bei ihm hinterlassen.«

»Bitte nicht wieder die Leier.« Ich stöhne. Offensichtlich will Wolfgang mir gar nicht helfen.

»Sei wenigstens ein bisschen nett zu ihm. Dannhäuser hatte offenbar seine Finger mit im Spiel, weil er sich Riesensorgen um dich gemacht hat. Sonst hätte sich bestimmt nicht der Leiter einer SEK-Gruppe dieser Sache angenommen. An sich ist es doch mehr als löblich, dass er auf dich aufpassen will.«

Ich verdrehe die Augen. »Habe ich ihn darum gebeten? Ich hatte alles auch ohne ihn wunderbar im Griff«, sage ich und weiß natürlich, dass das nicht wahr ist.

»Wie geht's dem Güntherlein?« Wolfgang hat wohl nicht vor, sich weiter dem Thema zu widmen.

»Gut. Er steht neben mir. Merkwürdigerweise hat er neuerdings einen Narren an mir gefressen. Er weicht mir nicht von der Seite.«

»Toni und die Männer – ein seltsames Kapitel«, philosophiert Wolfgang.

»Du Schwätzer«, sage ich nur. »Ich muss jetzt los, zu meinem höchstpersönlichen Dschungelcamp. Heute Nacht steht eine gemischte Übernachtung an. Nix Einzelzimmer und Privatleben. Alle zusammen in dem runden Dachgeschoss des Mittelalterturms. Das kann was werden.«

»Ich drücke dir die Daumen, dass niemand schnarcht. Bis bald, Toni.«

»Bye! Und melde dich, falls es was Neues gibt.«

Ich lege auf. »Na los, Großer«, fordere ich Günther zum Gehen auf. »Nur noch zweimal schlafen, dann haben wir beide es geschafft. Machen wir das Beste draus. Zur Feier des Tages gebe ich dir ein Stück von meiner Grillfackel ab.«

Günther wedelt bei dieser Ankündigung begeistert mit dem Schwanz.

»Aber kein Wort zu Wolfgang, hörst du?«, fordere ich eiserne Verschwiegenheit ein.

SAAR-HUNSRÜCK-STEIG

6. Etappe
Von Börfink über den Erbeskopf nach Morbach
Strecke: 29,7 km
Dauer: 8 h
Höhenmeter: ∧660 m ∨730 m

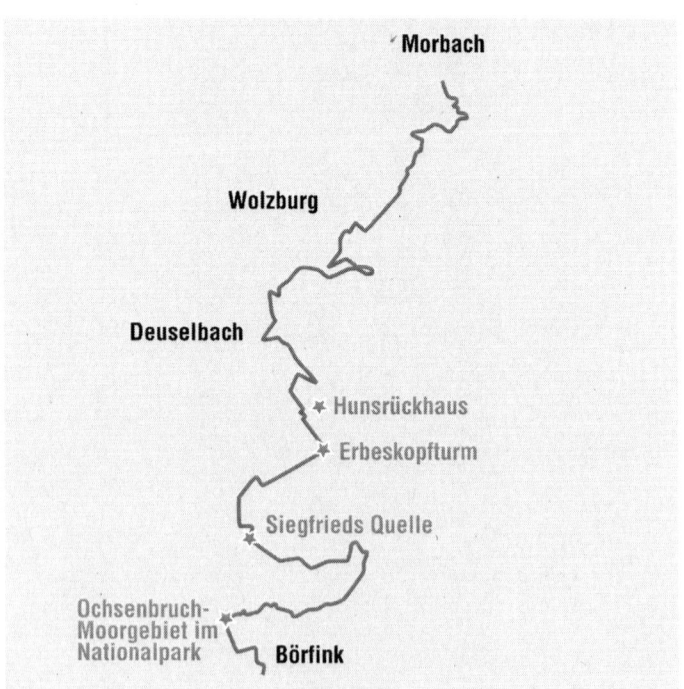

ES GEHT DEM ENDE ZU

Auf Burg Grimburg
15.06.2023
Günther, der Dackel

Was für eine Nacht!

Erst konnte ich wegen dieser seltsamen Regine-Brecht-Geschichte nicht einschlafen. Immer wieder habe ich mich auf meiner Decke gedreht und gewendet und rekonstruiert, wie das alles vor sich gegangen sein könnte. Ich werde aus der Nummer nicht schlau.

Mitten in der Nacht fasste ich einen Entschluss: Es ist völlig egal, was zwischen Regine und Brecht geschehen ist, denn offensichtlich ist niemandem etwas zugestoßen. Ich bin in den Ferien, wir haben einen überführten Attentäter, und seit dem Tag seiner Verhaftung ist keine einzige Straftat mehr passiert.

Also: Die Ermittlungen sind passé, die Akte »Mord am Saar-Hunsrück-Steig« ist geschlossen. Für die nächsten Tage steht einzig Urlaub und Erholung auf dem Programm. Mit dieser Entscheidung fühlte ich mich mit einem Schlag besser. Blöd nur, dass Toni neben mir derart schnarchte, dass kaum an Schlaf zu denken war.

Nur deshalb sind heute Morgen meine Pfoten schwer wie Blei. Mit letzter Kraft steige ich in den Bus, der uns zum heutigen Startpunkt in Börfink bringen wird. Vielleicht kann ich während der Fahrt wenigstens noch ein halbes Stündchen Schlaf nachholen.

Dafür allerdings müsste man das laute Organ der van der Pütten auf eine niedrigere Frequenz herunterdrehen. »Da selbst Jan Frodeno bei den 410 Kilometern dicke Backen machen würde, die uns als Reststrecke noch bevorstehen, haben die Veranstalter der Tour für die kommenden Tage drei ganz besondere Wanderstrecken aus den insgesamt 27 Einzeletappen des Saar-Hunsrück-Steigs für uns ausgewählt«, berichtet die van der Pütten, als alle im Bus sitzen. Ich habe es mir auf dem Schoß von Regine, die seit dem gestrigen Eintreffen Brechts rehabilitiert ist, bequem gemacht. »Euch erwarten drei absolute Highlights, lasst euch überraschen!«

Eieiei, geht mir bei dieser Ankündigung durch den Kopf. Die van der Pütten hat im Laufe der Woche wohl eine Metamorphose von der Rockerqueen zur Topp-Kandidatin für »Deutschlands Superverkaufstalent« durchlebt. Als sie von irgendeiner ellenlangen Brücke erzählt und einer Stadt mit superaltem Römertor, höre ich nur mit halbem Ohr zu. Einzig die Worte »Erbeskopf« und »der höchste Punkt in Rheinland-Pfalz« bleiben bei mir hängen.

Hipp, hipp, hurra, das heißt, heute steht erneut Bergsteigen auf dem Programm. Beim Gedanken daran fallen mir die Augen zu.

»He, Güntherlein, aufwachen.« Diese Worte wecken mich aus einem wunderbaren Traum, bei dem Lyoner die Hauptrolle gespielt hat. Es ist Regines Stimme.

Enttäuschenderweise ist das Erste, was ich sehe, als ich die Lider öffne, das Gesicht von Walli. Er steht im Gang und hat seinen Arm auf Regines Lehne abgestützt. »Nun, was haltet ihr davon?«, fragt er lautstark. »Ein kleiner Wettbewerb wäre doch lustig. Jungs gegen Mädels. Wer als Letzter am Erbeskopf eintrifft, spendiert das Mittagessen.«

»Na, ich weiß nicht«, gibt Regine zur Antwort. »Ich brauche so was eigentlich nicht. Ich würde mir lieber die Gegend in aller Ruhe anschauen.«

»Würde ich auch sagen, wenn meine Chancen derart schlecht stehen. Ich habe vor Kurzem gelesen, was Orientierung angeht, sind Frauen keine großen Leuchten.«

»Aus welcher großartigen Quelle hast du denn die Erkenntnis?«, mischt sich Antje ein. »Vielleicht aus dem neuen Bestseller ›Statistiken-Uminterpretieren für geistige Energiesparlampen‹?«

»Oder ›Tabellen-Fälschen leicht gemacht für Flachpfeifen‹?«, steigt Toni mit ein. Es folgt ein gehässiges Kichern. Antje und Toni scheinen voll auf einer Wellenlänge zu liegen.

Walli wird rot. Das ist nichts Neues. »Ist das ein Ja?«, fragt er angriffslustig.

Die vier Frauen – Toni, Antje, Regine und die van der Pütten – wechseln Blicke miteinander und nicken schließlich. »Wenn du dir die Blamage geben willst, wir sind dabei«, sagt Antje stellvertretend für alle.

»Ich würde sagen, das Ziel ist dat Hunsrückhaus am Erbeskopf. Dat Gebäude ist unübersehbar, und dort werden wir ohnehin eine Pause einlegen«, schlägt die van der Pütten vor. »Gewonnen hat die Mannschaft, deren Teammitglieder als Erste vollständig am Eingang des Gebäudes eingetroffen sind.«

»Mir recht.« Walli blickt sich zu den drei anderen Männern um.

»Na, ich bin eigentlich nicht scharf darauf«, beginnt Hoseok.

»Du willst dich also drücken?«, fragt Walli provokant.

»Das habe ich überhaupt nicht gesagt.« Hoseok schaut hilfesuchend zu Dannhäuser. »Was wollen denn die anderen?«

»Mir ist es egal. Ein bisschen Anreiz kann nicht schaden bei so einer langen Tour wie heute«, antwortet der.

»Genau«, pflichtet Brecht ihm bei. »Mein früherer Chef sagte immer: ›Je steiniger der Weg, desto wertvoller das Ziel‹.«

»Na ja, wenn alle mitmachen wollen, habe ich dann überhaupt eine Wahl?« Hoseok seufzt.

»Nö«, entgegnet Walli trocken, »außer natürlich du outest dich als divers und fällst damit aus der Kategorie Mann-Frau heraus. Heutzutage ist das schließlich total modern.«

»Walli, du bist wirklich die primitivste Lebensform, die ich je kennengelernt habe«, fährt Antje ihn an.

Walli strafft seine Schultern. Ich schätze, ein Typ wie er greift Frauen nicht tätlich an. Darauf wetten würde ich jedoch nicht. »Du bist doch …« Mit diesen Worten geht er auf Antje zu, die zum Aussteigen bereit im Gang steht und nicht aussieht, als hätte sie vor, klein beizugeben.

Ich bin hellwach. Diese Truppe ist besser als drei Tassen Kaffee auf Ex.

Die van der Pütten schaltet sich ein. »So, Sportsfreunde, kommt mal in die Puschen! Wenn wir nicht die kompletten 30 Kilometer in der heißen Mittagshitze wandern wollen, sollten wir uns ranhalten. Wie schaut es mit den Hundjen aus? Zählen die beiden als männlich?«

Blöde Frage. Von uns Vierbeinern war nie die Rede, also bleibe ich natürlich bei meinen Teilzeitfrauchen Toni und Regine.

Wallis schlichtes Hirn zieht andere Schlüsse. »Die Rüden gehören klar zu uns. Die pummelige Rennwurst wird von euch Ladys total verwöhnt. Die kann heute mal lernen, dass die Pfoten zum Laufen da sind.«

Rennwurst? Und was heißt da verwöhnt? Hat der eine Ahnung, wie viele Schritte ich mit meinen kurzen Beinen machen muss, um so eine Strecke zu bewältigen?

»Ich nehm die Hunde«, schlägt Dannhäuser vor und streckt seine Hand in meine Richtung. Regine gibt die Leine frei und überlässt mich meinem Schicksal.

»Aber nix zu essen außer der Reihe!«, weist Toni Dannhäuser an, ohne ihn eines Blickes zu würdigen.

Wow, denke ich, zwischen den beiden herrscht eine derart frostige Stimmung, da würde sogar die Eiskönigin den Kamin anfeuern.

»Genug geplappert«, entscheidet Walli. »Alle Mann zu mir! Wir treffen uns vor dem Bus zur Lagebesprechung.«

Na, fantastisch, urteile ich. Wenn der unser Häuptling ist, wird die Aktion ein echter Rohrkrepierer. Tatsächlich sieht es genau danach aus. Denn die Frauen marschieren munter los, kaum dass sie den Bus verlassen haben, und übernehmen die Spitzenposition, während »wir Jungs« das weitere Vorgehen klären.

»Gut, dass ihr mich dabeihabt«, behauptet Walli. »Wandern bedeutet nicht einfach nur einen Fuß vor den anderen zu setzen. Es bedeutet, strategisch klug zu planen.«

Und vielleicht trotzdem auch mal einen Fuß vor den anderen zu setzen, sage ich mir. Bei den Damen jedenfalls scheint dies erste Früchte zu tragen. Sie sind außer Sichtweite.

»Eine Wandergruppe ist immer nur so stark wie ihr schwächstes Glied. Und wer, denkt ihr, ist das?«, palavert Walli weiter.

He, warum schauen mich alle so an? Sogar mein bester Freund Yoshi. Das ist enttäuschend.

»Das Zauberwort lautet Gruppendynamik. Der Faulste braucht den größten Druck«, behauptet Walli. Aus welchem superklugen Ratgeber hat er denn den Mist?

»Mein früherer Chef sagte immer: ›Nur unter Druck entstehen Diamanten‹«, erweitert Brecht die Reihe an leidigen Sprüchen, deren Gültigkeit nie bewiesen wurde.

Wenn es lediglich darum geht, olle Weisheiten von sich zu geben, habe ich auch eine auf Lager. »Probier's mal mit Gemütlichkeit« ist die Devise von Balu dem Bären im Dschungelbuch. Und der Film ist ein Klassiker.

Ein echter Poet steckt jedoch weder in Brecht noch in Walli, der weiter einfältige Schlüsse zieht: »Gut, dann sind wir uns einig. Heute machen wir der laufenden Salami mal Beinchen.«

Wow, wow, wow, gäbe es einen Political-Correctness-Beauftragten für Tierangelegenheiten, wäre Walli schon mehrfach angemahnt worden. Fast bedauere ich, dass wir den Killer in unserer Runde so frühzeitig verloren haben. Wenn sein Ziel dieser gemeine Faselhans gewesen wäre, hätte ich ihn womöglich nicht aufgehalten.

Keine Stunde später wandern wir auf Hochstegen durch eine bemerkenswert schöne Moorlandschaft. Von allen Seiten ragen Farne auf den Steg. Die Umgebung mit den vielen einzelwachsenden Birken, den wolligen Grasbüscheln und den Moorheideflächen ist ungewöhnlich, das Gebiet ist auf seltsame Weise schön, aber gleichsam auch ein wenig bedrohlich – finde ich zumindest.

»Den Streckenabschnitt nennt man ›Ochsenbruch‹«, erfährt Brecht eben aus seinem Smartphone. Nun, da das

Kind einen Namen hat, holt er sofort seine Kamera aus dem Wanderrucksack und fotografiert eifrig los. »›Bruch‹ ist ein anderer Name für ›Moor‹. Hier soll es sogar fleischfressende Pflanzen geben, und früher einmal, in urgrauen Zeiten, hat ein Ochsenkarren im Moor die Titanic gemacht und ist untergegangen. Daher stammt der Name Ochsenbruch«, berichtet er weiter, immer die Kamera vor seinen Augen.

Nach der Ankündigung achte ich auf jeden Schritt. Wer will schon als Moorleiche oder Häppchen für eine Pflanze enden? Ich jedenfalls nicht.

»Kennt jemand von euch eigentlich das Westerwaldlied?«, posaunt Walli wieder los. »Die Nummer ist eins a zum Marschieren. Das haben wir während meiner Grundausbildung bei der Bundeswehr ab und zu geträllert.«

Bei der Frage schwillt selbst dem gutmütigen Hoseok der Kamm. »Bei aller Liebe, Walli, ich stimme jetzt bestimmt kein Marschlied an. Schon gar nicht das Westerwaldlied, das man damals in der NS-Zeit für rechte Propaganda instrumentalisierte. Das gehörte im Zweiten Weltkrieg zum Repertoire der Wehrmacht.«

»Jetzt komm aber! Heimatgefühl kann und darf einem niemand verbieten. Ich lass mir doch nicht vorschreiben, was ich singe. So weit kommt es noch! Schlimm genug, dass die vom Politiktheater unser Land immer mehr aufweichen.«

Ui, nun entgleist Walli aber völlig. Dannhäuser, der den ganzen Morgen so gut wie kein Wort gesprochen hat, wird munter: »He, rechte Sprüche will hier niemand hören!«

»Was kann denn an einem alten Lied, das von der Schönheit der Heimat erzählt, groß gefährlich sein? Ich bitte dich!« Walli lacht höhnisch auf.

»Es reicht jetzt, Kumpel«, mischt Brecht sich ein, und das wirkt komischerweise Wunder.

Walli wird klein mit Hut. Vor unserem Fotografen hat er einen Heidenrespekt, warum auch immer. »Na gut, aber dann müsst ihr ohne meine Unterstützung zurechtkommen. Bei mir braucht sich nachher keiner zu beschweren, wenn die Mädels das Rennen machen.«

Niemand antwortet auf diese Ankündigung, und alle verfallen für eine Zeit lang in Schweigen.

Der Erste, der wieder einen Ton von sich gibt, ist Hoseok, der vor mir und Yoshi herwandert. Es ist allerdings das Smartphone in seiner Hosentasche, das sich zu Wort meldet. Er holt es raus und schaut auf das Display. »Das gibt's doch nicht«, murmelt Hoseok leise vor sich hin. Dass ich ihn trotzdem hören kann, ist meinen erstklassigen Lauschern geschuldet. Hoseok bleibt stehen, er wirkt verwirrt.

»Alles gut bei dir?«, erkundigt sich Dannhäuser.

Hoseok scheint mit seinen Gedanken woanders zu sein. »Ja, klar«, stammelt er und geht weiter.

Komisch, finde ich. Ich wüsste nur zu gerne, was ihn so durcheinandergebracht hat.

SAGENHAFT!

Zwischen Börfink und Erbeskopf
15.06.2023
Antonia Kuppertz

Gott sei Dank sind wir im Wald gut vor der Sonne geschützt, denn die brennt heute ungnädig mit voller Wucht auf uns herab.

»Gleich sind wir an der sagenhaften Siegfrieds Quelle«, sagt Lodi außer Atem.

Nach einem Wegstück über einen bewaldeten Bergrücken erreichen wir einen schmalen Pfad. Ich sehe, was Lodi meint. Vor uns, in einer Böschung und von einer halbrunden Steinmauer eingefasst, liegt ein Steinbrunnen. Er wird durch frisches Quellwasser gespeist, das am Rand des Brunnens überläuft und zu einem zart plätschernden Bach erwächst.

»Die Quelle soll laut Internet erstklassige Qualität haben. Wer will, kann seine Trinkflasche auffüllen«, verkündet unser Coach. »Übrigens ist dat ein echter Tatort. Wenn man der Legende glauben will, soll einst Siegfried aus der Nibelungensage an diesem Ort ums Leben gekommen sein.«

»Lass mich raten, er hat von dem Wasser aus dem Brunnen getrunken und ist tot umgefallen«, sagt Regine und rümpft die Nase. »Bei dem glibberigen Grünzeug da drin würde mich das nicht wundern.«

Lodi grinst. »Ne! Der Legende nach hat sich Siegfried über die Quelle gebeugt, um vom Wasser zu kosten. Sein finsterer Gegner Hagen hat ihn eiskalt von hinten mit einer Lanze ermordet.«

»Oh. Miese Aktion und feige dazu«, bemerkt Antje und dreht am Verschluss ihrer Trinkflasche. Auf ihrem Gesicht zeigt sich ein Grinsen. »Ich wage es trotzdem.«

»Nur zu. Dat hier ist sowieso nicht die einzige Siegfrieds Quelle. Es gibt in Deutschland eine ganze Reihe davon. Bei so vielen möglichen Tatorten hatte dieser Siegfried anscheinend mehr Leben als eine Katze«, albert Lodi und schaut sich um. »Wir scheinen die Jungs abgehängt zu haben«, wechselt sie das Thema.

»Hm. Ich würde mich nicht zu sehr in Sicherheit wiegen. Bauen wir unseren Vorsprung lieber weiter aus«, entgegne ich mit einem Augenzwinkern. Die Vorstellung, Dannhäuser, Walli und diesen Brecht mit einem Sieg in die Schranken zu weisen, gefällt mir.

»Das sollten wir unbedingt«, steigt Regine mit ein, die heute ebenfalls großen Ehrgeiz zeigt.

Antje sowieso. Und mit Lodi ist auch gut auszukommen. Es macht tatsächlich Spaß, in diesem Vierertrupp zu wandern. Ohne große Worte hält jeder das Tempo, alle sind hilfsbereit und allzu viel geredet wird auch nicht. Perfekt. Mit den Mädels könnte ich mir sogar eine Woche Verlängerung vorstellen, denke ich, als wir einen verwurzelten Waldpfad erreichen, der uns über einen verschlungenen Weg führt. Ich wundere mich fast über mich selbst. Zum ersten Mal verstehe ich, warum es all die Leute zum Pilgern zieht. Man glaubt es kaum, doch ich hatte den Kopf schon lange nicht mehr so frei. Das Laufen durch den Nationalpark mit seinen weiten Aussichten, einer Menge Grün,

Vogelgezwitscher sowie zirpenden und wuselnden Insekten hat was. Ich fühle mich nicht mehr müde oder frage mich, wann wir endlich da sind, wie es in den ersten Tagen der Fall war. Ich setze einfach einen Fuß vor den nächsten, ohne groß nachzudenken. Das Gehen selbst ist mein Job. Das ist es vielleicht, was viele unter Flow verstehen.

Trotz aller Entspannung würde ich zu gerne wissen, wie es bei den Jungs aussieht. Mit Walli im Team gestaltet es sich vermutlich nicht ganz so relaxt.

Lodi scheint den gleichen Gedanken zu haben. Sie schaut auf ihr Smartphone. »4,3 Kilometer und eine knappe Stunde Wanderzeit. Dat ist einwandfrei. Noch mal ungefähr genauso weit und dat am besten in ähnlichem Tempo, und ich würde wetten, wir sind die Ersten am Erbeskopf.«

Sehr gerne, denke ich, das wäre nach meinem Geschmack.

Mein Smartphone vibriert. Ich öffne die kleine Seitentasche von meinem Rucksack und ziehe es heraus. Eine Whatsapp von Wolfgang, sagt mir ein Blick auf mein Display. Erst überlege ich, sie später zu lesen. Schließlich ist der Fall so gut wie abgeschlossen, und endlich gelingt es mir mal, nicht an die Arbeit zu denken. Zu guter Letzt siegt aber die Neugier. Ich öffne die Nachricht.

Wolfgang: Hallo, Toni.
Ich störe dich wirklich nur ungern, aber ich habe dir ja versprochen, mich zu melden, wenn es was Neues gibt. Und das gibt es. Wie wir wissen, gehört Felix Brecht zu den Eigentümern von Hoseoks Weinparzelle. Jetzt habe ich herausgefunden, dass man Hoseok als Pächter kündigen möchte, um vor Ort ein Bauvorhaben zu realisieren. Soweit ich

mittlerweile informiert bin, ist das bei einem lau-
fenden Pachtvertrag in der Form gar nicht möglich.
Aber dieser Brecht muss gute Beziehungen haben.
Er hat sogar einen Eilantrag bei Gericht gestellt.
Da läuft irgendetwas. Vielleicht können wir mal
kurz telefonieren? Oder schlecht im Moment?
Viele Grüße
Wolfgang

Ich tippe schnell ein paar Worte.

Toni: Hi. Jetzt schlecht! Melde mich, sobald es
geht. LG

EINE SAGENHAFTE ERFRISCHUNG

Zwischen Börfink und Erbeskopf
15.06.2023
Jan-Alexander Dannhäuser

Auf dem Schild, das die Siegfrieds Quelle ankündigt, steht ein Zitat von Friedrich Schiller. »Und freudig bückt er sich nieder. Und erfrischt die brennenden Glieder.«

Erfrischung klingt grundsätzlich gut, doch für eine Pause haben wir eigentlich keine Zeit.

»Nur ganz kurz, ich mache zwei, drei Fotos von der Quelle. Das holen wir locker wieder auf«, verspricht Brecht und zückt seine Kamera.

So legen wir eine eher unfreiwillige, aber nicht unwillkommene Pause an der Siegfrieds Quelle ein. Uns erwartet dort an sich nichts Spektakuläres, ein schlichter Steinbrunnen in einer Böschung gelegen. Die Geschichte, die sich an dieser Stelle abgespielt haben soll, ist hingegen ungewöhnlich. Auf der Infotafel steht, der Recke Siegfried aus der Nibelungensage sei an diesem Ort auf seinen Erzfeind Hagen von Tronje getroffen und ermordet worden.

So schnell kann's gehen, denke ich. Da hat man sich in einem grandiosen Kampf gegen einen Drachen durchgesetzt und wird später, so mir nichts dir nichts, hinterrücks aus dem Weg geräumt, während man sich einen Schluck Wasser gönnt. Das Leben ist manchmal höchst ironisch.

Doch was immer es mit dem Brunnen auf sich hat, meine beiden vierbeinigen Begleiter sind von der Erfrischungspause begeistert. Während Günther die Sache vorsichtig angeht und gemütlich zum Wasser watet, springt Yoshi in den schmalen Bachlauf.

Auch Walli nimmt die Gelegenheit wahr. Er macht sich daran, seine Wasserflasche am Einlauf des Brunnens zu füllen. »Wer tagelang zum Survival in der Wüste Gobi unterwegs war, der weiß, wie sich Durst anfühlt. Mit der Erfahrung lässt man nie wieder die Möglichkeit ungenutzt, seine Trinkvorräte aufzufüllen.«

Genauso wenig, wie er sich eine Chance durch die Lappen gehen lassen würde, um von seinen Heldentaten zu berichten, denke ich. Den Kerl könnte ich mittlerweile so was von auf den Mond schießen. Trotzdem muss ich seine Hilfe in Anspruch nehmen, denn das plätschernde Wasser weckt bei mir ein dringendes Bedürfnis. Hoseok ist seltsamerweise verschwunden, Brecht fotografiert, bleibt nur Walli.

»Ich müsste kurz um die Ecke. Kannst du vielleicht die Hunde halten?«, richte ich mich an ihn.

»Ja, sicher«, antwortet er.

Ich suche mir ein Plätzchen abseits vom Weg geschützt von ein paar jungen Buchen. Wo wohl die Mädelsgruppe derzeit ist, überlege ich. Ich wüsste zu gerne, wie es bei ihnen läuft.

Ausgerechnet jetzt regt sich mein Smartphone in der rückwärtigen Tasche meiner Wanderhose. Äußerst ungünstig, finde ich. Ich beeile mich und schaue nach, wer es ist.

Toni! Eine Nachricht.

Ich klicke darauf. Kein Hallo und auch keine Formalitäten.

Toni: Brecht hat Hoseoks Weinberg gekauft, er
will ihm per Gericht den Pachtvertrag kündigen.
Pass bitte auf! Wir müssen reden.

Ich versuche, die neue Info in meinem Kopf zu sortieren.
Was hat der Fotograf mit Hoseoks Weinberg zu schaffen?
Als ich zur Gruppe zurückkehre, sehe ich Brecht in
der Böschung am Brunnen stehen. Er hat sich in Richtung Ablauf gebeugt und fängt das Wasser zwischen seinen Händen zum Trinken auf.
Walli ist mit den Hunden beschäftigt und Hoseok …
verdammter Mist, was treibt der denn?
Der junge Winzer hat einen dicken Ast in der Hand,
fast könnte man sagen einen Knüppel, und er geht gera-
dewegs auf Brecht zu.
Keiner außer mir scheint etwas von der Szene, die
unweigerlich an Siegfried und Hagen erinnert, mitzube-
kommen.
»Ei, spinnst du?«, poltere ich los und renne auf ihn zu.
Hoseok scheint mich nicht gehört zu haben, oder er
will mich nicht hören. Er nähert sich dem nichts ahnenden
Fotografen. Ich bin viel zu weit entfernt, um zur rechten
Zeit eingreifen zu können.
»Felix!«, versuche ich es mit einem Warnschrei.
Der hebt den Kopf und schaut verwundert in meine
Richtung.
»Was ist denn? Hast du die Mädels gesehen, oder was?«
Hoseok ist gleich bei ihm.
»Achtung!« Ich weise mit dem Finger auf den Wein-

bauern. Wie kann man so schwer von Begriff sein, frage ich mich. Schau dich doch um, du Idiot! Sonst wird aus dir auch eine Sagengestalt.

»Was ist denn?«, tut Hoseok unschuldig. Er holt aus – im Grunde viel zu langsam –, streckt den Knüppel in Felix Richtung und taucht ihn ins Wasser.

Ich halte verwundert inne.

»Ich will nicht abstreiten, dass das Quellwasser sehr gesund ist, aber auf Algen stehe ich ehrlich gesagt nicht.« Mit dem Ast fischt Hoseok schleimig grüne Fäden aus dem Brunnen. »Das ist unappetitlich«, fügt er hinzu.

Ich blase die Backen auf. Was bin ich für ein Depp! Man glaubt es kaum, aber Toni hat mich von Neuem mit ihrer Super-Paranoia angesteckt, und das bringt mich in absolute Erklärungsnot. Alle Augen sind auf mich gerichtet. Sogar die der Hunde.

»Warum schreist du eigentlich so?«, will Walli von mir wissen. Er reicht mir die beiden Leinen.

Was soll ich jetzt sagen? Wohl kaum, dass ich eben dachte, Hoseok könne Brecht siegfriedmäßig von hinten ins Jenseits befördern.

In der misslichen Lage fällt mir nur eins ein: »Mensch, Leute. Algen sind doch so unglaublich gesund. Das hört man doch überall. Ich wollte einfach sagen, dass die viel zu schade zum Wegwerfen sind.«

Hoseok verzieht das Gesicht und wirft einen Blick in den Brunnen. »Ach so. Ich habe noch was für dich übrig gelassen.« Er hebt mit seinem Stock einen weiteren klebrig grünen Faden aus dem Wasser.

Ich lächle gequält und muss an Toni denken. Die Geschichte zwischen uns ist aus und vorbei. Für allemal. Ich habe mich lange genug zum Vollhorst gemacht.

KURZ VORM HÖHENFLUG

Auf dem Gipfelplateau des Erbeskopf
15.06.2023
Felix Brecht

»Da ist er, der Erbeskopfturm«, sage ich und weise auf ein mehrstöckiges offenes Bauwerk aus dunklem Holz. »Er steht auf 816 Metern Höhe und ist selbst nochmals 11 Meter hoch. Von dort oben sieht man bei gutem Wetter bis in die Eifel.« Für uns jedoch sollte die Aussicht vom Boden ausreichen, wir müssen uns sputen. Ich schieße schnell ein paar Fotos im Vorbeigehen. »Die Windklangskulptur weiter vorne ist das beliebtere Fotomotiv. Die darf in meiner Sammlung nicht fehlen, auch wenn das erneut Zeit kostet. Am besten geht ihr schon mal vor, ich werde euch problemlos einholen«, rufe ich den anderen zu und sprinte zur Plattform, die zur Windklangskulptur führt. Ein Steg in luftigen Höhen geleitet mich durch ein riesiges hölzernes Tor, am Ende des Stegs angekommen genießt man ein erstklassiges und ungewöhnliches Weitsichtpanorama.

Das hat was, denke ich, während ich aus verschiedenen Winkeln fotografiere. Weit unten sehe ich bereits unser Ziel: das Hunsrückhaus. Auf der linken Seite führt ein Sessellift den Berg hinauf. Er ist in Betrieb, was mich wundert, da er, soweit ich weiß, nur für den Wintersport vorgesehen ist.

Doch falsch gedacht. Durch die Linse der Kamera beobachte ich, wie der Lift Mountainbiker nach oben zieht. Jetzt fällt es mir wieder ein. Irgendwo in den Unterlagen stand etwas von Trails, die dort in den letzten Jahren angelegt wurden. »Ein echtes Mekka für Downhiller« lautete die Überschrift. Übertrieben scheint das nicht gewesen zu sein, denn dem Anblick nach haben sich viele Fahrer bei dem herrlichen Wetter an dem Berg eingefunden. Da ist was los.

Schnell noch ein, zwei Fotos und dann nix wie weg, entscheide ich und schwenke nach rechts. Dort fällt mir durch die Kameralinse eine Bewegung auf. Ich zoome den Ausschnitt näher heran und erkenne ein tarngrünes Shirt und darüber eine Kappe in gleicher Farbe. Verdammt! Die van der Pütten. Dahinter läuft der Rest der Emanzentruppe.

Au Backe! Ich klicke den Deckel aufs Objektiv und schiebe die Kamera in meinen Rucksack. Genug fotografiert. Zu Fuß holen wir die nicht mehr ein, also heißt es, erfinderisch zu werden. Wie sagte mein alter Chef früher immer: »Mein lieber Felix, wenn du denkst, man würde rein mit Fleiß und Redlichkeit zu Erfolg kommen, bist du mehr als naiv.«

»Stopp, Jungs«, rufe ich von der Plattform hinunter. Die anderen laufen gerade den Weg unterhalb der Skulptur entlang und heben die Köpfe. »Sagt mal, ihr könnt doch alle radfahren?«, mache ich die Truppe mit meinem neuen Plan bekannt und mich gleichzeitig auf die Socken. Meine Idee ist genial und entspricht den Regeln, denn niemand hat vorab gesagt, auf welche Weise wir den Zielpunkt erreichen müssen.

»100 Euro Leihgebühr für die vier Räder, und ihr habt sie in einer halben Stunde wieder«, schlage ich vier Typen in voller Fahrradmontur vor, die auf einer Sinnesbank ein Päuschen einlegen. »Das ist doch ein Superdeal. Wir sind ruckzuck wieder da.«

»Hast du eine Ahnung, was ich für das Rad hingeblättert habe? Ich gebe dir doch nicht für schlappe 25 Euro mein Bike. Nachher bist du mit dem Teil auf und davon und ich gucke in die Röhre. Du spinnst wohl«, sagt einer der Downhiller und tippt mit dem Finger an seine Stirn. Auf seinem im Vergleich zu Walli eher schmalen, aber sehnigen Unterarm prangt ein Tattoo mit Radmotiv. Darunter stehen die Worte »Wir sehen uns dann unten!«

»Na gut. Ich erhöhe mein Angebot auf 200 und lass dir meinen Ausweis da. Und unser Gepäck noch dazu.« Ich reiße mir den Rucksack vom Rücken und deute den anderen an, das Gleiche zu tun. Während sie sich bereit machen, halte ich dem Typen die zwei 100er und meinen Pass entgegen.

»Wir bekommen die Bikes aber in ganzen Stücken zurück«, fordert einer der Radfahrer. »Sonst gibt's Stunk!«

»Garantiere ich euch. In einer halben Stunde sind wir wieder da. Aber jetzt müssen wir los.« Ich strecke meinen Arm aus, um das Rad des Tätowierten zu übernehmen.

»Ihr braucht auf jeden Fall auch die Helme«, sagt ein anderer aus der Gruppe und fummelt am Verschluss unter seinem Kinn.

»Nicht nötig«, antworte ich.

»Passt auf beim Bremsen. Meine neue 4-Kolben-Bremse zieht wie die Hölle«, ruft uns einer der vier hinterher.

»Jaja«, sag ich nur.

Ich bin kein Anfänger. Früher war ich regelmäßig auf einer BMX-Piste unterwegs, die ein paar Freunde und ich aus altem Holz und Europaletten zusammengezimmert haben, und ich war einer der Besten. Wenn nicht sogar der Beste.

Viel wilder kann die Strecke hier am Erbeskopf auch nicht sein.

ZAHLT BEI SO WAS NOCH DIE VERSICHERUNG?

Am Startpunkt des Trailparks Erbeskopf
15.06.2023
Günther, der Dackel

»Steck dein Handy weg und schwing dich in den Sattel«, fordert Brecht von Hoseok, während mich Dannhäuser in seinem eben bei den Bikern grob entleerten Wanderrucksack verstaut. So unsanft, als wäre ich eine alte Tupperdose mit einem Klappschmierchen drin.

»Yoshi, du läufst hinter uns her, und halt bloß Abstand«, fordert Dannhäuser von meinem vierbeinigen Kumpel. Ich weiß nicht, wer von uns blöder dran ist: Yoshi, der bergab mit den Rädern Schritt halten muss, oder ich als Gefangener, der im Rücken eines Typen ausharren muss, der womöglich alles anstellen würde, um nicht gegen seine Flamme zu verlieren. Ich frage mich, ob bei so einer irren Aktion noch die Krankenversicherung zahlt.

Die Jungs rollen in Richtung Startlinie. Zwei Trails gibt es dort: »Blue Viper« und »Wild Cat« – klingt beides überhaupt nicht nach Spazierfahrt.

»Ich würde sagen, jeweils zwei Fahrer auf jeder Strecke, so kommen wir am schnellsten voran«, schlägt Walli vor. An sich gar nicht so dumm gedacht. Wenn auf dem Trail was passiert, gibt es wenigstens keine Massenkarambolage, sage ich mir.

»Ich nehme mit Jan-Alexander die Schlange und du, Felix, mit Hoseok das Katzending«, bietet Walli an.

Die anderen stimmen zu. Auch bei dieser Entscheidung gehe ich mit, denn Katzen sind ohne jede Ausnahme ein schlechtes Omen. Dann lieber die Viper, zumal dieser Trail für Anfänger gedacht ist. Allerniedrigste Ansprüche machen es unwahrscheinlicher, die Erwartungen nicht zu erfüllen.

»Fahr du am besten vor! Ich habe die Hunde dabei«, sagt mein ungewöhnliches Fortbewegungsmittel zu Walli.

»Wir sehen uns später unten, wo ich schon mal die Beine hochlege.« Seine Rolle als selbstgefälliger Unsympath füllt Walli immer wieder zur Unzufriedenheit aller voll aus. Effektiv zeigt er sich interessanterweise allerdings nicht wirklich wagemutig: »Ist gar nicht so ohne«, meint er nach den ersten Serpentinkurven. Er wird so langsam, dass Yoshi allmählich so viel Vorsprung hat, dass er aus unserem Sichtfeld gerät.

Nicht weit von uns entfernt, auf gleicher Höhe am Rand eines Tannenwaldes, entdecke ich etwas Tarngrünes, das ebenfalls auf dem Weg ins Tal ist. Das ist die van der Pütten, zusammen mit den anderen Frauen. Wir sind noch nicht völlig aus dem Rennen, wird mir klar, und mit einem Mal rücken die Gefahren der Abfahrt für mich in den Hintergrund. Die Lust, den Sieg zu erlangen, ist weit größer. Jetzt kommt endlich mal auf Touren, Jungs, denke ich.

»Wer bremst, verliert«, findet auch Dannhäuser, als Walli erneut derart in die Eisen geht, dass es in den höchsten Tönen quietscht. »Junge, lass einfach mal rollen, das Rad findet schon die richtige Spur.«

Walli gibt nach den Sprüchen klein bei und gibt tatsächlich Kette. Endlich, er nimmt Fahrt auf, was von einer Menge »Uhs«, »Ahs« und »Ojes« begleitet wird. »Das geht nicht gut!«, ruft er.

Aber wurscht. Hauptsache, er drückt auf die Tube. Mit der Methode verschwindet das Tarngrün allmählich in unserem Rücken.

Wir liegen in Führung.

EINE ENTSCHEIDUNG AM BERG

Auf dem Trail »Wild Cat« im Trailpark Erbeskopf
15.06.2023
Myong Hoseok Schmitt

»Gib Gummi! Wir liegen vorne, wenn ich das richtig sehe.«
Brecht kann es einfach nicht lassen, mir Befehle zu ertei-
len. In mir rumort es.

Heute Morgen hat mein Anwalt angerufen. Ich habe mich
fast auf den Hosenboden gesetzt, als ich hörte, wer einer
der Käufer *meines* Weinberges ist und was dort geplant
wird.

Dieser miese Kerl wandert seit Tagen neben mir her
und weiß genau, dass meine Existenz auf dem Spiel steht.
Aber das scheint ihm egal zu sein. Auf Brechts Kaltblü-
tigkeit wäre selbst Lord Voldemort neidisch.

Andererseits, habe ich gedacht, gibt es so richtig fiese
Typen doch eigentlich nur im Kino oder in irgendwel-
chen alten Sagen. Die echte Welt ist nicht derart schwarz-
weiß, die meisten Menschen setzen auf Konsens. Also
habe ich mir Brecht eben in einem ruhigen Moment unter
vier Augen vorgenommen und auf die Sache angespro-
chen. Ich erklärte ihm, wie lange ich mich schon für dieses Projekt abplage, und das, obwohl der Berg zu Beginn
so gut wie nichts abgeworfen hat. In manchen Monaten

wusste ich nicht, wie ich über die Runden kommen sollte, und wollte schon hinschmeißen. Aber dafür habe ich nicht studiert. Mein großer Traum war es immer, Weinbauer zu werden und meinen eigenen Wein zu vervollkommnen. Nun endlich sieht es seit zwei, drei Jahren danach aus, als könnte das Realität werden. Ich habe mich etabliert und werde von den Winzerkollegen und den Kunden ernst genommen. Das war ein hartes Stück Arbeit. Ich habe Geld gespart, um die Flurstücke eines Tages selbst zu erwerben. Es war bloß noch eine Frage der Zeit.

All das erzählte ich Brecht, und er hörte geduldig zu und wirkte verständig. »Verdammt ärgerlich«, sagte er, als ich am Ende angelangt war. Er legte seine Hand auf meine Schulter. »Hoseok, ich verstehe dich voll und ganz.« Und dann kam das Aber. »Aber mal ehrlich, ein Business, das über Jahre Geld und Zeit frisst und so lange nicht in Schwung kommt, das kannst du begraben. Das würde dir jeder sagen, der von Wirtschaft ein bisschen Ahnung hat.«

Im ersten Moment war ich platt, ich brauchte ein paar Sekunden, um seine Aussage zu verdauen. Bald wäre *mein* Aber gekommen, doch Brecht ließ mir keine Gelegenheit.

»Ich bin bereit, dir unter die Arme zu greifen«, legte er los, und ich schöpfte Hoffnung. »Allerdings tue ich dir keinen Gefallen, wenn ich dich weiter am Weinberg ein kümmerliches Leben fristen lasse. Ich sehe dich ganz woanders, und was das betrifft, finden wir hundertpro zusammen.«

Das wäre der perfekte Augenblick gewesen, um Brecht zu sagen, dass es für mich keine andere Option gibt, doch ich hörte mir den Unsinn weiter an.

»Früher oder später werde ich für mein Ansinnen einen Weinsommelier brauchen, und da könntest du ins Spiel kommen. Dafür bist du genau der Richtige, denn ein bisschen exotisches Flair kann in dieser Gegend nicht schaden.«

Der Nebensatz versetzte mir einen Stich, doch ich blieb ruhig. Viel zu ruhig.

»Wir machen einen Deal, du räumst das Feld in Perl, und ich helfe dir bei der Finanzierung der Ausbildung an der Deutschen Wein- und Sommelierschule in Koblenz. Danach stelle ich dich ein, und du brauchst dir keine Sorgen mehr über verregnete Sommer oder Rebläuse zu machen. Versprochen!« Er schaute mich erwartungsvoll an, so als wäre dies ein Angebot, das kein vernünftiger Mensch ausschlagen könnte.

»Na, ich weiß nicht. Das war immer mein großer Traum – ein eigener Weinberg. Ich will niemanden zum Thema Wein beraten, dafür bin ich gar nicht der Typ. Ich will meinen eigenen Wein herstellen und mich dabei Jahr um Jahr verbessern und Neues ausprobieren. Das ist etwas völlig anderes«, antwortete ich.

»Junge, was bist du für ein Träumer! Ich will nur dein Bestes und dich bestimmt nicht zu irgendetwas überreden. Aber hast du dich mal gefragt, ob aus deinem Traum aus Studentenzeiten nicht vielleicht mit der Zeit ein echter Albtraum geworden ist? Ist das so abwegig? Nach dem, was ich von dir gehört habe, würde ich sagen: nein.«

Ich war wie vor den Kopf gestoßen. Brecht schien nicht begreifen zu wollen, wie wichtig mir der Weinberg ist.

»Stell dir vor, dein Leben könnte von heute auf morgen, völlig anders sein, und du wärst plötzlich all deine

Sorgen los«, pries Brecht weiter seinen Plan für meine Zukunft an.

»Na, ich weiß nicht.« Ich legte meine Stirn in Falten. Klar fand ich manchmal alles blöd und hätte nicht übel Lust, das Projekt Weinberg hinzuschmeißen, doch geht das nicht jedem mal so? Im Großen und Ganzen liebe ich meinen Job.

Ich kam nicht dazu, ihm das zu sagen. »Weißt du was? Antworte mir jetzt erst mal gar nichts«, schlug Brecht vor und schaute mir bei den Worten fest in die Augen. »Überhastete Entscheidungen bereut man im Nachhinein. Lass die Idee sacken. Wir reden am Ende der Tour miteinander. Bis dahin steht das Angebot. Auf mich ist Verlass.« Danach hat er mir erneut auf die Schulter geklopft. Ich bin zusammengezuckt.

Nun habe ich das Gespräch für mehrere Stunden sacken lassen, und mittlerweile bereue ich, diesem Felix nicht gleich meine Meinung gesagt zu haben. Auch weil ich eben per E-Mail von meinem Anwalt erfahren musste, dass Brecht ganz und gar nicht plant, mir Zeit zum Überlegen zu lassen. Er strebt ein Eilverfahren an, wenn ich nicht im Laufe der kommenden Woche auf den mir vorliegenden Vergleich eingehe. Der Typ kommt aus Köln ins Saarland und möchte allen weismachen, er wüsste, wie bei uns der Hase läuft. Ich will gar nicht wissen, was er an meinem Berg plant. Vermutlich nichts, was der Gegend guttun würde.

Vielleicht bin ich nicht so wortgewandt und schlagfertig wie er, trotzdem bin ich nicht dumm. Wie kann er überhaupt in Betracht ziehen, dass ich ihm den Berg freiwillig abtreten werde. Ohne Not und mit dem Recht auf meiner Seite. Dass er vor Gericht kaum Chancen hat, den Pachtvertrag auszusetzen, habe ich gestern Abend noch in verschiedenen Jura-Foren recherchiert. Mein Anwalt ist eine Niete, habe ich dabei festgestellt.

»Felix«, rufe ich. »Ich muss mit dir reden.« Gerade befahren wir eine Passage mit Rampe. Ich hole Schwung. Danach wird es auf grobem Gestein recht holprig.

»Muss das *jetzt* sein?«, zischt Felix zurück.

»Ja, muss es! Ich habe mich entschieden. Ich bleibe am Weinberg.«

Brecht lacht. »Und du denkst, du kannst das entscheiden?«

Ich antworte nicht.

»Du bist wirklich ein größerer Einfaltspinsel, als ich dachte. Aber von mir aus, probiere es und verliere alles.« Brecht donnert mit vollem Speed in ein kurviges Teilstück mit zahlreichen Bäumen. Die schmale Spur ist von Wurzeln nur so übersät.

Meine Stimme zittert, als ich antworte: »Für mich sieht es vor Gericht weit besser aus als für dich. Ich ziehe das bis zur letzten Instanz durch.«

Felix lacht aus vollem Hals. Ich spüre Wut in mir aufsteigen. Ich schwöre, ich könnte den Kerl ohne Skrupel erschlagen.

»Bürschchen, du bist unterhaltsam!« Felix sagt das ausgesprochen höhnisch. »Du ahnst gar nicht, mit welchen Mitteln ich kämpfen kann. Das ist wie …«

Ich weiß nicht, welcher Teufel mich mit einem Mal reitet. Es ist, als wäre ich nicht ich selbst. Mit aller Kraft trete ich in die Pedale und schließe auf Felix' Höhe auf. Wir sind nur wenige Zentimeter voneinander entfernt. Der elende Mistkerl schaut erschrocken zu mir herüber, und dann passiert es: Ich hole mit dem Fuß aus, trete von der Seite mit aller Wucht, die ich aufbringen kann, gegen Brechts Hinterrad und ziehe an ihm vorbei.

Es kracht hinter mir. Ein akustisches Gemenge aus zerberstenden Ästen, quietschenden Bremsen und einem Körper, der auf einen um Längen massiveren Gegenstand trifft. Ich drehe mich nicht um.

Ich fahre in vollem Tempo weiter.

DIE 4-KOLBEN-BREMSE

Talstation des Trailparks Erbeskopf
15.06.2023
Günther, der Dackel

Oha! Gemeinsam mit Walli treffen wir als Erste an der Holzhütte im Tal des Trailparks ein. Von Brecht und Hoseok keine Spur.

»Wir fahren gleich weiter, runter zum Hunsrückhaus«, fordert Dannhäuser und deutet auf das große Gebäude, das vielleicht noch 200 oder 300 Meter von uns entfernt ist.

»Mir recht«, sagt Walli und tritt wieder in die Pedale.

Unser Yoshi hält gut mit, stelle ich während des kurzen Zwischenstopps fest. Dem Jungen hängt die Zunge zwar gut 30 Zentimeter aus dem Mund, aber er gibt nicht auf.

»Wo bleiben denn die anderen?«, fragt sich der Dannhäuser laut und wendet den Kopf nach hinten. In dem Augenblick zischt etwas an uns vorbei. Der Dannhäuser zuckt genauso zusammen wie ich. Raketenschnell prescht ein Radfahrer noch weiter in Richtung Tal. Nach der ersten Schrecksekunde erkenne ich, dass es Hoseok ist.

Beeindruckt schaue ich dem Tempowunder hinterher. Den Sieg macht ihm keiner mehr streitig, das ist sicher. Es liegen höchstens noch 20, 30 Meter zwischen ihm und unserem Zwischenziel, wo man uns mit sehr hoher Wahrscheinlichkeit gleich mit einem Gratisessen empfängt. Ich bestelle die komplette Karte einmal rauf und wieder runter, überlege ich. Da sehe ich, dass Hoseok offenbar gar nicht so erpicht darauf ist, unseren baldigen Sieg mitzuerleben. Ungebremst donnert er am Hunsrückhaus vorbei.

»Was macht der denn da?«, wundert sich Walli gleichermaßen.

»Er schießt ein wenig über das Ziel hinaus«, bemerkt Dannhäuser. »He, Hoseok, warte auf uns!«, schreit er dem Weinbauern hinterher. Keine Reaktion.

Als wir die Hütte erreichen, passiert erschreckend wenig.

»Felix macht es aber spannend«, meint Walli.

»Hm«, mehr gibt Dannhäuser nicht zur Antwort. Immerhin ist er so nett, mich aus meinem Rucksackverlies zu befreien. Prächtig ausgeruht, laufe ich dem ausgepowerten Yoshi entgegen. Treue Freunde sind wichtig, wenn es dem Ende zugeht. Der Junge klingt zwar wie eine Dampflok, aber er meistert die letzten Meter tapfer.

Fünf haben das Ziel erreicht beziehungsweise passiert. Die Mädels sind bestimmt genauso erpicht auf den Sieg wie wir, aber sie sind garantiert fair. Deshalb zählt Hoseok, der sich aus dem Staub gemacht hat, bestimmt trotzdem als erfolgreicher Zieleinläufer. Fehlt also nur noch einer. Anspannung liegt in der Luft. Der Sieg ist greifbar nahe. Stumm wandern unsere Augenpaare über die vor uns liegende Landschaft, von links nach rechts und zurück. Gute fünf Minuten lang tut sich erschreckend wenig.

»Ich höre was«, sagt Dannhäuser mit einem Mal.

Ich auch. Jedoch leider so gar nicht aus der Richtung, die ich mir wünschen würde. Aber vielleicht täusche ich mich ja.

Zuerst sehe ich das tarngrüne Shirt von der van der Pütten und kurz dahinter die drei anderen Damen. Alle hintereinander aufgereiht wie die sieben Zwerge, nur eben zu viert.

»Mit dem Rad kann er es noch schaffen«, behauptet Walli. Bewundernswert, er klammert sich an das letzte bisschen Hoffnung, während ich mich mit der Unausweichlichkeit unseres schmerzlichen Schicksals abfinde.

Dass das vernünftig ist, erweist sich schnell. Im Wald auf der rechten Seite bleibt es weiterhin ruhig. Erst als die Mädels eintreffen, bester Laune und mit dem Sieg in der Tasche, tut sich etwas zwischen den Tannen. Das nennt man Ironie des Schicksals.

Brecht sitzt nicht mehr auf seinem Bike, er schiebt es auch nicht – denn dazu bräuchte es zwei Räder –, er trägt das malträtierte Teil auf seiner Schulter.

»Was ist passiert?«, will Walli wissen, als Brecht bei uns eintrifft und die Mädelstruppe vermutlich aus Höflichkeit gegenüber dem verletzten Gegner nur in einen mittelstarken Jubel verfällt.

»Nix Besonderes«, beteuert Brecht. Dabei hat er am ganzen Körper Schürfwunden, und an der Stirn wächst ihm eine Beule. »Ich habe schlichtweg die 4-Kolben-Bremse unterschätzt.«

Diese Erklärung finde ich nicht überzeugend. Ich bin mir hundertprozentig sicher, Brecht ist als Erster am Berg gestartet. Die Wege auf dem Trail sind enorm schmal, überholen ist da kaum drin. Hoseok muss der Logik nach also während der kompletten Abfahrt hinter ihm gewesen sein. Wer lässt seinen Teamkollegen, auch wenn es der unsympathische Brecht ist, einfach so nach einem Crash liegen und fährt, ohne ein Wort, auf und davon? Da muss mehr passiert sein, definitiv. Aber was, frage ich mich.

Eine Sache ist klar: Was auch immer sich dort im Schutz der Bäume ereignet hat, es ist nichts, worüber der Fotograf mit uns sprechen möchte.

SAAR-HUNSRÜCK-STEIG

7. Etappe
Von Blankenrath nach Mörsdorf
über die Hängeseilbrücke Geierlay
Strecke: 15,7 km
Dauer: 4:30 h
Höhenmeter: ∧310 m ∨410 m

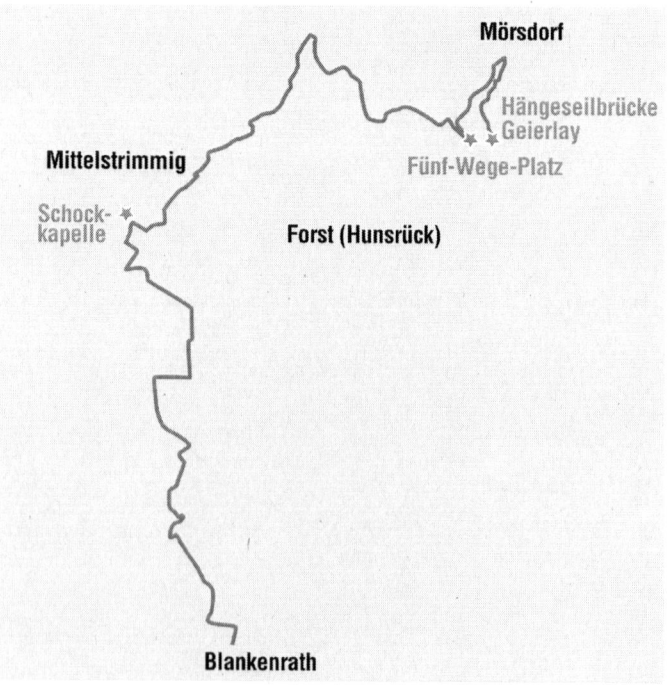

THE END IS NEAR

Kurz vor Blankenrath in der
Verbandsgemeinde Zell (Mosel)
16.06.2023
Felix Brecht

Vorletzte Etappe – ich sehne mich dem Ende entgegen.

Der Tourbus hat uns in Morbach am Hotel abgeholt und bringt uns nach Blankenrath. Ich schaue aus dem Fenster. Für einen Sommermorgen ist es verdammt düster, fast als steckten wir mitten in der Nacht fest. Gewitterstimmung liegt in der Luft.

Das passt zu meiner Gemütslage. So was wie die letzten Tage habe ich in meiner ganzen Zeit als Tourismusberater noch nicht erlebt. Logischerweise gibt es immer mal Leute, die mit den zeitgemäßen Ideen zunächst ihre Probleme haben. Das ist nichts Neues für mich. Doch in dieser Region ticken die Menschen anders. Man könnte denken, der komplette Landstrich sei von verstockten Querköpfen bevölkert. An Aggressionspotenzial fehlt es ihnen jedenfalls nicht, wenn sie ihren Kopf durchsetzen wollen. Erst die Aktion von Regine und nun gestern Hoseoks hinterhältige Attacke. Stück für Stück bekomme ich wieder ein Gefühl dafür, warum es mich damals in die Ferne gezogen hat.

In jedem Fall war es klug, gestern nicht zu viel Wind, um den Vorfall zu machen, denke ich weiter. Niemand braucht vorerst von meinen Plänen zu wissen, das bringt nur Unruhe in diesen Trupp aus Moralaposteln, Ökos und Aluhutträgern. Walli mal außen vor. Der ist noch mehr nach rechts abgewandert als früher. Den Trottel, der damals schon in der Schule verschrien war, einzusetzen, war eine dumme Idee. Ich dachte wohl, ich wäre ihm wegen des Schulverweises im letzten Jahr vorm Abi etwas schuldig. Aber da sieht man mal wieder, Privates und Geschäftliches miteinander zu verbinden, bringt nur Ärger.

Egal. Bald ist die Tour gemanagt, und ich bin alle zusammen los. Seinen Angriff wird Hoseok noch bereuen. Was für ein undankbarer Typ, echt! Wie konnte er so dumm sein, mein Angebot auszuschlagen? Es wird mir eine Freude sein, dabei zuzusehen, wie der bedeutungslose Weinberg von Hoseok dem Erdboden gleichgemacht wird.

»He, Kollegen, wir sind gleich da«, kündigt Lodi, die vor mir sitzt, an.

Ich schaue aus dem Fenster des Busses. Stimmt! In der Sekunde erreichen wir das Dörfchen Blankenrath. Um mich herum wird es geschäftig. Man macht sich zum Aussteigen bereit. Ich ziehe den Reißverschluss meiner Softshelljacke bis zum Hals zu, während der Bus durchs Dorf rangiert. Die vielen Regentropfen an der Scheibe, die vom stürmischen Wetter in alle denkbaren Richtungen getrieben werden, kündigen an, dass es nicht allzu gemütlich auf unserer Wanderung zugehen wird.

Der Bus stoppt.

»Heute bin ich ehrlich gesagt nicht neidisch auf euch«, gibt uns die Busfahrerin beim Aussteigen mit Blick in Richtung Himmel mit auf den Weg. Ohne sich zu verabschieden, düst sie davon.

Ich schüttle den Kopf. Die Kommunikationsfähigkeit meines Personals ist ebenfalls eine Riesenbaustelle. Da braucht es dringend professionelle Schulungen – »Motivation statt Depression« könnte das Motto lauten.

»So, ich sag es nicht gerne, aber unsere gemeinsame Zeit ist morgen zu Ende«, durchbricht Lodi meine Gedanken. »Nur noch zwei Etappen liegen vor uns, aber die haben es in sich – nicht streckenmäßig, sondern aufgrund der Höhepunkte, die auf uns warten. Das Sahnehäubchen auf der heutigen Etappe ist ein Höhenerlebnis auf der Geierlay. Mit stolzen 360 Metern Spannweite ist sie die zweitlängste Hängeseilbrücke Deutschlands. Hundert Meter über breitem Bachtal, fast schwebend – das wird ein Erlebnis sein. Ich hoffe, ihr seid schwindelfrei.« Sie zwinkert und grinst in die Runde.

»Das stellt sich noch heraus«, erwidert Antje. »Packen wir's! Das ist die Etappe, auf die ich mich am meisten gefreut habe.«

Die Truppe setzt sich in Gang.

Lodi ist die einzig positive Überraschung der Tour, sage ich mir, während wir durch den Ort marschieren. Von der Notlösung hat sich van der Pütten zu einem gar nicht mal so untauglichen Wandercoach gemausert. Ab und an kommt zwar noch die »alte Lodi« durch, aber unterm Strich ist sie durchaus für die nicht so auserlesenen Wandergruppen gut zu gebrauchen. Da sieht man mal, was mithilfe von ein bisschen Training und Briefing meinerseits alles möglich ist.

Kaum haben wir Blankenrath verlassen, tauchen wir auch schon in ein Waldgebiet ein.

»Sieht doch super aus hier«, bemerkt Lodi. »Dat wird eine tolle Tour, wenn man vom Wetter absieht. Aber wir sind mittlerweile ausreichend sturmerprobt, das kann uns nicht mehr schocken.«

»Wie viele Kilometer hat denn die heutige Etappe?«, erkundigt sich Regine.

»Um die 16«, erwidert Lodi gut informiert. »Das Höhenprofil ist, wenn man die Geierlay außen vor lässt, nicht mit den Touren der letzten Tage zu vergleichen. Dat dürfte ein Klacks sein.«

»Hört sich prima an«, sagt Regine hochmotiviert.

Da muss ich ihr recht geben. Ich frage mich, ob ich Lodi den in Aussicht gestellten Bonus für gute Mitarbeit wirklich auszahlen sollte und vielleicht sogar auch die Prämie für Toni. Verdient hätte sie sich das prinzipiell. Andererseits sind Zusatzvergütungen eher kontraproduktiv. Arbeitnehmer gewöhnen sich viel zu schnell daran, und das wiederum erweckt ein Anspruchsdenken, das keinem Chef recht sein dürfte.

Und mal ganz nebenbei, ich bekomme auch nichts geschenkt.

TOXISCH

An der Schockkappelle vor Mittelstrimmig
16.06.2023
Walter Hoppenfeld

»›Die Schockkapelle war die letzte Station, bevor der zum Tode Verurteilte am Galgen hingerichtet wurde‹«, liest Regine vor und zieht dabei ihre Augenbrauen hoch. »Ganz schön grausam.«

Toni nickt. »Tja, zum Glück sind wir heute ein bisschen weiter.«

Die beiden stehen vor einer auf den ersten Blick unscheinbaren weißen Kapelle mit Schindeldach. Der Rest der Gruppe hat es sich auf zwei Holzbänken in der Nähe bequem gemacht und nutzt die Zeit, um sich einen Bissen Proviant aus dem Wandergepäck zu gönnen.

Dahin gehe ich nun auch. »Wow, es zieht sich immer mehr zu«, sage ich und nehme neben unserem Coach Platz. »Aus der Ferne ist sogar ein Grummeln zu hören. Da braut sich was zusammen, und das ist gar nicht so ohne.«

Lodi wendet den Blick ebenfalls zum Himmel. »Ja, wir sollten uns sputen. Nur eine kurze Pause, und dann sollten wir uns wieder auf den Weg machen.«

Zehn Minuten später sind wir »on the Road«. Vorbei an der Ortschaft Mittelstrimmig erreichen wir auf einem abfallenden Weg ein Wäldchen. Das ist die Gelegenheit, sage ich mir. Brecht bildet schon den ganzen Tag allein die Nachhut. Zwar sieht er mit den Schürfwunden an Kinn und Stirn, die vom gestrigen Sturz herrühren, verdammt mitgenommen aus, trotzdem wage ich einen Vorstoß. Viel Zeit bleibt mir nicht mehr.

Ich lasse mich zurückfallen. »Na, alles gut?«, fange ich das Gespräch an.

»Ja, klar!«, antwortet Felix knapp.

»Sag mal, ich hätte eine Frage …«

»Aha.« Felix macht es mir nicht einfach. Sehr redselig scheint er heute nicht zu sein.

Ich versuche es trotzdem. »Wie geht es denn nun mit uns weiter?«

»Wie meinst du das?« Entweder stellt er sich blöd oder er hat tatsächlich vergessen, was er mir versprochen hat.

»Na, ich meine die Festanstellung«, werde ich deutlicher.

»Muss man mal schauen«, bleibt Felix unkonkret.

Ich hasse es, wenn man mich in der Luft hängen lässt. Schließlich muss ich auch planen. »Du sagtest, ich könnte das Gesicht der neuen Kampagne werden. Sonst hätte ich den Job im Lager nie gekündigt.«

»›Könnte‹ ist etwas anderes als ›auf jeden Fall‹. Das ist dir schon klar?« Felix sagt das auf eine so hochnäsige Weise, dass mir fast der Draht aus der Mütze springt.

Ich atme tief durch. Ich muss den Ball schön flach halten. »Na ja, ich habe meinen Job auf der Tour doch eigentlich super erledigt«, führe ich an. »Da müssten Megafotos dabei sein.«

Felix schaut mich nur überheblich an.

»Was? Bist du anderer Meinung? Dann spuck's wenigstens aus und spiel nicht den großen Schweiger.«

»Wie du willst. Ja, ich bin anderer Ansicht.« Er sagt das eiskalt. Frei von jeder Empfindung, während es in mir brodelt.

»Und was heißt das konkret?«

Felix verdreht die Augen.

Langsam habe ich die Faxen dicke. Was bildet der sich ein, wen er vor sich hat? Ich packe ihn am Kragen. »Was das konkret heißt, will ich wissen!«

Felix zögert. Aha, ich habe ihn da, wo ich ihn haben wollte, freue ich mich. Er ist kleinlaut geworden, ich lasse ihn los. Manche brauchen eine klare Ansage, um wachgerüttelt zu werden.

»Walli, du willst es nicht anders«, beginnt er angriffslustig und unerwartet. »Um deinem Wunsch nachzukommen, sage ich es dir konkret und anschaulich: Unsere Beziehung hat ein Ablaufdatum.«

Ich brauche einen Augenblick, um den Satz zu verstehen. Warum muss der Knabe immer alles so kompliziert machen? »Beziehung mit Ablaufdatum«, so blöd kann sich nur Felix ausdrücken. Aber ich ahne trotzdem, was er meint. Er will mich auf brutalste Weise in die Wüste schicken.

Nicht mit mir! Ich atme tief durch. Einen Joker habe ich noch in der Tasche, und den werde ich nutzen. »Du bist mir was schuldig.«

»Bin ich das?« Felix' Dreistigkeit kennt keine Grenzen. Ich halte ihn am Handgelenk fest und lasse die Gruppe weiter vorauslaufen. Als sie um die nächste Kurve gebogen ist, reiße ich Felix am Arm. Der Idiot steht nun frontal und nah vor mir, sodass er mir unweigerlich in die Augen sehen muss. »O ja, du bist mir was schuldig!«, wiederhole ich. »Wegen dir habe ich keinen Abschluss. Du hattest die verdammte Idee mit den Prüfungen. ›Lass uns den Safe der Schule knacken, und wir legen beide eine Eins in den Prüfungen hin.‹ Hast du das damals gesagt oder nicht?«

»Was weiß ich, was ich vor mehr als 30 Jahren von mir gegeben habe.«

Der hat Nerven! Ich kneife die Augen zusammen. »Du hast gesagt, wenn ich die Schuld allein auf mich nehme und dich nicht verpfeife, kümmerst du dich darum, dass meine Schwester gut versorgt ist. Du hast genau gewusst, dass sie niemanden hat außer mir.«

»Und? Ich habe mein Wort doch gehalten. Sie hat in unserer Firma einen Job bekommen und eine Wohnung auch.«

»Sie hat für euch den Telefondienst gemacht. Schwarz. Und damit sie in der gammeligen Wohnung im Keller wohnen durfte, hat sie bei euch geputzt und euren Dreck weggeräumt.«

»Kann ich was dafür, dass sie weder Ausbildung noch Schulabschluss hatte?«, verteidigt Felix diese miese Tour. »Ich weiß nicht, was du dir vorgestellt hast. Ernsthaft.«

»Dank dir habe auch ich keine Ausbildung. Während du an der Uni den Helden gespielt hast, wollte mit mir nach der Geschichte keiner mehr was zu tun haben. Selbst als Aushilfe war es nicht leicht, was zu finden. Der Job im Lager war ein Glücksfall.« Allein der Gedanke daran, dass ich wegen Felix zum zweiten Mal von vorne anfangen muss, bringt mich auf 180.

»Wenn du mich nicht sofort loslässt, sorge ich dafür, dass du zukünftig nicht einmal den miesesten aller Hilfsarbeiterjobs bekommst. Das verspreche ich dir!«, droht Felix mir und tritt näher auf mich zu. Wir stehen so eng, dass ich seinen Atem spüren kann. »Krümm mir ein einziges Härchen, und ich schreie so laut, dass in ein paar Sekunden die anderen neben uns stehen.«

»Das wagst du nicht!« In meinen Ohren trommelt es. Es kostet mich Kraft, mich zu zügeln.

»Nein, Walterlein, du wagst es nicht, mich anzurühren. Ich weiß, dass du wegen deiner Prügeleien vorbestraft bist. Es braucht lediglich einen klitzekleinen Vorfall, und du bist für Jahre von der Bildfläche verschwunden.« Mit sich überaus zufrieden, wandern Felix' Mundwinkel nach oben.

So ein Volldepp! Mein Puls geht schneller. Ich möchte ihm die Fresse polieren. Es gibt nichts, was ich mir in dieser Sekunde mehr wünsche. Aber bedauerlicherweise hat der Schnösel recht. Er hat gegenwärtig die weit besseren Karten. Den Gefallen, dass ich ihm eine Abreibung verpasse und er mich so leicht loswird, tue ich ihm nicht.

»Du bist so was von toxisch!« Mehr sage ich nicht. Ich stoße ihn weg. Er stolpert rücklings und bleibt dann auf dem Weg mit in die Seite gestemmten Armen stehen. Er fixiert mich, als lauere er nur darauf, dass ich einen Fehler begehe.

Ich setze mich in Bewegung. Raus aus dem Dunstkreis dieses Idioten, sage ich mir. Er lacht wie ein Psychopath, als ich ihm den Rücken zukehre. Lauf einfach weiter, rede ich mir gut zu. Soll er jetzt seinen Spaß haben. Meine Zeit der Rache wird kommen.

RECHTZEITIG VOR DEM UNWETTER

Kurz vor Mörsdorf
16.06.2023
Günther, der Dackel

Es kommt etwas auf uns zu, das spüre ich. Den ganzen Tag lang habe ich schon dieses seltsam miese Gefühl, als würde Unheilvolles in der Luft liegen. Vielleicht wecken die Wolken, die dunkel und tief am Himmel hängen, das Unbehagen in mir. Oder es sind die Wiesen, die Bäume und das Bachtal neben uns, die wirken, als hätte sie jemand mit einem Klecks Grau abgetönt. Hinzu kommt der Umstand, dass wir heute so gut wie keiner Menschenseele auf der Strecke begegnet sind. Das erinnert mich an die typischen Apokalypsefilme, wenn die letzten Überlebenden in der Ödnis umherwandern, in der Hoffnung, irgendwo etwas Essbares zu finden. Der große Unterschied ist allerdings, dass unsere Umgebung weit attraktiver ist. Und natürlich, dass ich der einzige Ausgehungerte bin.

Immerhin scheinen wir Glück zu haben, was den Regen angeht. Wenn alles gut läuft, schaffen wir es trockenen Fußes bis zu unserer nächsten und letzten Bleibe.

»Noch rund zwei Kilometer bis zum großen Abenteuer«, informiert uns die van der Pütten. Eine ganze Weile schon wandern wir durch das Bachtal. Nun erreichen wir einen Punkt, an dem sich der Weg in zahlreiche Pfade gabelt. »Fünf-Wege-Platz« soll die Stelle laut der van der Pütten heißen. Ich bin mir gar nicht so sicher, ob die Zahl Fünf überhaupt ausreicht.

»Hier ist ja mehr los als am Saarbrücker Hauptbahnhof«, sagt Toni beim Anblick der Scharen an Wanderern. Sie hat recht. Plötzlich geht es zu wie in einem Ameisenhaufen. Dabei liegen ein aufgeregtes Kribbeln und eine Menge Adrenalin in der Luft. Es ist deutlich erkennbar, dass wir uns einem besonderen Höhepunkt nähern.

Ich werfe einen Blick zurück zu Yoshi, der ein paar Meter hinter mir trabt und nicht sehr glücklich wirkt. Keine Ahnung, was er hat. Vielleicht Muskelkater von der Bergab-Sprinttour gestern. Das wäre kein Wunder.

Toni, die mich an der Leine führt, ist hingegen bestens gelaunt. »Irgendwie finde ich das Wetter wunderbar passend für diese Tour. Ist doch cool so eine Gewitterstimmung. Die Ruhe vor dem Sturm.« In den letzten Satz legt sie stimmlich extra viel Dramatik.

»Tut mir leid, dir das so deutlich sagen zu müssen, aber ein bisschen seltsam bist du schon«, nimmt Regine Toni auf die Schippe.

Die reagiert prompt: »Schön, dass du das sagst, alles andere hätte mich enttäuscht.« So ausgelassen habe ich Toni selten erlebt.

Die Mädels verstehen sich bestens. Die vier sind zwischenzeitlich zu einer festen, fast untrennbaren Truppe zusammengewachsen, wohingegen sich die Jungs, soweit es möglich ist, weitgehend aus dem Weg gehen.

Ich finde es super, dass Toni Freunde gefunden hat, insbesondere im Fall von Regine. Ihre leckeren Häppchen zwischendurch werde ich wohl von allem am meisten vermissen, denke ich wehmütig. Was die Versorgung betrifft, kann nicht mal der für lange Zeit von mir geschulte Wolfgang mithalten.

»Heiße Phase«, kündigt die van der Pütten an, als wir die ersten Häuser einer Ortschaft erreichen und dort rechts in einen Weg abbiegen, um in die entgegengesetzte Richtung zu wandern. »Dat da vorne ist Mörsdorf. In zehn Minuten sind wir an der Brücke.«

Nach der Ankündigung legen alle an Tempo zu. Na ja, fast alle.

»He, Yoshi. Gib mal Gas! Sonst schläfst du irgendwann beim Wandern ein«, regt sich Dannhäuser auf. Mein Arbeitskollege schaltet die Ohren auf Durchzug. Ich wüsste gerne, was Yoshi heute hat. Doch durch die Leinenpflicht und den Umstand, dass Toni und Dannhäuser kein Wort miteinander wechseln, ist die Kommunikation zwischen uns Vierbeinern eingeschränkt.

Zum Trost werfe ich meinem Freund einen mitleidigen Blick zu. Mehr kann ich derzeit nicht für ihn tun, denke ich. Nur einen Moment später bräuchte ich selbst Hilfe.

Aua, was war das denn? Toni hat abrupt gestoppt, und ich glaube, ich benötige einen Chiropraktiker.

Ich mustere sie mit vorwurfsvoller Miene, da bemerke ich die Falte auf Tonis Stirn. Auwei. Ihr Mund steht offen.

Ich sollte vielleicht eine Karriere als Orakel in Betracht ziehen. Zwar habe ich noch keinen Schimmer, was es ist, aber ich weiß zumindest, dass ich mit meiner Vorahnung richtig lag: Es kommt etwas auf uns zu.

DER PRAKTIKANT

Zuweg zur Geierlay in Mörsdorf
16.06.2023
Antonia Kuppertz

Oh Mann! Die Nachricht von Wolfgang hat es in sich.

Wolfgang: Hi Toni,
Neuigkeiten: Kola hat ein Praktikum in einer Elektrofirma gemacht, und nun rate mal, was die verkaufen? Generatoren!
Ruf mich an, wenn es bei dir geht.
LG Wolfgang

Ich muss mich bei ihm melden. »Leute, geht ruhig schon mal vor, ich komme gleich nach. Muss kurz mal telefonieren.«

»Aha! Wer hätte dat erwartet? Unsere Amazone Toni will sich drücken«, spottet Lodi. »Da haben wir unseren ersten Fall von Höhenangst.«

»Ich kann Händchen halten, wenn du eine starke Schulter zum Anlehnen brauchst«, macht mir Walli ein fast unschlagbares Angebot. Jan-Alexander, der hinter ihm wandert, verdreht die Augen.

»Ne, ne. Es ist wirklich dringend. Dauert eine Sekunde.« Ich bleibe stehen, und die Truppe zieht vorbei. Hier auf der Anhöhe pfeift der Wind kräftig. Die Haare wehen mir quer durchs Gesicht. »Könntest du vielleicht Günther nehmen?«, rufe ich Regine hinterher.

Die dreht sich um. Ihre Haare wirbeln ebenfalls wild herum. »Aber klar, sehr gerne.« Sie kommt zu mir zurück und nimmt die Leine entgegen.

»Lass ihn bloß nicht los, sonst fliegt er weg«, bemerke ich.

Regine schmunzelt. »Nie im Leben lass ich das Güntherlein los. Wenn, dann fliegen wir beide.«

Ich schaue dem ungleichen Gespann hinter. Günther blickt erwartungsvoll zu Regine hoch. Die zwei lieben sich heiß und innig. Das wird noch was, wenn es morgen ans Verabschieden geht.

Als die komplette Mannschaft außer Hörweite ist, rufe ich bei Wolfgang an.

»Moin«, meldet der sich.

»Hi. Jetzt erklär mir das alles mal bitte von vorne. Ich werde aus deiner Nachricht nicht so ganz schlau. Wenn ich das richtig verstehe, hat Kola ein Praktikum in einer Elektrofirma gemacht?«

»Korrekt!«

»Und die vertreiben genau solche Generatoren wie diesen, den wir an der Kneippanlage gefunden haben?«

»Jep.«

»Na, das ist ein Volltreffer! Dann haben wir ihn doch. Hast du ihn damit konfrontiert?«

Wolfgang stößt einen Seufzer aus. »Toni, ich bin kein Anfänger.«

»Weiß ich doch. Sei nicht sauer. Sag schon, was hat er geantwortet?«

Wolfgang bläst lautstark den Atem aus. »Nix, der Kerl ist stur wie ein Panzer.«

»Das hilft ihm bei der Indizienlage nicht weiter.«

»Eigentlich nicht. Aber du weißt ja, wie das ist: Manche sind zu naiv, um zu verstehen, dass es ab einem gewissen Punkt klüger ist, mitzuspielen, als weiterhin den Unschuldsengel zu mimen.«

Da hat Wolfgang recht, als naiv würde ich Kola trotzdem nicht einschätzen. Eher das Gegenteil. »Ich muss so langsam wieder zu den anderen«, sage ich. »Nur eine Sache noch: Wie hast du das rausgefunden?«

»Zufall! Ich habe gestern mit Kolas Mutter telefoniert. Die erzählte mir, dass er zu Beginn seines Studiums ein Praktikum absolviert hat. Ich fragte nach dem Firmennamen, und, schwups, landete ich bei unserem Generator.«

»So einfach geht es manchmal.«

»Ja. Übrigens hat er dort auch seine Frau kennengelernt.«

»Antje?«

»Ja, genau die. Die Firma gehört Antjes Eltern. Kolas Mutter ist mit der Zeit recht redselig geworden. Die war fix und fertig, weil ihr Sohn in Untersuchungshaft sitzt. Ich habe sie kaum beruhigen können«, meint mein Kollege.

Ich sehe es bildlich vor mir. Wolfgang hat ein viel zu gutes Herz, außerdem hat er selbst Kinder. Weinende Eltern sind eine echte Prüfung für ihn.

»Die Mutter sagte, Kola habe sich in den letzten Jahren extrem verändert. Vom schüchternen Typen zum Draufgänger. Außerdem würde er mit dem Bart wie ein Hippie wirken.«

Bei der Bemerkung muss ich lachen. »Na ja. Eine andere Generation eben.«

»Klar. Sie hat das alles auf Antje geschoben. Die hätte keinen guten Einfluss auf ihren Sohn.«

»Ach, Unsinn«, wende ich sofort ein. »Antje ist total nett. Du weißt doch, wie Mütter sind.«

»Jedenfalls seien seine Besuche immer seltener geworden. Das Studium hätte er nur noch halbherzig betrieben und dann hätte die Sache mit dem Bloggen angefangen. Antje hätte ebenfalls ihre Arbeit hingeschmissen, und sie wären wie die Nomaden durch die Gegend gezogen.«

»Wo hat Antje denn bis dahin gearbeitet?« Ich recke den Hals und gehe langsam weiter. Von den anderen ist nichts zu sehen.

»Sie war im Betrieb ihrer Eltern. Eigentlich sollte sie die Nachfolgerin werden und hatte ihren Master schon in der Tasche. Wegen ihres Umweltwahns, so nannte es Kolas Mutter, hätte sie alles hingeworfen.«

Ich habe ein komisches Gefühl. »Das heißt, Antje hat ebenfalls Elektrotechnik studiert?«

»Moment, ich schaue mal in den Unterlagen nach. Ähmm …« Ich höre Rascheln und Ordner, die geöffnet werden. »Ja, hier! Genau, aber sie hat in Köln studiert. Kola war in Saarbrücken, wenn ich das noch richtig im Kopf habe.«

»Das ist doch total egal«, werfe ich ein und laufe los. »Wichtig ist, dass sie sich genauso wie Kola mit den Generatoren auskennt. Und sie weiß garantiert auch, wie man einen Brand mittels Kurzschlusses verursacht.« Meine Schritte werden schneller.

»Wo bist du genau?« Wolfgangs Stimme hat an Klang verloren.

»Kurz vor der Geierlay. Verdammter Mist.«

ALLE BRÜCKEN HINTER SICH ABREISSEN

In Mörsdorf an der Geierlay
16.06.2023
Günther, der Dackel

Nicht von schlechten Eltern, denke ich mit Blick auf die endlos lange Brücke, von der aus zahlreiche Stahlseile nach unten ins Tal führen. Stabil sieht sie aus, urteile ich. Eben dachte ich noch, 360 Meter – das dürfte ein Klacks sein. Das ist nicht mal eine Runde über den Sportplatz.

Jetzt würde ich sagen: Länge ist ein extrem relativer Begriff. Es kommt sehr darauf an, wohin oder worüber die Meter verlaufen, und so sind im Falle der Geierlay 360 Meter eine echte Herausforderung.

Das Bauwerk an sich, mit den Holzplanken, dem metallischen Schutzgitter und den beiden Brückenköpfen aus massivem Beton, erinnert mich an die Brücken, die ich mal in einer Doku über Nepal gesehen habe. Nur dass da meist eine Menge bunter Gebetsfahnen am Geländer flattern. Die fehlen hier.

Flattern ist übrigens ein gutes Stichwort. Der Wind weht weiterhin stark, und über einem Waldstück auf der anderen Seite der Brücke liegen unheilvoll dunkle Wolken.

Das macht nicht unbedingt Mut. Am besten bringen

wir es schnell hinter uns, sage ich mir. Nicht viel nach-denken, Augen zu und durch.

»Keine Angst, die Geierlay hält einiges aus. Wenn es derzeit zu stürmisch sein sollte, wäre die Brücke längst gesperrt. Glaubt mir«, redet uns die van der Pütten gut zu.

Walli setzt als Erster seinen Fuß auf die Holzplanken. »Das erinnert mich an meine Adventure-Extreme-Tour in Tibet. Damals hatte ich auf 5.300 Metern meine erste Nahtoderfahrung.«

»Wenn du nicht schneller machst, hast du in Kürze deine letzte«, stellt Antje Walli in Aussicht. Beim Thema Schlag-fertigkeit erhält sie eine Zehn von mir.

Walli ist im verbalen Duell gegen Antje chancenlos. Wie jedes Mal, wenn er mit Worten nicht weiterkommt, wech-selt er auf die Muskelebene. »Du bist wohl scharf auf eine Abreibung?«

»He, keinen Streit«, mischt sich die van der Pütten ein und schiebt Walli mit beiden Händen nach vorne. »Na los, Großer. Jetzt wird nicht gezankt, sondern die Aus-sicht genossen.«

Unser Coach hat mittlerweile alle gut im Griff, finde ich. Hoseok folgt den beiden nach, darauf sind Dannhäuser und Yoshi dran. Allmählich ahne ich, warum mein Freund heute so durch den Wind ist. Da haben wir ihn: unseren klassischen Höhenangstkandidaten.

Yoshi stemmt sich mit allem, was er hat, in den Boden. Dannhäuser hält dagegen. »Das ist doch nicht zu fassen. Nun ist aber mal Schluss!«, fordert er vergeblich. Yoshi wankt und weicht nicht. Schließlich stöhnt Dannhäuser entkräftet auf: »Geht ihr schon mal vor«, schlägt er dem Rest der Truppe vor. »Wir folgen euch, sobald ich das Rhi-nozeros hier überzeugt habe.«

Ob das gelingen wird, ist fraglich, denn Yoshi macht in der Sekunde einige Meter nach hinten gut und bringt damit sein Herrchen aus dem Gleichgewicht.

»Yoshi, wenn du weiter so stur bist, gibt es die nächsten Tage nichts als Haferbrei«, zetert der, während sich Brecht, Regine und ich auf den Weg machen.

Ich frage mich, ob es auf der Brücke sehr wackeln wird. Vielleicht wie bei einer Bootsfahrt, und das Gefühl mag ich nicht besonders. Nach den ersten Schritten bin ich im positiven Sinne überrascht. Die Brücke schwankt zwar, aber in absolut erträglichem Maß. Mulmig wird mir erst, als sich das Tal unter uns immer weiter entfernt und ich beim Blick zurück erkenne, dass der Betonpfeiler, von dem aus wir gestartet sind, enorm klein geworden ist.

Ups, ein seltsames Gefühl ist das schon. So mitten in der Luft zu stehen, gehalten lediglich von Seilen.

»Wow«, ist das Urteil von Brecht, der hinter Regine und mir geht und eine Menge Fotos schießt. »Das ist eine Wucht. Die Hängeseilbrücke wird im Gesamtkonzept einschlagen wie eine Bombe. Das ist das Erste auf der Tour, das ich nicht upgraden werde.«

Regine reagiert nicht. Was soll man auf so ein Geschwafel auch antworten? Von welchem Gesamtkonzept redet er überhaupt?

»Mein lieber Felix, ich kann dir eins versprechen, bei dir wird es heute garantiert einschlagen wie eine Bombe.« Der Satz stammt von Antje, die sich ein paar Meter hinter uns auf der Brücke befinden müsste, falls mich meine Ohren nicht täuschen. Ich bin mir sicher, das ist Antjes Stimme, auch wenn sie seltsam klingt. Auf irgendeine Weise ungeheuer kalt und bedrohlich.

Als ich meinen Kopf umdrehe, sehe ich, dass es nicht nur

ihre Stimme ist, die Angst einflößt. Was Antje hält, versetzt mich in Schockstarre. Sie hat eine Pistole auf Brecht gerichtet. Und somit quasi auch auf Regine und mich, denn wir sind keinen Meter von dem Typen entfernt.

»He, he, he«, sagt er zu Antje und hebt beschwichtigend seine angewinkelten Arme in die Luft. Der miese Kerl geht dabei – Schritt für Schritt – zurück, genau auf uns zu, und bringt uns damit gleichsam in enorme Gefahr. »Jetzt mach mal halblang, Antje.«

»Was ich tun soll, sagst du mir bestimmt nicht«, zischt Antje und hebt ihr Kinn. Der Wind weht ihr lange Haarsträhnen ins Gesicht. Mit beiden Händen hält sie die Pistole ausgerichtet. Ihre Arme zittern leicht, trotzdem sieht sie entschlossen aus.

»Dann lass uns reden. Was immer du für ein Problem mit mir hast, wir finden eine Lösung«, bietet Brecht Antje an und bewegt sich erneut ein Stück auf uns zu.

»Bleib stehen, du Idiot«, schreit sie. Brecht hält inne. »Ein Problem reicht da garantiert nicht. Typen wie du, die keinerlei Gewissen haben und nur sich selbst kennen, sind wie ein Strudel. Ihr reißt uns und unsere Welt mit ins Verderben. Da hilft reden leider nicht mehr.« Wie Antje das sagt, klingt es, als wolle sie nicht Brecht von ihren Ansichten überzeugen, sondern sich selbst Mut zusprechen. »Im Guten haben wir es lange genug versucht. Nun braucht es Taten!«

Oje, sie wird ihn wirklich abknallen, wird mir klar. Wir zwei, Regine und ich, sollten schnellstens den Rückzug antreten. Polizeihund hin oder her, für diesen Brecht opfere ich mich bestimmt nicht.

»Dein Schicksal hast du dir selbst zuzuschreiben«, fährt Antje fort. Gott sei Dank scheint sie noch nicht alles, was sie sagen will, losgeworden zu sein. Das verschafft uns Zeit. »Mir wurden deine miesen Pläne für unsere Region zugespielt. Irre Tourismusangebote und Luxusunterkünfte, die kein halbwegs gesunder Mensch je in Anspruch nehmen würde. Das alles hat mitten in Naturschutzgebieten, die endlich die Chance hatten, sich von den menschlichen Übergriffen zu erholen, nichts zu suchen. Und warum das alles? Nur damit du für den Kapitalismus noch mehr Geld anhäufen kannst? Mehr interessiert Menschen wie dich nicht. Du hast kein Gewissen. Und du kennst kein Mitleid …«

Ui, sage ich mir, Antje hat sich die Sätze vorher genau zurechtgelegt, nach den Gesetzen der Rhetorik wird nun etwas in der Art folgen: Und du hast dir deshalb kein Mitleid verdient. Ich ziehe den Kopf ein.

»… und deshalb …«, geht es folgerichtig bei Antje weiter.

Der Satz ist vermutlich gleich zu Ende. Ich kneife die Augen zusammen und erwarte das Schlimmste.

»… und deshalb habe ich jetzt auch keins«, vervollständigt überraschenderweise eine männliche Stimme Antjes Satz. Ist das etwa Brecht, frage ich mich. Statt des erwarteten Knalls poltert und rumort es neben mir, jemand schreit – Regine! Ich reiße augenblicklich die Augen auf, wo ist sie? Sie steht nicht mehr neben mir. Brecht hat sie zu sich gerissen und hält sie wie einen Schutzschild vor sich. Bei dem Typen sind alle Lämpchen durchgeglüht. Ich überlege nicht lange, sondern mache einen Satz nach vorne und beiße zu. Mitten hinein in die Wade hacke ich meine Zähne.

»Misttöle«, schreit Brecht los. Er tritt nach mir, und ich nehme ein neues Ziel ins Visier: seine Zehen in den halboffenen Wanderschuhen. Wie schön, dass er keine Socken trägt. »Hau ab!«, tobt er. Mir egal. Ich versenke meine kleinen, aber spitzen Zähne in seinen großen Zeh. Keine Gnade, sage ich mir. Er hat schließlich angefangen, mit unfairen Mitteln zu spielen.

Regelwidrig bleibt es leider auch weiterhin. Diesmal ist wieder Brecht am Zug. Am Halsband reißt er mich in die Höhe. »Und hier haben wir die Nummer zwei im Bunde der Geiseln. Das putzige Tierlein wird zuerst sterben, wenn du deine Knarre nicht fallen lässt. Na, was sagst du dazu als Veganerin?«

Brecht hält mich am gestreckten Arm über das Geländer. Mir wird übel. Das erinnert mich an die Szene mit Michael Jackson. Damals, als er sein Kind über die Balkonbrüstung hielt und es ihm fast aus den Armen gerutscht wäre. Wenn ich fallen sollte, wäre das allerdings kein Versehen, sondern volle Berechnung von dieser miesen Ratte. Er opfert Regine und mich, um seine eigene Haut zu retten. Dass der Brecht null-komma-gar-kein Gewissen hat, ist damit einmal mehr eindeutig bewiesen.

Ich bleibe ruhig und wehre mich nicht. Viel zu groß ist die Gefahr, dass ich dann aus meinem Halsband rutsche und in die Tiefe stürze. Nur nicht nach unten sehen, rate ich mir selbst. Stattdessen schaue ich zu Antje und versuche, in ihrem Gesicht zu lesen. Was wird sie tun? Opfert sie uns ihrem Vorhaben?

Antje steht stocksteif da. In ihrem Kopf rattert es, das ist unverkennbar. Den Plan zu fassen, Brecht zu töten, war eine Sache. Dafür nun aber auch Regine und mich zu opfern … Ich bin mir nicht sicher, ob Antje zu einer solchen Tat bereit ist.

Ich hoffe nicht!

MEIN FREUND IST IN GEFAHR

Vor der Geierlay in Mörsdorf
16.06.2023
Yoshi, der Rottweiler

Es ist nicht einfach, meinem Herrchen begreiflich zu machen, dass diese Brücke höchste Lebensgefahr für uns darstellt. Mich jedenfalls bekommen keine zehn Würste da drauf.

Während ich weiter Überzeugungsarbeit leiste, höre ich das Geschrei von Antje.

»Oh Mann«, murmelt mein Herrchen und lässt von mir ab. »Das gibt es doch nicht!«

In der Sekunde taucht Toni auf. Die Frau, bei deren Anblick die Augen meines Herrchens schon seit Jahren zu leuchten beginnen.

»Langsam«, fordert er und gibt ihr ein Zeichen, leise zu sein.

Dies ist einer der seltenen Fälle, in denen Toni auf ihn hört. Sie nähert sich vorsichtig und stellt sich neben uns. »Das gibt es doch nicht«, spricht sie wortgleich den Satz, den mein Herrchen eben von sich gegeben hat, als er die Pistole in Antjes Hand bemerkt hat.

Was für eine schwierige Lage: Einzugreifen, wenn eine Waffe unmittelbar auf eine Person gerichtet ist, birgt zu viele Risiken. Wer wie wir Jahre beim SEK zugebracht hat, weiß das. Den beiden neben mir ist dies ebenfalls klar. Uns bleibt vorerst nichts anderes übrig, als vor Ort zu verharren und zu beobachten, was geschieht.

Wie ich das sehe, ist nur dieser Schaumschläger Brecht in Gefahr. Für meinen Geschmack wäre das ein durchaus verkraftbarer Verlust. Die Argumente von Antje klingen außerdem gar nicht dumm. Ein bisschen mehr Rücksicht auf die Natur und die Tierwelt – das würde ich mir auch wünschen.

Mit einem Mal allerdings wendet sich das Blatt. Zwar macht die neue Situation deutlich, dass Antjes Bestreben durchaus seine Berechtigung hat, das Blöde jedoch ist, dass nun meine Freunde in Gefahr sind. Was für ein Typ Mensch muss man sein, um sich wie Brecht die liebe Regine als menschlichen Schutzschild zu schnappen? Ich könnte aufjaulen, als ich erkenne, wie fest er sie an sich drückt, während ihr die Angst in den Augen steht. Doch es wird noch schlimmer! Es geschieht etwas, das mich völlig rotsehen lässt. Brecht krallt sich meinen Kameraden und hält ihn über die Brüstung. Günther ist mein allerbester, treuster Freund. Mein einziger noch dazu, doch das ist momentan nebensächlich.

»Wenn wir uns einmischen, bringen wir sie alle in Gefahr«, erinnert Toni mein Herrchen im Flüsterton an die Ausweglosigkeit der Situation. Sie beißt sich auf die Lippen. Er nickt, ohne Widerworte. Was sind das nur für Feiglinge? Dabei braucht die Geschichte jetzt mehr als dringend echte Helden, sonst trifft es die Falschen.

Es liegt an mir zu handeln – denn wer sich mit meinen Freunden anlegt, der legt sich auch mit mir an. Ausgeklügelte Pläne sind nicht mein Ding. Ich bin ein Hund der Taten, und deshalb stürme ich nach vorne. So plötzlich und heftig, dass meinem Herrchen die Leine aus der Hand rutscht und ich freie Bahn habe.

»Yoshi«, vernehme ich seine Stimme hinter mir. Sonst höre ich fast immer aufs Wort, doch heute ist Widerstand angesagt, denn einen Rebellen braucht es dringend, um das Blatt noch zu wenden.

Meine Angst vor der Höhe ist mit einem Mal wie weggeblasen. Gefangen im Tunnelblick, stürme ich mit vollem Karacho nach vorn. Wie eine Lawine rolle ich unaufhaltsam auf die Gruppe auf der Brücke zu. Mein erstes Ziel ist Antje. Es ist ein Leichtes, sie von den Beinen zu fegen. Die Waffe fällt ihr aus der Hand. Im Vorbeirennen höre ich, wie sie über die Holzplanken rutscht. Ich kümmere mich nicht darum, das überlasse ich meinen menschlichen Kollegen, denn ich habe Wichtigeres im Sinn. Mein Freund Günther muss gerettet werden, sein Leben ist in allergrößter Gefahr.

Mir bleibt nur eine Chance. Ich werde Brecht rücklings zu Boden werfen. Grundsätzlich eine meiner leichtesten Übungen. Infolgedessen wird die Hand, die Günthers Halsband umgreift, wie automatisch zu Boden schnellen, und auch Regine wird frei sein. Das große Risiko dieser Operation ist, dass der Kerl meinen Kameraden zu früh loslässt. Um die Gefahr zu minimieren, muss ich so viel Geschwindigkeit wie möglich aufbauen, denn die erzeugt die nötige Schubkraft.

Ich nutze die letzten vier, fünf Meter bis zu meinem anvisierten Ziel, um das Tempo weiter zu erhöhen. Jetzt setze ich zum Sprung an – ich richte meine Pfoten optimal aus. Mein Plan ist es, Brecht an beiden Schultern zu touchieren.

Yes! Voll ins Schwarze. Mein Konzept geht auf: Brecht kippt, er lässt Regine los und Günther … verflixt! Auf

Höhe des Geländers öffnet Brecht seine Hand. Zu früh, viel zu früh, denke ich panisch. Was weiter geschieht, sehe ich erst einmal nicht, denn gegen die Schwerkraft bin sogar ich machtlos, und so poltere ich selbst zu Boden. Kaum gelandet, richte ich mich wieder auf und wende mich um. Wo ist mein Freund, frage ich mich.

Mein Atem stockt, als ich erkenne, dass Günther mit dem Halsband an dem Stahlseil festhängt, das eigentlich als Handlauf dient. Stahl, das klingt besser, als es ist. Genau genommen hängt sein Leben am seidenen Faden, denn leider befindet sich mein Freund auf der falschen Seite des Geländers. Im Versuch, sich selbst zu befreien, wirbelt er wild mit seinen Pfoten, ohne jedoch Halt zu finden. Dafür gerät er immer mehr in Bewegung. Wie ein Pendel schwankt er auf gefährliche Weise von einer Seite zur anderen.

Ich springe auf die Pfoten. Überhastet darf ich trotz der großen Bedrohung nicht handeln. Eine falsche Regung, und mein Freund ist verloren.

Sachte und wohlüberlegt stelle ich meine Vorderfüße auf das Metallgitter, das in diesen luftigen Höhen als Geländer fungiert. Meinen Kopf schiebe ich über die Brüstung, und nun sehe ich zum ersten Mal, wie verdammt tief es hinuntergeht.

Ogottogott! Mir wird schwindelig. Nur schnell weg hier, ist mein direkter Impuls. Aber das geht nicht, rufe ich mich zur Vernunft, nicht bevor Günther in Sicherheit ist. Meine Beine zittern und lassen das Stahlgeländer vibrieren. Besonnenheit, es braucht Besonnenheit, sage ich mir. Die Augen meines Freundes sind voller Furcht. Wie war noch der Spruch der Musketiere? »Alle für einen, einer für alle!« Kneifen gilt nicht.

Ich öffne den Mund und strecke mich. Mit meiner Schnauze umfasse ich wie der Greifer eines Baggers den kompletten Dackelkopf. Praktisch, dass da so viel reinpasst, freue ich mich. Nun steht der Praxistest an. Es ist an der Zeit, meinen Freund zu befreien, indem ich ihn anhebe – der große Moment. Hoffentlich hat sich nichts verhakt. Es geht gut, das Halsband löst sich mit einem kleinen, aber für unsere Operation unbedeutenden Ruck. Wie in einer Rettungskapsel befördere ich Günther auf die sichere Seite des Gitters. Auf Bodenhöhe öffne ich meine Schnauze. Günther gleitet sanft auf die Planken der Brücke.

Bestens, ich hole Luft und betrachte meinen Freund. Es geht ihm doch gut? Ein wenig klebrig sieht Günther aus, aber er scheint heil und gesund zu sein. Ich freue mich und schlecke ihn mit meiner Zunge sauber.

»Bei euch zweien so weit alles in Ordnung?«, murmelt Regine, die sich neben uns aufsetzt. Sie macht den Eindruck, als sei sie mit dem Schrecken davongekommen. Was für ein Glück! Rund zehn Meter von uns entfernt setzen Toni und mein Herrchen Antje fest.

»Aua, mein Rücken«, höre ich da eine Stimme. Es ist Brecht! Den gibt es auch noch, erinnere ich mich. Er liegt hinter Regine niedergestreckt am Boden. Jetzt tut sich was. »Was sollte denn der Mist?«, zischt Brecht und stützt sich mit dem Ellenbogen auf den Holzplanken der Brücke ab, um seinen Oberkörper aufzurichten. Ich sitze nicht weit von ihm entfernt und könnte jederzeit eingreifen, falls er vorhat, sich nochmals an meinen Freunden zu vergreifen. Um ihm das zu verdeutlichen, sende ich ein Knurren in sattem Basston aus.

»Ist ja okay. Nur die Ruhe!«, lenkt Brecht vernünftigerweise ein.

»He, Sportsfreunde, seid ihr euch sicher, dass ihr die Richtige festnehmt?«, tobt Antje, als sie abgeführt wird. »Was ist mit dem Dreckskerl Brecht? Der kommt wohl einmal mehr völlig ungeschoren davon.«

»Die Waffe hattest nun mal du in der Hand!«, entgegnet mein Herrchen. »Nicht zu vergessen, dass es dank dir eine Reihe von Toten und Verletzten gab. Den Jogger und den älteren Herrn in Losheim hast du doch vermutlich auf dem Gewissen. Ebenso hast du bestimmt den Brand in Mettlach verursacht.«

»Dass jemand Unschuldiges verletzt wird, war nie meine Absicht«, verteidigt sich Antje. »Ich hatte es immer nur auf Brecht abgesehen, die ganze Zeit. Manchmal heiligt der Zweck die Mittel. Unserer Welt fehlt die Zeit für Skrupel. Das ist nicht unsere Schuld, sondern die der Politik. Die treffen nicht die richtigen Entscheidungen und lassen Kerle wie Brecht immer reicher werden, während sie unsere Welt ausbeuten.«

»Andere zu schädigen, um etwas durchzusetzen, kann niemals die richtige Methode sein«, hält mein Herrchen dagegen.

Antje gibt nicht auf. »Toni, du bist doch nicht auf den Kopf gefallen. Ich hatte das Gefühl, wir sind auf einer Linie. Frag mal dein Gewissen, ob du wirklich auf der richtigen Seite stehst.«

Toni schüttelt den Kopf. »Ganz ehrlich, Antje, mein Gewissen sagt mir, dass zwei Menschen völlig sinnlos gestorben sind. Noch dazu hast du billigend in Kauf genommen, dass dein Mann den Kopf für dich hinhält, und du hast jeden von uns in Gefahr gebracht. Dafür wirst du bezahlen.«

Antje wird abgeführt. Wir blicken den dreien hinterher. Eins muss ich sagen: Mit einem Argument hat Antje vollkommen recht. Für meinen Geschmack kommt der Widerling Brecht, der sich nicht scheute, andere in die Schusslinie zu bringen, tatsächlich viel zu gut aus der Sache heraus.

Regine steht neben mir auf.

Brecht ebenfalls. »Im Prinzip könnten wir jetzt wohl weitergehen«, erdreistet er sich zu sagen. »Wie es aussieht, übernehmen Toni und Jan-Alexander die Angelegenheit. Da könnten wir die Tour doch eigentlich zu Ende …«

Klatsch macht es. Regine hat dem Ekel eine Ohrfeige verpasst.

MAN SOLLTE IMMER EINEN PLAN B HABEN

Auf der Geierlay in Mörsdorf
16.06.2023
Antonia Kuppertz

»Ich sichere sie«, sagt Jan-Alexander, als wir endlich wieder auf festem Boden stehen. Er hat Antjes Arme nach hinten gedreht. »Schau mal bitte, Toni, ich habe Handschellen drüben in meinem Rucksack.«

Antje wirkt verwirrt. Dass einer der Mitwanderer Handschellen mit sich führt, erscheint ihr womöglich komisch. Aber egal, dass man seine Wanderkameraden mit einer Waffe bedroht, ist auch nicht alltäglich. Ich durchsuche Jan-Alexanders Tasche und werde fündig.

»Hab sie«, verkünde ich und komme mit den Handschellen zurück, um sie Antje anzulegen. In der Sekunde vernehme ich die sich nähernden Sirenen. Sehr gut, Wolfgang hat demnach alle Hebel in Bewegung gesetzt. Reifen quietschen, Türen öffnen sich, ich höre Stimmen. Die Unterstützung ist vor Ort – gleich ist die Sache überstanden.

»Ich hol die Waffe«, sage ich zu Jan-Alexander und laufe los. »Die liegt noch auf der Brücke.«

Als ich mich nach der Pistole bücke, kommt Regine auf mich zu. »Geht's dir gut?«, frage ich sofort.

»Na ja, so gut, wie es einem gehen kann, wenn gerade eine Waffe auf einen gerichtet wurde.«

Ich nicke. Das Gefühl, dem Tod von einem Moment auf den nächsten so nah zu sein, ist übel, das weiß ich aus Erfahrung. Aber das wird wieder, sage ich mir. Die zwei Hunde hinter ihr machen den Eindruck, als hätten sie alles gut überstanden. »Prima, Yoshi, das hast du großartig gemacht«, lobe ich den Großen und streichle ihm über den Kopf. »Wie wäre es, Regine, du setzt dich gleich vorne auf die Bank und trinkst einen Schluck?«, schlage ich daraufhin vor. »Vielleicht gibst du den beiden Helden auch was, verdient haben sie es sich.«

»Klar, mach ich gerne«, erwidert Regine.

Die drei marschieren los, während ich auf Brecht zugehe, der auf der Brücke gerade seine Kamera aufhebt. »Mist, das Teil war megateuer«, schimpft er. »Hoffentlich funktioniert noch alles.«

»Wenn sonst nichts passiert ist …«, sage ich nicht besonders freundlich. »Willst du nicht zum Rest der Gruppe?«

»Nö. Jetzt gehe ich die letzten Meter auch noch zu Ende.«

Der Typ kennt rein gar keine Skrupel. Ich runzle die Stirn. »Ist nicht dein Ernst, oder?«

»Oh doch!«, erhalte ich zur Antwort. »Und ihr drei begleitet mich«, fordert er von Lodi, Hoseok und Walli, die das Schauspiel offenbar von der anderen Seite aus beobachtet haben und nun auf uns zukommen.

»Pff, du kannst mir den Buckel runterrutschen«, sagt Hoseok.

»Dann eben ihr zwei«, bestimmt Brecht und zeigt mit dem Finger auf Lodi und Walli.

Lodi zögert und stöhnt schließlich auf. »Lieber beziehe ich mein Quartier zukünftig unter der Brücke, als noch einmal nach deiner Pfeife zu tanzen. Was für eine miese Show war dat eben? Wie kann man nur so gewissenlos sein?«

Brechts Gesicht verfinstert sich. Ein sehr gutes Statement von Lodi, finde ich. Die war mir ohnehin in der letzten Woche viel zu weichgekocht.

»Und du, Schätzchen, bleibst bei uns«, sagt sie zu mir und legt ihren Arm um meine Hüfte. »Der Trottel soll hingehen, wo der Pfeffer wächst.«

»Na gut, Walli, dann eben du. Ich biete dir, was du willst: eine Festanstellung«, sagt Brecht zu unserem Tourmodel.

»Du kannst mir nichts bieten, was mich dazu veranlassen würde, dich noch länger zu ertragen. Geh mir aus der Sonne, sonst vergesse ich mich.« Die Antwort kam von Walli.

Damit hat er zum ersten Mal in dieser Woche Punkte bei mir gemacht.

Brecht verharrt unentschlossen in der Mitte der Brücke, während wir anderen uns mit Kurs auf die Mörsdorfer Seite aufmachen. Er kann anscheinend nicht fassen, dass sich nun alle gegen ihn gewendet haben. »Ihr armseligen Dummköpfe, ihr werdet schon sehen, was ihr davon habt!«, höre ich ihn hinter mir tosen.

Auweia, warum hält der nicht einfach mal den Rand, frage ich mich.

Aber Brecht lässt nicht nach. »Ich wette, Walli, es dauert keine zwei Tage und du kommst auf Knien angekrochen, damit ich dir einen Job beschaffe. Irgendeine Drecksarbeit für einen Trottel wie dich, der zu nichts zu gebrauchen ist ...«

Walli, der vor Lodi und mir wandert, wirkt erstaunlich unbekümmert. Er scheint gar nicht richtig hinzuhören. In der Sekunde beugt er sich hinab zu den Holzbohlen und bringt damit auch uns zum Stoppen. Er hebt etwas vom Boden auf und setzt sich wieder in Richtung Brückenende in Bewegung.

Als wir wieder auf festem Grund stehen, dreht sich Walli zu uns um: »Habt ihr 'ne Ahnung, was das für ein seltsames Ding ist? Habe ich eben gefunden. Sieht aus wie eine Fernsteuerung oder so.«

Ich schaue auf seine Hand. Das kleinformatige schwarze Rechteck kenne ich.

Antje schaltet allerdings schneller. »Ist eine Überraschung für dich. Drück mal drauf.«

»Bloß nicht!« Meine Antwort kommt zu spät. Es summt. Erst leise, bald schon lauter. Ein leichtes Surren erklingt.

»Lass das Stahlseil los«, schreie ich in Richtung Brücke. Nur noch Brecht steht auf ihr.

Doch Loslassen ist nicht mehr drin. Wenn der Strom erst einmal fließt, verkrampfen sich die Muskeln. Ab da gibt es keinen freien Willen mehr. Brecht bäumt sich auf, seine Augen sind weit geöffnet, der Mund ist aufgesperrt und die Wangenknochen treten hervor. Es ist ein grauenvoller Anblick. Ich muss dem Impuls widerstehen, ihm zur Hilfe zu eilen, denn niemand kann ihm in diesem Moment noch beistehen. Die Fernsteuerung fällt mir ein. Ich schnappe sie Walli aus der Hand und drücke auf die graue Off-Taste.

Das Schauspiel auf der Brücke dauert unverändert an.

»Mist«, zische ich und sehe zu Antje, die beste Laune hat.

»Tja, Schätzchen, wofür so ein Elektrotechnik-Studium alles gut ist. Die Rette-mich-Funktion ist leider deaktiviert.«

Keine Zeit für Diskussionen, denke ich. Stattdessen laufe ich auf den Brückenpfeiler zu. Irgendwo dort muss der schwarz-orange Kasten sein. Wahrscheinlich auf der Rückseite. Ich rutsche die Böschung hinab, um hinter die Konstruktion zu kommen. Chapeau, da steht er. Mit Panzerband am Beton befestigt. Off, ich lege den Schalter um, und diesmal funktioniert er. Das Surren lässt nach.

Ich springe aus der Hocke auf und schaue in Richtung Brücke, wo Brecht in dieser Sekunde in sich zusammensackt.

»Oh mein Gott«, höre ich Walli schreien. Er läuft über die Planken in Richtung Brecht.

Mein Blick folgt ihm, während ich zurück zu den anderen gehe. Ich habe kein gutes Gefühl – das war zu lange. Dass ich mit meiner Einschätzung richtigliege, bestätigt mir Wallis Gesichtsausdruck, als er sich, kaum bei Brecht angekommen, zu uns umwendet. Das Entsetzen steht in seinen Augen – Brecht ist nicht mehr zu helfen.

»Wie schrecklich«, murmelt Regine und beginnt zu schluchzen. Lodi nimmt sie in die Arme.

»Verdammt noch mal«, bekommt Jan-Alexander lediglich hervor. Sämtliche Farbe ist aus seinem Gesicht gewichen.

Weit gesprächiger ist Antje. »Tja, man sollte immer einen Plan B haben«, meldet sie sich stolz und mit einem siegreichen Lächeln auf den Lippen zu Wort. »Traurig nur, dass es keinen Plan B für unsere Erde gibt.«

SAAR-HUNSRÜCK-STEIG

8. Etappe
Von Kasel nach Trier zum Amphitheater
Strecke: 13,0 km
Dauer: 3:30 h
Höhenmeter: ∧290 m ∨290 m

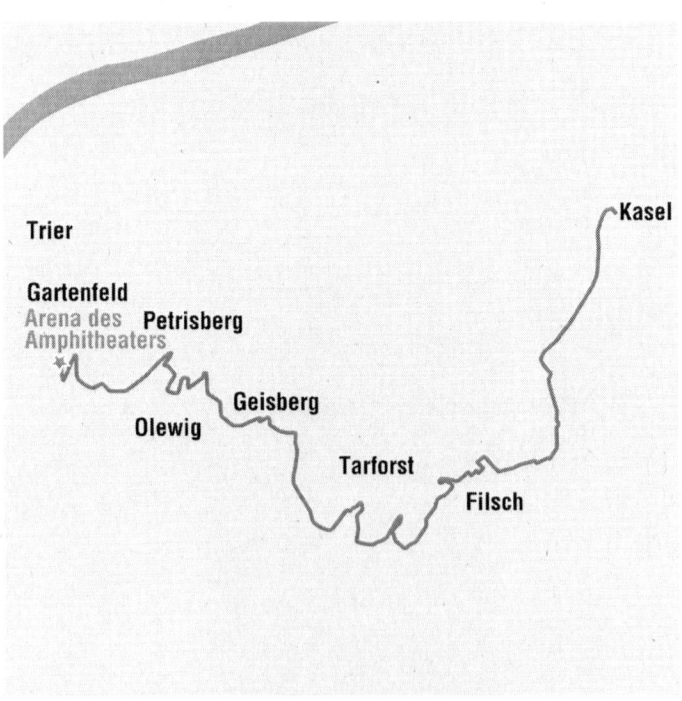

DIE LETZTE ETAPPE

In den Weinbergen um Trier
17.06.2023
Günther, der Dackel

»Es war eine gute Idee, die letzte Etappe trotzdem noch
zu Ende zu bringen«, meint Regine, »damit uns die Tour
nicht nur mit den schrecklichen Bildern von gestern in
Erinnerung bleibt. Ich bin froh, jetzt nicht allein zu sein.«
Zum Ende unserer gemeinsamen Zeit hat sie heute Yoshi
und mich gleichzeitig an der Leine, und sie macht ihren
Job perfekt. Wir zwei hatten uns die Bäuche schon voll-
geschlagen, da waren wir noch gar nicht richtig losgewan-
dert. Eins kann ich mit Sicherheit sagen: Das Frühstücks-
büfett vom Hotel in Mörsdorf ist zum Reinlegen.

»An die Vorstellung, dass du Polizistin bist, muss ich
mich erst einmal gewöhnen«, sagt Regine zu Toni. »Ich
hätte eher auf Anwältin getippt.«

»Na ja, ich bin sozusagen die Vorstufe. Ich werde tätig,
bevor es ans Gericht geht.« Toni lacht bei dem Gedanken.

»Hast du eigentlich was von Conny gehört?«, erkundigt sich Lodi.

»Sie ist gestern Abend aufgewacht. Der Erste, nach dem
sie gefragt hat, muss Felix Brecht gewesen sein.«

»Auwei, kaum wach, und dann wird sie gleich mit derart
viel Realität konfrontiert«, kommentiert Lodi und seufzt.

»Ja«, antwortet Toni und schaut betroffen drein. »Übrigens wurde Kola heute Morgen freigelassen. Er hatte mit den Anschlägen nichts zu tun. Antje hat ihm in Losheim heimlich den Fernschalter in den Rucksack gesteckt. Sie hat bei der Vernehmung gesagt, das hätte er sich verdient, weil er nur ein Schwätzer sei und ihm der Mumm fehle, ernsthaft für ihre gemeinsamen Ideen einzustehen.«

»Boah, dass Antje derart rigoros ist, hätte ich nicht erwartet«, wundert sich Lodi. »Ich fand sie eigentlich immer nett.«

»Ging mir nicht anders. Ihre Ideen sind letztlich auch gar nicht so verkehrt, nur ihre Art, wie sie sie durchsetzen wollte …«, Toni sucht nach den richtigen Worten, »… waren radikaler als radikal.«

Lodi nickt. »Ja. Da hast du recht«

»Eins muss ich euch aber jetzt noch sagen. Ich werde euch alle ganz schrecklich vermissen«, wechselt Regine plötzlich das Thema.

»Wir dich auch.« Lodi macht bei den Worten ein Gesicht wie mindestens acht Tage Regenwetter. »Na ja, das Leben geht eben weiter.«

»Wie läuft das jetzt eigentlich mit deinem Lohn? Glaubst du, dir wird dein Honorar als Coach noch überwiesen, jetzt wo …?« Regine bricht ab. Es ist ihr sichtlich unangenehm, über Brechts furchtbaren Tod zu sprechen.

»Ich habe ehrlich gesagt keine Ahnung«, sagt die van der Pütten. »Aber ich bin mir sicher, so schnell, wie ich dat Geld eigentlich bräuchte, werde ich es bestimmt nicht bekommen.« Sie verzieht ihren Mundwinkel. Das Thema scheint ihr Sorgen zu bereiten.

»Was meintest du eigentlich damit, dass du lieber unter der Brücke schlafen würdest?«, hakt Regine nach.

Die van der Pütten antwortet nicht sofort. Sie kneift die Augen zusammen. »Ich muss aus meinem Haus raus.« Ihre Stimme klingt matt.

»Oh, das ist übel«, mischt sich Toni ins Gespräch ein. »Im schlimmsten Fall ziehst du eine Zeit lang zu mir. Ist halt nicht sehr komfortabel in meinem kleinen Appartement, du kennst ja meine Wohnung. Aber das kriegen wir hin. Keine Sorge, Lodi.«

»Bei mir kannst du auch unterkommen«, bietet Dannhäuser an, und selbst Walli entdeckt plötzlich seine soziale Ader. »Bei mir ebenfalls. Ich muss vorher nur ein bisschen aufräumen, aber meine Couch ist immer für dich frei.«

»Bei mir gibt es sogar ein Gästebett – mit wunderbarem Blick auf den Weinberg«, bemerkt Hoseok.

Regine meldet sich natürlich auch zu Wort. »Also, Leute, ich habe ein ganzes Haus für mich allein, bis Magnus wieder da ist. Das dauert noch, und selbst dann haben wir mehr Platz und Zimmer, als wir nutzen können.«

»Hm, ich weiß nicht«, zögert die van der Pütten.

»Außerdem hasse ich es, allein zu sein. Du würdest mir einen Riesengefallen tun.« Regine gibt nicht so schnell auf. »Wenn schon kein eigener Hund, dann doch wenigstens eine echte Lodi. Gegen dich ist Magnus bestimmt nicht allergisch«, albert sie.

»Zier dich nicht so, Lodi – das klingt doch fantastisch«, ermutigt Toni die van der Pütten.

»Genau, sag einfach Ja!«, haut Walli nochmals in die gleiche Kerbe.

Die Augen der van der Pütten sind glasig. »Na gut, aber wirklich nur so lange, wie es unbedingt sein muss«, gibt sie schließlich nach.

Regine fällt ihr um den Hals. »Ich freu mich so«, sagt sie mit deutlicher Freude in der Stimme.

»Und wenn du einen Nebenjob suchst, bei mir gibt es das ganze Jahr über genug zu tun«, bietet Hoseok an. »Mein neuer Anwalt meinte heute Morgen, der Pachtvertrag für meine Parzellen ließe sich nicht so einfach kündigen, wenn der Weinberg meine wirtschaftliche Lebensgrundlage sei. Das klang alles so, als ob mich mein alter Rechtsanwalt auf sehr fragwürdige Weise beraten hätte.«

Würde mich nicht wundern, wenn Brecht auch da seine Finger im Spiel hatte, überlege ich.

»Jedenfalls seid ihr alle zusammen herzlich zu mir eingeladen. Zu einer Weinprobe, Weinwanderung oder was auch immer«, fügt Hoseok schließlich mit heiserer Stimme hinzu.

Jetzt ist es die van der Pütten, die jemanden fest in die Arme schließt. Hoseok bleibt fast die Luft weg.

So ein Übermaß an Friede, Freude, Eierkuchen, das ist mir als Polizeihund eine Nummer zu harmonisch. Unser Quartett von der Polizei tickt völlig anders als die Gruppe hier. Da gibt es kein Gekuschel und keine warmen Worte. Wir sind »Lonely Cowboys«, die sich selbst genügen und ihr Leben voll und ganz, ohne Blick auf die eigenen Bedürfnisse, dem Wohl der Menschen widmen – es sei denn, es gibt Lyoner. Wir sind immer bereit, für das Gute den Kopf zu riskieren, und eins ist sicher: Die nächste Herausforderung lässt nie lange auf sich warten.

Um Neues anzugehen, müssten wir jedoch erst einmal an unserem heutigen Ziel ankommen, denke ich. Schon eine ganze Weile wandern wir kreuz und quer durch die Weinberge. Petrisberg nannte die van der Pütten die Erhebung eben. Weit kann es nicht mehr sein bis zu dieser Stadt, in der unsere Tour ihr Ende findet, denke ich, da treten wir mit einem Mal aus dem grünen Urwald heraus und finden uns in einer völlig anderen Umgebung wieder. Wir lassen die Rebstöcke hinter uns und stehen an einer normalen Verkehrsstraße.

Oho, denke ich, das scheint also dieses Trier zu sein, von dem heute Morgen alle gesprochen haben. Wenn ich es richtig im Kopf habe, soll die Stadt schon mehr als 2.000 Jahre alt sein. Die Römer müssen damals bei der Gründung schwer mitgemischt haben. Ausgesprochen römisch sieht es allerdings derzeit nicht aus. Bergab erreichen wir einen Rundbau, vor dem eine Menge Leute Schlange stehen.

»Das Amphitheater«, erklärt die van der Pütten, und mit einem Grinsen fügt sie hinzu: »Mögen die Spiele beginnen.«

»Bloß nicht«, wendet Toni ein. »Gefechte und sonstiges Theater hatten wir die letzten Tage genug.«

An sich wäre mir eine Pause auch mehr als recht. Trotzdem bin ich beeindruckt, als wir die imposante Arena betreten, in die gut zwei Fußballplätze hineinpassen würden.

»Die ansteigenden Ränge um uns herum boten Platz für bis zu 20.000 Menschen. Früher gab es noch weitere Eingänge für die vornehmeren Gäste, heute sind davon nur noch zwei vorzufinden. Da und dort«, weist Lodi in die jeweiligen Richtungen. »Die Arena war von hohen Mauern umgrenzt. Die Forscher sind sich nicht einig, aber es ist nicht ausgeschlossen, dass man die Arena sogar komplett fluten konnte.«

Ich versuche mir vorzustellen, wie es in jenen Tagen hier war. Wilde Tiere, Löwen, Tiger und Bären, die ausgehungert nur darauf warteten, Beute zu machen. Menschliche Opfer, Gladiatoren, bis auf die Zähne bewaffnet und voll Adrenalin, da es in jedem Kampf um Leben und Tod ging. Umgeben von einem Publikum, das nach Sensation lechzte. Angst, Schweiß, der Staub der trockenen Erde und Spannung flirrte durch die Luft, ich sehe es bildlich vor mir. Wo wir im Augenblick stehen, lauerte der Tod.

Die Zeiten haben sich kaum geändert, stelle ich in Gedanken fest. Helden wie Toni, Dannhäuser, Yoshi und mich gibt es immer noch. Wir vier Lonely Cowboys kämpfen uns durch, mit Schweiß, Schmerz und einem eisernen Willen. Was uns allerdings nicht vergönnt ist, ist ein Publikum, das uns mit einem Beifallssturm für unsere Mühen entlohnt. Ohne Applaus gehen wir aus der Arena.

Gefühle machen ohnehin angreifbar – und das können wir uns nicht leisten. Man schaue sich nur Toni an. Liebe oder ein Privatleben ist für sie genauso ein Fremdwort wie für mich. Toni ist ... ja, wo ist Toni überhaupt, frage ich mich und blicke mich entsetzt um.

Keine Spur von ihr. Nach den Schrecken der letzten Tage läuft mir ein Schauer über den Rücken. Nicht schon wieder, denke ich und bin sofort im Alarmmodus.

Ich ziehe an der Leine und suche den Boden mit meiner Nase ab. Ich belle laut. Yoshi versteht und folgt mir. Offensichtlich ist er ebenfalls besorgt, denn von Jan-Alexander ist gleichsam nichts zu sehen. Regine schließt sich uns an – Widerstand ist zwecklos, wenn Yoshi und ich erst einmal eine Spur aufgenommen haben.

»Übrigens kann man sich auch den Keller unter der Arena anschauen. Da sollen sich früher die Gladiatoren auf ihren Kampf vorbereitet haben«, klärt die van der Pütten die Truppe auf. »Dort befand sich eine Hebebühne, die die Kämpfer von der ›Unterwelt‹ direkt in die Arena beförderte.«

Unterwelt, das klingt wie ein böses Omen, schießt mir durch den Kopf. Leider führen exakt in diese Richtung die recht frischen Duftmarken von Toni.

Beim Blick auf die Treppe, die in einer dunklen, nur schwach beleuchteten Gruft endet, überfällt mich das kalte Grausen. Als wir in der Tiefe ankommen, werden wir von zahlreichen Holzstützen überrascht, die die Decke über uns, zu tragen scheinen. Nicht unbedingt vertrauenswürdig, jagt mir als Gedanke durch den Kopf. Ebenso unerwartet und ungewöhnlich ist der kleine See, der sich in der Tiefe ausgebreitet hat. Ich versuche, mich von der seltsamen Atmosphäre nicht ablenken zu lassen. Toni und vielleicht auch Dannhäuser sind in Gefahr, also heißt es durchhalten und Mut beweisen. Über Holzbohlen kämpfen wir uns weiter vor. Ich höre die Stimmen unserer Wanderkameraden von oben. Gedämpft wie durch eine dicke Stoffbahn gelangt deren Geplauder zu uns herab.

Kreuz und quer liegen die Bohlen, die Wege sind verwinkelt. Ich spitze die Ohren. Irgendwo müssen die beiden sein, es scheint nur einen einzigen Ausgang zu geben.

Da vernehme ich ein Geräusch. Ein Rascheln. Auch Yoshi spitzt seine Dreiecksohren. Wir sind auf der richtigen Spur, erkenne ich und gehe auf leisen Pfoten voran. Jetzt höre ich noch mehr. Es klingt, als ob es jemandem schwerfällt zu atmen. Irgendwer hat die beiden in seiner Gewalt. Gefesselt und geknebelt sehe ich Toni und den SEKler vor meinem geistigen Auge in einer hilflosen Lage vor uns liegen. Ich würde wetten, exakt dieses Schreckensbild erwartet uns hinter der nächsten Mauer.

Langsam taste ich mich voran und linse um die Ecke. Yoshis Kopf erscheint direkt über meinem.

Was wir dort erblicken, ist weit schlimmer als unsere grässlichsten Vermutungen. Gefesselt wirken die beiden tatsächlich – jedoch eher im übertragenen Sinne. Ich sehe entsetzt zu Yoshi hinauf. Sein Mund steht offen, und die Schleimproduktion wurde anscheinend durch die schauerliche Szenerie vor uns um mindestens 200 Prozent gesteigert.

Nun schaut auch Regine um die Ecke. Toni und Dannhäuser lassen voneinander ab.

»Ups«, sagt Regine. »Lasst euch nicht stören, wir waren niemals hier«, plappert sie.

Wie kann sie so was sagen? Dieses grausige Bild hat sich für immer in mein Gedächtnis eingebrannt. Das werde ich nie wieder los: Toni und Dannhäuser knutschend in der römischen Unterwelt. Pfui. Kann eine Geschichte überhaupt noch schrecklicher zu Ende gehen?

Yoshi macht einen äußerst traumatisierten Eindruck, als wir wieder das Tageslicht erreichen und die Welt mit einem Schlag eine völlig andere geworden ist.

Ich kann es ihm durchaus nachfühlen. Das mit den vier Lonely Cowboys nehme ich zurück.

Wenn, dann sind es maximal noch zwei.

DER SAAR-HUNSRÜCK-STEIG

Wer nach dieser Geschichte annehmen sollte, es sei gefährlich, sich in den Westen Deutschlands zu begeben, für den habe ich eine gute Nachricht. Unter uns gesagt, kriminell betrachtet sind Saarland und Hunsrück wahre Entwicklungsländer.

Der Saar-Hunsrück-Steig wird sogar als einer der schönsten Fernwanderwege Europas gehandelt. Er hat darüber hinaus das Deutsche Wandersiegel erhalten – und das ist so ziemlich das höchste Ziel, das sich ein ehrgeiziger Wanderweg setzen kann. Die 410 Kilometer des Saar-Hunsrück-Steigs verteilen sich auf 27 Etappen. Dazu kommen noch ausgezeichnete Rundwege: 114 Traumschleifen und 19 Traumschleifchen. Sie können sich also gut und gerne ein oder zwei Jahre wandernd durch den Westen Deutschlands bewegen, und es dürfte nicht langweilig werden. Das Tolle am Steig ist, dass lediglich fünf Prozent der Strecke über asphaltierten Weg verlaufen. Überall anders wandern Sie inmitten der Natur, durch dichte Wälder, weite Felder, vorbei an spannenden Kulturstätten, Flüssen und Weinregionen hin zu atemberaubenden Panoramen und beindruckenden Naturschutzgebieten.

Wie Sie vermutlich aus alledem heraushören, ist die Region verbrechenstechnisch eher enttäuschend. Schlimmer sogar, die Einwohner von Saarland und Hunsrück arbeiten quasi gegen mich und gelten als enorm gastfreundlich, herzlich und redselig. Das Essen ist außerdem gut. Die Tendenzen der hiesigen Menschen, Verbrechen zu begehen, zu intrigieren oder zu sabotieren, sind obendrein eher schwach ausgeprägt. Somit gelingt es mir als Krimiautorin nur mit viel Fantasie, etwas aus diesem Landstrich für meine Geschichten herauszuholen. Für Sie jedoch ist all das ein echter Glücksfall. Entweder kommen Sie aus der Region und könnten es besser gar nicht haben oder aber Sie haben die Freude und Gelegenheit, dem Saarland und dem Hunsrück einen Besuch abstatten zu können. Das würde ich mir an Ihrer Stelle nicht entgehen lassen.

Mehr Informationen zum Saar-Hunsrück-Steig finden Sie hier:

www.saar-hunsrueck-steig.de

Wanderbüro Saar-Hunsrück
Zum Stausee 198
66679 Losheim am See
Telefon: 06872 / 9018100

EIN DANKESCHÖN
AN ALLE MITWIRKENDEN

Schreiben könnte eine ziemlich einsame Angelegenheit sein. Ist es aber – zumindest in meinem Fall – nicht. Zum Glück erfahre ich viel Unterstützung und Hilfe. Das tut mir gut und den Krimis auch, da verschiedene Perspektiven jede Geschichte runder werden lassen.

In dem Sinne danke ich Adelheid, Bettina, Bea, Marc und Uwe für die »Finde-den-Fehler«-Runden durch den Text und die zahlreichen Hinweise, wie man es hier und da noch weit besser machen könnte.

Danke auch an meine liebe Lektorin Katja Ernst, mit der mich nicht nur die Dackelliebe verbindet. Wir haben diesmal erkannt, dass »anstrengend zu sein« durchaus ein Kompliment sein kann. Zumindest, wenn es sich ums Lektorieren handelt.

Danke schön außerdem (mit Vorab-Gewissensbissen, falls jemand vergessen wurde):

- an all die netten Menschen, die auch in Wahrheit rund um den Saar-Hunsrück-Steig wirken, wirbeln und anzutreffen sind und die mir mit Insiderwissen beim kriminellen »Erwandern« der Strecke zur Seite standen. Dazu gehören Gerd Schmitt von der Villa Borg, Christian Heinsdorf von der Taverne der Villa Borg, Peter Kessler aus Keßlingen, Michael Buchna von Buchnas Landhotel, Stephan Krug von der wellnester Losheim am See GmbH, das Team des Parkhotels Weiskirchen und hierbei insbesondere Andrea Paulus, Caroline Maier und der knuddelige Hotelhund Claude, Michael Hülpes vom Förderverein Burg Grimburg e.V. und Martin Halm vom Trailpark Erbeskopf und das Gastgeberteam des Gästehauses Schloss Saareck.

Das Gästehaus Schloss Saar Park werden Sie übrigens in keiner Hotelliste entdecken, es ist pure Fiktion. Im regionalen Vorbild, dem Schloss Saareck, lässt sich hingegen wunderbar nächtigen. Dass dort am Abend Nirvana am schwarzen Steinway-Flügel erklingt, können wir Ihnen nicht garantieren. Andererseits im Saarland ist fast alles möglich.

- an Cliff Hämmerle und Michael Friemel für ihren Gastauftritt. Ich werde als Erste mit einer Tüte Popcorn vor dem Fernseher sitzen, sollte das neue Sendungsformat in Serie gehen.

- an Frank Kuhn-Dietz, meinen medizinischen Tippgeber bei schriftlichen Notfällen.

- an Frank Polotzek, dem Wegemanager der Tourismus Zentrale Saarland, und Laura Jankowski vom Wanderbüro Saar-Hunsrück für die Tipps, Tricks und Anekdoten rund um den Saar-Hunsrück-Steig. Gemeinerweise stellte sich heraus, dass der Saar-Hunsrück-Steig – auch dank der beiden – viel zu sicher gestaltet ist. Wie soll man da als Krimiautorin seine Arbeit ordentlich erledigen?

- an die fantastische Yvonne Stöckemann-Paare alias Maja Malaris für das wunderhübsche Güntherlein auf S. 5.

- an Franziska Weber von der Arbeit und Kultur Saarland GmbH in Saarbrücken für den kräftigen Rückenwind.

- an das Ministerium für Bildung und Kultur des Saarlandes, das diese Publikation gefördert hat – besten Dank für die Unterstützung und das Vertrauen.

Marion Demme-Zech im Gmeiner-Verlag:

Hauptkommissar Wolfgang Forsberg ermittelt:

1. Fall: Letzter Ausstieg Saar
ISBN 978-3-8392-2728-2

2. Fall: Saarbotage
ISBN 978-3-8392-0097-1

3. Fall: Mord am Saar-Hunsrück-Steig
ISBN 978-3-8392-0491-7

4. Fall: Gegen Mord ist kein Sauerkraut gewachsen
ISBN 978-3-8392-8081-2

Mörderisches aus dem Saarland
ISBN 978-3-8392-2845-6

Peter Siedenburg und Greta Schönherr ermitteln:
Ahrtrüffel
ISBN 978-3-8392-2561-5

GMEINER SPANNUNG

WWW.GMEINER-VERLAG.DE
Wir machen's spannend